여름의 맛

하성란은 1967년 서울에서 태어나 서울예대 문예창작과를 졸업했다. 1996년『서울신문』
신춘문예에 단편 「풀」이 당선되어 등단했다. 소설집『루빈의 술잔』『옆집 여자』
『푸른수염의 첫번째 아내』『웨하스』, 장편소설『식사의 즐거움』『삿뽀로 여인숙』『내
영화의 주인공』『A』, 산문집『왈왈』『소망, 그 아름다운 힘』(공저) 등이 있다. 동인문학상,
한국일보문학상, 이수문학상, 오영수문학상, 현대문학상, 황순원문학상 등을 수상했다.

하성란 소설집

여름의 맛

초판 1쇄 발행 2013년 10월 4일
초판 7쇄 발행 2022년 10월 4일

지은이 하성란
펴낸이 이광호
펴낸곳 ㈜**문학과지성사**
등록번호 제1993-000098호
주소 04034 서울 마포구 잔다리로7길 18(서교동 377-20)
전화 02)338-7224
팩스 02)323-4180(편집), 02)338-7221(영업)
전자우편 moonji@moonji.com
홈페이지 www.moonji.com

ⓒ 하성란, 2013. Printed in Seoul, Korea
ISBN 978-89-320-2449-3

여름의 맛

하성란 소설집

문학과지성사
2013

차례

두
여
자
이
야
기

도시에서의 첫날 첫 일정은 터미널 준공식 참석이었다. "그딴 거 나도 질색이야"라고 말은 했지만 사실 그녀 딴에는 좀 계획적인 것도 있었다. 큰 규모의 행사이니 만큼 고위 관리직부터 행정을 담당하는 말단 공무원들까지 대거 움직일 것이고, 그럼 일일이 찾아다니면서 인사를 나눠야 하는 번거로운 절차 중 하나쯤은 건너뛸 수 있을 테니까.

최와 김의 반응은 예상대로였다. 의례적인 행사에 심한 거부감이 있는 최는 벌써부터 긴장한 듯했고 김은 프로젝트는 나 몰라라 도시의 일미라는 홍어애탕을 맛볼 생각에 한껏 들떠 있었다. 20년이 넘는 시간 동안 그들이 함께할 수 있었던 건 바로 최와 김, 그녀가 서로서로의 예상을 크게 벗어난 적이 없기 때문일지도 몰랐다. 모르긴 몰라도 지금쯤 그 둘도 그녀의 속셈을 간파했을 것이다.

엄연히 도시의 이름이 있었지만 그들은 일단 그 도시를 'D시'라고 불렀다. 프로젝트 이름 앞에 도시의 영문자 이니셜을 붙여왔던 건 그들의 습관이기도 했다. 도시의 이미지를 새로 만들어야 하는 일의 특성상 편견과 선입견 없이 시작할 수 있다는 면에서도 익숙한 지명보다 좋았다. 사실 그 지명을 입에 올리자마자 최는 '부채감'이 느껴진다고 했다. 그 일이 있었을 때 그들은 고작 초등학교 4학년이었다. 하지만 희생자 중에는 그들보다 기껏해야 서너 살 위인 어린 학생도 끼어 있었다. 김은 '따돌림'이란 단어를 떠올렸다. 호남선이 그 도시를 살짝 비켜 개통되는 바람에 그 도시는 한동안 우리나라의 경제 중심권에서 벗어나 있었다. "넌?" 최와 김이 동시에 그녀에게 물었다. 그녀는 담벼락에 널려 있던 요가 떠올랐다. 커다란 요 곳곳이 크고 작은 오줌 얼룩투성이였다.

그들이 D시로부터 이 일을 의뢰받은 건 석 달 전이었다. 무슨 이유인지 1년 가까이 도시의 프로젝트를 맡아 진행하던 팀이 도중에 손을 놓았다. 그러니까 그들은 다른 팀이 벌여놓고 정리하지 못한 일을 수습하기 위해 긴급하게 투입된, 시니컬한 최의 말을 빌리자면 '잔반처리반'쯤 되었다. 내키지 않는 일 중 하나였다. 잘 되어봐야 남이 차려놓은 밥상에 달랑 숟가락 하나 얹었다는 평판을 면키 어려웠다. 하지만 지금은 하고 싶은 일 하기 싫은 일을 따질 처지가 아니었다. 그들이 머뭇거리는 사이에 일을 채갈 사람들은 많았다. 그들보다 열다섯 살쯤 어리고 새파란 상상력으로 무장한 젊은 친구들이 족히 한 다스는 넘을 거였다.

잔반처리반 역할을 맡았다고, 드러내놓고 잔반처리반이라고 말할 사람이 어디 있겠는가. 그들은 나름 야심가들이었다. 애시당초 시에서 요구한 정리 차원에서 대충 일을 마무리할 생각은 없었다. 그들은 그쪽으로 꽤 성과를 올려왔다. 물론 손대는 족족 성공적이었다는 건 아니다. 서울 시내의 한 생태공원을 돌다 보면 그들이 감추고 싶어 하는 결과물을 만날 수 있다. 그것은 한여름이면 나무와 수풀이 무성하게 자라 감춰졌다가 가을이면 메마른 억새 위로 드러나서 그들을 찔끔하게 만들곤 했다.

그들이 해온 '도시 브랜드' 작업을 쉽게 설명하자면 이렇다. 기존의 도시 D의 이미지를 D′로 만드는 것이다. 도시와 함께 제일 먼저 연상되는 상징물도 간과해서는 안 된다. 그런데 도시 D가 도시 D′로 거듭나는 과정에서 난데없는 걸림돌이 끼어들었다. 시외버스터미널 신축은 훨씬 오래전 그들보다 앞서 프로젝트를 맡았던 이들과도 관계없이 별도로 진행된 사업이었다. 정확히 말하자면 버스터미널이 아니라 터미널의 명칭이 문제였다.

'D-City.'

세계화에 발맞추려는 의지가 너무 노골적으로 드러났다. 문자 그대로 D시는 'D-City'였다. 별 문제 될 게 없었다. 하지만 도시의 그 누구도 그들이 태어나고 자란 그곳을 달랑 영문자 알파벳 'D' 하나로 부르고 싶어 하지는 않을 것이다.

도시에는 그 도시만의 정서라는 게 있었다. 구성원의 취향이나 종사하는 일, 인근 도시와의 연계성 등등이 합쳐져 오랜 기간에 걸쳐 이루어진 것이다. 그곳 사람들을 직접 겪지 않더라도 도시의 첫인상이라는 것이 있고 도시를 한 바퀴 둘러보다 보면 그 도시가 느껴지게 마련이었다. 그러니 도시가 생명체처럼 살아 있다고 해도 과언이 아니었다. 이 도시에 필요한 것은 그렇지 않아도 방만하게 흩어져 집약되지 못하는 많은 이미지들을 강렬한 그 무엇으로 모으는 일이었다. 무엇이 되든 그것이 'D-City'가 아니라는 것만은 명확한 사실이었다.

준공식 시간에 대려면 첫 버스를 타야 했다. 최와 김을 깨우느라 그녀는 두 시간 먼저 일어나 부산을 떨었다. 젖은 머리를 말리다 말고 전화를 걸어 차례로 두 사람을 깨웠다. 믿는 구석이라도 있는지 그때까지도 두 사람은 오밤중이었다. 장거리 여행이니 술은 마시지 말라고 신신당부했는데, 혹시나 새벽까지 둘이 술을 푼 건 아닐까. "마셨지? 밤새 마셨지?" 슬슬 채근을 시작하려는데 베개에 얼굴을 묻은 듯 최의 눌린 목소리가 들렸다.

"니가 내 마누라라도 되냐?"

"미쳤냐?"

그 말이 조금의 망설임도 없이 곧바로 튀어나왔다. 둘 다 당황하고 말았다. 최는 아무 말도 하지 않았다. 그대로 전화를 끊으려는 최에게 그녀가 다급하게 물었다. "조끼를 입어야 돼? 말아야 돼?" 그런 걸 묻다니, 니가 내 마누라라도 되냐는 불평을 백번 들어도 싸다. 잠시 사이를 두고 최가 볼멘소리로 말했다. "입어, 괜히 감기 걸려 속 썩이지 말고."

전화를 끊고 나서 다시 잠들어버리면 어쩌나, 화장을 하면서 재차 확인했다. 택시를 타고 터미널로 가는 동안에도 번차례로 전화를 걸어 어디쯤 오고 있는지 체크했다. 그러다 보니 자신이 20년 넘게 알아왔던 사람들이 친구나 동료가 아니라 어디로 튈지 모르는 두 마리의 돼지처럼 느껴졌다. 터미널에 도착하지도 않았는데 하루 종일 돼지를 친 것처럼 피로가 몰려왔다. 돼지라면 당장 빗자루부터 찾아 들고 보았을 텐데. 하지만 땅속 깊은 곳에 숨겨진 송로버섯을 찾는 것도 역시 돼지 아닌가. 그러니 좀 참아보는 수밖에.

도시에 들어설 무렵 날이 밝았다. 그녀는 잠에서 깬 채 도시가 막 정적에서 깨어나는 순간을 지켜보았다. 감상이 지나쳐 경의롭기까지 했다. 어쩌면 진작부터 자신이 이곳으로 돌아오고 싶어 했는지 모른다는 생각이 들었다. 그녀가 탄 버스

의 왼쪽 창 하늘부터 조금씩 밝아졌다. 도로는 아직 어두침
침했다. 가게의 셔터들은 하나같이 굳게 닫혀 있었다. 버스
정류장에는 잠이 덜 깬 사람들이 한둘씩 서서 버스를 기다리
고 있었다. 도로와 인도는 밤새 내린 이슬로 축축하고, 자신
의 키만 한 빗자루를 들고 묵묵히 비질을 하고 있는 청소부
들이 보였다.

　30여 년 전 그녀가 이 도시에 내려왔을 때도 딱 이맘때였
다. 도시가 조용히 깨어나고 있었다. 어린 그녀는 산으로 이
어지는 주택가의 비탈길에 멈춰 서서 발아래로 도시가 깨어
나는 걸 조용히 지켜보았다. 나란히 붙은 단층 양옥들의 창
에 하나둘 불이 켜졌다. 그릇이 달그락거리고 기침 소리가
새어 나왔다. 입안은 내내 물고 있던 사탕 때문에 진득한 침
이 고여 있었다. 혀뿌리까지 들큰했다. 그녀가 골목을 지날
때마다 차례로 개들이 짖었다. 사흘 동안 먹은 거라고는 사
탕뿐이었는데 배가 고프지 않았다. 골목은 개천처럼 평화롭
게 흘러 자연스럽게 다른 골목과 만나고 강처럼 대로로 흘러
갔다. 골목을 벗어난 그녀는 대로로 몸을 틀었다. 그때까지
어느 누구와도 마주치지 않았다. 도로 저 끝에서 누군가 천
천히 천천히 그녀 쪽으로 다가오고 있었다. 한참 뒤에야 그
녀는 그가 청소부라는 것을 알아챘다. 청소부의 비질에 따라
도시가 막 문명 속으로 발굴되고 있다는 느낌이 들었다. 물
기에 닿아 날아오르지 못하고 가라앉는 먼지 냄새가 훅 끼쳤

다. 그리운 냄새였다.

톨게이트를 벗어나자 시내까지 2차선 도로가 이어졌다. 한눈에도 구 도로였다. 직선도로 주행은 별문제가 없었지만 우회전, 좌회전을 할 때마다 대형 버스는 예사롭게 다른 차선을 넘나들었다. 어떨 땐 보도 위의 가로수 밑동을 밀어뜨릴 기세로 급하게 꺾기도 했다. 버스가 회전할 때마다 양 차선에서 달려오던 차들이 경적을 울리고 멈춰 섰다. 회전 구간에서 버스들이 꼬리를 물 때면 금방 정체 구간이 길게 이어졌다.

과적 차량이 지났는지 도로 한곳이 움푹 패여 있었다. 버스의 한쪽 타이어가 덜컹 웅덩이에 빠지면서 옆에 앉은 최의 머리가 그녀의 어깨로 털썩 떨어졌다. 술냄새에 섞인 그의 체취가 풀썩 피어올랐다. 최의 아내는 중학생인 딸아이와 2년째 캐나다에 머물고 있었다. 한때 그녀는 최가 어디에 숨어 있든 딱 세 번만에 그를 찾아내곤 했다. 최가 있을 곳이라야 빤했다. 과실이나 도서관, 학교 근처의 오락실, 서점…… 그녀가 살금살금 다가가 최의 어깨를 내리치면 어떻게 여기 있는 걸 알았냐는 듯 최의 눈이 휘둥그레졌다. 요즘 그는 사무실에 나와서도 베란다에 나가 오래 앉아 있곤 했다. 뭘 생각하는 것 같지도 않았다. 그냥 앉아서 어딘가를 볼 뿐이었다. 어느 날 최가 어딘가로 숨어버린다면 이번엔 열 번의 기회를 준다 해도 그를 찾지 못할 것 같은 예감이 들었다.

최와 김 둘 다 좌석 머리받이에 뒤통수의 머리카락이 잔뜩 눌려 있었다. 그 모습에서 잠깐 대학 때의 모습이 겹쳤다. 남자애들과 어울려 다닌다고 어머니는 그녀에게 겁도 없는 계집애라고 말했었다. "아, 좋다!" 김이 과장되게 심호흡을 했다. "좋댄다, 매연을 흠씬 들이마시구." 그녀의 말에 김이 넉살 좋게 웃었다. "매연이 대수냐? 이거 이거 마누라의 마수로부터 벗어난 자의 들숨과 날숨이다."

다부진 김의 아내가 떠오른다. 궁금한 걸 물어보는 데 조금의 망설임도 없었다. "대체 셋은 무슨 관계죠?" 김과 만난 지 얼마 되지 않았을 때 그들 셋의 얼굴을 하나하나 빤히 올려다보던 김의 아내가 당돌하게 물었었다. 다행히 "저 여자애와나, 둘 중 하나를 선택해"라는 말은 하지 않아 김을 안도하게 했다.

김의 머리 정수리가 동그랗게 비어 있다. 꼭 유대인의 키파만 한 크기다. 최와 김은 이번 프로젝트 때문에 여러 번 이 도시에 왔다. 올 때마다 애탕을 먹고 싶었는데 비위가 약한 최 때문에 먹지 못했다고 김이 투덜거렸다.

그들은 괜히 버스터미널 대합실을 기웃거렸다. 며칠 뒤면 이 터미널은 역사의 뒤안길로 사라질 것이다. 누군가 애도라도 해야 할 것 같았다. 터미널이면 꼭 이래야 한다는 규정이라도 있듯, 그들이 갔던 터미널의 풍경은 대개가 비슷했다. 대합실에 늘어선 낡은 의자들, 의자 서너 개를 차지하고 누운 노파, 핏기 없는 얼굴로 터미널 앞을 서성이는 부랑자, 늘 열려 있는 화장실 문, 그곳에서 새어 나와 대합실 전체를 뒤덮는 퀴퀴한 냄새…… 30여 년 전 그녀는 그녀를 찾으러 온 부모님의 손을 잡고 집으로 가기 위해 이 터미널에 왔을 것이다. 그런데 그 기억은 지워졌다.

길을 건너네 마네, 최와 김이 옥신각신하는 동안에도 차창에 행선지를 써 붙인 버스들이 터미널을 벗어나고 지방 각지에서 출발한 버스들이 속속 도착했다. 비좁은 터미널 대합실은 오래전 이미 포화 상태에 이르렀을 거였다. 대형 버스들이 드나들기에 턱없이 좁은 2차선 도로 때문에 이 근방이 상습 정체 구간이 된 지도 오래였다. 효율성 면에서만 봐도 진작 터미널이 신축되었어야 했다. 얼마 지나지 않았는데 눈에 띄게 거리에 사람이 붙었다. 그들 중 아무나 붙잡고 물어도 터미널 이전을 서운해할 이는 없어 보였다. 그래도 D-City라니…… 그녀는 지나치는 행인에게 신 터미널로 가는 방향을 물었다.

지상 12층 지하 5층, 신축 터미널은 건물의 위용부터가 남달랐다. 터미널 앞은 얼마 전 개통된 8차선 도로가 시원하게 뚫려 있었다. 톨게이트와도 가까웠다. 시는 터미널을 소개하는 보도자료를 통해 현재 도내에서 가장 큰 규모의 건물이라는 점을 내세웠다. '현재'까지는 그렇다는 말이다. 당장 내일이라도 다른 도시에 조금 더 큰 규모의 건물이 들어선다면 한 순간에 무색해질 말이 아닌가.

그들이 부랴부랴 터미널 안으로 들어섰을 때는 이미 준공식이 시작된 뒤였다. 관계자에 의해 그간의 경과 보고가 이어지고 있었다. 앞자리 서너 줄을 반지르르한 양복을 빼입은 사람들이 차지했다. 그 뒤에도 양복과 정장을 차려입은 남녀들이 앉아 있긴 했지만 뒷줄로 갈수록 분위기는 사뭇 달랐다. 앞줄엔 양복 깃에 배지를 단 이도 눈에 띄었다. 짐작대로 국회의원을 비롯 고위직 공무원들까지 총출동한 듯했다. 누가 결정권자일까, 그녀는 맨 앞줄에서 잔뜩 무게를 잡고 있는 이들을 재빨리 훑어보았다.

식장의 의자들이 터미널 출입구 쪽을 향해 놓여 있었다. 터미널을 드나드는 사람들이 한눈에 띌 수밖에 없었다. 그들이 나타나자 몇몇 사람들의 시선이 그들 쪽으로 쏠렸다. 상체를 최대한 낮춘 최가 살금살금 발소리를 죽이며 뒷자리로 갔다. 어쩌면 그가 싫어하는 건 이런 의례적인 자리에서 본능적으로 튀어나오는 저런 저자세인지도 몰랐다. 김도 비슷한 동작으로 최의 뒤를 따랐다. 그녀 눈에는 그 둘의 자세가 우스꽝스럽게 보였다. 그 상황만 따로 놓고 보면 어릴 적 보았던 「투맨쇼」의 한 장면 같기도 했다. 눈에 띄지 않으려는 과장된 그 동작 때문에 이젠 식장에 앉아 있는 사람들 대부분의 시선이 아예 그들 쪽으로 고정되고 말았다. 사회자는 혼자 떠드는 셈이었다. 그녀는 고개를 숙이고 구두 뒷굽을 든 채 까치발로 뒷자리까지 걸었다. 걸어도 걸어도 뒷자리에 가닿지 못할 것 같았다. 햇빛 아래 무방비로 드러난 노래기라도 된 심정이었다.

그녀가 맨 뒷자리를 향해 황망히 걸음을 옮기는데 식장의 중간쯤에 앉아 있던 한 남자가 그녀를 향해 살짝 한 손을 들었다. 그녀는 재빨리 뒤를 돌아보았다. 아무도 없었다. 왼쪽, 오른쪽도 살폈다. 그녀 혼자뿐이었다. 남자의 손짓에는 상대방에 대한 친근감이 담겨 있었다. 남자는 그녀를 손짓해 부른 손으로 자신의 옆자리를 가리켰다. 누군가의 자리를 맡아둔 듯 의자 위에 식순이 인쇄된 팸플릿이 놓여 있었다. 그녀로선 황당할 수밖에 없었다. 생면부지의 남자였다. 프로젝트를 맡으면서 도시의 공무원들과의 미팅은 최와 김이 전담했다. 단언컨대 그녀는 이 도시에 아는 이가 한 명도 없었다. 그런데 웬 남자가 다정하게 그녀를 손짓해 부르고 그녀를 위해 자리까지 맡아놓은 것이다. 남자는 최와 김 그들 또래로 보였다. 어쩌면 그들보다 서너 살 아래일지도 몰랐다. 상하의 같은 색의 양복을 입은 남자들 중 대부분은 자신의 나이보다 늙수레해 보이기 십상이니까.

건물의 일부만 터미널 용도로 쓰이고 나머지 공간엔 웨딩홀과 쇼핑몰, 사우나와 영화관 들이 속속 들어설 예정이라고 했다. 서울을 비롯한 대도시에서 붐을 일으키고 있는 복합몰이었다. 사회자의 소개와는 달리 터미널을 제외한 다른 공간 어디에도 개별 공사를 위한 칸막이가 보이지 않았다. 지금 한창 공사 중이라 해도 터미널 이전일에 맞춰 오픈하기는 어려울 것이다. 시의 호언장담과는 달리 아직 입점 대상조차 확정되지 않은 듯했다.

남쪽의 5월은 서울의 5월과는 많이 달랐다. 가까운 곳에 커다란 식물원이 있고 식물원의 꽃들이 함성처럼 일제히 꽃을 피우기라도 한 듯 훈풍에 꽃 지린내가 실려왔다. 가끔 바람이 방향을 바꿀 때면 가까운 곳에 두엄을 뿌린 밭이라도 있는 듯 고릿한 거름냄새도 섞였다. 서울의 5월은 아침저녁으로 일교차가 크게 벌어졌다. 새벽같이 집을 나서면서 그녀는 최의 말대로 재킷 속에 얇은 메리노울 조끼를 껴입었다. 어느 해인가 폐렴을 앓고부터 감기에도 벌벌 떠는 약골이 되고 말았다. 서울에서라면 딱 맞춤한 복장이 이곳에서는 조금 더운 듯 느껴졌다. 참을 수 없이 더운 건 아니었다. 3층 높이까지 튼 터미널 천장은 한참 우러러봐야 할 정도로 높았다. 양쪽으로 활짝 열어둔 창과 문들로 바람이 살랑살랑 불어왔다. 그래도 안에 받쳐 입은 조끼 한 장만 벗으면 더할 나위 없이 쾌적할 것 같았다.

행사는 예정된 시간을 넘기고도 좀처럼 끝나지 않았다. 식장 뒤편에 준비해둔 출장 뷔페 음식들이 식고 있었다. 운수업체 사장의 연설과 내빈의 축사가 이어지고 마이크는 자연스럽게 지역의 유지들에게로 넘어갔다. 간단하게 한 말씀 부탁드린다는 사회자의 부탁과는 달리 중언부언 노인들의 일장연설이 늘어졌다. 그렇지만 뒤에 있을 원성을 생각하면 경중을 따져 누구는 건너뛸 수도 없는 노릇이었을 것이다. 사회자만 애가 달았다.

준공식은 뒷전이고 셋은 아까부터 문자로 수다를 떨고 있었다. '창문외과?' 김이 턱으로 터미널 건너편을 가리켰다. 유흥가 간판들 사이에 병원 간판이 걸려 있었다. '학문외과'라고 표기한 간판은 서울에서도 종종 만날 수 있었다. 현행 의료법상 항문외과 같은 특수 전문과목은 간판에 쓸 수 없었다. 궁여지책 끝에 항문이라는 말을 교묘히 바꿔 쓰고 있는데 '학문외과'란 간판을 보면 자연스럽게 '학문에 힘쓰자'라는 옛 개그가 떠오르곤 했다. 그 개그를 받아치는 게 '학문을 닦자'였던가? 아무튼 요즘 아이들이 들으면 썰렁하다고 질색할 텐데 옛날엔 그런 것이 그렇게 웃겼다. '신선한데?' 'ㅎㅎ 거기에 창문이 달리는 상상?'

이 도시엔 규모가 큰 종합대학만 넷이나 되었다. 그렇다면 이 도시의 이미지를 교육도시로 밀어볼 수도 있었다. 그나저나 '창문외과', 위트 있다. 젊은 환자들을 염두에 두었을 것이다. '선생이 젊고 잘생긴 사람일 듯' '역시 젊은 피가 필요해'라는 문자를 끝으로 셋은 잠깐 침묵했다. 어느덧 불혹이 지났다. 나이는 숫자에 지나지 않는다지만 요즘 젊은 후배를 채용하면 어떨까 고민 중이다. 잠시 뒤 김으로부터 문자가 왔다. '현재까지 우린 뛰어나. 노련해' 어디까지나 '현재까지'였다. 언제 무색해질지 모를 말이다.

그들이 20년 넘게 관계를 유지할 수 있었던 비결 중 하나는 바로 그들이 둘도 아니고 넷도 아닌 셋이라는 점이었다. 최와 김 혹은 김과 그녀 둘이었다면 혹은 다른 한 사람이 끼어 그들이 넷이었다면 그들의 관계는 진작에 찢어지고 말았을지도 모른다.

이따금 군 입대나 단기 유학 등으로 셋이 둘로 지낸 적이 있었다. 최와 그녀가 잠깐 연인 관계가 될 뻔한 것도 김이 어학 연수를 갔을 때였다. 김 없이도 둘은 늘 그랬듯이 만나서 밥을 먹고 오락도 하면서 어울렸다. 그런데 언제부턴가 둘 사이의 관계가 부자연스러워졌다. 한 번씩 툭툭 성질을 건드리는 김이 없으니 맥이 빠져서였던가. 부자연스럽다는 것을 의식하고 나자 더욱 어색해졌다. 어느 날 밤, 최가 그녀를 집에 바래다주면서 별안간 그녀의 어깨를 끌어당기고 키스를 했다. 둘 다 그런 쪽엔 숙맥이었다. 그녀의 입안으로 최의 혀가 쑥 밀고 들어왔는데 그녀는 그것을 어떻게 해야 할지 몰랐다. 모르기는 최도 마찬가지였다. 그녀는 자신의 혀로 살짝 최의 혀를 맛보았다. 생각보다 비위가 상하지는 않았다. 그들은 서로의 얼굴에 끈적이는 침만 잔뜩 묻혀놓았다. 싱겁게도 그걸로 끝이었다. 김이 귀국했고 그들은 아무 일도 없었던 것처럼 다시 셋이 몰려다녔다.

　그녀는 그들 셋의 관계가 솥발 같다고 생각했다. 받침이 셋 달린 옛날 솥 말이다. 세 개의 다리가 솥을 단단히 떠받치고 있다. 최와 김, 그녀가 그 다리 하나씩이다. 그들이 오랫동안 균형을 이루면서 잘 받치고 있는 그 솥 안에 무엇이 들었는지 그들은 몰랐다.

　터미널의 높은 천장 3분의 2 지점쯤에 건너편 유흥가의 스카이라인이 걸쳐 있었다. 올망졸망 들어선 유흥업소들은 한눈에도 체인점 일색이었다. 10년 20년 자신만의 맛을 지켜가는 맛집이 아니라 한철 돈을 벌고 자리를 뜨는 장사치들이 대부분이었다. 가뜩이나 터미널 근처의 식당들은 뜨내기들을 상대해 맛있는 곳이 드물다는 평들이 많았다. 점심 때가 다 되어가지만 가게들 대부분은 문을 열 기척조차 보이지 않았다. 아예 점심 장사는 건너뛰고 오후 느지막이 가게 문을 열 작정인 것이다. 직장인들이 퇴근할 무렵이면 가게 문들이 활짝 열리고 이 일대는 새벽까지 불야성을 이룬다. 호객 소리도 끊이지 않는다. 번쩍번쩍 모텔들의 간판과 장식등 불빛이 먼 도로를 지나는 차들에서도 띌 정도이다. 버스에서 내려 8차선 도로 하나만 건너면 그곳에서 모든 욕망을 풀 수 있다. 그녀는 30여 년 전 산속을 헤매다 간신히 내려와 본 도시의 아침을 떠올렸다. 이곳이 정말 그때 그곳인가. 신도시 곳곳에 대형 건물이 들어서는 듯 자재들이 산더미처럼 쌓여 있었다. 크레인 여러 대가 자재들을 옮기는지 주변은 공사 소리로 시끄러웠다.

유흥가와 모텔촌이 들어서면서 자연스럽게 도시의 상권이 동쪽에서 서쪽으로 이동하기 시작했다고 관계자가 설명했다. 2년 뒤 인근의 백화점이 완공되면 백화점과 함께 복합몰인 'D-City'가 도시의 중심 상권으로 부상할 거라고 말하는 그의 목소리에 확신이 실려 있었다. 여기저기서 산발적인 박수가 터져 나왔다.

소비 중심의 복합몰을 이 도시의 상징이 되게 할 수는 없었다. 그녀는 조바심이 났다. 아무래도 누구의 발상에서 시작되었을지 모를 이 D-City가 앞으로 자신들이 하게 될 일과 사사건건 충돌할 것만 같은 예감이 들었다. 사회자가 테이프 커팅식 순서를 알리자 앞자리의 사람들이 우르르 일어섰다. 스무 명이 넘는 이들이 정렬해 장갑을 끼고 가위를 찾아 드느라 시간이 또 지체되었다.

단체 사진까지 찍은 뒤에야 공식적인 1부 행사는 끝이 났다. 사람들이 무리 지어 터미널을 벗어났다. 한 사람이 움직이는 데 대동된 인원이 한둘이 아니었다. 마치 꼬리잡기 게임이라도 하는 듯했다. 미리 얼굴을 익혀둔 담당자를 발견하고 최가 한 손을 치켜들었다. 상대방도 최를 보고 알은체를 했다.

우르르 터미널을 벗어나던 다른 한 무리가 그녀 앞에 멈춰 섰다. "복합몰이 이 도시의 상징이 될 수는 없다. 그 말이 어젯밤 내내 귓가에 울리더란 말이오." 티 하나 없는 검은 양복 위로 드러난 목이 두툼하고 붉었다. 얼굴을 올려다보지는 않았지만 얼굴 또한 검붉을 것 같았다. 혹시 아까 한 혼잣말을 듣기라도 한 건가, 찔끔해 서 있는데 황급하게 몇 발짝 떼던 사내가 다시 그녀 앞으로 되돌아왔다. "그럼 이 도시의 심장은 어디가 되어야 할까요…… 타임스 스퀘어라고 했지요, 나한테?" 문득 사내 뒤에 선 남자와 눈이 마주쳤다. 그녀를 향해 빙그레 웃고 있었다. 아까 손짓으로 그녀를 부르던 그 남자였다. 수행 비서쯤 되는 모양이었다.

타임스 스퀘어에 대해서는 할 말이 많았다. 그녀가 그제야 말문을 떼려는데 사내가 다 안다는 듯 고개를 끄덕였다. "아, 알아요, 알아. 할 말이 많겠지. 하지만 지금은 보시다시피 다른 일정들이 밀려 있고. 가까운 시일 내에 한번 봅시다. 오은……" 뒤에 선 남자가 재빨리 사내의 말을 받았다. "오은영입니다." "그래, 오은영 씨." 사내가 앞장서고 한 무리의 사람들이 꼬리를 잡듯 그 뒤를 따라 빠져나갔다. 복합몰이 도시의 상징이 될 수 없다는 건 그녀의 생각이 맞았다. 하지만 분명 사내는 어젯밤 내내 그 말이 귓가를 떠나지 않았다고 했다. 어젯밤? 어젯밤 그녀는 서울에 있었다. 그녀에게 손짓을 한 사람은 물론이고 짧은 목의 사내 또한 그녀를 다른 누군가로 오해하고 있는 게 분명했다. 그 여자 이름이 오은영이라고 했던가?

"우! 대단한데?" 김이었다. 김이 바지주머니에 두 손을 찔러넣고 불량스럽게 걸어오면서 휘파람을 불었다. "언제 시장과 안면을 텄어? 암튼 우리 박 대표, 알아 모셔야 돼." 방금 그 사내가 시장? 그녀가 눈을 동그랗게 뜨자 김이 호들갑을 떨었다. "넌 역시 우리의 대표야, 음 대표지, 대표."

그녀로 오인되고 있는 오은영이란 여자가 누군지 모르지만 결과적으로 그들에게 나쁠 건 없다는 게 김의 결론이었다. 그들이 시장과 독대하려면 한참을 기다려야 했을 것이다. 그런데 누군가 먼저 시장을 만나서 그들이 해야 할 말을 대신 전해준 셈이었다. 혹시 시에서 여러 팀에게 같은 일을 의뢰한 것은 아닐까. 그렇다면 한시도 고삐를 늦출 수가 없다. 당장이라도 관계자들의 눈이 번쩍 뜨일 브랜드를 만들어내야 한다. 그때까지 뭔가를 골똘히 생각하던 김이 말했다. "그런데 널 닮았다는 그 오은영이란 여잔 누굴까? 시장이야 그렇다치고, 그 뒤의 비서 말야. 오은영이란 여자와 꽤 친밀해 보이지 않았어? 그런 사람이 너와 오은영을 구분하지 못하다니……" 김이 이번 프로젝트에서 이렇게 열을 올리는 건 처음이었다. 김이 목소리를 낮췄다. "이처소재(二處所在)…… 동시에 두 곳에 존재한다……" 실제로 이탈리아의 한 신부는 수도원을 떠나지 않았지만 곧잘 같은 시간 다른 곳에 나타나 사람들을 도와주었다고 했다. 김은 꽤 심각했다. 그녀가 김에게 바라는 건 한 가지였다. 그런 상상력을 이번 프로젝트에 정렬적으로 쏟아붓는 것. 갑자기 김이 소리를 질렀다. "악, 최악이다. 너랑 똑같이 생긴 마녀가 하나 더 있다는 건."

　그녀는 이 도시에 두 번 왔지만 엄밀히 말하자면 처음이라고 해야 할 것이다. KTX가 지나면서 세 시간 반 남짓이면 올 수 있는 거리가 되었지만 아무런 연고가 없는 이곳을 좀처럼 찾게 되지 않았다. 가끔 산속을 헤매는 꿈을 꾸고 나면 언젠가 길을 잃고 헤맨 그곳에 다시 가보고 싶다는 생각이 들었지만 그때뿐이었다.

　이곳은 독특한 곳이었다. 바다가 가깝지만 바닷가는 아니다. 한여름 피서객이 몰려들 리 없다. 볼만한 유적지들이 곳곳에 흩어져 있지만 모두들 이 도시를 조금씩 비켜나 있다. 유적지를 보러 왔다면 굳이 이 도시까지 들어올 필요가 없다. 30여 년 전 그녀의 부모님도 그랬다. 친목회 회원들은 이 도시에서 30킬로미터 떨어진 다른 도시에 여장을 풀었다. 그런 연유에서일까, 도시의 규모에 비해 괜찮은 숙소를 찾기 어려웠다.

　그들은 시내의 모텔 중 한 곳에 짐을 풀었다. 한낮인데도 로비는 어두침침했다. 천장을 가로지르며 걸린 색색의 꼬마 전구들에 불이 들어올 때마다 프런트 뒤에 있는 그림의 윤곽이 살아났다. 야자나무였다.

재킷을 벗고 침대에 누웠다. 작은 움직임에도 매트리스가 출렁거렸다. 식이 끝나고 나서 그녀는 관계자들과 일일이 인사를 나누었다. 누구에게 받았는지 기억나지 않는 명함이 재킷 주머니에 가득했다. 아직도 많은 사람들이 이곳의 지명을 듣는 순간 그 일을 떠올렸다. 정도의 차이는 있지만 반응은 비슷했다. 그들의 얼굴에는 하나같이 그늘이 졌다. 이 도시의 브랜드는 무엇이 되어야 할까. 그렇다면 지울 수 없는 그 역사 위에서 시작되어야 하는 건 아닐까. 조끼를 벗고 싶은데 일어나 벗을 기력이 없었다. 이처소재. 김의 말처럼 자신이 둘로 나뉘어 하나는 이곳에 다른 하나는 서울에서 바쁘게 움직이고 있는 것 같았다. 그렇지 않고서야 이렇게 피곤할 수가 없었다.

30여 년 전 어린 그녀가 부모님의 친목회를 따라온 곳은 이 도시가 아니었다. 친목회원들은 산 중턱에 있다는 유적지를 찾아 산을 올라갔다. 그때 어린 그녀를 혹하게 했던 것이 무엇이었던가. 나비였던가. 날개에 붉은 반점이 박힌 나비였던가. 잡힐 듯 잡힐 듯 나비는 그녀의 손이 닿을 듯한 거리에서 낮게 날았다. 나비를 잡는다는 것이 그만 무리에서 벗어나고 말았을 것이다. 어느 순간 나비는 높게 날아올라 그녀의 시야에서 사라졌고, 그제야 그녀는 주변을 둘러보았다. 그녀는 길이 끊긴 곳에 서 있었다. 엄마를 불러봤지만 헛수고였다. 울어도 아무 소용 없었다. 그녀는 사흘 동안 산속을 헤맸다. 주머니 속에 든 후르츠 캔디를 천천히 녹여 먹었다. 숲은 어둠이 금방 찾아왔다. 저 높은 곳의 누군가가 거대한 그물을 뿌리는 듯했다. 삽시간에 사방이 어두워지면서 자신의 발과 손조차 보이지 않았다. 구멍이란 구멍을 농밀한 어둠이 틀어막았다. 본능적으로 밤이면 걸음을 멈추고 나무둥치에 기대앉았다. 새벽이 밝아오기를 기다리면서 그녀는 후르츠 캔디를 천천히 빨아먹었다. 처지와는 상관없이 사탕은 다디달았다. 녹고 녹아 마지막에 바늘처럼 뾰족해진 사탕 조각이 그녀의 혀를 찔렀다. 단맛 뒤에는 늘 비릿한 피냄새가 뒤따랐다.

　방문을 두드리는 소리에 그녀는 잠에서 깼다. 몸이 흠씬 땀으로 젖어 있었다. 사탕이라도 물고 있었던 것처럼 입이 달았다. 프로젝트 관계자들과 잡아둔 저녁 식사 생각이 떠올랐다. 최를 문밖에 세워둔 채 서둘러 기미가 드러난 뺨에 분을 덧칠하고 머리를 빗었다.

　김은 빠졌고 식사 자리엔 최와 그녀만 참석했다. 김이라도 있으면 빠지고 싶었지만 김에게 선수를 뺏기고 말았다. 김은 지금쯤 유명하다는 애탕집에 앉아 땀을 흘리며 홍어애탕을 먹고 있을 것이다. 삭은 홍어 향이 두 콧구멍을 타고 올라와 가는 쇠꼬챙이가 머리 한가운데를 뚫듯 톡 쏠 때마다 김은 오우, 오우 감탄을 연발하고 있을 것이다.

　장소는 프로젝트 관계자들 쪽에서 정했다. 공무원들이 즐겨 찾는다는 시청 앞 한정식 집이었다. 한옥을 개조해 만든 방이 정갈했다. 자연스럽게 술잔이 오갔다. 그녀가 뉴욕의 타임스 스퀘어 이야기를 꺼냈다. 1970년대만 해도 뉴욕은 범죄의 온상지였다. 그런 뉴욕이 새롭게 변모한 건 바로 아이콘 하나 때문이었다. 빨간 하트가 들어간, 간략하지만 '나는 뉴욕을 사랑한다'는 뜻의 그 아이콘, 빨간 하트는 뉴욕의 상징인 애플을 뜻하기도 했다. "도시 브랜딩에 무엇보다도 시민들의 힘이 필요합니다. 뉴욕을 바꾼 건 대기업의 투자와 발 벗고 나선 시민들의 노력 덕분이지요." 최의 말에 다들 고개를 끄덕였다. 그들 또래쯤 된 공무원이 목을 죄고 있던 넥타이를 당겨 느슨하게 했다. "우리 도시를 두고 한 건축가가 이렇게 얘기했습니다. 세계의 단일민족 중 이곳에서 발행하는 신문 매체수가 제일 많다, 그러나 독자 수는 제일 적다. 학교가 제일 많지만 학생 수는 제일 적다. 시민단체 수가 제일 많으나 회원 수는 제일 적다." 좌중에서 웃음이 터져 나왔다.

음식점은 미음 자 구조로, 흙으로 봉긋 솟아오른 마당 중앙 화단에 키 작은 소나무 두 그루가 심겨 있었다. 식사를 마치고 막 방에서 나와 신발을 찾아 신는 사람들과 계산을 하려 줄을 선 사람, 화장실에 가려는 사람들이 뒤섞여 넓지 않은 마당이 조금 부산했다. 음식은 정갈했다. 음식을 먹으면서 그녀는 이곳이 바다와 들, 산이 모두 가까운 천혜의 자연 환경을 가진 곳이라는 것을 새삼 확인했다.

그녀가 음식점에서 비치해둔 커다란 플라스틱 슬리퍼를 끌고 화장실 쪽으로 돌아갈 때였다. 여자들 한 무리가 모퉁이에서 있었다. 그중 누군가가 "오은영이?"라고 말하는 것을 들었다. 오은영? 혹시 그 오은영? 자신과 몹시 닮았다는 그 여자. 그녀는 자연스럽게 여자들 쪽으로 몸을 돌렸다.

중년 여자가 거칠게 그녀의 조끼를 잡아당겼다. 그녀는 꽥소리 한번 내지 못하고 가게 앞 주차장까지 질질 끌려갔다. "혹시나 했는데 오은영이 맞네?" 다른 여자가 그녀의 코 바로 앞에 얼굴을 들이댔다. "그래, 이게 말로만 듣던 그 오은영이다 이 말씀이지?" 아니라고 자신은 오은영이 아니라고 그녀가 몇 번이나 말해도 여자들은 곧이듣지 않았다. 여자들이 앞다퉈 그녀에게 모진 말들을 쏟아부었다. 그 소동에 한정식 종업원 몇이 달려 나왔다. 차에 오르려던 남자 몇이 그녀쪽을 기웃거렸다. 주차장은 어두웠다. 어두워서 여자들의 코위로는 잘 보이지 않았다. 불빛에 드러난 여자들의 입술은 하나같이 뭉개지듯 지워져 있었다. 음식의 양념과 흐릿한 술냄새, 단물 빠진 껌냄새가 났다. 마지막으로 그녀가 들은 말은 "내 말 알겠지? 명심했지?"라는, 한 여자의 다그치는 듯한 말이었다.

터미널에서부터 한정식 집에 이르기까지 종잡을 수 없는 일들이 벌어지고 있었다. 구성력이 약한 이야기 하나가 머릿속에 금방 떠올랐다. 오은영과 터미널 준공식에서 자리를 잡아두었던 남자, 그리고 방금 여자들 무리에 섞여 있었을 그 남자의 아내. 대체 오은영이란 여잔 어떤 여자일까.

방으로 돌아오니 그새 만취한 최가 앞에 앉은 관계자들에게 일장훈계를 늘어놓고 있는 참이었다. 취하기는 그들도 마찬가지였다. "자, 이게 버습니다. 이건 터미널이구요." 누군가의 일회용 라이터가 버스로, 식탁 한가운데 놓인 재떨이가 터미널로 변했다. "웅, 빵빵, 버스가 들어옵니다. 이때 이방인을 제일 처음 맞이하는 게 뭡니까?" 최가 좌중을 둘러봤다. 당연한 것을 묻는다는 듯 누군가 심드렁하게 받아쳤다. "그야 터미널이지요. D-City라는 빨간 글자 아닙니까?"

"바로 그겁니다." 최가 들고 있던 라이터로 식탁을 쳤다. 식탁 모서리에 걸쳐 있던 숟가락과 젓가락이 떨어졌다. "D-City, 이게 바로 이방인이 제일 처음 마주하는 이 도시의 이미지라 이겁니다. 조악한 이 영문자 몇 개가. 이걸 보고 그가 자신이 곧 도착할 곳이 어떤 곳인지 상상이나 할 수 있겠습니까? 이곳에서 무슨 일이 있었는지 가늠이나 할 수 있겠습니까?"

이쯤 해서 그만 자리를 파해야 할 듯했다. 그녀가 아는 한 최에게는 주사가 없었다. 하지만 요즘 그녀는 최를 잘 안다고 확신할 수 없었다. 일어나라고 최의 한 팔을 끌어당겼는데 최가 그녀의 손을 뿌리쳤다.

"그런데 대체 누굽니까? 터미널 이름을 고따위로 지은 사람?"

최가 상체를 일으키고 엉거주춤 앉아 맞은편에 앉은 사람들의 얼굴을 하나하나 뚫어져라 바라보았다. 그러더니 상 끄트머리에서 혼자 자작하고 있던 젊은 남자의 이마 정중앙을 집게손가락으로 정확히 가리켰다. "넙니까?" 영문을 모르기는 그 남자 또한 마찬가지였다. 딴생각을 하고 있었던 모양이었다. "네? 뭐가 잘못되었습니까?" 모르긴 몰라도 오늘 오전부터 지금까지 그녀의 얼굴도 딱 저 남자의 얼굴과 같을 거였다.

"한 가지 주의해얄 건 이겁니다. 절대로 불을 꺼뜨려선 안 됩니다. 자칫 전구의 불이 몇 개 꺼진다 칩시다. 그럼 터미널의 이름이 뭐가 될지 압니까. ……DC가 될 수도 있다 이 말입니다. DC. 디스카운트? 아시겠죠?" 풋, 웃음이 터졌지만 그녀는 재빨리 입을 가리며 주변을 살폈다. 아무도 웃지 않았다. 최와 그녀의 얼굴을 번갈아 보던 맞은편의 남자가 상황을 이해한 듯 과장되게 웃음을 터뜨렸지만 그뿐이었다. 상 끄트머리 젊은 남자는 여전히 멍한 표정이었다. 한때 그녀는 최의 이런 점을 좋아했다. 무거운 척, 폼을 재지만 파고들어갈 여지가 있었다. 숨구멍이 있었다. 하지만 이젠 '학문을 닦자'라는 개그에 아무도 웃지 않는다. 더 이상 최의 우스갯소리에 웃지 않는 것처럼. 최에게 아니 자신에게 먼저 새로운 창문이 필요한 것 아닐까. 아직까지 벗지 못하고 있는 조끼의 정중앙을 중심으로 언제 흘렸는지 양념 얼룩이 점점이 떨어져 있었다. 누군가 포악하게 쥐었다 놓은 흔적이 고스란히 남아 있듯 그녀의 조끼는 구겨져 있었다.

　겨우겨우 길을 찾아 산에서 내려왔지만 그곳은 어린 그녀가 부모님을 따라 온 그 도시가 아니었다. 숲속을 헤맨 끝에 그녀는 한 번도 가보지 못한 낯선 도시로 내려왔다. 사흘 만이었다. 청소부가 맨처음 그녀를 발견했다. 부모를 따라 산에 올라간 아이가 실종되었다는 소식을 그도 알고 있었다. "괜찮냐?"라고 그가 물었을 때도 아이는 도로 끝 어딘가를 보고 있었다. "뭘 보고 있는 거냐?" 아이가 웃으며 말했다. "저기요. 아저씨가 쓸고 온 거리요. 평화로워요." 사흘 동안 길을 잃고 산을 헤맨 아이치곤 너무나 멀쩡하다고 그는 생각했을 것이다. 그는 곧바로 그녀를 인근의 파출소로 데려다주었다.

　겉으로는 아무렇지도 않게 보였지만 사실 그녀는 더 이상 예전의 그녀가 아니었다. 사흘 전 부모님 뒤를 졸졸 따라 산을 오르던 때의 그 계집애가 아니었다. 그녀는 아주 나중에야 그때의 그 느낌을 글로 옮긴 적이 있다. 마치 나의 반쪽을 그곳에 두고 온 듯했다,라고. 집으로 돌아온 뒤, 그 밤부터 그녀는 이불에 오줌을 지리기 시작했다. 큰 충격을 겪은 아이들에게서 볼 수 있는 퇴행 현상이라고 의사는 말했다.

　아주 나중에야 그녀는 산에서 내려온 그 며칠 뒤에, 그녀가 여전히 공포 속에서 놀라 깨며 이불에 오줌을 지릴 때, 그녀가 산에서 내려와 오랫동안 내려다보았던 그 도시에서 벌어진 일들을 알게 되었다. 그녀가 산에서 내려온 지 불과 일주일도 채 지나지 않아서였다.

최와 그녀는 나란히 걸었다. 부축을 해주려 했는데 최가 그녀의 팔을 빼냈다. 이러다 어느 날 어디로 숨어버리는 건 아닐까. 그녀는 아무 말 없이 걷기만 했다. 모텔촌 골목으로 접어들었다. 모텔의 네온 간판들로 휘황찬란한 하늘과는 달리 모텔 주차장은 더욱 어두워 보였다. 자동차의 번호판을 가린 알루미늄 가림막이 어둠 속에서 휘번뜩 빛을 냈다. 대체 D시는 어떤 곳일까.

별안간 최가 그녀를 전신주 쪽으로 밀었다. 그를 밀쳐냈지만 완력이 셌다. 그녀는 못 이기는 척 떠밀렸다. 최의 얼굴이 다가왔다. 수염이 자랐는지 그녀의 뺨에 닿은 최의 뺨이 까칠까칠했다. 이제 그들은 키스를 어떻게 해야 할지 모르는 숙맥이 아니었다. 무엇 때문인지 최가 주춤했다. 그도 어쩌면 그녀가 떠올리는 걸 동시에 떠올렸는지 모른다.

솥발.

그들 셋은 그동안 세 개의 솥발처럼 균형을 맞추고 살아왔다. 그중 하나가 부러지면 그걸로 끝이다. 솥은 무너진다. 안에 든 것이 걷잡을 수 없이 쏟아져내릴 것이다. 그녀는 최를 잘 알았다. 일단 물러서면 더 이상 진행시키지 못한다, 최는. 중요한 건 타이밍이다. 일도 사랑도. 그녀는 최의 엉덩이를 툭툭 두들겨주었다. 기가 막히다는 듯 최가 웃었다. "니가 내 마누라라도 되냐? 그래서 내가 이젠 남자로도 안 보이냐?" 그녀도 웃었다. "아니, 나는 그대들의 누나입니다."

그들은 손을 잡고 걸었다. 밤이 되었는데도 기온은 좀처럼 떨어지지 않았다. 딱 조끼 한 장만 벗으면 될 일을 하루 종일 이러고 있었다. 어쩌면 방금 전 최와의 일로 그녀의 몸이 뜨거워졌는지도 모른다.

"우우……"

괴성과 함께 뒤에서 나타난 김이 최와 그녀를 떠다밀었다. "이것들 뭐 하는 짓이지? 엉?" 김이 최와 그녀 사이로 끼어들어와 그들의 손을 잡았다. 20년 넘게 그들의 관계가 유지될 수 있었던 건 그들이 셋이기 때문이었다. 그들 셋이 균형 감각을 유지해가며 솥을 받치고 있었기 때문이다. 하지만 이처럼 아슬아슬한 관계가 어디 또 있을까. 언제 끊어질지 알 수 없는 팽팽한 실 같았다. 어디선가 김의 당찬 아내가 나타나 허리춤에 두 손을 얹고 그들에게 따져 물을 것만 같았다. "대체 당신들은 무슨 관곈 거죠?"

최와 그녀를 따돌린 김은 소원대로 홍어애탕을 먹었다고 했다. 그 맛은 그가 상상했던 것 이상이었다. 국물과 건지를 입안으로 밀어넣는 순간 매연 때문에 늘 먹먹하던 두 콧구멍이 뻥 뚫렸다고 했다. 김이 별안간 그녀를 뚫어지게 봤다. "내가 거기서 누굴 봤게?"

누군지 그녀는 단번에 알 수 있었다.

"혹시 오은영?"

"딩동댕!"

맨처음 김도 그녀라고 착각했다고 했다. 각진 얼굴, 마흔이 넘은 여자들은 몸매도 비슷해지니까. 그런데 얼굴 한번 찡그리지 않고 홍어애탕을 훌훌 떠먹는 걸 보고 의심이 사라졌다고 했다. 게다가 그녀 앞에는 김이 한 번도 본 적 없는 남자가 앉아 있었다. "그런데 어떻게 그 여자가 내가 아니라는 걸 확신할 수 있었지?" 그녀가 물었다. 김이 어린애처럼 낄낄댔다. "그야 뭐, 딱 그 남자를 보니까 답이 나오더라구. 전혀 네 타입이 아니었거든."

오은영도 그녀의 존재에 대해 알고 있었다고 했다. 터미널에서 만난 그 남자가 말해주었을 것이다. 김이 알은체를 했더니 오은영도 그녀를 꼭 한 번 만나보고 싶다고 했단다. 서울로 떠나기 전 언제든 연락을 달라는 말도 전했다.

"정말 날 그렇게 닮았어? 애인이 착각할 정도로?"

"응, 나도 내 눈을 의심했어. 이처소재라고 믿었지. 하지만 결국에 가선 네가 아니라는 걸 알게 되었지. 어떻게 알았냐구? 그냥 알아졌어. 우리가 어디 1, 2년 알고 지낸 사이냐?"

30여 년 전 그날, 어린 그녀가 산속에 남겨두고 온 것이 혹시나 또 다른 그녀였다면, 이를테면 그녀의 반쪽이었다면, 그래서 집으로 돌아온 그녀와는 달리 남은 반쪽이 훨씬 나중에야 산을 내려왔다면 그녀는 그곳에서 무엇을 보았을까. 과연 그 도시가 평화롭다고 말할 수 있었을까.

D시를 떠나기 전에 그녀에게 할 일이 하나 더 늘었다. 그렇게 자신을 닮았다는 오은영을 만나는 일이었다. 오은영에게 30여 년 전 어린 오은영이 보았던 것에 대해 듣고 싶었다. 그나저나 이 둘을 믿고 이 프로젝트를 마무리할 수나 있을까?

"아, 할 수 있다니까!"

최와 김이 동시에 소리쳤다. 어떻게 내 속마음을 읽은 걸까? 최와 김이 그녀의 예상을 뛰어넘은 적 없듯 그녀 또한 한 번도 그 둘의 예상을 뛰어넘은 적이 없다는 것이 떠올랐다.

여름의 맛

1

2004년 여름, 화보 촬영차 오사카에 갔던 취는 촬영이 다 끝나고 포토그래퍼와 스태프, 모델들이 귀국한 뒤에도 혼자 그곳에 남아 나흘 일정으로 간사이 지방을 돌았다. 아는 얼굴과 마주칠 일 없는 곳에서 계획 없이 빈둥대는 게 소원이라고 입버릇처럼 말했지만 혼자 남겨진 첫날 아침에도 어김없이 7시에 잠에서 깼다. 침대에서 뭉기적대면서 잠이 완전히 달아나기를 기다리는 그 10여 분이 하루 중 가장 불쾌한 것은 서울 그녀의 비좁은 원룸을 벗어나서도 마찬가지였다. 시차가 한참 나는 먼 나라라고 사정이 다르지는 않았다. 정시(定時)에 일어나 스케줄대로 종종대다가도 불현듯 저녁이나 한밤중, 이유 없이 언짢아지곤 했는데 어림짐작으로도 그때가 서울에서의 기상 시간 즈음이라는 것을 알 수 있었다.

그 짧은 시간 수많은 잡념이 들끓었다. 지난 호에서 잡아내지 못한 오탈자 한 개에서 시작된 생각은 10여 년 전 그만둔 외국어 공부에 대한 아쉬움으로, 시시콜콜 그녀의 의견에 딴지를 거는 데스크로 이어졌다. 모나미 볼펜 끝으로 그녀의 어깨를 콕콕 찔러대는 그에게 대체 나한테 왜 이러는 거냐고 따지지 못했다. 무엇보다 가장 쓰고 비린 진실은 어느 것 하나 행동으로 옮기지 못하리라는 것이었다. 직장을 그만두는 것도 훌쩍 이 땅을 떠나는 일도 심지어는 하루 무단 결근도 결코 실행할 수 없을 거라는 사실이었다. 가장 울고 싶은 시간이었지만 우는 것조차 마음대로 되지 않으리라는 것을 그녀는 알았다.

계획 없이 무작정 돌아다니자고 작심했지만 그녀는 여행사들이 즐겨 잡는 코스대로 교토와 고베, 나라 순으로 일정에 쫓겨 바쁘게 움직였다. 그래서 가는 곳마다 한국인 단체 관광객들 틈에 묻혔고 남들 눈에 한동안 단체 관광객을 인솔하는 여행사 깃발을 쫓아가는 것처럼 비칠 때도 있었다. 두어 번 같은 얼굴과 스치다 보니 나중에는 자연스럽게 눈인사도 나누게 되었고 커플이나 단체 사진도 찍어주게 되었다. 아무 말 하지 않았는데도 그들은 그녀가 한국 사람이라는 것을 알아챈 것만으로도 부족해 미혼이라는 것까지 눈치채고는 아무 때나 그녀를 아가씨, 아가씨 하며 함부로 불러세웠다.

출국 전날 오사카로 돌아가지 않고 교토로 다시 간 건 코스에서 빼먹은 금각사 때문이었다. 빠뜨릴 수 없는 교토의 명승지이기도 했지만 무엇보다 미시마 유키오의 소설 「금각사」의 영향이 컸다. 소설을 읽은 뒤로 어쩌다 금각사를 생각할 때면 금박을 입혔다는 사치스러운 절의 위용이 아니라 이상하게도 화염에 휩싸여 활활 불타고 있는 절의 모습이 떠올랐다.

시뻘겋고 푸른 불이 거대한 혓바닥처럼 절의 기둥들을 핥으며 기어오르다가 개축할 때 쓴 덜 마른 소나무의 송진을 만나 붉은 불꽃을 터뜨리면서 검고 매캐한 연기를 내뿜는다. 삽시간에 불은 지붕까지 번져 사방이 환해진다. 불구덩이 속에서 금각사가 아우성이라도 치는 듯 뒤틀리는 소리가 울린다. 금각사의 금박을 비추던 연못도 붉은빛으로 변해 일렁인다. 숯덩이가 된 기둥들이 무너지고 사방으로 불씨를 날리며 지붕이 폭삭 내려앉는다. 밤새 목조 잔해가 불타오른다.

택시 기사가 금각사를 은각사로 잘못 알아듣고 은각사에 내려주지 않았다면 그녀는 그를 만나지 못했을 것이다. 나중에야 금과 은이 '킨'과 '긴'으로 비슷한 발음을 가지고 있다는 것을 알게 되었다. 그 미묘한 발음의 차이로 외국인 관광객들이 가끔 금각사인 줄 알고 은각사에 와서 서성댄다고 알려준 것도 그 남자였다. 그는 몇 번이고 금각사와 은각사의 일본어 발음을 되풀이했다. 킨가쿠지. 긴가쿠지. 일본인들에게는 명확히 들릴 그 발음이 당시 그녀에게는 변별력 없이 엇비슷하게 들렸다.

관광객 틈에 끼어 은각사를 도는 동안에도 그녀는 금각사에 대한 미련을 떨쳐버리지 못했다. 금과 은, 킨과 긴처럼 너와 나처럼 삶과 죽음처럼 관계 속에서 생겨나 쌍을 이루는 모든 단어들처럼 은각사도 금각사 없인 무의미하다는 생각 때문이었을 것이다. 그녀는 갈퀴질이 만든 정연한 선의 세계와 모래 언덕이 한눈에 내려다보이는 언덕에 서서 혼잣말을 하고 말았다.

"세계를 변모시키는 건 인식일까, 행위일까?"

소설 「금각사」의 주인공인 말더듬이가 안짱다리에게 한 말이었다. 불타오르는 금각사를 뒤로 한 채 넘어지고 구르면서 어둠을 뚫고 도망치는 말더듬이의 모습이 눈에 보이는 듯했다. 어룽거리면서 불타오르는 금각사. 그 비슷한 장면을 한번도 목격한 적이 없음에도 불구하고 그녀는 마치 언젠가 금각사가 불타오르는 것을 두 눈으로 본 것만 같았다. 그때 뒤에선 누군가가 그녀에게 물었다.

"한국 사람이세요?"

아, 또 한국 단체 관광객인가? 그녀는 못 들은 척 꼼짝도 하지 않았다. 그녀에게 한국 사람이냐고 물은 목소리가 뜸을 들인 뒤 다시 물었다.

"잘못 온 거죠?"

그녀는 마지못해 뒤돌아보았다. 동네 편의점에라도 다니러

온 듯 무릎 길이의 헐렁한 반바지에 밑창 얇은 고무 슬리퍼 차림의 남자가 비닐봉지를 들고 서 있었다.

비행기 출발 시각은 이튿날 정오 무렵이었다. 짐을 맡겨놓은 오사카의 숙소에는 그날 밤 안으로 도착하면 될 거였다. 시간이 많지는 않았지만 금각사에 가자면 갈 수도 있을 시간이었다. 기대가 큰 만큼 실망도 큰 곳이 금각사일지도 모른다는 남자의 말 때문이었을까, 아니면 정작 자신이 보고 싶었던 것은 불타오르는 금각사일지도 모른다는 생각 때문이었을까. 그녀는 남자를 따라 은각사 근처에 있다는 작은 절까지 걸었다.

대숲 사이에 묻힌 작은 절이었다. 바람이 불자 대나무들이 서로 부딪히면서 달그락댔다. 그들은 나란히 앉아 절의 타종을 기다렸다. 낯익은 단내가 희미하게 풍겨왔다. 그와 나란히 걸을 때부터 맡던 냄새였다.

그는 사진을 공부하러 온 유학생이었다. 그래서 그랬구나. 그녀는 혼자 고개를 끄덕였다. 여행지에서의 감상이라고 한대도 낯선 남자와의 동행은 그녀답지 않은 일이었다. 그녀는 자신이 그에게 반감도 호감도 가지지 않은 이유가 순전히 그가 공부하는 사진 때문이기라도 한 듯 다시 한 번 고개를 깊이 끄덕였다. 수많은 남자 포토그래퍼들과 취재 여행을 다녔지만 그들 중 누구와도 별다른 감정이 생기지 않는 것과 비슷한 연유였다.

인적이 뜸한 대나무 그늘 아래는 서늘했다. 남자는 절 위로 펼쳐진 대숲 끝을 올려보다가 혼잣말처럼 중얼거렸다.

"슬슬 고향에서도 복숭아 수확을 준비하겠군요."

한창 바쁠 때 일을 거들지 못한 것에 대한 미안함인지 자신의 유학비 대부분이 부모의 수고로움에서 오는 것에 대한 죄스러움인지, 그는 잠깐 착잡한 표정이 되었다. 하지만 그것도 잠깐 그제야 생각났다는 듯 그의 얼굴이 활짝 펴졌다. 그가 비닐봉지 속에서 복숭아를 꺼냈다. 이따금 풍기던 단내는 바로 복숭아 향기였다. 다 큰 남자를 울적하게도 기분 좋게도 하는 것이 복숭아라니, 그녀는 복숭아로부터 조금 떨어져 앉았다. 까실까실한 털 때문에 평소 그녀는 복숭아를 좋아하지 않았다.

"일본에서 복숭아는 특산품 중의 특산품이죠."

남자의 말을 증명이라도 하듯 복숭아는 복숭아치고는 좀 과하다 싶게 포장이 요란했다. 스티로폼 보호막을 덧씌우고 미인대회의 미인들이 두르는 리본 같은 분홍 종이띠를 둘렀다. 복숭아에 손도 대지 않았는데 그녀는 금세 벌레라도 굼실거리는 듯 온몸이 가려운 것 같았다.

마지못해 그녀는 그에게서 복숭아를 받아 들었다. 탄성이 날 만큼 복숭아는 크고 묵직했다. 바람이 코 위에 고여 움직이지 않았다. 금세 진한 복숭아 향이 그녀 주변을 꽉 채웠다.

포장 과정에서 복숭아 털도 말끔히 떨어낸 듯했다. 그녀는 그가 하는 대로 살살 한 입 베어 물 크기만큼만 복숭아 껍질을 벗겼다. 그를 따라 크게 입을 벌리고 복숭아를 한 입 베어 물었다. 복숭아는 다디달았다. 별 기대하지 않았던 터라 그녀의 눈이 더욱 휘둥그레졌다. 그런 그녀를 보고 그가 소리 없이 웃었다.

베어물 때마다 입가로 과즙이 흘러내렸다. 복숭아 맛이라는 것이 이런 거였구나, 그녀는 새삼 깨달았다. 입가는 물론이고 코까지 복숭아 즙이 묻어 끈적거렸다. 복숭아는 체면을 차리면서 먹을 수 있는 과일이 아니었다. 복숭아를 좋아하지 않았던 이유 중 다른 하나가 바로 그것이기도 했다. 그녀는 심지어 꽃게를 먹을 때조차 맨손을 쓰려 하지 않았다. 손가락이 양념투성이가 되는 데다 씻은 뒤에도 한동안 비린내가 가시지 않았다. 젓가락 끝으로 게딱지 속을 대충 긁어대다 어른들에게 꾸중을 듣기도 했다.

그녀는 다시 입을 벌려 복숭아를 한 입 베어 물었다. 복숭아가 어찌나 단지 잇몸이 가려웠다. 복숭아에서 흘러내린 과즙이 손바닥의 손금을 타고 흐르다가 꺾인 손목 아래로 뚝뚝 떨어졌다. 팔꿈치를 따라 흐른 과즙이 소매 안으로 스며들기도 했다. 과즙이 흘러내리지 못하도록 그녀는 허겁지겁 복숭아를 베어 물었다.

인적 없는 산책로에 두 사람의 복숭아 먹는 소리만 울렸다.

베어 물고 씹고, 흘러내리는 과즙을 쪽쪽 소리나게 빨아 먹었다. 다 씹기도 전에 꿀꺽 소리 나게 복숭아를 삼키고 다시 베어 물었다. 잇새에 낀 섬유소를 혀끝으로 빼낼 때는 바람 소리가 났다. 그들은 게걸스럽게 복숭아를 먹었다. 복숭아를 가득 입에 문 채로 눈이 마주치기도 했다. 복숭아를 우적거리면서 맛있다는 의미로 서로 고개만 끄덕였다.

복숭아가 어찌나 큰지 먹는 데 시간도 꽤 걸렸지만 먹고 나자 바로 일어설 수 없을 만큼 배가 불렀다. 손과 팔 곳곳이 끈적거렸고 복숭아 과즙이 묻은 입가가 가려웠다. 격심한 피로감이 몰려왔다. 둘은 아무 말 없이 그대로 앉아 있었다. 작은 뱀이 지나는 듯 이따금 대나무 숲이 조용히 흔들렸다.

별안간 그가 비밀을 누설하는 것처럼 목소리를 낮춰 말했다.

"지금 먹은 건 우리 고향의 복숭아 맛에 비길 게 못 돼요."

끈끈이주걱이라도 된 듯 그녀의 손바닥에 날벌레 한 마리가 날아와 붙었다. 끈적거리는 두 손을 어색하게 든 채 그녀는 그를 살짝 흘겨보았다.

"거짓말."

헤어질 때 잠깐 잡았던 그의 손도 끈끈했다. 그녀가 개찰구를 막 통과하려는데 그가 말했다.

"아마 이제부턴 복숭아를 좋아하게 될 거예요."

그렇게 맛있는 복숭아를 먹은 건 처음이었지만 일부러 복숭아를 찾게 될 것 같지는 않았다. 여전히 복숭아 털이 날아와 온몸에 굼실대는 듯한 느낌도 싫고 손이 그렇게 끈적끈적해지는 것도 딱 질색이었다. 그녀가 개찰구에서 멀어진 만큼 그가 목소리를 높였다.

"당신은 이제부터 복숭아를 정말 좋아하게 됩니다!"

교토 역에서 한국말을 알아들은 이가 몇이나 될까. 뜻밖의 고성에 몇몇 사람이 고개를 돌리고 그들을 바라보았다. 문법에 맞지 않는 문장이 그녀의 심기를 건드렸다. 그녀도 마지못해 크게 소리쳤다.

"웃기지 말아요!"

그걸로 그와는 끝이었다. 연락처를 주고받지도 않았다. 함께 일했던 수많은 포토그래퍼들처럼, 며칠 한 차로 이동하고 겸상을 해서 한 냄비의 찌개에 아무렇지도 않게 숟가락을 푹푹 담가 떠먹기도 하지만 서울로 돌아오면 그걸로 끝인 것과 같았다.

돌아오는 비행기 안에서 그녀는 어쩌면 영영 금각사엔 가보지 못할지도 모른다는 예감이 들었다. 흰 면티 가슴께에 점점이 뿌려진 복숭아 얼룩이 보였다. 복숭아를 좋아하게 될 거란 남자의 말이 떠올랐다. 기껏 복숭아 정도에 휘둘릴 것 같으면 내가 우리 엄마 딸이 아니지, 코웃음을 쳤다. 그와 통성명조차 하지 않았다는 게 떠올랐다. 고작 하루 전날 저녁의 일이었는데 그 남자의 얼굴은 10년쯤 전에 하루 만나 일했던 포토그래퍼처럼 벌써 희미해지고 있었다.

2008년 2월에 있었던 숭례문 방화 사건이 아니었다면 그녀
는 그 여름의 교토를 떠올리지 않았을 것이다. 연휴였지만 마
감으로 회사에 나와 있었던 그녀는 동료들과 함께 숭례문이
불타는 것을 목격했다. 도보로 20여 분 거리에 떨어져 있는
숭례문은 그녀의 사무실 창에서 한눈에 내려다보였다.

진화된 듯하던 숭례문은 자정을 넘긴 무렵부터 다시 불길
이 살아났다. 시뻘건 불길이 목조 건물 틈새로 새어 나와 순
식간에 숭례문을 휘감았다. 며칠 간의 야근으로 까놓은 찐달
걀처럼 핏기 없는 얼굴이 된 동료들은 망연자실 숭례문이 타
는 걸 지켜볼 수밖에 없었다. 불에 단 기왓장들이 튀어 날아
가 도로에 떨어졌다. 순식간에 지붕이 와르르 쏟아져 내렸다.
여러 번 봐온 장면처럼 낯익었다. 뜨거운 열기가 그녀가 선
창에까지 느껴지는 듯했다. 대체 누가, 왜 불을 지른 것일까.
불현듯 그녀는 불타는 금각사가 떠올랐다. 말더듬이는 아름
다움에 대한 질투로 금각사에 불을 지른다. 금각사로 알고 갔
던 은각사와 그곳에서 만난 한 남자, 복숭아가 자연스럽게 꼬
리를 물었다. 그가 교토 역에서 그녀에게 소리쳤던 말이 생생
한 울림으로 되살아났다.

"당신은 이제부터 복숭아를 정말 좋아하게 됩니다!"

화재가 난 지 다섯 시간 만에 숭례문은 전소되었다.

2

여름호의 기획 특집은 '여름의 맛'으로 결정되었다. "또 음식인가?" 기획안을 대충 훑어본 데스크가 못마땅하다는 듯 최를 올려다보았다. 예전보다 인기가 시들해졌다고는 하지만 여전히 맛 기행 프로그램은 기대치 이상의 시청률을 올려주고 있다. 맛집을 찾아다니는 블로거의 수도 늘면 늘었지 줄지는 않았다. 먹기 위해 사는 것은 아니지만 살기 위해서 우리는 먹어야 한다,라는 기획 취지에 딱히 반대하는 이 없어 통과. 여전히 불만투성이인 데스크는 모나미 볼펜으로 책상 모서리를 치면서 중얼거렸다. "역시 음식인가?"

일요일 아침, 최는 지금쯤 열매가 달리기 시작했을 복숭아 나무 생각을 하다 벌떡 일어났다. 밥을 안치고 달걀 프라이를 하고 세탁기를 돌리는 중간중간 텔레비전을 보았다. 유명 인사를 초청해서 그가 말하는 추억의 음식을 재연해내는 코너였다. 추억의 김치찌개를 만들기 위해 리포터는 전국으로 돌아다니면서 최상의 재료를 구한다. 최상의 돼지고기 가운데 최상의 부위, 최상의 김치를 담그기 위한 최상의 양념, 배추

등 리포터는 동분서주할 수밖에 없다. 어떤 음식인가에 따라 배를 타고 낚시를 하기도 한다. 최상의 식재료를 찾기 위해 애를 쓰는 그의 모습이 한 편의 코미디 같았다.

프로그램은 늘 스튜디오에 한 상 차려진 음식을 출연자들이 웃고 떠들면서 먹는 장면에서 끝이 난다. 최상의 재료들로 만든 음식을 시식하는 의뢰자의 행복한 표정을 카메라가 클로즈 업하면 그 위로 엔딩 자막이 올라간다.

숭례문이 불타고 그해 6월, 잠에서 깬 그녀는 방금 꿈속에서 자신이 말한 듯한 무언가를 떠올리느라 한참 뒤척였다. 좀처럼 떠오르지 않았다. 몹시 애태웠던 기억만 남아 있었다. 그러나 그만 뚱딴지 같은 말을 중얼거리고 말았다.

"복숭아 하나 먹었으면 좋겠네."

제 입으로 말해놓고도 그녀는 자신이 한 말이 믿기지 않았다. 이물스럽기까지 한 말과는 달리 입엔 벌써 침이 고이기 시작했다. 분명 어제와는 다른 일이 일어나고 있었다.

그녀는 허겁지겁 복숭아를 찾았다. 6월 초였지만 그해 따라 하우스 복숭아의 출하가 조금 늦어지는 모양이었다. 농장의 온라인 숍에는 '출하가 늦어지는 만큼 6월 말 더욱 맛있는 복숭아가 찾아갈 겁니다'라는 문구가 떠 있었다. 그녀는 복숭아 한 상자를 예약하고 돈도 먼저 지불했다. 저주에 걸려도 제대로 걸린 듯했다. 저주에 걸렸는데 저주를 건 사람의 행방은 알지 못해 저주를 풀 방법도 알 도리가 없었다.

그녀 대신 복숭아를 받아 둔 경비원은 복숭아 알레르기가 있었다. 스치기만 해도 송충이 같은 두드러기가 일어난다고 했다. 복숭아 상자는 경비실에서 멀찍이 떨어진 곳에 놓여 있었지만, 건물 로비로 들어서는 순간 그녀는 로비에 진동하는 복숭아 냄새를 맡았다. 잘 익은 복숭아 한 알이면 그 향으로 커다란 방을 채우기에 부족함이 없다고 말해준 것도 분명 그 남자였을 것이다.

방에 올라오자마자 그녀는 곧장 개수대 앞으로 가서 복숭아 껍질을 벗기고 한 입 크게 베어 물었다. 손과 입, 코까지 끈적이는 건 여전히 싫었다. 복숭아는 달콤했지만 기억하고 있던 그 맛은 아니었다.

누구에게도 말은 안 했지만 그해 여름, 그녀가 다들 꺼리는 지방 출장을 자처한 것도 복숭아 때문이었다. 취재를 마치고 돌아오는 길에 유명한 복숭아 산지에 들러 직접 나무에서 딴 복숭아를 맛보았다. 복숭아 맛은 나무랄 데가 없었다. 하지만 교토에서 맛보았던 그 맛은 아니었다. 잇몸이 간지러울 만큼 달고 물 많은 복숭아. 그해 여름을 그녀는 이곳저곳의 복숭아를 맛보고 기억 속의 복숭아 맛과 비슷한 복숭아가 없는 것에 실망하면서 다 보냈다.

맛을 기억하고 있는 것은 혀였다. 미뢰들이었다. 많은 복숭아를 먹으면서 교토에서 먹은 복숭아 맛이 선명하게 되살아났다. 그녀가 그동안 맛본 복숭아들은 그 맛에 미치지 못했다. 덜 달거나 지나치게 달았다. 신맛이 덜하기도 하고 너무 딱딱하기도 했다.

교토의 복숭아 맛과 비슷한 복숭아를 먹어보지도 못했으면 서 그녀의 욕망은 교토 복숭아보다 맛있다는 그 남자네 집 복 숭아로 옮겨갔다. 그때 그의 연락처를 물었어야 했다. 이름조 차 몰랐지만 그가 들려준 이야기는 또렷하게 기억났다. 세상 에서 가장 맛있는 복숭아나무가 자신의 고향 복숭아 과수원 에 있다고 했다. 그 복숭아가 다른 복숭아보다 맛있는 것은 자신만의 특별한 비료 때문이라고 했다. 대체 그는 그 나무에 뭘 뿌린 걸까. 부모님도 모른다는 그만의 복숭아나무. 자신이 모르는 어느 곳에서 주렁주렁 매달려 달콤하게 익어가고 있 을 복숭아 생각만으로 그녀는 조바심이 났다.

먹어보지 않아도 그 나무를 보는 순간 바로 그 복숭아나무 라는 것을 알아볼 수 있을 듯했다. "복사꽃이 피면 산등성이 가 온통 꽃바다가 됩니다. 바람도 비도 꽃이에요. 돗자리를 깔아놓고 밥도 먹고 노래도 불러요. 내 복숭아나무는 산등성 이 맨 위에 있어 햇빛을 가장 오래 받지요." 그의 말을 떠올 릴 때마다 그녀는 맨발로 복사꽃이 흐드러진 복숭아나무들 사이를 걷고 있는 느낌이 들었다. 이상한 건 매년 복사꽃이 피고 열매가 달리는 그곳이 점점 구체화되고 있는 것에 비해 그의 얼굴은 점점 더 희미해져 나중엔 희부연 실루엣으로밖 에 떠오르지 않는다는 것이었다.

이십대에서부터 칠십대까지 다양한 인물들을 선택하고, 그들이 기억하는 여름의 맛이 두 명의 요리 연구가의 손을 거쳐 재연될 예정이었다. 정리된 레시피도 함께 싣는다. 음식 사진 아래 그 음식과 관련된 글을 받거나 구술을 정리해 싣는다.

　그녀가 사십대 인물 중에 가장 먼저 떠올린 인물은 그림도 그리고 글도 쓰는 김 선생이었다. 언젠가 취재를 마치고 KTX로 귀경하던 중에 잡지에서 읽은 김 선생의 글이 인상적이었다. '길 위의 맛 여덟번째 여정' 편으로 평양냉면에 관한 글이었다. '냉면집에 가위가 따라 나오는 것부터가 질색이었다'라고 첫 문장은 시작되었다.

　　냉면집에 가위가 따라 나오는 것부터가 질색이었다. 고구마 전분으로 뽑아내어 차지고 조금은 질긴 함흥냉면에 비해 메밀을 쓰는 평양냉면은 면이 굵고 거칠며 툭툭 끊겨 가위질이 필요 없다. 배부른 것과 맛있는 것이 분간되지 않는 미맹(味盲)들에게 냉면은 주요리라기보다는 고기를 먹고 난 뒤의 후식 정도의 이미지가 강하지만 미식가들이 꼽는 음식 중에 냉면은 빠지지 않는다. 냉면에는 단순한 끼니 이상의 취미가 반영되어 있다. 사람들은 보통 취미만은 자신이 최고라는 생각을 가지고 있지 않은가.

김 선생의 글은 고등학교 시절, 친구들과 몰려가던 광화문의 '미진'이라는 분식점에 대한 추억으로 이어졌다. 김 선생은 추억으로 냉면을 먹는다고 했다. 글은 '나는 너에게 냉면 육수 같은 사람이 되고 싶었다'라고 끝맺고 있었다. 최가 김 선생의 글에서 흔들렸던 것은 '싶었다'라는 과거형의 문장 때문이었다. 그러나 결국은 그러지 못했다는 그 여운 때문이었다.

최는 도서관에 들러 김 선생이 연재한 잡지들을 찾아보았다. 김 선생의 연재는 8회 그녀가 읽었던 평양냉면을 끝으로 중단되었다. 그렇다면 '나는 너에게 냉면 육수 같은 사람이 되고 싶었다'라는 마지막 문장은 누구에게 건네는 작별 인사였을까. 그녀는 열람실에 앉아 김 선생의 글을 읽었다. '담백하다' '담박하다'라는 말이 범람하는 맛집 프로그램에 대해 꼬집는 글은 신랄했다.

텔레비전에는 요리 프로그램 일색이다. 시도때도없이 맛집이 소개되곤 하는데 맵든 슴슴하든 붉든 맑든 그 어떤 음식이건 사람들의 평은 한결같다. "너무 담백해요!" 부정의 뜻을 갖는 '너무'라는 부사의 사용도 잘못이지만 담백하다, 담박하다라는 말을 아무 때나 갖다 붙인다.

김 선생의 글을 읽다가 그녀는 뭔가 이상한 점을 발견했다.

음식을 취재하고 쓰는 글인데도 불구하고 글에서는 그 어떤 음식 맛도 언급되지 않는다는 것이었다. 단 한 번도 '맛있다' 라는 표현이 없었다. 평양냉면 기사를 읽는 동안 그녀가 시원한 냉면 맛을 떠올린 것은 바로 자신이 먹은 냉면 맛 때문이었다. 맛에 대한 형용사라고는 늘 단 한 줄, 담백하다, 개운하다, 짭짜름하다, 입안에 향이 오래 남는다, 정도였다.

그녀가 김 선생에게 전화를 걸었을 때 김 선생은 러닝 머신에서 빨리 걷기라도 하다 전화를 받은 듯 조금 숨을 가빠했다. 그녀에게 기획 취지를 끝까지 들은 김 선생이 웃음을 터뜨렸다.

"까딱했으면 손해볼 뻔했네. 마흔아홉, 딱 턱걸이!"

기획이 내년 여름으로 미뤄졌다면 선생은 쉰 살, 오십대로 분류될 뻔했다는 농담이었다. 글에서 느껴진 것과는 다른 사람인 듯했다. 종달새처럼 밝고 유쾌한 사람이라는 인상을 받았다. 김 선생은 뜸을 들였다. 개인적인 사정상 요즘은 일을 쉬고 있다고 했다. 더구나 음식에 관한 일이라면 더더욱 곤란하다고 했다. 김 선생이 덧붙였다.

"몰랐어요? 나 음식 기행하다 그만둔 거?"

김 선생이 무어라 말을 이으려는데 수화기 너머로 격하게 열린 문이 벽에 부딪히는 소리가 났다. 동시에 소녀의 새된 고함 소리가 끼어들었다.

"그러고도 엄마야? 왜 날 낳았어? 왜 낳았어? ……"

다음 말은 김 선생이 다급히 핸드폰의 송신기 부분을 손으로 막은 듯 들리지 않았다. 섬뜩했다. 여자애의 분노가 느껴졌다. 소녀의 몸에서 나온 것 같지 않은 옹골진 목소리였다. 공포 영화의 한 장면처럼 한 개인의 육신에 잠입한 전혀 다른 영혼이 내는 목소리 같았다. 어느 집에나 하나쯤 있는 문제적인 십대라고 생각하기에도 위악이 도를 넘은 듯했다.

먼 곳에서 여자애의 울음소리가 들려왔고 낮은 목소리의 중년 남성이 호통을 치고 있는 듯했다. "이제 그만." 톤이 높은 이 목소리는 김 선생의 것이었다. 여자애가 아니라 중년 남성에게 한 말인 듯했다. 잠시 뒤에 김 선생이 핸드폰을 바로 쥐었다. 오해를 살 만한 상황이었음에도 이러저러한 사정에 대해 일체 설명이 없었다. 사이를 두고 김 선생이 중얼거렸다.

"……혹시 만들 수 있을까?" 그녀에게 묻는 질문이 아니었다. "……그 맛을 낼 수 있을까? ……내게 그걸 먹여준다면 한번 해볼까?" 뒷말은 혼잣말처럼 들리기도 했고 그녀에게 하는 말처럼 들리기도 했다.

3

맛 기행 연재를 중단하면서 발병을 이유로 들었지만 사실

오래전부터 김에게 맛있는 음식이라곤 없었다. 맛을 느끼지 못하는 것은 아니었다. 오히려 그녀는 맛에 민감한 편이었다. 맛만 보고 아무도 알아내지 못하는 양념을 찾아내기도 했다. 이런저런 자리에 나가 미식가입네 맛있는 집을 추천하고 음식 비평도 종종 해왔지만 거지반은 거짓이었다. 그녀는 단 한 번도 '맛있는' 음식을 먹어본 적이 없었다.

김은 추억의 음식으로 백 명이 짜장면을 꼽는다 해도 그 이유가 백 가지로 다 다를 거라고 생각했다. 짜장면에 관한 추억은 지극히 사소하고 개인적인 기쁨일 테니까. 맛을 찾아 전국을 돌아다니면서 깨달은 게 있다면 맛은 맛이기 이전에 한 개인의 추억이라는 사실이었다. 김은 끝내 공개할 수 없다는 요리집 주방장의 비법을 캐묻지 않았다. 알고 보니 비밀은 바로 조미료였습니다, 식의 조롱이 아니었다. 레시피보다 음식에 깃든 한 개인의 추억을 재현하는 데 공을 들였다.

김이 인터뷰했던 한 여자 연예인의 추억은 인상적이었다. 출세 가도를 달리고 있는 젊고 아름다운 이 여자 연예인이 꼽은 음식은 헤어진 연인과 먹었던 포장마차의 오뎅 꼬치였다. 그날은 몹시 추웠다. 극단의 막내였던 그들의 수중에는 돈이 없었다. 극단 앞에 있던 포장마차에서 오뎅을 즐겨 먹었다. 극단 단원들에게 들키지 않으려 눈짓을 주고받고 애무라곤 기껏해야 서로의 어깨나 팔을 툭툭 건드리는 것이 전부였다. 그런데도 그 여자 연예인은 그해 겨울의 오뎅 꼬치 맛을 최고로

쳤다. 바로 그런 면에서 김에게 최고의 음식이란 없었다.

대학에 입학해 고향을 떠나오기 전까지 도시락은 늘 아버지가 싸주었다. 반찬은 1년 365일 늘 비슷했고 늘 간이 맞지 않았다. 아침이면 그녀는 아버지 방에서 나던 끙, 소리에 잠이 깨곤 했다. 그 소리는 마지못해 하루를 시작하는 아버지 나름의 기합 소리였다.

자디잔 타일이 발린 부엌은 마루에서 다섯 계단 아래에 위치해 있었다. 집 안에서 지하실 다음으로 낮은 곳이었다. 마루에 서면 부뚜막 앞에 쪼그리고 앉아 생선을 굽거나 찌개 간을 보고 있는 아버지의 왜소한 등이 내려다보였다. 타일 바닥은 늘 물이 흥건했고 물 비린내가 났다. 하루하루 입에 음식을 넣는 일은 기쁨이 아니라 목숨을 부지하기 위해 어쩔 수 없이 해야 하는 일에 불과했다. 포마이카 밥상을 사이에 두고 앉아 김과 아버지는 꾸역꾸역 말없이 밥을 넘겼다.

김은 막내의 방으로 가 문을 열었다. 발작을 하듯 고함을 지르고 제 머리를 쥐어뜯던 아이는 교복을 입은 채로 쓰러져 잠들어 있었다. 아이는 그악스럽게 제 엄마를 몰아붙였다.

"죽어버려! 그렇게 소원이면 당장 죽어, 내 앞에서 죽어버리라구!"

그녀는 지금 막내와 대치 중이었다. 다른 식구들의 허락은 다 받아냈지만 아무리 설득해보려 해도 막내는 막무가내였다. 이제 열넷. 가뜩이나 가장 늦게 태어나서 엄마와 지낸 시간만으로도 제 언니들보다 한참 손해를 보았다고 어리광을 부리던 아이였다. 엄마가 치료를 중단한 것에 자신이 버림받았다고 생각한 듯했다.

"엄마, 나 대학 가면 스페인 같이 가자고 했잖아. 기억 나? 응? 우리 대천 해수욕장 갔던 거. 바닷물이 따뜻하다고 진흙이 부드럽다고 나중에 또 오자고 했던 거 기억 안 나?"

자기를 봐서 치료를 더 연장해달라고 애원하기도 하고 밤새 그녀를 붙들고 울기도 했다. 그러더니 어느 날부터 막다른 곳에 몰린 어린 들짐승처럼 눈에서 시퍼런 불을 내뿜으며 그녀에게 사납게 대들었다.

일주일 동안 항암 주사를 맞고 나면 열이 올랐다. 입안은 물론이고 항문까지 헐어 쓰라렸다. 물도 삼키기 어려웠고 힘들게 삼킨 물도 바로 토해냈다. 어느 날 김은 자신의 엄지 손톱이 쏙 빠져버리는 걸 남 일처럼 내려다보았다. 기겁을 한 건 병실에 같이 있던 큰애와 둘째였다. 김은 자신이 죽어가고 있다는 것을 알았다. 그녀는 자신의 어머니보다 15년을 더 살았다. 어머니보다 나이가 더 든다는 건 어딘가 이상했다. 새파랗게 젊은 어머니에게 "엄마"라고 불러대는 중년 여자의 모습이 떠올라 그녀는 웃었다.

4차 항암 치료를 받으러 입원했을 때 김은 처음으로 어머니의 선택에 대해 수긍했다. 어머니와의 추억은 다 잊고 김이 지금까지 기억하는 것은 어머니의 새침한 표정뿐이었다. 뭔가에 비위가 상한 모양인지 어머니는 고개를 살짝 틀고 두 눈을 새치름하게 내리깔고 있었다. 겨우 서른네 살, 젊은 어머니의 삶을 감당하지 못하도록 내리누른 건 무엇이었을까. 어린 시절, 그녀는 자신의 등 뒤에서 수군대던 동네 아주머니들의 말을 들었다. 이루지 못한 사랑 때문이었을까, 그 사랑이 아버지에게 발각되어서였을까, 아니면 지금 그녀처럼 피곤했기 때문일까. 어머니는 죽고 어머니의 그 남자는 살아남았다. 얼마 전 뻔뻔스럽게 얼굴을 들고 고향엘 왔더라고 먼 친척이 그녀에게 알려주었다.

아침도 거르고 학교로 가는 막내의 뒤에 대고 김은 말했다.

"난 무서워. 네가 바라는 것처럼 오래오래 살아, 어느 날 치매에 걸려 내가 너와의 추억도 기억하는 것 하나 없고 네가 사랑하는 막내라는 것도 알지 못한 채 하루하루를 연명해가는 것보다 너를 또렷이 알아보고 너의 작별 인사를 받으면서 엄마는 가고 싶다."

잠깐 머뭇거리는 듯하던 막내는 신발장에서 꺼낸 운동화를 바닥에 힘껏 내던졌다. 운동화 뒤를 접어 신고 질질 끌면서 막내는 뒤도 돌아보지 않은 채 쏘아붙였다.

"거봐, 엄마는 자기 생각밖에는 안 해. 봐, 지금도 엄마가 힘들 것만 생각하잖아. 이기주의자, 위선자. 그렇게라도 살아, 그렇게라도 살아 있으라고."

김은 창밖으로 아파트 단지를 내려다보았다. 아버지와 그녀는 어머니에게 버림받았다는 생각뿐이었다. 어린 그녀는 자신이 어머니에게 아무것도 아닌, 어머니가 살아 있을 그 어떤 희망도 주지 못한 아이라고 생각했다. 그녀의 찢어진 두 눈이, 조금 뻥 뚫린 듯한 콧구멍이, 먹을 때 소리를 내는 것이, 입을 쭉 내밀고 골을 부린 것이, 모두 다 어머니에게 사랑받지 못한 요인이라고 믿었다. 그런 생각이 오랫동안 김을 '지배'했다. 그녀는 그 누구에게도 사랑받으려 애쓰지 않았다.

아파트를 나온 막내가 하늘을 올려다보았다. 울고 있는 걸까. 신 뒤꿈치를 꺾어 신은 막내가 별안간 뛰기 시작했다.

한여름 상(喪)을 반길 이 아무도 없었다. 며칠 내린 장대비로 흙이 차질 대로 차졌다. 아버지는 어린 그녀에게 가장 좋은 옷을 입혔다. 흙 속에 구두가 자꾸 빠졌다. 하얀 양말에 온통 흙이 튀었다. 어린 그녀는 자신의 눈앞에 있는 텅 빈 구덩이를 내려다보았다. 흙이 붉었다. 평상시보다 몇 곱절 힘이 들었다며 한 아저씨가 아버지에게 이야기하는 것을 들었다. 아저씨들이 든 삽마다 붉은 흙이 묻어 있었다.

어머니를 묻고 김은 아버지와 산을 내려왔다. 너무 더웠다. 땀이 흐르는 데다 블라우스의 깃이 슬리면서 목덜미가 따가웠다. 목이 탔지만 아버지에게 투정을 부려서는 안 된다는 것쯤은 알 만한 나이였다. 산 입구에는 등산객을 상대로 하는 노점상들이 서 있었다. 촌 여자들이 콩국을 팔았다. 고무로

된 커다란 젓갈통이었다. 그 안에 콩국이 가득했다. 커다란
얼음 덩어리가 서서히 녹고 있었다. 아버지가 플라스틱 바가
지로 콩국을 떠서 김에게 건넸다. 간간했다. 그녀는 허겁지겁
콩국을 마셨다. 순간 국물과 함께 차갑고 미끄러운 것이 목구
멍을 타고 넘어갔다. 어린 그녀는 그것이 작은 물고기일 거라
고 생각했다. 작은 물고기들이 헤엄친 것처럼 콩국에서는 비
린내가 났다. 양복 바짓단을 대충 접어 올려 드러난 아버지의
앙상한 발목이 보였다. 아버지의 낡은 구두에는 붉은 흙이 구
두 등까지 더께로 묻어 있었다. 웃으면 안 되는데 그녀는 자
꾸자꾸 목구멍이 간지러워서 몰래몰래 웃음을 풀어놓았다.

"그때 그걸 먹어볼 수 있을까?"
김은 들릴 듯 말듯 중얼거렸다.

4

여름의 맛이라는 것이 이렇게 다양하지 않았던 걸까. 과일
과 채소들이 풍성한 여름이라면 수십 가지 맛이 나오지 않을
까, 라는 것은 순전히 최만의 착각인 듯했다. 이십대에서부터
칠십대까지 연령층도 다양하고 직종도 다 다른데 여름의 맛
으로 냉면을 꼽은 사람이 넷이나 되었다. 그들은 잠시 주저하

지도 않고 이구동성으로 냉면이라고 대답했다. 삼십대의 첼리스트가 '추탕'을 꼽았다. 서울토박이인 그가 말하는 추탕은 서울식 추어탕으로, 된장을 풀고 배추나 갓채를 넣어 끓이는 일반적인 추어탕이 아니라 육개장 맛에 가깝다고 했다.

김 선생이 말한 여름의 맛은 콩국이었다. 김 선생이 암투병 중이라는 것은 김 선생의 글을 읽고 콩국을 찾아 부산으로 가기 전에야 알았다.

……아버지가 플라스틱 바가지로 콩국을 떠 내게 주었다. 짭짜름했다. 목이 타 벌컥벌컥 들이켰다. 국물과 함께 차갑고 미끄러운 것이 목구멍을 타고 넘어갔다. 나는 그것이 작은 물고기일 거라고 생각했다. 웃으면 안 되는데 나는 목구멍이 간지러워서 자꾸 웃음이 났다. 그 무덥고 무덥던 여름 날의 콩국 한 그릇.

최는 김 선생이 보내온 글을 여러 번 읽었다. 그 맛은 대체 뭘까? 작은 물고기가 목구멍을 타고 넘어가는 그 느낌은 대체 뭘까. 어쩌면 우무일지도 모른다고 김 선생이 언질을 주었다. 확인을 해보고 싶지만 아버지는 진작에 돌아가셨다고 했다. 김 선생은 콩국 속에 든 그것도, 어머니의 죽음에 대한 진실도 아버지에게 물어보지 못했다.

이번에도 김 선생의 글은 맛이 아니라 추억에 관한 글이었다. 김 선생은 죽어가고 있었다. 죽음과 짝을 이루는 말은 삶이었다. 그해 여름, 계집아이의 목구멍을 타고 넘어가면서 계집아이를 웃게 했던 작은 물고기는 무엇일까. 여름의 맛을 재연해줄 요리 연구가 박 선생도 우뭇가사리에 힘을 실었다. 우뭇가사리로 쑨 묵을 채 썰어 넣은 콩국을 그 지방 사람들이 즐겨 먹는다고 했다. 가끔 찹쌀 도너츠를 넣기도 하지만 식감으로 볼 때 그게 아닌 건 확실하다고 덧붙였다.

창가에 설 때마다 저 아래로 복원 중인 숭례문이 보였다. 그날 일에 대해 흥분해서 떠들던 이들의 관심도 시간이 지나면서 옅어졌다. 하지만 최는 숭례문을 내려다볼 때마다 그날의 화재와 불타는 금각사가 동시에 떠올랐다. 그녀의 생각 속에서 금각사는 여전히 불 타오르고 있다. '금각사'의 말더듬이는 이렇게 생각했다. 시간이 갈수록 그토록 실망을 준 금각이 나날이 내 마음속에서 아름다움을 되살려, 보기 전보다도 훨씬 더 아름다운 금각이 되었다고. 하지만 어디가 아름답다고 말할 수는 없다, 몽상으로 성장한 것이 일단 현실의 수정을 거쳐, 오히려 몽상을 자극하게 된 것 같다고.
그렇다면 복숭아 또한 몽상인 걸까. 하루가 다르게 더워지고 있었다.

5

빌딩의 회전문을 밀치고 한 발을 내딛는 순간 후끈 달아오른 지열이 맨 발목을 휘감았다. 한낮이면 달아오를 대로 달아올라 물렁물렁해지는 아스팔트의 냄새와 비 오기 전 발목 높이로 짙게 깔리는 물 비린내가 아니더라도 최는 진짜 여름이라는 것을 진작에 느꼈다. 며칠 전부터 그녀는 밑창 얇은 신발을 신고 뜨겁게 달궈진 아스팔트 위에 선 것처럼 안절부절못했다. 여름이란 말은 이미 두 달 전부터 입에 달고 살았다. 계절을 앞서는 잡지의 특성상 봄이 시작될 즈음 이미 여름호 기획이 시작되니까. 그렇지만 입에만 올리는 여름과 몸으로 느끼는 여름은 분명 달랐다. 보름 전쯤부터 슬슬 잇몸이 가렵기 시작했다. 불쑥불쑥 단내를 맡고 입안에 침이 흥건히 고였다.

문제는 복숭아 때문에 여름이면 그동안 쌓아온 인간 관계까지 삐그덕댄다는 것이다. 홍과의 관계도 보름 전과는 다르게 확연히 시들해졌다. 어젯밤 오랜만에 홍과 저녁을 보냈는데 어느 순간부터 그녀는 복숭아에 집중했다. 홍의 얼굴이 잘 익은 커다란 복숭아로 보이는 정도까지는 아니지만 그의 얼굴이 그녀 얼굴 가까이로 다가오면서 기괴한 모양으로 흩어졌을 때 그만 웃음이 새어 나오고 말았다. 지난겨울부터 올봄까지 그녀가 얼마나 전략적으로 홍에게 공을 들였는지 돌이

켜 본다면 결코 있을 수 없는 일이었다. 흐릿한 담배냄새가
나는 그의 숨결이 귓가에 스쳤다. 그녀가 좋아하는 향수냄새
도 코를 간질였다. 그런데도 그녀는 흥분되지 않았다. 변심한
여자의 마음을, 눈치 채는 건 남자들의 본능이었다. "너……"
홍은 김빠진 표정으로 몸을 일으켜 세우고는 베란다로 나가
담배를 피워 물었다.

대구 거쳐 부산까지 가야 하는 번거로운 취재를 자청하자
데스크가 의미심장한 눈빛으로 최를 올려다보았다. 재정난으
로 잡지는 이번 가을호부터 페이지 수를 줄이게 될 것이다.
광고를 잡는 일도 더욱 어려워졌다. 이렇게 가다가는 분명 정
리해고 이야기도 나올 것이다. 그러니 알아서 기는 거야?라
는 눈빛이었다. 기껏 복숭아 때문이라는 걸 그 누구도 알지
못할 것이다. 대구와 가까운 영천과 청도는 복숭아 명산지였
다. 한눈에 척 봐도 어느 나무가 그 복숭아나무인지 대번에
알아챌 것 같았다. 한 입 크게 복숭아를 베어 문 것처럼 침이
고였다.

낡은 갤로퍼를 끌고 온 포토그래퍼는 그녀보다 열 살은 어
려 보이는 청년이었다. 죽음이 손끝도 스칠 수 없을 만큼 젊
고 탄력 있는 육체였다. 이틀 치 짐을 쑤셔 넣은 배낭이 불룩
했다. 배낭을 지고 조수석 쪽으로 가려는데 차창을 내린 그가
소리쳤다.

"선배, 옷 조심하세요!"

원래 색을 알 수 없을 만큼 차가 더러웠다. 어디에 박았는지 움푹 찌그러진 곳도 눈에 띄었다. 이런 고물이 움직인다는 게 믿기지 않을 지경이었다. 전날 진흙탕만 골라 다녔는지 바퀴는 물론 차창에까지 붉은 흙이 튀어 있었다. 요 근래 비는 오지 않았는데, 그렇다면 이 차를 몰고 그가 다녀온 곳은 대체 어디인 걸까?

"좀 달리겠습니다"라는 말을 하자마자 그가 힘차게 액셀을 밟았다. 고속도로로 진입하자 시속 130킬로미터는 기본이었다. 아직 명함을 주고받지도 않았고 통성명도 하지 않았다. 취재 내내 그는 그녀를 '선배'라고 부를 것이다. 그녀는 그를 부를 때 아예 호칭을 생략할지도 모른다.

김 선생은 말했다. 맛은 맛이 아니라 추억이라고. 그럼 그날 교토에서 먹은 복숭아는 그와의 반나절 추억의 맛이라고 해야 할까. 이제는 희미해질 대로 희미해져 이목구비조차 분간이 되지 않는 그 남자가 말했다. 당신은 이제부터 복숭아를 좋아하게 됩니다.

언뜻 대구라는 이정표를 본 듯도 했다. 포토그래퍼가 급브레이크를 밟았다.

"사고가 났나 봐요. 정체가 꽤 긴데요."

대구에서 잡아놓은 인터뷰가 몇 시였더라, 생각나지 않았다. 수첩은 배낭 속에 있었다. 수첩을 꺼내면 될 일인데 손끝

하나 까딱하기 싫었다. 정체되어 시간이 좀 늦어질지도 모른다고 전화를 넣어야 하는데, 그녀는 그대로 눈을 감고 있었다. 우리가 휘둘리는 것은 기껏 복숭아 한 알처럼 사소한 것일 수도 있다고 누군가 그녀의 귀에 대고 쏘삭거리는 것 같았다. 그것이 김 선생인지 연인인 홍인지, 아니면 교토의 그 남자인지 알 수 없었다. 그녀는 상상 속에서 이미 커다랗고 물 많은 복숭아의 껍질을 살살 벗기기 시작했다.

*

　처음 얼마간 구도로와 이웃해 나란히 달리던 신도로는 완
만한 호를 그리며 점차 그 간격을 벌리더니 어느 순간 시야에
서 사라져 보이지 않았다. 이정표에 표시된 도로 번호를 잘
확인하며 따라갔는데도 어느새 인적이 뜸한 구도로를 달리고
있더라고 동생은 말했다. 동생의 말마따나 구도로는 텅 비어
가시거리 안에 들어오는 차가 없었다. 가지가 휠 듯 사과 알
이 주렁주렁 매달린 사과나무 가로수 길을 지나자 급회전 구
간의 경사지가 고갯마루까지 이어졌다. 지난여름 홍수에 산
비탈 곳곳이 무너져 내린 모양이었다. 철망으로 벼랑을 감싸
는 임시방편도 산 중턱쯤에서는 아예 손을 놓았는지 도로 일
차선 중앙까지 밀려와 방치된 암석과 돌 무더기를 지나쳐야

했다.

　동생의 말대로라면 나는 20년 전 아버지의 포니가 갔던 길을 따라가고 있었다. 이를테면 실패를 거듭했던 아버지의 전철을 그대로 밟고 있는 셈이었다. 후발 주자인 포니2나 요즘의 자동차들과는 달리 포니의 사이드미러는 운전자에게서 한참 떨어진 보닛의 양끝에 '말귀 어두운 동물의 퇴화된 귀'처럼 달려 있었다. 후방을 보는 데 쓰였으니 기능적인 면만 보더라도 귀가 아니라 눈이라고 해야 옳은데 나는 자꾸 그것을 귀로 혼동했다. 생각에 그치지 않고 작문 시간에 시 구절로 옮기기도 했다. 우연히 그 시를 읽게 된 아버지는 지나가는 말처럼 '아직은 서툴지만 가능성이 엿보인다'는 평이한 코멘트를 했다.

　눈을 자꾸 귀라고 해댔으니 말귀가 어두운 것은 포니의 사이드미러가 아니라 정작 나였는지도 모르겠다. '서툴지만'이라는 앞말은 잊고 '가능성'이라는 뒷말에만 무게를 두어 아직까지도 미련을 못 버리고 시를 끼적이고 있으니 정말 말귀가 무딘 듯도 하다. 시를 읽는 독자가 점점 줄고 있으니 어쩌면 시도 동물의 퇴화된 귀처럼 흔적만 남게 되는 것 아닐까……아무튼 그 일을 빌미로 수시로 그런 공감각적인 충돌들이 속에서 일어나곤 했다. 포니의 사이드미러에는 '사물이 거울에 보이는 것보다 가까이 있음'이라는 경구 같은 경고문도 씌어 있지 않았다.

야립 간판이 세워지기 시작한 것이 1984년부터였고 신도로가 개통한 것은 불과 4년 남짓이니, 그 당시 P시로 통하는 유일한 도로는 이 도로뿐이었다. 식지 않은 뜨거운 보리차를 훌훌 마셔 곧잘 입천장을 데곤 했던 성미 급한 아버지도 어쩔 도리 없이 고갯길을 지나칠 수밖에 없었을 것이다. 그런 성정으로 어떻게 학생들을 가르쳤는지 이해가 되지 않는다. 열이면 열 백이면 백, 아이들은 다 달라 마지막 한 아이가 고개를 끄덕일 때까지 거듭 설명하고 이해시켜야 하는 일이 아버지에게는 고역이었을 것이다. 게다가 아버지의 담당 교과는 국어였다.

　직선도로라면 20여 분 만에 돌파할 짧은 거리가 수없이 반복되는 산모퉁이와 낙석 더미로 지연되고 있었지만 결말까지 한 장 남은 만화책을 부러 넘기지 않는 십대 소녀처럼 나는 이 일을 즐기고 있었다. 이 산의 클라이맥스인 정상을 통과해 저편 내리막길로 내려갈 즈음에는 20년 해묵은 오해와 갈등이 풀려 대단원을 맞게 되리라는 소설적 플롯에 이 상황을 꿰맞추고 있는 것은 어쩔 수 없이 학원에서 조무래기들에게 논술을 가르쳐온 직업적 습관 때문일 것이다. 숨이 가빠오고 속이 울렁댔다. 직감으로 정상이 멀지 않았다는 것을 느꼈다. 속도를 높이려는 순간 비탈에 간신히 달라붙어 있던 자디잔 돌멩이들이 와르르 쏟아져 내렸다.

　나는 차에서 나와 벼랑 끝에 섰다. 빽빽한 소나무 숲에 가려 벼랑 아래는 내려다보이지 않았다. 새털구름이 흩어진 하늘 아래 저 멀리 논과 밭, 강을 선물 세트처럼 끼고 들어앉은 소읍의 전경이 펼쳐졌다. 한눈에도 도로의 운명과 함께 쇠락해간 소읍의 전경이 적막해 보였다. 쏴쏴쏴— 바람에 풍경이 흔들렸다. 풍경 속에서 민물 생선의 비린내가 났다.

세잔은 생트 빅투아르 산을 그리면서 대리석의 향기를 그리려고 애썼다고 한다. 세잔이 그린 '프로방스의 산들'을 보는 이들은 대리석의 향기를 통해 대리석의 질감까지 느끼게 될 것이다. 세잔은 "풍경이 내 가운데에서 성찰하고, 나는 그 의식이 된다"고도 말했다. 세잔이 생트 빅투아르 산을 보는 것이 아니라 생트 빅투아르 산이 세잔을 바라보았다는 뜻이다. 세잔은 생트 빅투아르 산 앞에서 산이 그를 볼 때까지 오랫동안 기다렸을 것이다.

내 앞의 풍경은 까마귀 한 마리 끼어들 틈 없이 조밀하고 견고했다. 그때까지도 고갯마루 위로 모습을 드러내는 차는 없었다. 순간 갈까마귀 떼가 날아오르다 반짝 하얀 배를 보이듯 풍경 한 귀퉁이가 빛났다. 무언가가 감았던 눈을 살포시 뜨고 나를 바라보는 것을 느꼈다. 내가 그것을 본 것이 아니라 그것이 나를 본 듯한 느낌이었다.

그 야립 간판은 소유주가 달라 보이는 밭과 밭에 한 다리씩 걸친 채 우뚝 솟아 있었다. 산모퉁이 어디쯤에선가 아련하게 낙석 소리가 들려왔다.

1년 반 전쯤, 엄마는 목욕탕에서 미끄러졌다. 그즈음 나는 늙은 엄마와 나란히 앉아 텔레비전의 채널 싸움이나 하며 중년을 맞게 된 것을 반신반의하고 있었다. 사고는, 그렇게 늙어갈 수밖에 별도리가 없지 않느냐고 가까스로 내 자신에게 기정사실화해두려 할 때쯤 일어났다.

막내가 결혼해 분가하면서 단둘이 남게 된 엄마와 나는 무던히도 싸웠다. 언젠가 아파트 주차장에서 나이 든 경비원에게 지지 않고 바락바락 대들던 젊은 남자를 보며 새파랗게 젊은 게 위아래도 없다고 손가락질을 했었는데, 누가 봤더라면 나 역시 그런 손가락질을 백번 당해도 쌀 법했다. 싸울 땐 엄마고 딸이고를 떠나 두 여자만이 있을 뿐이었다. 다시는 안 볼 듯 싸우고 제 방으로 돌아가 소리 나게 문을 닫으면서도 이런 싸움이라도 없다면 도대체 이 변화 없는 일상을 어떻게 견뎌내느냐고 스스로에게 말하곤 했다. 평상시에는 모르다가 아플 때면 살아 있다는 것을 실감하듯 말이다.

말년의 엄마는 호불호가 강해졌다. 사소한 몇 가지를 결단코 고치려 들지 않았다. 잠자리에 들기 전까지는 제발 실내복을 걸치라고 누누이 일러도 늘 내복 차림으로 돌아다니며 내 부아를 돋우었다. 몸에 죄는 내복 위로 프랑크 소시지처럼 관절 부위가 잘록잘록한 팔과 다리가 그대로 드러났다. 며느리들이나 내 친구 앞에서도 개의치 않았다. 문 좀 닫고 용변을 보라는데도 엄마는 매번 화장실 문을 열어둔 채로 들으라는 듯 오줌을 눴다. 늘어진 뱃살에 묻혀 배꼽과 성기는 보이지 않았다. 친탁을 한 듯 잦은 야참에도 살이 찌지 않던 나도 삼십대 중반을 넘기자 조금씩 몸매가 무너지기 시작했다. 아침 출근 시간에 맞지 않는 바지에 억지로 다리를 꿰고 있자면 언제부터 몰래 숨어 보고 있었는지 엄마의 낮은 웃음소리가 들려왔다. 고소해 죽겠다는 표정이었다. "그래, 너라고 언제까지 젊을 줄 알았냐?"

플라스틱 슬리퍼가 비눗기를 밟아 미끄러지면서 잠깐 공중에 몸이 뜬 순간에도 엄마는 대수롭지 않게 생각했던 모양이었다. 이런저런 일로 넘어지고 엎어진 일이 어디 한두 번이었던가. 하지만 100킬로그램 가까운 하중이 한꺼번에 엉덩이로 쏠렸다. 타일 바닥에 엉덩방아를 찧은 엄마는 그대로 바닥에 널브러졌다. 길고 날카로운 쇠꼬챙이가 항문에서 정수리를 관통하는 듯한 통증이 덮쳤다. 엄마는 내가 퇴근해 돌아올 때까지 차디찬 타일 바닥에 엎어져 있었다. 엄마는 혼절했다 깼다. 어디선가 향긋한 풀냄새가 났다. 쿵쿵쿵, 바닥이 울렸다. 대지의 심장 소리를 들어라. 오래전 누구에게서 들은 시구가 떠올랐다. 엄마는 그 소리가 대지의 심장이 내는 박동 소리라고 믿었다. 까무룩, 엄마는 다시 혼절했다. 엄마가 대지의 박동 소리라고 믿었던 것은 다름 아닌 바닥에 눌린 엄마의 심장이 내는 소리였다. 풀냄새는 바닥에 흐른 샴푸향이었다. 난방이 되지 않은 타일 바닥은 차디찼다. 엄마는 소스라치게 놀라며 다시 정신을 찾았다. "아, 죽지는 않았구먼." 죽지 않은데다 말까지 할 수 있었다. 일어서려 했지만 아랫도리에 감각이 없었다. 화장실 문턱에 손을 뻗어보았지만 닿지 않았다. 약사 부인이 반 약사가 되듯 국어 선생의 부인도 반 국어 선생이 되는 법이었다. 문득 설화에 뿌리를 둔 「신부」라는 시가 떠올랐다. 버려진 신부에 관한 이야기였다. 몇십 년 만에 신랑이 돌아왔는데 신부는 혼례 날 그 모습 그대로 신랑을 맞았다. 신랑의 손이 닿자마자 신부의 몸은 매운 재로 쏟아져 내렸다. 엄마는 매운 재처럼 쏟아져 내린 자신의 엉치뼈를 생각했다. 그러자 자신이 버림받은 여자라는 사실이 꼬리표처럼 딸려 왔다. "그때 옷자락을 잡지 말 일인데……" 조금씩 어두워지다 깜깜해진 어둠 속에 누워 엄마는 중얼거리고 또 중얼거렸다.

119에 전화를 걸고 화장실에 널브러진 엄마의 몸에 스웨터를 덮으면서 그러기에 집에서도 내복 바람으로 있지 말라고 귀에 못 박이게 말하지 않았느냐며 고래고래 고함을 질렀다. 엄마는 생전 처음 보는 구급대원들에 의해 들것에 실려가면서도 지지 않았다. "그래 이년아, 그렇게 미리 앞까지 내다봤을 양이면 바닥에 샴푸나 흘리지 말 일이지. 뭐는 보이고 뭐는 안 보이더냐?"

*

"어째 어머니가 이상하신 것 같지 않아, 들?"

이야기를 엿들으려 한 것은 아니었다. 순번을 정해 드나드는 며느리 셋도 모자라 사촌 올케까지 모인 것으로 보아 조부나 조모의 기일이었던 듯하다. 부엌 쪽에서 생선 비린내와 매운 청양고추 향이 섞인 들기름 냄새가 풍겨왔다. 기름 튀는 소리와 도마질 소리에 묻혀 현관의 잠금 장치를 해제하고 사람이 들어오는 기척을 알아채지 못한 모양이었다. 첫째 올케에게 '들'이라고 불린 두 올케와 사촌 올케는 잠자코 있는데 대뜸 병수발을 들던 간병인 최 씨 아주머니가 끼어들었다. 자리보전한 노인들 기저귀를 갈고 욕창이 생기지 않게 시시때때로 돌려 눕히는 일로 자식 둘을 대학까지 보냈다고 했다. 엉치뼈에 철심을 박는 수술을 두 번이나 했지만 그 뒤로 엄마는 운신이 자유롭지 못했다. 느린 걸음으로나마 마루를 두어 바퀴 돌고는 했는데 반년 전부터는 아예 침대에 누운 채 꼼짝하지 못했다. 한동안 간병인 없이 돌아가며 병수발을 들었다.

헹군다고 헹구는데도 소변통에 밴 지린내는 좀처럼 가시지 않았다. 엄마는 수시로 묽은 변을 지렸다. 겨우 몇 방울 기저귀에 묻었을 뿐인데 현관에 들어서면 구린내가 진동했다. 세숫대야에 물을 받아 엉덩이를 씻길 때면 딸인 나도 이가 악물어졌다. 고약한 냄새에 나도 모르게 인상을 쓰고 있었던 모양이다. 브이 자로 펼쳐진 정강이 사이로 고개만 살짝 들어 말끄러미 나를 내려다보고 있는 엄마의 눈과 마주쳤다. "알아, 다 알아." 엄마를 위한다고 한 말이 화근이었다. 칫, 엄마가 코웃음을 쳤다. 엄마가 주먹으로 가슴을 쿵쿵 쳤다. "알긴 뭘 알어? 머리로밖에 이해하지 못하는 주제에, 머리가 아니라 여기, 여기로 알아달란 말이야, 이년아."

최 씨 아주머니가 목소리를 낮췄다. "내가 어디 한둘 봤나. 저렇게 시름시름 앓다 맥없이 가시는 분을……" 둘째가 최 씨 아주머니의 말을 잘랐다. "더 괴팍해지셔서는……" 첫째보다 서열상으로는 아래지만 나이는 두 살 위여서 늘 말끝을 저렇게 눙쳤다. "대파 다음에 쇠고기!" 그 말투가 신경에 거슬렸는지 첫째가 똑부러지게 일렀다. 서둘러 "예, 예" 하는 막내의 말소리가 들려왔다. "노안유명이라고, 어째 눈은 나보다 더 밝으셔. 걸레질하다 놓친 데를 콕콕 집어내신다니게." 일반 침대로는 배설물 처리도 목욕도 힘이 들었다. 의료용 침대를 구해 왔지만 방 안으로 들일 수가 없었다. 그날부터 엄마는 거실 맨 안쪽에 거처했다. 거실 안쪽에서 인기척이 없는 걸로 봐서 엄마는 잠이 든 모양이었다. 그래도 그렇지 30평대 아파트의 거실과 부엌 사이의 거리래야 빤했다. 부엌이 유리문으로 분리되어 있다 해도 요렇게 귀 기울이고 듣자 하면 다 들릴 만한 거리였다. 이젠 아예 대놓고 엄마 흉을 보다니, 벌써부터 산송장 취급인가 싶었다. "이런 말 해야 하나, 말아야 하나? 어머니가 어째 요즘……" 다시 첫째였다. "아, 형님도 느끼셨구나. 어머니가 우리 건희 아빠만 보면 화색이 도는 거." "그거야 귀여운 막내아드님이니까." 최 씨 아주머니 말에 막내가 소리 죽여 웃었다. "어머니가 글쎄 우리 건희 아빨 꼭 사내 보듯 한다니까요?" 사이를 두고 최 씨 아주머니가 무릎을 쳤다. "우짤고." 막내가 산적 꼬치를 잘못 꿴 모양이었다. 첫째가 뭐라고 하기도 전에 막내가 "아, 대파 다음에 쇠고기" 했다.

저녁부터 아침까지 같이 지내는 내겐 들키지 않다가 몇 시간 다녀가는 며느리들에게 들키고 만, 며느리들의 '뒷담화'를 통해서 알게 된 엄마의 병증이 괘씸해 딱 '꽃처럼 붉은 울음'이라도 토해내고 싶었다. 최 씨 아주머니의 말이 새어 나왔다. "그래도 여기 할머니는 나아. 보행까지 자유로웠어 봐, 진작에 집 나갔지. 내가 그런 할머니도 치워봤어. 붙잡아 와도 또 나가고 또 나가고, 여기 할머니는 나아."

엄마의 기억은 크리스마스트리 장식 전구처럼 수시로 점멸했다. 아버지에게 전해 들은 시구들을 읊어대다가도 별안간 주먹으로 가슴을 치며 울었다. 엄마는 막내 건희 아빠만 집 안에 들어서면 배시시 웃었다. 몸을 배배 꼬고 콧소리도 냈다.

엄마는 먹는 시늉만 하고 뱉어낸 약이나 코를 풀거나 가래를 뱉은 티슈를 돌돌 뭉쳐 매트리스 밑이나 베개 밑에 숨겨두었다. 여기저기 들춰가며 티슈 뭉치를 찾아내던 막내가 날 불러 세웠다. "누나, 엄마가 아까부터 자꾸 뭐라는데 통 알아들을 수가 없네. 뭐라는 거야?"

엄마의 입가에 귀를 댔다. 환자 특유의 냄새가 훅 끼쳤다. 엄마가 입을 뻐금거렸다. 덩치와는 다르게 가냘픈 숨결이 짧게 끊겼다. "뭐라구? 엄마, 뭐라구?" 엄마가 다시 입을 뗐다. 입을 벌려 속삭일 때마다 딱 엄마가 똘똘 뭉쳐놓은 티슈 크기만큼의 숨결이 내 뺨에 와 닿았다. 더러는 알아듣고 더러는 놓쳤지만 나는 엄마의 그 말을 대번에 알아들었다. "쉬었다 가세요……" 떨어져 서 있던 동생이 채근했다. "뭐래? 아 궁금해 미치겠네, 엄마가 뭐래?" 나는 아무 말 하지 않았다. 아무것도 담기지 않은 것 같은 엄마의 눈에 반짝 불이 들어왔다. 엄마가 가슴을 쳤다. "여기로 알아달라구우, 여기루."

�솨솨솨— 눈앞에 부연 흙먼지가 피어오르고 더운 바람이 불었다. 아주 오래전, 머리로는 이해했다고 믿었으나 아직 가슴으로는 알아지지 못한 그 일, 어쩌면 죽을 때까지도 가슴으로는 이해 못할 그 일이 떠올랐다.

*

일주일 내로 집을 내줘야 한다는 느닷없는 통보에도 으쓱 으쓱 어깨춤이 날 듯하고 당분간 단칸방 하나에서 검둥개 같은 사내애들 셋과 지지고 볶으면서 지내야 한다는 걸 두 귀로 듣고 있으면서도 슬쩍슬쩍 발짓을 놀리게 되는 건, 아무래도 그게 다 86아시안게임 때문인 듯싶었다. 무용가에게서 어찌 무용을 가려내랴, 그 말을 누구에게 들었는지 어디서 읽었는지 기억은 나지 않지만 석 달 가까이 줄창 들었던 「창부타령」의 한 대목처럼 달빛이 닫힌 창틈으로 스며들듯, 마음을 달래도 파고드는 사랑처럼, 사랑이 달빛인지 달빛이 사랑인지, 그 상황에서도 나는 굿거리장단을 타고 있었다.

한 살 터울의 쌍둥이와 다섯 살 터울의 막내는 한차례 훈계를 들은 모양인지 얼차려를 받듯 서 있었다. 엄마와 남자애들 셋은 복날 닭 모가지 비틀듯 숨도 못 쉬게 잡아놓는 아버지가 유독 나에게만은 관대했다. 일가를 통틀어 유일한 여자애이기도 했지만 아버지는 내게서 첫사랑의 여자를 보았는지도 모르겠다. 한 번도 만난 적 없지만 그 여자는 꼬챙이 같고 새침하고 고분고분하지 않고 입이 짧았을 것이다. 아버지는 톡 쏘아대는 내 말을 듣는 재미에 부러 내 부아를 돋우기도 했다. 나는 중학생이 되어도 아버지의 상투 위에 올라앉을 듯 기고만장했다. "마흔이면 불혹(不惑)이야, 근데 아빤 왜 그래? 왜 매일 미혹(迷惑)이야, 미혹!" 불혹이라는 한자어를 알아 알은체를 할 때도 아버지는 웃기만 했다. "어허, 그것 참, 어허, 그것 참."

아버지 발밑에는 옷 소매상들이 물건을 뗄 때나 씀 직한 커다란 헝겊 가방이 바닥에 납작 붙어 있었다. 이미 수차례 값나가는 물건들을 처분한 뒤였다. 아버지는 서랍이란 서랍은 다 뒤져 마지막으로 건질 수 있는 물건들을 솎아냈다. 카시오 손목시계와 은수저 두 벌이 가방에 떨어졌다. 저렇게 없어질 물건이었다면 여한 없이 밥이나 떠먹을걸, 엄마가 한숨을 내쉬었다. 조만간 은수저 대신 금수저로 밥을 떠 넣게 될 날이 올 거라고 아버지가 호언장담했다. 아버지는 지치지도 않았다. "조금만 기다려라. 찬스는 기회다. 86, 88 특수를 타면 몇 개월 뒤엔 반드시 이 집보다 큰 집에서 살게 해주겠다."

아버지는 장식장을 열고 전직 대통령이 즐겨 마셔 화제가 되었던 위스키 병을 꺼냈다. 엄마는 몸도 말도 굼떴다. 엄마가 늘어진 눈을 꿈벅거리면서 말했다. "그건 커핏물이고." 아버지는 그제야 2년 반 전에 동업할 친구들과 몰려와 술병을 땄던 생각이 났다. 일은 시작도 하지 않았는데 자축하는 시간이 몇 날 며칠 계속되었다. 아버지는 잠깐, 너무 빨리 샴페인을 터뜨린 건 아닌가 의심했다. 86 특수에 올라타지 못했다면 88이 있었다. 이번엔 기필코 88의 귀를 잡으리라, 기필코 그 등 위에 올라타리라.

변변치 않은 물건들로 가방은 조금씩 각이 살기 시작했다. 3년 전만 해도 아버지의 인생은 최소한의 각은 살아 있었다. 물론 나는 아버지가 교직을 그만두고 사업에 뛰어들었는지보다 애시당초 아버지가 왜 국어 선생님이 되었는지가 더 의문스러웠다. 어찌 됐든 수사를 동원한 달변으로 아버지는 많은 친인척을 끌어들였다.

아버지가 가방을 짊어졌다. 크기와 무게가 다른 물건들이 가방 아래로 떨어졌다. 너무도 사소한 것들이 내는 소리치고 요란했다. 현관문 앞에서 아버지가 고개를 돌려 우리를 찬찬히 바라보았다. 혹 값이라도 나가 보여 아버지의 가방에 넣어질까 봐 그런지 남동생 셋은 가장 멍청한 표정으로 아버지를 배웅했다. "아빠가 약속했던 거 기억하나?" 아버지가 내 얼굴을 봤다. "전국 주요 도로, 야립 간판에 너만 알아볼 수 있는 표시를 해둘 거라는 말 기억하나?" "어떤 표신데? 알려줘야 알아볼 것 아냐." "내 딸이면 알아본다. 아니, 그냥 알아진다." 부엌에서 밥물 끓는 냄새가 풍겼다. 엄마는 밥이라도 먹여 보내고 싶은 마음에 아버지의 옷자락을 잡았다. "쯧, 어디 사나 가는 길에 여자가." 팔만 잡아 뺀다는 것이 그만 너무 힘이 들어가고 말았다. 중심을 잃은 엄마가 벌러덩 뒤로 나자빠졌다. 엄마의 뱃살이 출렁 튕겨 오르고 볼살과 두 겹의 턱살이 흔들렸다. 다행히 엄마의 손목은 튼튼해서 그 체중을 간신히 지탱할 수 있었다. 막내가 큭 웃으려는데 쌍둥이 중의 하나가 막내의 머리를 쥐어박았다. 머쓱해진 아버지는 엄마의 손을 잡아 일으켜주었다. 엄마는 한참 뒤에야 손가락에 끼고 있던 가락지가 없어진 것을 알아챘다.

집을 팔아 손에 쥔 돈은 얼마 되지 않았다. 그나마도 대부분 아버지의 사업 자금으로 충당되었다. 옥탑방을 얻고 남은 돈으로 엄마는 시장에 자리를 얻었다. 엄마는 장사를 해본 적이 없었다. 게다가 음식 장사라니. 음식 솜씨도 솜씨려니와 엄마는 요리하는 걸 즐기지 않았다. 한 솥 가득 찌개를 끓여 며칠이 걸리든 바닥을 보일 때까지 먹었다. 심심하던 간은 여러 번 데워지며 국물이 졸아 어느 순간 딱 맞아떨어지는 포인트가 있었다. 그 포인트는 엄마가 찾는 것이 아니라 재료들과 불이 제 스스로 찾았다. 엄마의 주 메뉴는 참치 통조림이나 소시지, 김치를 넣어 끓인 섞어찌개였다. 적어도 음식 장사를 하려면 단번에 그 포인트를 맞춰야 하는 것 아닌가. 서점이 어떠냐고 넌지시 떠보았다. 잘못되었을 경우 너무 많은 재고를 떠안아서 안 된다는 엄마의 대답이 바로 돌아왔다. 사실 옥탑방은 너무 비좁아 세간도 다 들여놓을 수 없었다. 방에 들이지 못한 장롱 한 짝과 침대, 책상이 옥상 한 켠에 쌓여 있었다. 돈을 받고 먹으라면 몰라도 과연 돈을 내고 엄마의 음식을 사 먹을 사람이 있을지 의아했다. "걱정 마라, 물건 대주는 데가 있다더라." 엄마가 배짱을 부리는 데는 다 이유가 있었다.

엄마는 순대골목 맨 끝에 자리를 잡았다. 관리실에서 나온 남자가 늘어진 전구 소켓에 명찰만 한 팻말을 달았다. 다─12

호,였다. 다─11호집 여자가 엄마를 향해 살갑게 웃었다. "아고, 드디어 꼴찌를 면했네." 점포가 따로 없었다. 사람들이 왕래하는 시장통 중앙에 늘어선 난전이었다. 앵글로 짜맞춘 조리대와 식탁, 등받이가 없는 일자 의자 위에 베니어 판을 얹고 모노륨을 깔았다. 순대와 돼지 창자가 든 솥에서 연신 김이 올랐다. 유리 덮개를 단 기다란 상자 안에 얼음을 넣고 피조개와 오징어, 산낙지 같은 해물을 얹어두었다. 순대 도매상이 와서 그 골목에 순대를 대주었다. 점심때쯤이면 얼음집에서 나와 얼음을 돌렸다. 엄마 가게의 솥과 기물들은 옆 가게들의 때 전 그릇에 비하면 반짝반짝 윤이 났다. 군복감으로 만든 전대를 허리에 두른 엄마는 양손을 배꼽 위에 포개어 얹은 채로 멀뚱거리기만 했다. 엄마는 나를 보자 여긴 뭐하러 왔느냐고 버럭 성질을 부렸다. 그러더니 의자에 앉히고는 순대를 썰어주었다. "아직 개시도 못했다." 말로는 엄마도 벌써 장사꾼이 다 되어 있었다.

좀처럼 매상이 오르지 않았다. 똑같은 곳에서 음식을 대주니 그 맛이 그 맛일 텐데도 사람들은 엄마네 가게를 지나쳐 다른 가게로 갔다. 단골이 생길 때까지 기다려야 했다. 밤이 되면 엄마는 팔지 못한 순대와 간, 어패류가 든 스뎅 다라이를 이고 집으로 돌아왔다. 뚱뚱한 데다 커다란 다라이까지 인 엄마가 폭 좁은 철제 계단을 밟아 옥상으로 올라올 때면 간이 다 졸았다. 한창 크는 애들 넷이 먹어 치우기에도 적잖은 양이

늘 남았다. 우리가 잠든 뒤에도 엄마는 한참을 부엌에서 서성거렸다. 소금 뿌려 씻은 꼬막을 설탕 넣은 간장에 졸였다.

그해 봄 엄마는 고명의 세계에 눈을 떴다. 꼬막무침 하나에도 여러 번 손을 거쳤다. 윗껍질만 떼어내 드러난 조갯살 위에 송송 썬 실파와 실고추를 뿌렸다. 잡채에도 지단을 부쳐 채 썰어 얹고 검은깨를 뿌려 냈다. 우리는 음식을 입뿐 아니라 눈으로도 먹는다는 말을 이해했다. 그것은 실로 공감각의 세계였다.

어느 밤에 엄마는 족발을 들고 왔다. 다라이에 찬물을 받아 족발의 핏물을 우려냈다. 막내는 엄마 곁에 앉아 족발 수를 헤아리다 공포스럽다는 듯 울먹였다. "세 마린데 발 하나가 모자라." 엄마는 다―11호집 여자가 일러준 대로 향신료들을 넣고 밤새 족발을 졸렸다. 잠결에 조심스레 솥뚜껑을 여닫는 소리와 솥뚜껑을 들썩이며 김이 오르는 소리가 끼어들었다. 월계수 잎과 된장, 간장, 흑설탕 냄새들이 차례로 코를 훑고 가자 고기 누린내가 달라붙었다. 눈앞에 섬광처럼 반짝이던 선명한 색깔들은 고기 누린내의 탁한 색과 뒤섞였다. 나는 먹지 않아도 맛을 알 수 있을 것 같았다. 다리 셋 달린 돼지꿈이라도 꾸는지 막내가 오만상을 찌푸리며 징징댔다.

천2백여 개의 발이 굴러대며 피워올린 모래 먼지가 무릎 높이로 고여 떠다녔다. 우리는 관중석에 앉아 운동화 발짝으로 어지러운 운동장을 내려다보며 빵을 먹었다. 연습이 끝날 무렵이면 교문으로 뉴욕제과의 소형 트럭이 들어섰다. 모르긴 몰라도 뉴욕제과점 또한 86 특수를 타고 있는 듯했다. 자유의 여신상이 인쇄된 곰보빵의 비닐 포장지를 뜯고 있자면 뉴욕을 자꾸 '뉴뇩'이라고 발음하던 아버지 생각이 났다. "뉴욕, 해봐, 뉴욕!" 내가 어린애 말 가르치듯 하면 아버지는 "그래, 뉴뇩" 했다.

우리 학교는 아시안게임 개막식 매스게임에 동원된 10여 학교 중의 하나였다. 무슨 근거로 우리 학교가 차출되었는지 알 길이 없었다. 무작위로 뽑혔다는 설에서 학교 이사장이 위에 잘 보이려 줄을 댔다는 설까지 소문만 무성했다. 학교 분위기를 익히기에도 바쁜 신입생과 대입시험이 코앞인 3학년은 제쳐두고, 꼭 해야 한다면 2학년밖에 없다는 사실에 토를 다는 아이들은 없었다.

리허설을 하러 올림픽 주경기장에 학생들이 다 모였을 때에야 생각보다 훨씬 많은 학생들이 아시안게임에 동원되었다는 것을 알게 되었다. 학생들만으로도 경기장 반이 찼다. 사람 구경에 놀라 주위를 둘러보는 학생들이 우리만은 아니었다. 그때 처음이자 마지막으로 군용 식량을 먹어보았다. 쪄서 말린 쌀과 찌꺼기 같은 야채들이 뜨거운 물을 붓자 와짝와짝 양이 불었다. 그날의 메뉴는 군용 비빔밥이었다.

아시안게임이 끝날 때까지 아침자습은 물론 야간자습까지

유보한다는 담임의 말이 떨어지기가 무섭게 교실 안은 한바탕 난리가 났다. 2학년들에게 부채 한 쌍씩이 나눠졌다. 붉은 깃털이 달리고 화려한 그림이 그려진 부채였다. 새 부채는 뻑뻑했다. 부채를 받은 아이들은 부채로 짝의 겨드랑이를 찌르기도 하고 머리를 툭 치고 손바닥에 내리치기도 했다. 나는 언젠가 텔레비전에서 본 것처럼 부채를 떨어보았다. 착, 경쾌한 소리를 내며 부채가 활짝 펼쳐졌다. 부채를 흔들어보았다. 부채에 실려온 바람이 내 코앞에 부려졌다. 안료 냄새 때문인지 들척한 침이 입에 고였다. 전생에 무용수가 아니었을까 싶을 만큼 부채가 손에 짝 달라붙었다. 설마. 부채를 흔들었는데 착, 부채가 한 번에 접혔다. 우, 곁에 있던 아이들이 야유를 퍼부었다. 방과 후, 아이들이 운동장에 집합했다. 오합지졸이 따로 없었다. 부채를 동시에 떨고 접어야 하는데 천2백 개의 부채는 제각각 따로 놀았다.

　옥탑방 앞의 평상에 나이 든 노인이 앉아 있었다. 앉아서도 두 손으로 지팡이를 짚어야 할 만큼 온몸을 떨고 있었다. 노인은 끄덕끄덕 고개를 흔들면서 비닐을 쳐놓은 세간을 쳐다봤다가 다시 옥상 한쪽에 박힌 노란 물탱크를 올려다보았다. 저런 몸으로 어떻게 이 위까지 올라왔는지 의아해하는 순간 물탱크 뒤에서 건장한 청년이 튀어나왔다. 청년은 물탱크를 탕탕 쳐보더니 "단단한데요" 했다. 청년은 신기한 거라도 되는 양 이번엔 샅바 잡듯 물탱크를 두 팔로 잡아보더니 "끄떡 없어요"했다. 그러다 나와 눈이 마주치자 씩 웃었다. "김 선상 여식인가 본데요." 그 말에 노인이 *끄덕끄덕* 고개를 돌려 날 올려다보았다. *끄덕끄덕* 다시 청년에게로 고개를 돌려 청년을 나무랐다. 몸과는 달리 목소리는 카랑카랑했다. "넌 어떻게 그때뿐이냐? 여식은 자기 딸을 이를 때나 쓴다고 내 말하지 않았니?" 노인의 훈계에도 청년은 허허, 웃기만 했다.

시장까지 앞서 걸었다. 노인을 업은 청년이 성큼성큼 따라왔다. 엄마는 노인을 보자 고개를 깊이 숙여 인사했다. 가게까지 와보고 나니 더는 할 말이 없는 듯 노인은 아무 말 하지 않았다. 그사이 청년은 순대와 잡채를 두 접시나 비웠다. 일이 끝나자 청년이 노인을 단짝 등에 업었다. 뼈만 남아 겉도는 노인의 한복 바지가 청년의 허벅지에서 달랑댔다. 청년은 노인의 엉덩이를 감싼 두 손에 가로로 지팡이를 끼웠다. 노인이 간 뒤에야 그가 아버지 쪽 먼 친척으로 아버지에게 투자했다는 것을 알았다.

일주일에 한 번이던 연습이 두 번으로 늘어났다. 황사가 불었다. 더디게 리듬감이 맞춰지고 있었지만 이번에는 돌풍에 부채를 놓치고 운동장 여기저기로 부채를 잡으려고 뛰어다니는 아이들 때문에 대열이 흩어졌다. 흙먼지를 뒤집어쓴 머리는 잘 빗기지도 않았다. 연습이 끝날 때쯤이면 어김없이 교문쪽에서 뉴욕제과점 트럭이 올라왔다. 그런 날에는 곰보빵에서도 흙이 씹혔다.

연습이 끝나고 나면 버스로 세 정거장 거리에 있는 시장까지 걸었다. 챙 넓은 햇빛 가리개 모자를 눌러쓴 아주머니들이 옹기종기 모여 앉아 보도 위에 눌어붙은 껌딱지를 떼어내느라 여념이 없었다. 거리 곳곳에서 공공근로를 나온 무리들을 보았다. 도로변 둑에 들어가 휴지를 줍고 있거나 화단에 꽃을 심고 있었다. 챙 넓은 모자 때문인지 그 사람이 그 사람 같았다.

오후의 순대골목은 한산했다. 점심에는 근처 공단의 아가씨들에게 순대나 잡채를 팔고 본격적인 장사는 퇴근 시간이 지난 저녁에나 시작되었다. 음식을 찌고 썰고 데치면서 여자들은 유행가를 흥얼거리다가 별안간 소리 높여 웃어댔다. 여자들은 서로서로를 형님, 아우 하고 불렀다. 골목 안으로 들어서기도 전에 누린내와 지린내가 났다. 울퉁불퉁한 시장 바닥에는 밟아 끈 담배꽁초들이 널려 있었다. 엄마는 내가 가기만 하면 내 뒤부터 살폈다. 아버지에게 돈을 대준 친척들이 이따금 시골에서 올라왔다. 노인처럼 아무 말 없이 앉았다 가는 사람도 있었지만 아버지 있는 곳을 대라고 시장 바닥에 드러누워 발버둥치는 아주머니도 있었다.

자전거 요령을 울리면서 사내가 들어섰다. 짐칸 가득 얼음 덩어리가 실려 있었다. 여자들은 일사불란하게 진열장 덮개를 열고 사내는 쇠갈고리로 얼음을 찍어 올려 진열장에 넣었다. 군더더기 하나 없는 최소한의 연결 동작을 보고 있자니 매스게임이 떠올랐다. 그사이에도 여자들과 사내는 짓궂은 농지거리들을 주고받았다. 엄마의 가게는 사내가 '다' 골목에서 제일 마지막으로 들르는 곳이었다. 엄마는 진열장 덮개를 열어놓은 채 행주로 모노륨만 훔쳤다. 이 골목에서 엄마는 비교적 젊은 축에 속했다. 살이 쪄 이중턱이긴 했지만 이마가 동그랬다. 가만히 들여다보면 입술도 도톰했고 늘어진 눈꺼풀 속의 눈동자가 검었다. 시장통으로 손님 하나가 들어섰다. "쉬었다 가세요!" 순대골목의 여자들이 너도나도 목소리를 높여 호객 행위를 했다. 형님, 아우 하던 여자들이 순식간에 일면식도 없는 여자들처럼 굴었다. 엄마가 손님의 등에 대고 간신히 입을 떼려 했지만 손님은 벌써 저만치 가버린 뒤였다. 얼음을 넣다 말고 사내가 이를 드러내고 소리 없이 웃었다.

"제피유." 사내는 얼키설키 파이프들로 어지러운 시장 천장에 대고 말했다. 무슨 말인지 몰라 엄마는 소처럼 눈만 끔벅댔다. 사내는 짐칸 바닥에 남은 얼음 조각을 쓸어 양동이에 넣어주었다. 엄마는 물에 퉁퉁 분 열 손가락을 양동이 속에 담갔다.

엄마네 족발이 잘 팔리지 않는 건 혀끝에 엉기는 노린내 때문이었다. 그걸 모르는 엄마는 족발 위에 자꾸 실고추와 참깨만 얹었다. 다음 날에도 사내는 엄마에게 "제피유"라는 말만 했다. 엄마는 진열장 해물 옆에 넣어두었던 콜라병을 꺼내 사내에게 주었다. 콜라를 마시던 사내의 눈이 불콰해졌다. 이번에도 천장에 대고 "아유 거참 톡 쏘네" 했다. 엄마는 모노륨을 훔치면서 말했다. "톡 쏴야 콜라지……" 어느새 엄마도 시장 여자들이 쓰는 반말투의 말을 배웠다. 사내는 불거진 눈으로 엄마를 곁눈질하면서 "어허 참, 어허 참" 했다.

족발을 조릴 때 계피를 넣으라는 말이었다는 것을 아는 데는 오래 걸리지 않았다. 그제야 엄마는 다―11호 여자가 향신료 한 가지를 빼고 알려주었다는 걸 알았다. 나는 잠결에 계피 냄새를 맡았다. 김에 솥뚜껑이 들썩거리듯 작은 소리로 엄마가 유행가의 한 소절을 흥얼거리는 것도 들었다. 밝고 따뜻한 색감이 눈꺼풀에 살포시 드리워졌다. 무뚝뚝한 엄마를 쏘삭여 노래를 부르게 하는 것이 무엇일까. 그게 계피는 아닐 텐데. 머리를 굴리느라 쌍둥이 중 하나가 몰래 담배를 피우고 쌈박질이나 하고 다닌다고 엄마에게 일러바치는 걸 잊었다.

여름방학이 다가왔다. 단축 수업으로 진도를 따라잡지 못한 과목의 선생들은 시험에 나올 만한 문제들만을 찍어 풀며 한 번에 일주일 치의 진도를 뺐다. 부채춤 연습에도 박차를 가했다. 학생들이 운동장에 집합하기도 전에 운동장 스피커에서 「창부타령」이 흘러나왔다. 누군가 우리의 엉덩이를 박차 달린 장화로 걷어차는 느낌이었다. 아이들은 허겁지겁 제자리를 찾아 섰다.

깃털이 달린 부채를 떨어 펴고 살랑살랑 손목을 흔들면서 종종걸음으로 조금씩 뒷걸음질친다. 어느새 아이들은 일렬종대로 늘어서고 잠시 뒤에 부채의 파도가 운동장에 출렁거리기 시작한다. 부채춤을 추고 있다가도 이렇게 시절 좋게 춤타령이나 하고 있어도 되는 건가, 문득문득 불안해졌다. 쌍둥이 중 하나가 어젠 스파링 파트너라도 한 듯 얼굴에 피멍투성이가 되어 들어왔다. 대체 무슨 일이냐고 쳐다보기만 했을 뿐인데 "신경 *끄셔*!"라며 두 눈을 부라렸다. 담배를 피우는 애가 쌈박질까지 하는 것인지 아예 쌍둥이 둘 다 제각각 문제를 일으키고 다니는 것인지 알 수 없었다. 그래도 그즈음 엄마가 빈 다라이를 옆에 끼고 돌아왔다는 것이 다행이라면 다행이었다. 엄마 가게에도 단골이 생기기 시작했던 모양이다. 전날 밤 엄마는 불도 켜지 않은 채로 아랫목까지 걸어왔다. 엄마의 발에 첫째의 허벅지가 밟히고 둘째의 손이 밟혔다. 엄마는 잠든 막내를 옆으로 조금 밀어두고 사이에 끼어 앉았다. 희미하게 술 냄새가 났다. 아이들이 일시에 부채를 떨었다. 부채 떠는 소리가 경쾌하게 운동장에 울렸다. 6백 명의 아이들 속에서 나는 꽃잎이고 강물이었다.

얼음을 대주는 사내는 엄마의 가게에서 미적거렸다. 잔술을 마시고 순대 한 조각을 질겅거리며 일어선 사내가 자전거를 몰고 시장통을 벗어났다. 나는 사내의 뒤를 쫓아 뛰었다. 시장 뒷골목으로 들어선 자전거가 오른쪽으로 다시 왼쪽으로 돌았다. 골목길은 세 갈래로 나뉘었는데 자전거는 보이지 않았다. 가운뎃길에 점점이 물 자국이 나 있었다. 물 자국은 허름한 가게 앞에서 멈췄다. 대형 냉동 창고 문 앞에 등받이가 유난히 긴 사내의 자전거가 서 있었다. 두 짝씩 겹쳐 열린 유리문에는 '어름, 석유'라는 붉은 페인트 글씨가 줄줄 흐른 채 말라 있었다. 기껏해야 얼음을 '어름'으로 아는 사내였다. 어름이라고 잘못 쓴 글자를 두고도 밥을 먹고 잠을 자는 사내였다. 사내가 슬리퍼를 질질 끌며 밖으로 나와 담배를 피워 물었다. 얼굴부터 발등까지 검게 그을려 있었다. 검지 않은 데라곤 발바닥뿐일 듯했다. 돌아오는 길에 누군가를 닮은 듯한 사내의 얼굴이 자꾸 밟혔다. 떠오를 듯 떠오를 듯 잘 생각나지 않았다. 나중에야 텔레비전에 나온 한 육상 선수의 얼굴이 사내의 얼굴과 겹쳐졌다.

쌍둥이 중 한 명이 돌아오지 않았다. 엄마에게 알려야 하는데 가게 문을 일찍 닫았다는 엄마는 집으로 오지 않았다. 대신 친척 노인을 업고 왔던 청년이 왔다. 이번에는 혼자였다. 노인은 아예 거동을 못하고 누워 지낸다고 했다. 카랑카랑한 목소리는 늙지도 않는다고 중얼거리며 물탱크를 툭툭 쳤다. 저녁까지 먹고 담배까지 피운 청년은 평상에 누워 잠이 들었다. 청년의 규칙적인 코 고는 소리를 듣다 깜빡 잠이 든 모양이었다. 이러다 학교에 늦는다고 나를 흔들어 깨운 건 청년이었다. 소스라치게 놀라 몸을 일으켰는데 청년이 모기에 수십

방을 물렸다며 팔뚝을 내밀어 보였다.

땡볕이 머리통 위로 쏟아졌다. 실내화 얇은 밑창 아래로 뜨겁게 단 모래 기운이 느껴졌다. 아이들은 거대한 꽃이 되었다가 흩어져 작은 봉오리들로 모였다. 나는 꽃잎이 되었다가 강물이 되어 흘렀다. 엄마도 쌍둥이 하나도 돌아오지 않았다. 청년은 아예 눌러 앉을 모양인지 커다란 가방까지 들고 왔다. 다리 세 개뿐인 돼지를 눈으로 본다 해도 그보다 공포스럽지는 않을 것 같았다. 아이들이 활짝 편 부채를 들고 뒤로 종종 걸음쳤다. 나는 들고 있던 부채를 내렸고 탁, 소리 나게 접었다. 옆의 아이와 몸이 부딪혔다. 앞의 아이가 발을 밟았다. 나 때문에 순서를 놓친 아이들이 우왕좌왕했다. 영문을 몰라 힐끗거리는 아이들 틈을 비집고 운동장을 가로질렀다. 「창부타령」 가락이 식은땀 밴 손바닥처럼 내 발목을 잡았다. 아침잠을 깨우던 청년의 손도 축축했다. 내가 걷는 쪽으로 대열이 흩어졌다. 몇몇 아이들이 내 이름을 불러댔다. 지도교사가 호루라기를 불었다. 뒤돌아보지 않아도 대형이 완전히 흩어진 걸 알 수 있었다.

세상에는 대체 얼마나 많은 껍딱지들이 붙어 있는 것인지, 공공근로를 나온 아주머니들은 여전히 도로에 머리를 박은 채 오리걸음을 걷고 있었다. 나는 시장까지 뛰었다. 엄마가 가게에도 오지 않은 건 아닐까 걱정했는데, 다행히 가게 문이 열려 있었다. 엄마는 서너 명의 여자들에게 둘러싸여 있었다.

키 작은 여자가 엄마를 떼밀었다. 엄마의 몸은 꿈쩍도 하지 않았다. 약 오른 여자가 펄쩍펄쩍 뛰어올랐다. "이런 뚱뚱한 걸 대체⋯⋯" 이해할 수 없다는 듯 여자가 웃었다. "내 이 연놈들을 당장⋯⋯" 한 여자가 달려들어 엄마의 다리에 발을 걸었다. 한참 용을 쓴 뒤에야 수령 많은 나무가 쓰러지듯 엄마가 우지끈 넘겨졌다. 여자들이 우르르 달려들었다. 엄마는 여자들에게 뭇매를 맞았다. 주먹이 쏟아질 때마다 큰 덩치가 움찔움찔했다. 누가 '어름집' 여자인지 알 수 없었다. 한 여자가 엄마의 머리카락을 휘어잡아 흔들었다. 엄마의 눈이 내 눈과 마주쳤다. 엄마는 홱 고개를 돌려버렸다. 그때 나는 맞은편 건어물 가게의 차양 아래서 이 광경을 보던 쌍둥이 중 하나가 몸을 돌려 시장 골목을 뛰쳐나가는 것을 보았다. 전날밤 돌아오지 않은 쌍둥이인지 새벽녘까지 엄마를 기다리던 쌍둥이인지 분간이 가지 않았다.

*

막내가 간판 이야기를 꺼낸 건 그 애가 맨 처음 트럭을 사서 고속도로로 나가게 되었을 때였다. 경부고속도로 휴게소라면서 전화를 걸었다. 왁자지껄한 소음 속에서 동생이 목소리를 높였다. "고속도로에 누나 이름 쓰인 간판 천지야!" 나는 한 번에 알아듣지 못했다. "웬 간판?" 되묻고 나서야 짚이는 구석이 있었다. "정말? 어디?" 정색하고 물었는데 동생이 박장대소했다. 어린애도 알 만한 대기업의 이름이었다. 그러고 보니 그 대기업의 이니셜이 내 이름의 이니셜과 같았다. 웃으면서 이런 이야기를 하게 된 건 다 시간의 힘이었다.

"쉬었다 가세요." 아마 나는 끝까지 엄마를 가슴으로 이해하지 못할는지도 모른다. 그해 봄에서 여름까지의 5개월이 우리에게는 '발 하나 없는 돼지의 공포'였지만 엄마에게는 붉고 푸르던 고명의 시절이 아니었을까, 아직까지 나는 머리로만 이해할 뿐이다.

아시안게임 개막식 전에 엄마는 가게를 그만두었다. 엄마를 시장에서 내몬 건 '어름집' 여자가 아니라 형님, 아우 하던 그 골목의 여자들이었다. 여자들은 한통속이 되어 엄마를 따돌렸다. 엄마도 나도 그날 일에 대해서는 입을 다물었다. 엄마가 번 돈으로 학용품도 사고 군것질도 했던 내게는 공범의식이란 게 있었다. 가게는 한 푼의 권리금도 받지 못했다. 커다란 곰솥과 다라이와 멜라민 수지 식기들은 두고두고 짐이 되었다.

청년은 그 뒤로도 혼자 여러 번 왔다. 한번은 술에 취해 두서없이 중얼거렸다. 강을 다 건네줬는데도 노인이 등에서 내려올 생각을 안 한다며 울먹였다. 아버지에게 돈을 대줬던 친척들은 도미노처럼 와르르 가세가 기울었다. 그날 시장에서 뭇매를 맞던 엄마를 본 쌍둥이는 가출했던 쌍둥이가 아니었다. 그날 밤에 쌍둥이 중 누구도 돌아오지 않았다.

어느 그룹의 회장은 자신이 즐겨 찾는 골프장 길목을 따라 자신의 회사 광고판들을 달았다고 했다. 맞선 자리에 나온 한 남자가 말해주었다. 밤늦도록 이런저런 이야기로 재미있게 웃으며 떠들었는데 전화하겠다던 남자에게서는 감감무소식이었다. 86 아시안게임과 88 올림픽게임을 지원하기 위해 세워진 야립 간판도 언제부턴가 도로의 흉물이 되었다. 간판 사업을 따내려 전국을 누볐을 아버지의 낡은 포니가 떠올랐다. 얼마 전에야 인맥과 금품을 동원한 특정 업체들이 20년간 그 사업을 독식해왔다는 소문을 들었다. 세력 과시와 영역 다툼, 입도선매와 로비. 화려한 간판 뒤에 숨겨진 진실을 아버지는 알고 있었을까.

막내의 1톤 트럭 짐칸에는 동해 포구에서 뗀 게 상자가 가득 실려 있었다. 주말 저녁 전국의 모든 도로들은 교통 정체로 몸살을 앓았다. 얼음이 녹기 전에 서울에 도착해야 했다. 막내는 도로를 벗어나 중부내륙으로 갈아탔다가 다시 38번 지방도로로 접어들었다. 막내는 전국의 주요 도로들을 꿰고 있다고 자신했다. 그랬기에 도로를 잘못 탔다고 깨달았을 때는 당황해서 차선을 벗어났고, 트럭이 벼랑 아래로 곤두박질치기 전에 간신히 급브레이크를 밟았다. 능선을 따라 난 도로는 구불구불했다. 수없이 급브레이크를 밟았고 상자들은 그때마다 원을 그리는 차의 힘에 저항하면서 들썩거렸다. 산 정상에 올라선 트럭이 내리막길을 향해 속도를 높였을 때 검은 그림자가 트럭 앞으로 뛰어들었다. 멧돼지였다. 움푹 팬 범퍼에 피와 짐승의 털이 묻어 있었다. 멧돼지는 벼랑 아래로 튕겨 나간 모양이었다. 막내는 벼랑 끝으로 다가갔다. 그때 홀연히 그 간판이 나타났다.

전국의 야립 간판들이 철거되기 시작했으니 조금만 늦었더라도 그 간판을 보지 못했을 수도 있었을 것이다. 다행이다 안도하면서도 한편으로는 억울했다. "…… 있어!" 전화를 걸어놓고 막내는 그 말만 했다. 한동안 전화기 속에서 바람 소리만 들렸다. 동물의 울음소리도 간혹 끼어들었다. 한참 뒤에 동물처럼 막내가 숨죽여 울었다.

한눈에도 간판은 낡아 흉물스러웠다. 간판을 받친 두 개의 철골 구조물은 부식되어 당장이라도 무너질 듯했다. 칠이 들떠 살비듬처럼 일어났다. 침대 광고였다. 투매트리스로 유명한 침대에는 커피 잔을 든 중년 부인 두 명이 앉아 있고 그 뒤에서 아이 둘이 뛰고 있었다. 뛰어도 흔들리지 않는다는, 내게도 익숙한 광고였다. 뒤에서 뛰고 있는 아이 중 계집아이의 얼굴. 막내의 말과는 달리 그 계집아이는 내가 아니었다. 얼굴이 통통하고 머리를 양갈래로 땋아 내린 계집아이는 많았다. 왜 내가 아닌지 그냥 딱 보니 알아졌다.

나는 풍경을 응시했다. 이제 간판의 계집아이가 나든 아니든 상관없었다. 세잔의 생트 빅투아르 산이 세잔을 보듯 나의 간판이 나를 보고 있었다. 한 시인은 자신의 산문*에서 이렇게 말했다. 세잔이 그 풍경을 받아들일 눈을 가지는 데에는 그때까지의 유럽 미술사의 모든 시간 플러스 알파가 필요했다고. 그 알파란 세잔이 시대보다도 앞질러 달렸던 바로 그만큼의 시간이 아니겠느냐고. 지금 내 앞에 서 있는 간판을 볼 수 있기까지 나에게도 나만의 알파의 시간이 흘러갔다는 생각이 든다. 한참을 돌고 돌아 그 간판 앞에 서기까지 그 알파의 시간이 좀 길었을 뿐이다. 나는 내 앞에 펼쳐진 풍경을 응시했다.

* 허만하, 『낙타는 십리 밖 물냄새를 맡는다』, 솔출판사, 2000.

오후, 가로지르다

1

1

사무실 입구에서 여자의 '큐비클'까지는 꼭 마흔두 걸음이었다. 좌우 양쪽에 늘어선 큐비클들 사이를 따라 걷다 보면 좁고 막다른 골목 끝의 집처럼 여자의 큐비클이 나타났다. 다시 말하자면 여자의 자리는 사무실 가장 안쪽이었다. 사내에서 입사 연도가 제일 오래된 축에 낀다는 걸 의미했다. 하지만 여자는 요즘 자신이 밀릴 데까지 밀렸다는 생각을 하고 있다.

키스 해링의 그림엽서 옆엔 박항률의 '소녀의 옆얼굴' 그림이 붙어 있다. 전시회 포스터인데 전시 기간이 이미 2년이나 지나 있다. 화가 시리즈인가 싶어 다음엔 피카소나 김창렬 혹은 앤디 워홀의 그림이 아닐까 생각하지만 웬걸 웃통을 다 벗은 채로 열창하고 있는 프레드 머큐리가 있다. 1982년 퀸의 몬트리올 공연 포스터다. 그렇다면 다음은 슬슬 스팅 정도가 나오지 않을까, 라는 예상도 보기 좋게 빗나간다. 누군가 대학 체육대회 때 입었던 듯한 티셔츠를 걸어두었다. 운동장을 한참 굴렀는지 빨아도 지지 않는 붉은 흙물이 옅게 들어 있다. 강조하고 싶은 것이 가슴패기에 프린트된 출신 학교인지 운동장을 뒹굴던 그때의 열정인지는 알 수 없다.

활기차고 예측을 불허하는 골목으로 들어가다 보면 신도시와 구도시의 경계가 확연하듯 어느 순간 낯선 분위기의 큐비클들이 나타난다. 한눈에도 낡고 얼룩이 튄 듯한 전체적으로 골고루 색이 바랜 큐비클들이다. 물론 이 큐비클들의 바깥 칸막이에도 장식은 있다. 사진이나 그림 같은 이미지보다는 활자 세대에 어울리는 글귀들이라는 것이 다르다면 좀 다르지만.

'뒤로 물러서지 않기 위한 유일한 방법은 앞으로 나아가는 것이다'라고 말한 건 스티브 잡스 아니었나? 그런 문구를 낯 뜨거운 줄도 모르고 잘도 써서 붙여놓다니, 모르긴 몰라도 대표의 자리가 확실할 것이다. 그렇다면 그 사람도 지금 밀리고 있는 건가?

여자의 큐비클엔 무언가를 붙였던 압정 네 개만 꽂혀 있을 뿐이다. 마지막으로 뭘 붙였는지 그게 언제 떨어진 건지 기억나지 않는 걸 보면 1, 2주 전의 일은 아니다. 종이에 뭘 적었는지도 기억나지 않는다. 하지만 뭔가가 붙어 있었다는 증거처럼 한 개의 압정에 종잇조각이 간당간당 물려 있다.

칸막이 밖의 이런 장식들은 당연히 안에 앉은 장본인들에겐 보이지 않는다. 순전히 자신을 알리려는 일종의 메시지다. 큐비클이라는 폐쇄적인 구조 속에서 자신을 알릴 유일한 방법이다. 진로를 바꾸는 데 결정적인 역할을 했던 어릴 적 상장을 붙여놓기도 하고 경주 수학여행에서 사왔음 직한 조잡한 에밀레종을 달아놓은 이도 있다. 가장 많은 건 아무래도 대량 생산되는 포스터들이다. 무얼 장식하느냐에 따라 개인의 취향은 물론 정체성까지도 드러나는 것이다. 큐비클맨의 일상을 다뤄 유명해진 만화 캐릭터인 딜버트를 붙여놓았다면 그나마 의중은 쉽게 파악되고도 남는다. 외부에 자신을 알리고자하는 욕구가 크면 클수록 칸막이 한 면은 온갖 이미지들로 도배되다시피 한다. 결국은 자신을 알리는 효과가 반감될뿐더러 중심이 없는 사람이라는 인상을 주기도 하지만 말이다.

여자의 머리로는 도저히 이해가 가지 않는 것을 붙여놓은 이도 있다. 가까이에서 보면 물감 덩어리처럼 보인다. 모네의 수련인가, 싶지만 그림이 아니라 실제로 물감 같은 것을 덕지덕지 발라놓았다. 좀 떨어져서 봐도 알 수 없기는 마찬가지다. 만져보기는 싫다. 왠지 기분이 나빠지는 이상한 어떤 것이다.

큐비클이 사무실에 설치되던 초창기에 여자도 자신의 큐비클 치장에 공을 들였었다. 20여 년 전에 근무한 첫 회사의 여직원회에서 했던 일 중 하나가 화장실이나 엘리베이터에 격언이나 시구를 적어 붙이는 일이었다. 바람이 분다 오늘도 살아야겠다, 라거나 가야 할 때가 언제인가를 분명히 알고 가는 이의 뒷모습은 얼마나 아름다운가 등의 시구를 적고 예쁜 그림으로 장식을 했다. 인용한 부분의 앞과 뒤는 알 수 없었다. 여자는 그때를 떠올리며 매주 시집을 뒤적이고 시를 골랐다. 시는 끝까지 읽으려고 노력했다. 종이에 시구를 옮겨 적고 여백에 그림을 그리거나 낙엽을 주워 붙이기도 했다. 그땐 주변에서 문학소녀라는 말을 들었다.

……요즘 여자는 뒤늦게 정체성의 혼돈을 겪고 있다. (맞습니다. 저 좀 허덕이고 있습니다.)

입사 동기 가운데 지금까지 사무실에 남아 있는 여직원은 여자와 최, 이렇게 단둘뿐이었다. 몇 명의 동기들은 결혼과 동시에 직장을 떠났다. 결혼하고 좀 버티던 동기들도 임신과 출산의 문턱을 넘어서지는 못했다. 삼면이 칸막이로 막힌 '큐비클' 구조는 입사 3년차 무렵부터 도입되기 시작해 금방 정착되었다. 상하 지시 체계가 아닌 각자 맡은 일들을 독립적으로 처리하는 업무 특성 때문에 가능했을 것이다. 그리고 그게, 눈에 띄게 능률이 오르기 시작했다는 거다.

표준형 칸막이의 크기는 가로 2미터가 조금 넘었다. 책상과 서랍장을 넣으면 바듯했다. 이 구조에 가장 적응이 느렸던 건 입사 동기인 여자와 쳤였다. 칸막이를 돌아 상대방의 칸막이 안으로 가는 일이 여간 성가시지 않았다. 그냥 제자리에서 일어나 칸막이 너머로 서로의 이름을 불러댔다. 일어서면 칸막이의 높이는 여자의 턱쯤에 와 닿았다. 칸막이 위로 얼굴만 동동 뜨는 셈이다. 어느 날은 아예 일어나지 않은 채 칸막이를 사이에 두고 대화를 나누기도 했다. 그런 습관은 어느 날 칸막이 저 너머에서 누군가 "일 좀 합시다"라고 소리를 지르는 바람에 끝이 났다. 아주 오랫동안 별러온 듯 목소리는 사무적이었다. 너무도 창피해서 둘 중 누가 먼저랄 것도 없이 칸막이 속으로 몸을, 아니 머리를 쏙 숨겼다. 이상한 것은 소리를 지른 게 누구인지 좀처럼 감을 잡을 수 없다는 거였다. 직원들이라면 다 알고 있었고 물론 목소리도 알았다. 칸막이 안의 누구였을 텐데 한 번도 들어보지 못한 목소리였다. 누군지 모르지만 자신의 신분이 발각되지 않도록 목소리를 변조시킨 게 분명했다.

그 뒤로 10여 년, 너무도 많은 직원들이 입사했고 또 그만두었다. 일일이 이름과 얼굴을 매치할 수도 없을뿐더러 그들을 한자리에서 만나는 일조차 거의 없었다. 간단한 회의는 메신저를 통해 이루어졌다. 직원들은 자신이 누구인지 알아달라고 큐비클 밖을 이런저런 장식들로 꾸미지만 정작 서로의 큐비클을 제 발로 찾아가지는 않았다. 그동안 자연스럽게 큐비클 예의라는 것이 자리를 잡았다. 어떤 소리도 자신의 큐비클 밖으로 넘어가지 않도록 할 것, 큐비클 안에서 다른 큐비클의 직원을 부르거나 대화하지 말 것 등. 큐비클 위로 얼굴을 불쑥 내밀고 사방을 둘러보는 일은 사무실 바닥에 침을 뱉는 것만큼이나 무례 중의 무례가 되었다.

어느 날 여자는 의자에서 일어나 허리를 쭉 폈다. 두 팔을 하늘로 쭉 뻗어 스트레칭을 하다 겹겹으로 펼쳐진 수많은 큐비클들의 가로선들을 보았다. 여자도 알지 못하는 새 직원들이 늘었고 그만큼 큐비클 수도 늘어나 있었다. 무수한 가로선들을 무수한 세로선들이 나누고 있었다. 미로 같았다. 그 많은 큐비클 어디에선가 불쑥 누군가의 머리가 드러나 여자와 눈이 마주친다면 그게 설사 사람이 아니라 문어라 해도 사랑에 빠질 것 같은 착각이 들었다. 하지만 미로라 멀리서 서로 보기만 할 뿐 만나지는 못한다. 다행히 지금까지 그런 일은 한 번도 일어나지 않았다.

깜빡깜빡 커서가 움직였다. 오늘은 소식을 들을 수 있을까. 여자는 어떤 소식을 기다리고 있다. 늦으면 늦었달 수도 있고 빠르면 빠르다고 할 수도 있는 소식을. 1980년대 말 대기업의 사무실 전경이 떠올랐다. 거대한 사무실에 수백 개의 책상들이 앞으로 나란히 하듯 줄을 맞춰 놓여 있었다. 칸막이라곤 없었다. 자리에서는 앞사람의 뒷모습이 보였다. 앞사람보다는 뒷사람의 직위가 높았다. 앞사람은 뒷사람의 시선을 의식해 딴짓을 할 수 없었다. 그 부서의 가장 높은 직위의 사람은 사무실 가장 안쪽 창가 자리에 앉았다. 여자는 가끔 어릴 적 하던 게임에서처럼 이렇게 외치고 싶었다. "자, 이제 반대로!"

— 여의나들목 삼중 추돌 빠져나오는 데 한 시간 거의 초주검.

그때 '몽실몽실님'이 대화에 등장했다. 옆자리의 최였다.

2

그날 아침 한 남자가 여자의 뺨을 때렸다. 눈앞에서 번쩍 불똥이 튀고 휙 얼굴이 모로 꺾였다. 덩달아 상체도 틀어졌다. 눈물이 쏙 빠질 만큼 아팠다. 눈에 고인 눈물 때문에 일렬로 늘어선 책상들도 책상 사이의 통로를 부산히 움직이는 직원들의 모습도 과장되게 굴절되었다. 다행히 눈물은 흘러내리지 않았다. 아무도 눈치채지 않았으면 하고 바랐는데 바로 옆자리의 여직원과 눈이 딱 마주쳤다. 다 들으라는 듯 그녀가 새된 비명을 질렀다. 이 남자가 왜 날 때린 건가, 내가 뭘 잘못했나 따위는 잊고 산통 다 깨졌다는 생각뿐이었다.

"괜찮아? 괜찮아?" 소리를 지른 여직원이 다가와 여자의 한 팔을 붙잡았다. 책상들만 치운다면 당장이라도 편을 갈라

축구 경기라도 할 만한 넓이의 사무실이었다. 부서와 부서를 나누는 칸막이도 없었다. 중간중간 전경을 분할하는 건 천장을 받치고 선 기둥들이었다. 기둥 뒤에라도 숨어야 하나? 하지만 기둥은 사무실의 엄격한 수직 구조만을 일깨워줄 뿐이었다. 줄을 맞춰 빼곡하게 늘어선 수백 개의 책상은 위압적이기까지 했다. 책상 한 개도 들어설 틈이 없어 보이지만 언제든 새로운 책상들이 들어와 얼마든 자리 잡을 수 있다는 걸 모두 알고 있었다.

여직원 탈의실에서 유니폼으로 갈아입고 사무실에 들어설 때마다 여자는 종종 스타디움 안으로 입장하는 듯한 착각이 들곤 했다. 물론 관중은 아니다.

사무실은 늘 소란스러웠다. 책상들 위에선 전화벨이 수시로 울린다. 말소리뿐 아니라 수백 명이나 되는 사람들의 숨소리도 작지 않다. 타이핑 소리와 서랍을 여닫는 소리 사이로 기침 소리도 끼어든다. 그 모든 소리가 높은 천장으로 부유해 고여 있다. 하지만 그 소리들만이라고 하기엔 미심쩍은 부분이 있다. 어딘가에서 바람이 들어와 수백 개나 되는 병들의 주둥이라도 불어대고 있는 듯했다.

비명이 터진 쪽으로 시선이 쏠렸다. 사무실 안의 소음이 일순 멎었다. 가까운 곳의 직원들은 드러내놓고 바라보고 사무실 가장 안쪽의 나이 지긋한 임원급들도 슬쩍슬쩍 이쪽을 훔쳐보는 눈치였다. 늘 몰려다녀 여직원들 사이에서 '고삐리'로 불리는 입사 동기 남자들까지도 우르르 몰려들었다. 정말 싫어! 자신도 모르게 어금니를 꽉 물었는데 그게 꼭 울음을 참으려는 것처럼 보였나 보다. 여자의 팔을 쥔 여직원이 여자의 몸을 흔들며 물었다. "울어? 울어?"

영문을 알 수 없었다. 때린 남자와는 같은 부서였지만 가까운 사이는 아니었다. 그의 자리는 여자의 자리에서 세 칸이나 뒤에 있었다. 사무실 출입문 쪽 가장 낮은 직급의 여자가 중간 관리자인 그와 나눌 이야기는 많지 않았다. 하루 종일 말 한마디 섞지 않고 지나가는 날도 많았다.

그는 자기 앞의 남자 직원들에게 업무를 하달했다. 여자 뒤의 남자들이 업무를 처리하는 동안 여자는 팩스나 복사 등의 잔심부름이나 자료 조사 같은 일을 거들었다.

뺨을 때리는 일은 적어도 이해관계가 얽힌 이들 사이에서 일어나는 일이라고 여자는 그때까지 생각했다. 차라리 매일 일로 얽히는 뒷자리 남자 직원에게 뺨을 맞았다면 업무 미숙 등의 이유로 수긍할 수도 있었을 것이다. 여자보다 세 칸이나 뒤에 앉은 그 남자가 평소의 업무 지시 체계를 무시하고 몇 단계를 건너뛰어 직접 여자의 뺨을 때렸다. 혼돈스러울 수밖에 없었다. 마치 길을 지나다 생판 모르는 사람에게 당한 봉변 같아 황당하기까지 했다.

소동은 채 5분을 끌지 않았다. 때린 남자가 별안간 몸을 돌려 사무실을 뛰쳐나갔기 때문이었다. 의외로 일이 싱겁게 끝나자 남자 동기들은 한눈에도 실망스럽다는 표정으로 우르르 사무실 밖으로 몰려 나갔다. 직원들도 하나둘 제자리로 흩어지고 타이핑 소리를 시작으로 모두 업무에 복귀했다.

화장실 거울 앞에 서서 흩어진 머리를 정돈해 묶었다. 얼마나 세게 묶었는지 눈가가 관자놀이로 당겨 올라가 꼭 중국 여자애처럼 보였다. 뺨의 손자국은 어느새 사라지고 없었다. 누가 누구의 뺨을 때렸다더라, 소문만 무성하게 엘리베이터를 타고 이층 저층으로 퍼졌다. 잠깐 그 사안에 대해 여직원회의 이름으로 책임을 물어야 하는 것 아니냐는 목소리가 불거지기도 했지만 금방 흐지부지되었다. 퇴근 무렵의 사무실은 평소의 분위기로 돌아와 있었다. 활기가 지나쳐 다소 어수선하고 술렁대는 상사(商社)의 분위기로. 그 남자는 그 시간까지도 나타나지 않았다.

"그날 맞은 건 네 뺨이 아니라 네 자존심이었던 거지." 최가 알은체를 했다. 최의 말에 의하면 상처가 생각보다 깊은 나머지 방어 기제가 작동한 거라고 했다. 별일 아닌 듯 무마되었지만 사실은 그사이 여자의 무의식 제일 밑바닥에 가라앉아 껍딱지처럼 단단히 들러붙은 거라고 했다. 평상시에는 아무렇지도 않다가 껍딱지를 밟게 되면 진득 달라붙으며 불쾌감을 남긴다는 것이다. "누구에게나 그런 껍딱지가 하나쯤은 있어." 그러더니 최는 뭔가가 떠오르는지 몸을 부르르 떨

116

었다.

최에게는 어떤 말이든 믿게 만드는 요령이 있다. 얼마 전에는 사무실 안에서 뱀을 키우는 동료가 있다는 말을 전해 여자를 기겁하게 했다. 뱀이라면 딱 질색이었다. 누가 들으면 뱀에라도 물렸었나 보다고 짐작하겠지만 사실은 동물원의 파충류관에서 본 게 다였다. 그런데 어떤 이유에선지 뱀이란 말만 들어도 차디차고 긴 것이 자신의 복사뼈를 휘감고 지나가는 느낌이 들었다.

누굴까? '키스 해링'일까 아니면 '흙 얼룩 티셔츠'일까. 아무래도 뱀을 기르는 건 그 직원일 것만 같았다. 큐비클 밖에 물감 덩어리 비슷한 것을 덕지덕지 발라놓은, 뭐가 뭔지 알 수 없는 그것을 치우지도 않는 직원 말이다. 큐비클 안의 자신이 누구인지 알려주기는커녕 더욱더 모호하게 만드는 사람.

타닥타닥타닥.

—진짜야?

라고 댓글을 단 이상 이미 최의 말에 걸려든 것이다. 쾌재를 부르고 있을 최의 얼굴이 떠올랐다.

—요즘 애들은 우리랑 달라. 별종 중의 별종들이지.

최가 말하는 요즘 애들이란 올해 입사한 신입 사원들을 일컫는다. 사원 채용이나 퇴사 등 사무실 동정을 맨 먼저 여자에게 알려주는 것도 늘 최였다. 종일 큐비클 안에 갇혀 일하는 건 같은데 어떻게 회사 동정을 그렇게 다 꿰고 있는지 신기할 따름이다.

큐비클 안에서 누가 누구와 사랑을 나눴다더라, 누가 밤새 술을 마시고 코를 골며 잤다더라, 누구는 일주일째 집에 들어가지 않고 있다더라. 최가 전하는 큐비클 안 소식은 다채롭기도 했다.

—88들이야.

물론 88년생들이라는 말이다, 88학번이 아니라.

보나 마나 최는 기통이 막히다는 표정을 하고 있을 거였다. 오늘 아침에도 큐비클 앞을 지나치다가 그 물감 덩어리를 보았다. 그렇게 봐서 그런지 좀더 얼룩덜룩해졌다는 느낌이었다. 노란색과 초록색 물감을 좀더 짜놓은 것 같았다. 크기도 분명 더 커졌다. 안에 무언가 있어, 안의 것이 커지면서 덩달아 부풀었다는 느낌도 들었다. 만져볼까 하다가 그만두었다. 만져봤다간 기분이 너무도 나빠질 것만 같았다. 그 물감 덩어리 이야길 최에게 할까 말까 잠깐 고민했다. 그것이 무엇이든 뱀보다 최악의 상황은 없다. 망설이고 있는데 최의 댓글이 떴다.

—이제 우린 죽어야 돼.

여자와 최가 대학 신입생일 무렵 그들은 태어났다. 그녀들이 첫 미팅, 첫 데이트, 첫사랑, 첫 키스 등에 눈을 뜰 무렵 그들도 하나둘 세상에 눈을 뜬 것이다. 스무 살 가량의 나이 차만으로 그들은 별종으로 불릴 만하다. 최의 말에 의하면 그

별종들은 그녀들과는 달라 개나 고양이로는 위안을 받지 못한다고 했다.

최와 채팅을 하면서 애완용 뱀을 검색했다. 생각 외로 많은 사진들이 떴다. 색깔에서부터 무늬, 크기까지 다양했다. 이렇게 다양하면 누군가의 뱀들과 뒤섞여도 쉽게 자기 뱀을 찾아낼 수 있을 것이다. 너무도 똑같이 생긴 토끼들과는 달리. 누군가 다 자라면 2미터 남짓되는 뱀을 추천했다. 누군가 뱀의 성격에 대해 써놓았다. 온순하면서도 카리스마 있음. 어디 그런 남자 없나? 이젠 이런 생각들이 자기 검열 없이 툭툭 떠오른다. 어느 날 입 밖으로 발설해버릴까 봐 걱정이다. 강둑이 터지듯 걷잡을 수 없을는지 모른다.

먹이뿐 아니라 소소하게 필요한 물품이 꽤 되었다. 생각보다 예민하다고 했다. 그런 불평도 남자친구를 사귀는 여자 후배들에게 들어본 듯하다. 생각 외로 애완용 뱀을 기르는 사람들이 꽤 많았다. 초록색 실뱀 사진을 유심히 들여다보고 있는데 사이를 두고 모니터에 대화창이 떴다. 최다.

—며칠 전엔 칸막이를 타고 사라지는 뱀을 봤어.

정말? 묻지 않는다. 뱀을 기르는 동료가 있을지도 모른다고 생각해버린 이상 최의 말이 진실인지 거짓인지는 중요하지 않다. 사무실에서 누군가 뱀을 기르고 있다면 그 뱀이 케이지를 벗어나는 건 시간 문제니까 말이다.

최의 말에 따르자면 상사를 그만둔 뒤 10년 동안은 용케도 그 껍딱지를 피해 다닌 셈이다. 10년 동안 앞만 보고 달렸다. 논문 준비를 하고 짬짬이 강의도 나가야 했다. 잠잘 시간도 쪼갤 수밖에 없었다. 껍딱지를 밟은 건 이제 조금 천천히 가도 되지 않을까, 라고 잠깐 방심한 어느 날이었다.

갯내가 물씬 풍기는 해수욕장이었다. 머드 축제는 떠들썩한 행사 홍보와는 달리 초라했다. 내국인보다 외국인 수가 더 많았다. 축제 원년이라 행사 준비도 미비했다. 그래도 젊은이들은 웃고 떠들었다. 머리부터 발끝까지 진흙 범벅이 된 사람들은 누가 누군지 알아볼 수 없었다. 뜨거운 태양 아래 몸에 바른 진흙이 마르며 산산조각 날 것처럼 갈라졌다. 애인이 여자를 보고 진흙오리구이 같다며 웃었다. 진흙이 다 마른 뒤에야 사람들은 바다로 뛰어들었다.

여자는 진흙 묻은 몸으로 바다로 뛰어가는 애인을 바라보며 앉아 있었다. 진흙투성이인 애인의 뒷모습은 허리를 좀 늘린 다비드 상을 연상시켰다. 수영복 허리밴드 위로 볕에 그을리지 않은 팬티 자국이 그대로 드러나 있었는데 지금은 진흙투성이다. 해안가에 바글바글 모인 해수욕객들 뒤로 멀리 펼쳐진 수평선을 바라보았다. 먼 곳을 바라볼 때면 왠지 나른해진다. 미역 냄새가 나는 진득한 바람이 불었다. 여자는 눈을 감았다. 입술에 엉긴 소금이 짭조름했다. 그때 관망대 쪽에서 사이렌이 울렸다. 사이를 두고 구조대원 몇이 모래를 튀기며

바다로 뛰어들었다. 저 바다에서 무언가 잘못되었다, 라는 생각이 드는 순간 10년 전 그날 아침이 떠올랐다.

찰싹, 눈앞에서 번쩍 불똥이 튄다. 여직원의 비명이 짧게 울리고 수많은 눈들이 일제히 여자에게로 쏠린다. 발가벗겨진 느낌이다. 여직원이 코맹맹이 소리로 재우치듯 묻는다. "울어? 울어?"

여자는 불안해져서 파라솔 아래에서 튀어 나가 애인을 찾는다. 진흙투성이인 사람들 틈에서 애인을 찾기란 쉽지 않다. 바닷물에 진흙이 씻긴 사람들도 죄다 머리가 젖어 비슷비슷해 보인다. 등이 긴 남자를 찾아보지만 등이 긴 남자도 한둘이 아니다. 파도는 점점 커지고 있다. 구조대원들이 몇 번이나 바닷속으로 자맥질을 한다. 노란 구명 튜브가 파도에 휩쓸린다. 파도가 높아 건장한 남자들도 떠밀린다. 애인은 돌아오지 않고 여자는 정말 울고 싶어진다.

왜 뺨을 때렸는지 그때 물었어야 했다.

3

뉴스에서 닭을 봤다.

아침에 눈을 뜨면 텔레비전의 뉴스부터 켜고 본다. 텔레비전 앞을 지키고 앉아 뉴스를 시청하는 건 아니다. 뉴스를 켜둔 채 화장실에서도 한참 미적대고 부엌에서 토스트나 달걀 프라이를 하고 옷도 갈아입는다. 왜 보지도 않을 거면서 뉴스를 틀어놓느냐고 엄마에게 지청구를 주던 때가 떠올랐다. 엄마는 말했다. "어제가 오늘 같고 내일도 오늘 같을 테지만 그래도 새로운 하루를 맞는다는 기분으로."

사무실에서 철야를 한 날이면 모니터 한구석에 띄운 작은 창으로 뉴스를 본다. 어디에서 콘 수프 냄새가 난다. 커피 향도 코끝을 간질인다. 여자처럼 사무실에서 밤을 새운 동료들이 꽤 되는 모양이다. 맨 처음엔 이렇듯 큐비클 안에서 식음은 물론 수면까지 해결하게 될 줄 몰랐다. 손을 좀 뻗으면 콘플레이크 상자가 잡힌다. 손을 좀더 뻗으면 어제저녁 먹다 둔 초콜릿 바도 집을 수 있다. 발을 책상 아래로 쭉 늘이면 점잖은 곳에 신고 갈 하이힐이 있다. 하지만 더 늘이지는 않는다. 뭔가 이상한 것이 닿을 것 같아서. 필요한 건 큐비클 안에 다 있다. 책꽂이 맨 위에 올려둔 책을 꺼내야 할 땐 의자에서 엉덩이를 좀 들어야 하는 수고로움이 있달까.

닭들은 몸을 제대로 돌릴 수도 없는 비좁은 우리 안에 갇혀 있었다. 설사 꽁지 쪽이 가렵대도 고개를 돌려 부리로 꽁지 쪽 털을 고른다는 건 생각할 수도 없어 보였다. 배설물이 원활히 잘 빠지도록 양계장 바닥은 얼키설키 철사가 얽혀 있을 뿐이었다.

양계장 안은 어두컴컴했다. 몇 개의 창이 나 있었지만 너무 작아 채광도 환풍도 잘 되지 않는 듯했다. 창으로 쏟아져 들어온 햇빛 속에서 닭털과 모이와 마른 배설물들이 비듬처럼 날아올라 소용돌이치고 있었다. 양계장 주인은 태평했다. "우리 닭들한테는 아무런 불만도 없다니까요." 비좁으면 비좁은 대로 닭들은 부산스럽게 움직였다. 머리를 상하좌우로 흔들고 창살 위에 얹은 두 발을 차례로 들어 올려 균형을 맞췄다. 날개를 조금씩 부풀리기도 했다.

어릴 적 집 마당에서 길렀던 닭들이 떠올랐다. 마당 한쪽에 닭장이 있었지만 닭들은 마당에 나와 쏘다니며 땅을 헤집어 댔다. 엄마가 갓 낳은 달걀이라며 어린 여자의 손에 달걀을 놓아주던 생각도 난다. 똥이 좀 묻어 있던 달걀은 따뜻하고 좀 물렁거렸다. 여자는 그때로 돌아가 달걀을 쥐고 있는 듯 자신의 손바닥 우묵한 곳을 들여다보았다. 엄마가 돌아가신 지 6년이 지났다.

병아리 시절에 우리에 들어간 닭들은 1년 반 줄기차게 달걀을 낳는다. 그때까지도 산란용 닭과 식용 닭의 품종이 따로 있다는 걸 몰랐다. 그건 좀 불합리한 것처럼 느껴졌지만 곧 그만큼 공정한 일이 또 어딨나,라는 생각이 들었다.

기자가 양계장의 비위생적인 환경과 닭들의 처우 개선에 대해 보도를 하는 동안에도 닭들은 영문을 모르겠다는 듯 부산을 떨었다. 갑자기 들이닥친 보도용 카메라와 눈부신 조명에 얼떨떨한 표정이었다. 아무리 비좁아도 아무리 더러워도 매일 낳은 알들이 어디론가 사라져도 닭들은 그런 표정만 지을 것 같았다. 언젠가 저런 표정을 사람에게서도 본 듯했다. 그게 엄마였나?

그래도 엄마가 살아 있었을 땐 엄마를 통해 간혹 중매가 들어오곤 했다. 그때마다 엄마가 푸념처럼 하던 말이 떠오른다. "네가 딱 오 년만 젊었어도……" 그 레퍼토리가 10년 넘게 반복되었다. 세상에는 자신보다 다섯 살 어린 여자를 찾는 남자들이 많은 모양이었고 한동안은 그 추세가 바뀔 것처럼 보이지 않았다.

퇴근해 돌아오면 엄마는 불도 켜지 않은 여자의 방, 책상에 우두커니 앉아 있었다. 어두컴컴한 공간 속에서 엄마의 등은 더욱 왜소해 보였다. "엄마, 뭐하고 있어?"라고 물어보면 그제야 엄마가 여자를 돌아다본다. 물끄러미, 어디 멀리라도 갔다 온 듯한 표정이다. 딸인 줄 알아차릴 때까지는 시간이 걸린다.

화장실에서 세수를 하고 돌아오다가 또 그것을 보았다. 좀더 커진 데다가 얼핏 안에서 무언가 꾸물대는 듯했다. 밤을샌 탓일까, 눈을 비비고 다시 보았다. 이번엔 아무렇지도 않았다. 대체 뭘까, 자세히 들여다보려는데 그것이 또 꾸물거렸다. 뭔가 속에 살아 있다, 놀라 뒷걸음질 치는데 신발 밑창이 물컹, 끈적하다. 또 밟은 것이다.

회상으로 그치는 날도 있지만 어떤 날은 정말 뭐라 표현할 수 없는 분노가 들끓어 오른다. 아무튼 그날 아침 일을 떠올리는 주기가 짧아지고 있었다. 여자의 생체 시계도 덩달아 빨라진 느낌이다. 분명 일주일 전에 끝난 생리가 이틀 전 아침에 또 터졌다. 앞으로는 더 자주 껍딱지를 밟게 될 것만 같다. 기다리는 소식은 오지 않는다.

뺨까지 맞았는데 그 남자의 이름도 몰랐다. 통상 사무실에서는 이름 대신 성 뒤에 직책을 붙여 불렀다. 여자도 그때 '미스 김'이라고 불렀다. 그 남자의 손가락만큼은 길었다. 뺨이 기억하고 있다. 손가락이 갈대처럼 뺨에 착 감겼다가 떨어졌다. 담배도 피우지 않는지 아무런 냄새도 나지 않았다. 손은 좀 찼다. 차고 바싹 메말라 있었다. 그리고 보니 요즘 자주 껍딱지를 밟고 있는 건, 내가 같은 곳을 맴돌고 있다는 뜻인가. 여자는 생각한다. 오랫동안 일에도 진척이 없다. 집중력이 떨어진다. 어느 순간 멈췄고 요지부동이다. 앞만 보고 전진하던 10여 년 동안엔 분명 밟지 않았다. 껍딱지는 바닥에 딱 붙어 있어 옮겨 다니지 않는다. 내가 무의식의 같은 곳을 맴맴 돌고 있을 뿐이다. 여자는 언젠가 애인을 찾아 해변가를 헤매던 때처럼 아득하다. (⋯⋯맞습니다. 저는 길을 잃었고 헤매고 있습니다.)

몽실몽실님이 등장하셨다.

—세상에, 스무 살 적 비키니 사진을 포스터로 뽑아 칸막이 안에 붙여놓은 여자가 다 있대!

타닥타닥탁타닥.

—뭐야? 무슨 연예인도 아니고.

라고 받아쳤지만 쿵 심장이 떨어질 뻔했다. 사실은 그게 나야, 라고 말할 수는 없으니까. 붙여놓은 것도 아니고 포스터만한 크기는 더더욱 아니다. 비키니라니 말도 안 된다. 그냥 평범하다 못해 무난한 아레나 원피스 수영복일 뿐이다. 액자에 끼워 모니터 옆에 세워두었다. 그녀에게도 물개처럼 물살을 가르던 날랜 시절이 있었다. 군살 하나 없었다. 그걸 알려주고 싶을 뿐이다. 누구에게? 큐비클 안은 백 퍼센트 사생활이 보장된다. 그러니 결국 그 사실을 알려주고 싶은 건 여자 자신인 걸까?

—벌써 넉 달째야. ㅠㅠ

여자와 최는 앞서거니 뒤서거니 갱년기의 길로 접어들었다. 최는 넉 달째 생리를 하지 않고 있다. 반면 여자는 열흘째 생리를 하고 있다. 점점 생리 횟수가 뜸해지고 점점 생리 횟수가 늘어나면서 결국은 둘 다 제로점에 이르게 되는 날이 올 것이다. 아침이면 몸이 천근만근이고 겨드랑이가 땀으로 젖어 마름모꼴 얼룩이 생긴다. 이런 이야기는 한참 아래의 후배들과 나눌 수 없다. 그녀들도 그 나이 때 그랬다. 꼭 교회의 여름 성경학교 캠프 같은 걸 앞두고 생리가 터졌다. 너무 힘들고 귀찮아 생리란 여자에게 주어진 형벌이라고 생각한 적도 있었다. 이제 폐경이 다 되었다고 하면 여자 후배들은 환호할 것이다. "그 지겨운 것에서 해방되다니, 정말 축하드려요."

여자는 자신이 큐비클 안에서 갱년기를 맞게 될 줄은 꿈에도 몰랐다. 인생을 큐비클 속에서 허비하지 않겠다고 최와 약속했던 게 언제인지 까마득하기만 했다. 언제부턴가 최는 아무 말 안 했다. 여자도 모르는 척했다.

4

사무실의 오프라인 모임에 나간 건 단 한 가지 이유밖에 없었다. 큐비클에 물감 덩어리를 덕지덕지 묻혀놓은 직원이 누구인지 알고 싶은 마음뿐이었다. 신입들은 330밀리리터짜리 병맥주 한 병을 시켜놓고 내내 찔끔거렸다. 최가 몇 번이나 건배 제의를 했지만 그들은 건배 소리만 크게 외쳐댈 뿐 한 번에 들이켜지는 않았다. 덕분에 최만 일찍 취했다.

"키스 해링은……" 여자의 맞은편 왼쪽에 앉은 남자 직원이었다. 저 친구가 키스 해링인가? 여자는 유심히 그를 보았다. 술병엔 반 넘게 맥주가 남았는데 좀 취한 모양이었다. "하위문화인 낙서를 예술로 승화시켰습니다." 그가 코를 푼 휴지를 똘똘 뭉쳐 상 위에 올려두었다. 살을 발라먹은 생선뼈와 고춧가루가 묻은 휴지로 상 위는 지저분했다. 국물이 졸면서 파와 콩나물 몇 가닥이 찌개 냄비 바닥에 들러붙어 눋고 있었다. 키스 해링 옆에 앉은 여자 직원이 고개를 끄덕였다. "난 키스 해링이 죽을 때까지 그림을 그리겠다고 말한 게 마음에 들어요. 정말 그는 죽을 때까지 그렸죠. 서른한 살밖에는 못 살았지만." 그럼 키스 해링은 이 여자인가? 그들의 대화만으로는 누가 누구인지 종잡을 수 없었다.

상 저쪽 끝에 앉은 자그마한 체구의 남자가 그 앞에 앉은 남자에게 말했다. "난 퀸의 그 공연이 있은 칠 년 뒤에 태어났어요." 앞의 남자가 갸우뚱했다. "육 년 뒤가 아니구요? 우린 다 팔팔 년생들 아닌가요?" 자그마한 체구의 남자가 이를 드러내고 조용히 웃었다. "난 빠른 팔구거든요. 일곱 살에 학교 들어갔죠, 왜." 누구도 큐비클 벽에 붙은 물감 덩어리에 대해서는 말하지 않았다. 음식을 앞에 두고 지저분하고 이상한 그것을 이야기하기가 좀 꺼려졌을 수도 있을 것이다.

우리 과가 그 족구 대회에서 우승한 건 8년 만이었어요, 라고 말한 건 '붉은 흙얼룩 티셔츠'였다. 혀가 꼬부라진 최가 다시 한 번 건배 제의를 했다. "위하여!" 그 목소리만은 절도 있게 잘도 맞춰졌다. "그런데 정말 닭의 아이큐가 이인 걸까요?" 목소리 쪽으로 일제히 시선이 모아졌다. 여자만 닭에 관한 보도를 본 게 아니었다. 나도 봤어요, 나도요, 여기저기서 한마디씩 했다. 사무실에서 밤을 새운 직원들도 생각보다 많았다.

"나, 닭 길러봤는데……" 여자의 말에 후배들이 반색했다. "어! 선배님 댁이 시골이셨어요?" "아니, 사대문 안이었다구." 누군가는 잘못 들었다. "서대문요? 거기 사세요? 전 바로 그 위예요. 독립문 근처." 닭을 길렀다고 하면 시골인 줄 알겠지만 여자의 집에선 남대문이 보였다. "그것도 밖이 아니라 안에서. 사대문 안이었지."

우, 후배들이 함성을 질렀다. 닭을 길러보면 안다. 닭은 제가 낳은 알을 정확히 알아 품곤 했다. 이번에도 후배들이 우, 감탄사를 내뱉었다. "뭐야? 뭐야?" 무슨 이야기인지 영문을 알 길 없는 최가 자꾸 여자의 옆구리를 찔러댔다. 최가 회사로 오는 길목에 있는 여의 나들목은 늘 막혔다. 그날도 최는 그 뉴스를 보지 못했다.

누군가 킥킥대면서 말했다. "그런데 선배님, 사대문 안이라고 하시니까, 정말 웃겨요. 아주 옛날 분 같아요." 몇은 웃고 몇은 사대문이 어디, 어디인지 떠올리려는 듯 진지한 표정이 되었다. "선배님, 그런데요!" 여자가 키스 해링이라고 착각했던 맞은편의 남자 후배가 주먹으로 상을 탕, 쳤다. 생선 가시들이 튀고 숟가락과 젓가락이 바닥에 떨어졌다. 맥주가 반 병도 더 남았는데 그는 만취한 듯했다. "저는 슬펐습니다. 매일매일 알을 낳는데 제 알이 어디로 갔는지도 모르고 있는 닭들이 가여웠습니다. 그러다 병에 걸리면 언제 그랬냐는 듯 땅에 묻혀버리지요. 작년에도 재작년에도 조류독감이 돌았잖습니까? 작년에도 묻고 재작년에도 묻었습니다. 선배니임!" 그가 다시 한 번 여자를 부르더니 여자를 노려보았다. "누가 제 알을 가져가는 걸까요? 선배님!" 혹시 저러다가 내게 제 알을 돌려달라는 건 아닐까, 라는 생각이 들 정도였다. 조마조마하고 있는데 그의 눈이 닭처럼 까무룩 감기더니 바로 상에 머리를 박고 말았다. 숟가락과 젓가락, 멜라민 수지 접시들이 튀어올랐다가 떨어졌다.

동기들이 그를 부축하고 나가면서 자연스럽게 모임은 끝이 났다. 여자는 최를 부축하고 택시를 잡았다. 최의 팔목은 프랑크 소시지처럼 울룩불룩했다. 점점 살이 붙고 있다. 몽실몽실이라는 별명도 더 이상 어울리지 않는 날이 올 것이다. 최는 자꾸 여자의 손에서 벗어나 차도로 뛰어들었다. 뛰어들면서 소리를 질러댔다. 요즘 애들은 싸가지가 없어! 한참 선배가 술을 주는데 받지도 않아! 별종들이야 별종!

최를 택시에 태워 보내고 천천히 걸었다. 집에 가봐야 기다려주는 엄마도 없었다. 술이 좀 깨면 회사로 돌아갈 작정이었다. 아무튼 그 별종들과 닭에 관한 한 하나가 되었다. 20년이라는 나이 차를 뛰어넘어 정서가 교감되었다는 게 아니라 이건 묘한 동지 의식 같은 것이다. 큐비클 안에서 싹트는 의식 같은 것이다. 우리는 각자 일하고 있지만 단 한 가지 목표를 향해 나아가고 있으니까.

그나저나 물감 덩어리는 누구였을까?

　술집 골목의 간판들이 환했다. 술에 취한 남자들이 휘청휘청 걸어갔다. 넥타이가 반쯤 풀리고 와이셔츠는 바지에서 빠져 펄럭인다. 오비 플라자라는 간판 아래에서 한 무리의 남자들이 우르르 나왔다. 일행 중 누군가 3차를 외쳤고 다른 사람들이 오케이!라고 외치며 따라갔다. 일행 중 키가 커서 눈에 도드라지는 남자가 있었다. 어딘가 낯이 익었다. 누구였더라? 웃고 떠들면서 일행은 왼편 골목으로 사라졌다. 그 남자다. 여자는 무작정 그들을 쫓아 뛰었다.

　작은 골목엔 초연, 테스, 장미, 파트너, 개미라는 간판을 단 작은 술집들이 다닥다닥 붙어 있었다. 창문은 없고 입구는 작았지만 단단해 보였다. 금방 따라잡았다고 생각했는데 남자들은 온데간데없었다. 그 카페들 중 어디로 들어갔는지 알 수 없었다.

　초연의 문을 열었다. 붉은 등불 아래 칸막이가 쳐진 내부가 눈에 들어왔다. 여기도 큐비클인가, 하는 생각이 들었다. 칸막이 너머에서 화장을 짙게 한 여자가 나른하게 일어섰다. 칸막이 어디에도 아까의 남자들은 보이지 않았다. "여잔 안 받아요"라고 그 여자가 말했다. 나이 든 목소리였다.

　아예 여자라고 가게 안으로 발도 못 들이게 하는 곳이 많았다. 가게 안은 죄다 붉었고 여자들의 화장은 짙었다. 목소리는 걸쭉했다. 그를 찾아야 했다. 20여 년 전 그날 아침 일을 따져 물어야 했다. 골목을 빠져나오니 길은 또다시 번화가였다. 술에 취한 남녀들이 여기저기서 휘청거렸다. 축제라도 있어 거리로 온통 사람들이 다 쏟아져 나온 듯했다. 어디에도 그 남자는 없었다.

얼마나 어금니를 물었는지 뺨이 아팠다. 긴장이 풀리자 더는 걸을 힘도 없었다. 그를 만나 자신이 하고 싶은 건 그날 아침 왜 자신을 때렸는지 그 이유를 묻는 게 아니었다. 여자는 주먹을 꼭 쥐었다. 그 남자를 찾아 골목을 뛰어다니면서 여자는 단 한 가지만 생각했다. 그 남자를 만나 꼭 돌려주리라. 그날 아침의 따귀 한 대를.

거리는 토마토 축제라도 끝난 듯 붉고 질척였다.

아무도 없을 거라 생각했던 사무실에서 인기척이 느껴졌다. 다들 귀가하지 않고 다시 사무실로 온 모양이었다. 키스 해링이 있고 박항률이 있다. 프레드 머큐리가 있고 딜버트가 있다. 그리고 그 큐비클 앞에 섰다. 아직도 그 물감 덩어리는 있다. 그런데 덩어리가 푹 꺼져 있다. 여자는 다가가 자세히 들여다보았다. 덩어리의 한가운데가 찢겨 있다. 밖에서 찢은 게 아니라 안에서 무언가가 찢고 나온 것처럼 보인다. 어떤 곤충의 고치였던 걸까. 방금 전까지 그 안에 뭔가 살아 있었고 그것이 나와 사무실 어딘가를 기어 다니고 있을 걸 생각하자 온몸이 근질거렸다.

대체 물감 덩어리는 누구였을까? 오늘 만났던 동료들 중 누구였는지 감이 잡히지 않았다. 이봐요! 큐비클 안에 있을 누군가를 불러보았다. 저기요! 좀더 목소리를 높였다. 인기척이 느껴지지 않았다. 대신 다른 큐비클들에서 나던 소리들이 일제히 멈췄다. 하나, 둘…… 자신의 큐비클까지 마흔한 걸음이었다. 대체 한 걸음을 어디서 건너뛴 걸까.

컴퓨터를 켰다. 반짝반짝 커서가 움직였다. 낯선 주소에서 메일 한 통이 와 있었다. 여직원회의 미스 리로부터 소식을 전해들었습니다, 라고 메일은 시작되고 있었다. 그는 대뜸 자신을 기억하느냐고 물었다. 여자와 입사 동기로 키가 좀 작고 입가에 점이 있었다고 했다. 그 인상 착의만으로는 그 남자의 얼굴이 떠오르지 않았다.

우리들은 박 대리님(나중엔 박 차장님이셨지만)과 미스 김이 연인 관계가 아닌가 추측도 했었습니다, 라고 썼다. 우리들이란 물론 여직원들에게 고삐리로 불리던 신입 남자 사원들이지요. ㅎㅎ, 라고 그가 토를 달았다.

메일은 길었고 여자는 천천히 읽었다.

자신의 뺨을 때린 남자는 이미 이 세상 사람이 아니었다.

해외 지사에서 5년 정도 근무했고 본사로 돌아온 뒤 6년 동안 더 근무했다고 했다. 병명은 췌장암이라고 했다. 췌장암이란 것이 병명을 진단받는 순간 이미 손쓸 도리가 없는 병이라는 걸 그때 알았다고 남자 직원은 썼다. 왜 미스 김의 뺨을 때렸냐고 한참 나중에 남자 직원이 물어봤다고 했다. 그는 말없이 웃더니 "때린 사람이 뭐 할 말 있나요"라고만 했다고 한다.

그는 말미에 이렇게 썼다. 그런데 미스 김, 알았습니까? 제가 좋아했던 거.

메일을 닫았다. 뺨까지 맞았는데 여전히 그 남자 이름도 몰랐다. 자신을 좋아했다는 '고삐리' 중의 한 남자도 떠오르지 않았다. 시간을 따져보니 그가 죽은 지 벌써 10년이 다 되었다. 그의 육체는 진작에 없어졌는데도 여자의 뺨은 날카롭던 남자의 손을 너무도 생생하게 기억하고 있었다. 남자의 손가락은 길었고 차가웠다. 담배도 피우지 않는지 아무런 냄새도 나지 않았다. 길고 긴 손가락이 갈대처럼 여자의 뺨에 착 감겼다. 뺨이 모로 돌아가고 덩달아 상체도 틀어졌다.

남자의 메일에 의하면 자신을 때린 남자는 차장 직급까지 승진했다. 1990년 초 넓고도 넓은 사무실이 떠올랐다. 수백 개의 책상들이 앞으로나란히 하듯 열을 맞춰 서 있었다. 뒷사람에게는 앞사람의 뒷모습이 보였다. 차례차례 하나씩 뒤로 물러나 그의 자리 뒤로 겨우 두세 개의 책상만 남아 있었을 것이다. 사무실 입구에서 임원급들이 앉았던 창가까지는 여자의 걸음걸이로 서른다섯 걸음이었다.

맞은 따귀 한 대를 돌려줄래도 돌려줄 남자는 이미 없었다. 이렇게 선연한데 그가 없다니, 자신을 때린 손이 이제 이 지구상 어디에도 없다는 것이 황당했다. 영문도 모른 채 그에게서 또 따귀 한 대를 맞은 느낌이었다.

순간 차디차고 긴 것이 여자의 발목을 휘감고 지나갔다. 본능적으로 몸이 알았다. 뱀이다. 여자는 단숨에 도약해서 책상 위에 고양이처럼 민첩하게 올라앉았다. 책상과 의자 다리를 유심히 내려다보았다. 칸막이 아래의 빈틈으로 잠깐 검고 긴 그림자가 드리운 듯도 싶었다. 여전히 그녀의 복사뼈엔 차가운 감촉이 남아 있었다. 손을 더듬어 30센티미터 쇠자를 찾아 들었다. 언제부턴가 쓸 일이 없던 자였다. 어디로 갔는지 뱀은 보이지 않았다.

여자는 보았다. 시선 아래로 펼쳐진 무수한 큐비클들을. 그 안에 고정된 듯 모니터를 향해 있는 머리통들을. 큐비클 밖에 붙인 장식물들과는 너무도 판이한 큐비클 내부도 보았다. 누군가 열 켤레도 넘는 양말들을 빨아 널어놓았다. 의자 위에서 두 남녀가 사랑을 나눈다. 반만 벗었다. 남자는 누군지 보이지 않고 위에 앉은 여자는 누군지 알겠다. 여자는 소리가 새지 않도록 남자의 입을 한 손으로 막고 있다. 시시콜콜 최가 여자에게 했던 말들 가운데 반은 맞고 반은 맞지 않다.

　모임에도 나오지 않았던 대표는 모니터를 들여다보며 멍하게 앉아 있다. 서 있을 때는 보이지 않던 그의 머리 정수리에는 둥글게 머리카락이 빠져 있다. 얼떨떨한 표정이 마치 자신이 낳은 알이 어디 갔나 생각하는 듯하다. 비키니 차림의 이십대 사진을 포스터 크기로 확대해 붙여놓은 건 바로 최다. 최에게도 그런 시절이 있었다니, 사진 속의 최는 정말 아름답고 풍만하다. 아까 택시를 태워 집으로 보냈는데 언제 돌아왔는지 자리에 최가 앉아 있다. 타닥타닥타닥, 누군가와 미친 듯 채팅을 하고 있다. 타닥타닥타닥. 타닥타닥타닥.

　최와 나는 과연 살아서 이 큐비클 안에서 나갈 수나 있을까. 여기서 인생을 탕진하지 않겠다는 약속을 잊어버린 우리가 과연 닭들의 지능지수가 한 자릿수라고 업신여길 수 있는 걸까. '큐브 농장'이라고 불리는 비좁은 칸막이 안에서 일하는 우리가 과연 닭을 동정할 만한 처지에 있기는 한 건가. 하지만 우리가 가장 두려운 건 사무실의 모든 큐비클이 동시에 사라지는 것이다. 큐비클이 모두 사라지고 마주치는 서로의 얼굴들이다.

　여자는 책상 위에서 일어섰다. 천장이 닿을락 말락 했다. 수많은 큐비클들이 조감도처럼 아래로 물러났다. 갑작스레 쓴 근육들 때문에 내일은 좀 고생을 할 것이다. 그래도 아까는 민첩했다. 세포들 속에 아직 젊은 시절의 민첩함이 남아 있는 것이다. 저 멀리 큐비클 안에 한 여자가 엎드려 있다. 뒷모습만으로도 사십대 중반에 이르렀다는 걸 알 수 있다. 항아리처럼 살이 쪘다. 정수리의 머리숱도 줄었다. 아무래도 그 여자가 자신인 것만 같다. 최는 누군가와 연신 메시지를 주고받는다. 타닥타닥타닥. 누군가에게 여자의 죽음을 알리고 있는 것은 아닐까.

수많은 큐비클들이 모여 만들어놓은 모양이 꼭 무언가를 닮았다. 구글 어스로 보는 지구의 모습 같다. 땅에서 멀리 떨어지면 보이는 것들이 있었다. 평지에서는 평범해 보이던 건물도 하늘에서 보면 십자가 모양이었다. 그건 인간이 아니라 하늘에 계신 신의 눈을 위해 만들었기 때문이라고 했다. 조금만 더 위로 올라서면 잘 보일 텐데, 큐비클들 모양이 방사형 같기도 하고 회오리 모양 같기도 하다. 땅에 발을 대고 서 있는 이상 우린 결코 볼 수 없다. 저 위에 있는 신만이 볼 수 있을 것이다. 결국은 우리의 의지를 벗어난 일이다.

수많은 큐비클들 사이를 길고 검은 그림자가 휙 가로지른다.

카
레
온
더
보
더

식당 문이 열리고 앞치마 차림의 청년이 나와 손님들을 들여보내기 시작했다. 입장한 손님이 자리에 가 앉는 것을 확인하고 다시 손님들을 몇 명 들여보내는 식이었는데 손님의 입장 여부가 청년의 왼팔에 달려 있었다. 간혹 제멋대로 들어가려는 손님들을 청년은 왼팔을 단호하게 내리그어 '커트'하고는 했다. 길게 늘어선 줄이 와짝와짝 줄어들면서 그녀는 '모종의 기대감'으로 가슴이 조금씩 부풀기 시작했다. 사실 이번 타임을 놓치면 빈자리가 날 때까지 좋이 20분은 기다려야 할 것이다. 이번에 꼭 식당에 들어가고 싶다는 마음 한편으로 어쩌면 이 기대감이 단순히 이번 타임에 밥을 먹느냐 마느냐의 문제가 아닐지도 모른다는 생각이 들었다.

청년의 왼팔이 정확히 김과 그녀의 뒤를 갈랐다. 그녀 뒤에서서 휴대폰을 만지작거리고 있던 여학생 둘이 속상하다는 듯 탄성을 지르면서 동시에 발을 굴렀다. 약속이라도 한 듯한 똑같은 동작에서 어떤 장면 하나가 떠오르려다가 말았다.

입구와 가까운 자리부터 손님들이 앉기 시작해 그녀와 김은 빈자리를 찾아 식당 깊숙한 곳으로 들어갔다. 실내는 에어컨을 살짝 틀어놓은 것처럼 시원했다. 곳곳에 방향제와 제습제 등이 눈에 띄었지만 지하실 특유의 냄새를 숨기지는 못했다. 반년 만이었다. 그녀는 오랜만에 찾은 식당을 둘러보았다. 벽에 걸린 유화에서부터 선반 위의 낡은 인디언 인형까지 자신이 이곳에 오지 않은 사이에도 크게 바뀐 것은 없는 듯했다. 김이 들은 것도 아닌데 그녀는 재빨리 자신의 생각을 수정했다. '오지 않은 사이'가 아니라 '오지 못한 사이'였다. 자리에 앉았는데도 두근거리는 가슴은 진정되지 않았다.

마음 내키면 언제든 와서 식사를 할 수 있었는데 맛집이라는 소문을 타면서부터 식사 때면 식당 문 앞으로 길게 줄이 늘어서기 시작했다. 한눈에도 맛집을 찾아다니는 젊은이들과 한가한 주부들이 많았다. 점심시간이 정해진 직장인들은 아예 엄두를 낼 수 없는 곳이 되고 말았다.

식당은 2층 양옥의 지하를 개조해 만들었다. 길가로 폭이 좁고 기다란 창이 어른 턱 높이쯤까지 나 있었다. 처음 이곳에 왔을 때 김과 그녀는 그 창의 위치와 크기를 두고 지하니 반지하니, 옥신각신했다. 불광동 지하 방이 떠올라 자신도 모르게 "지하 방이네"라고 말했다가 김에게 꼬투리를 잡힌 거였다. 대부분의 결정을 그녀에게 양보하는 것과는 달리 김은 사소한 부분에서 순순히 물러서지 않을 때가 있었다. 그날도 그랬다. 그런 곳에서는 살아본 적도 없으면서 바락바락 반지하라고 우겼다. 마치 방세를 몇 푼이라도 더 받아내겠다고 지하를 반지하로 격상시키려는 집주인처럼 고집을 꺾지 않았다.

주문한 음식이 나오지도 않았는데 벌써 몸이 축축해지는 느낌이었다. 불광동의 그 지하 방도 비슷했다. 장마철엔 아침에 일어나면 밤새 숲을 헤치고 쏘다닌 듯 온몸이 눅눅했다. 창이 있지만 열 수는 없었다. 창턱이 지상과 맞닿아 있어 창문을 열면 뽀얀 먼지가 들어왔다. 가끔 창틀로 담배 꽁초나 휴지 뭉치, 음료수 깡통 등이 날아오기도 했다. 환기나 채광은 꿈도 꿀 수 없던 방. 못 이기는 척 김의 의견에 손을 들어주곤 하던 그녀도 웬일인지 그날은 끝까지 우겼다. 결국 지하니 반지하니의 문제가 아니었다. 식사를 마치고 식당을 나올 때까지 둘의 의견 차는 좁혀지지 않았다.

그때 그 일이 떠오르기라도 한 걸까, 김은 긴 다리를 꼬고 앉아 뭔가 잘못된 것을 바로 잡으려는 듯 천장 어딘가를 삐딱하게 쳐다보고 있었다. 입구 쪽에서부터 음식이 나오기 시작한 모양이었다. 잡담과 웃음소리 사이로 유리 식기에 가 부딪히는 쇠붙이 소리가 쟁강쟁강 울리는데 별안간 한 남자의 가

느다란 목소리가 돌올하게 튀어 올랐다.

"이거 뭐 가께모찌도 아니고……"

가께모찌? 참 오랜만에 들어보는 말이었다. 순간 그녀는 숨통이 트이는 듯한 느낌을 받았다. 아니나 다를까 김이 살짝 이맛살을 찌푸리더니 "겹치기"라고 바로잡았다. 겹치기라는 순화된 말이 엄연히 있었지만 그 단어로는 그 맛을 살릴 수 없었다. 사실 그 맛이란 것도, 그 현장엔 얼씬도 해본 적 없는 김 같은 부류의 사람들은 죽었다가 깨어나도 모를 거였다. '겹치기'가 아닌 '가께모찌'가 되어야 그 현장이 눈앞에 생생하게 펼쳐진다는 걸 김은 모른다. 무더운 여름날이 떠올랐다. 매미가 극성스럽게 울어대는 바람에 음향팀이 애를 먹었다. 1년 넘게 현장에 붙어 있었지만 그동안 수중에 쥔 건 교통비 정도밖에 되지 못했다. 한창 촬영 중인데도 그녀는 일이 없어 쉬고 있을 때처럼 막막했다. 김은 죽었다 깨어나도 그 막막함을 모를 것이다.

가께모찌란 말의 맛을 기막히게 잘 살려 구사한 남자는 기껏해야 스무 살 중후반으로밖에는 보이지 않았다. 그녀가 앉은 테이블의 대각선에 놓인 테이블이었다. 남자 하나와 여자 둘. 여자 둘이 통로 쪽 자리에 앉았고 여자 중 상대적으로 통통한 여자의 맞은편에 남자가 앉아 있었다. 그들의 대화를 엿들으려던 건 아니었다. 테이블 간격이 너무 비좁았다. 협소한 장소에 손님을 하나라도 더 받으려다 보니 테이블들을 바투

놓을 수밖에 없었을 것이다. 다른 테이블 사람들에게 들려도 상관없다는 듯 그들이 목소리 크기를 줄이지 않은 탓도 있었다. 왜 시간 간격을 충분히 두고 시작하려던 일이 가께모찌식으로 몰리고 말았는지 그 사정이 궁금해 참을 수 없었다. 어느새 그녀는 김이 그녀를 헬끔 흘겨볼 정도로 노골적으로 그들의 이야기를 경청하고 있었다.

대화를 주도하고 있는 건 마주앉은 남녀였는데 그녀는 얼마 가지 않아 그들의 대화 방식에 묘한 규칙이 있다는 걸 알아챘다. 남자가 반말처럼 말끝을 늦추나 싶으면 그것을 상기시키기라도 하듯 여자가 깍듯하게 존댓말을 썼다. 가끔 남자와 여자, 상황이 바뀔 뿐 규칙은 바뀌지 않았다. 대체 저 둘은 어떤 관계일까. 상대방을 존중해서라기보다는 그렇게 해서라도 자신의 울타리 안으로 상대방이 발을 들여놓지 못하도록 단속하는 듯한 느낌을 받았다.

그런데 이상한 건 그 셋이 각자 다른 음식을 시켜 가운데 모아놓고 나눠 먹고 있다는 점이었다. 적어도 존댓말을 쓰는 사이라면 입으로 쪽쪽 빨아먹은 숟가락으로 아무렇지 않게 하나의 대접에 담긴 국을 떠먹고 밥을 퍼먹는 일 같은 건 좀 그렇지 않은가, 그녀가 생각하는 상식선에서는 그랬다. 물론 그녀와 맞은편의 김, 그들이 그렇게 친근하면서 지금껏 한 번도 서로의 밥그릇에 수저조차 대지 않은 것도 그녀의 상식선에서 이해가 가지 않기는 매한가지였다.

전문가연하며 떠들어대는 두 사람 틈에서 다른 한 여자는 묵묵히 밥만 먹고 있었다. 두 사람에 비해 상대적으로 왜소한 편이었다. 자리에 앉자마자 기계적으로 컵에 물을 따르고 두 사람 앞에 냅킨을 깔고 그 위에 나이프와 포크를 짝 맞춰 착착 놓아둘 때부터 그녀는 이미 그 여자에 대해 대충 파악이 끝난 뒤였다. 여자는 '막내'였다.

"영화하는 치들인가?"

김이 조심스럽게 칼질을 하면서 중얼거렸다. 함박스테이크 위에 올려진 달걀 프라이의 노른자가 터지지 않도록 조심하고 있는 모습이 옹졸해 보였다. 그녀는 '치'라는 말에 사람을 낮잡아 부르는 의미가 담겨 있다는 걸 김에게 상기시켜주려다 말았다. 똑똑한 김이 그걸 모를 리 없기 때문이다. 지금까지도 가슴이 두근두근하는 그녀와 달리 김이 평상시처럼 침착할 수 있는 것은 아무래도 그가 오후에 있을 발표의 결과를 알고 있기 때문이라는 생각이 들었다. 김은 그녀가 그쪽에 줄이 있다는 걸 몰랐다. 오래전부터 그 자리에 김이 내정되어 있었다는 걸 그쪽 관계자에게 들었을 때 그녀는 놀라지 않았다. 다른 사람도 아니고 김이었다. 그런데 김은 지금까지 그런 언질은커녕 오히려 너도 지원을 해보라고 그녀를 부추기기까지 했다.

"오우! 최희선이!"

대각선 테이블의 그 남자였다. 함박스테이크에 곁들여 나오는 빵이 먼저 떨어지자 막내가 독자적인 판단으로 빵을 추가시킨 모양이었다. 남자는 칭찬에 인색했다. 그것도 방법은 다르지만 자신의 울타리 단속이라는 느낌이 들었다.

"이거 이거 니가 먹고 싶어서 시킨 거 아냐?"

식당에 들어온 뒤 처음으로 막내가 입을 뗐다. 왜소한 몸집과는 달리 저음에 굵은 목소리였다.

"나중에 맞을까 봐요!"

어쩌면 막내도 남자가 과장되게 자신의 이름을 부를 때, 그 빈정거림을 눈치챘는지도 모르겠다. 남자는 가만히 있는데 옆의 통통한 여자가 탁 소리 나게 포크를 내려놓았다. 같은 국그릇에 숟가락을 섞게 할지언정 선배들의 대화에 끼는 건 아직 허락하지 않는다는 완고함이 엿보였다. 여자의 입에서 두번째로 현장감 넘치는 단어가 튀어나왔다.

"이건 뭔 구다리?"

구다리? 난데없이 식탁 위로 개구리 한 마리가 튀어 오르기라도 하듯 김의 얼굴이 혐오감으로 일그러졌다. 그러고 보니 오전 내내 촬영 트럭 하나가 요 앞 도로 1차선을 막고 서 있었다. 정체 구간이 길게 늘어났고 행인들은 보도 위에 잔뜩 늘어놓은 촬영 장비들을 피해 걸어야 했다. 느지막이 연구소에 나타난 김은 다짜고짜 화부터 냈다. 젊은 스태프 하나가 길을 지나려는데 그를 향해 막대기를 마구 흔들어대면서 "아저씨! 거기 아저씨!"라고 불러댔다는 것이다. 김은 아저씨라고 불리는 걸 싫어했다. 도로와 인도까지 막아놓고 미안하다는 말 한마디 없더라고 김이 목소리를 높였다. 그러니 "영화하는 치들"이라는 말도 그의 입에서 툭 튀어나온 말이 아니었다. 그가 신중하게 고르고 고른 말이 분명했다.

막내의 퉁명스런 대꾸에 '구다리'가 생각지도 못한 쪽으로 흐르고 있었다. 화기애애하던 '구다리'에서 눈물이 쏙 빠지는 '구다리' 쪽으로.

남자가 이참에 버릇을 고쳐놓겠다는 듯 정색하고 말했다. "내가 만만하냐? 니가 그런 농담을 할 만큼?" 지금까지와는 달리 똑 부러지는 반말이었다. 통통한 여자가 쯧쯧, 혀를 찼다. "이 바닥에서 가장 중요한 건 눈치야, 눈치. 그래야 살아남아."

그래서 눈치가 빤한 니들은 살아남았니?라고 묻고 싶은 걸 꾹 참았다. 먼젓번 경희에 비하면 넌 날랜 축에도 못 낀다는 둥, 누누이 이야기했다시피 네가 잘해야 우리가 너의 '니쥬'가 되어줄 수 있다는 둥. 그녀와 남자의 눈이 얼핏 마주쳤을 때까지 그들의 추궁은 길게 이어졌다.

"도 긴 개 긴!" 김이 나지막이 중얼거렸다. 한참 어른인 척 구는 남녀나 아무 말 없이 이야기를 듣고 있는 막내나 그녀가 보기에도 오십보백보였다. 나이답지 않은 심각함 때문에 그들의 대화는 과장되어 보이고 미성숙함이 물씬 드러났다. 잘나가는 척 으스댐으로서 스스로 '쌈마이'라는 걸 드러내는 꼴이었다. 그 시절 그녀도 그 사실을 몰랐다. '리마이'이고 싶었지만 현실은 늘 '쌈마이'이던 그 시절에 말이다.

남자가 일어서자 통통한 여자가 의자에 걸쳐둔 겉옷을 챙겨들었다. 여전히 고개를 숙인 채 막내가 일어섰다. 앉아 있을 땐 몰랐는데 막내는 키가 컸다. 선배들보다 얼굴 하나는 더 있었다. 체격도 웬만한 남자만큼 건장한 편이었다. 그런데 왜 그렇게 왜소하게 느껴졌을까. 식당에서 나갈 때도 상하 질서가 그대로 드러났다. 선배들이 앞서고 막내가 뒤따랐다. 그제야 막내가 고개를 들었다. 얼굴 반쪽에 그림자가 졌다. 로션도 바르지 않은 듯 까칠하고 윤기라곤 없었다. 이 모든 게 다 식상하다는 듯한, 앞으로도 크게 변할 게 없을 거라는 듯한, 겪어보지 않았지만 이미 다 알고 있다는 듯한 표정이 뒤섞여 있었다. 막내가 입을 꽉 다물었다. 그녀도 그런 표정을 지은 적이 있었을 것이다. 담배를 피우는 일도 술을 마시는 일도 남자를 사귀는 일도 다 시큰둥하던 시절. 에어로빅 학원에서 그녀는 사오십대 아주머니들에 둘러싸여 있었다. 딸 뻘인 그녀를 아주머니들은 "선생님" 하고 불렀다. 단물 빠진 껌 냄새가 섞인 시금털털한 입 냄새를 풍기곤 했다. "선생님은 젊어서 몰라. 별거 없어. 진짜 별거 없어." 그렇게 말할 때면 아주머니들의 눈빛은 누군가 다 훔쳐가서 아무것도 없는 텅 빈 창고 같은 눈빛이 되곤 했다. 가끔 그녀의 엉덩이를 찰싹 때리고 가는 아주머니도 있었다. "선생님! 언제까지 젊을 줄 알어? 금방이야, 금방."

막내가 왜소해 보인 건 필리핀 여자 같은 검붉고 작은 얼굴 때문일지도 모른다. 아니면 빛이 바랜 낡고 값싸 보이는 야상 때문이었을까. 모르긴 몰라도 그 야상의 주머니 속에는 교통카드 한 장과 비상금 몇천 원이 반듯하게 접혀 들어 있을 것이다.

"선배라고 복날 개 잡듯 잡네." 김이 혀를 찼다. 복날 개도 잡아본 적 없으면서. "그렇죠? 선배님?" 그녀의 익살에 김의 입가가 샐쭉했다. 그녀와 김은 동갑이었다. 그녀가 3년 늦게 대학에 입학하고 김이 군대에 다녀오는 바람에 3학년 2학기와 4학년을 같이 다녔다. 늦게 입학한 탓에 그녀 또한 김처럼 현역들에게 '예비역'이라고 불렸다. 그 시절 선배라는 이름으로 김이 그녀를 복날 개 잡듯 잡은 적이 있었나? 없었나? 그건 그렇고 왜 김은 여태껏 그녀에게 아무런 언질도 주지 않는 걸까. 따로 점심을 먹자고 불러냈으면 말을 꺼내야 하는 것이 아닌가. 오늘 오후면 발표가 날 일이었다.

빈자리는 재깍재깍 새로운 손님들로 채워졌다. 어느 테이블에선가 코를 톡 쏘는 향신료 냄새가 풍겨왔다. 코를 쿵쿵거리고 있는데 김이 새삼스럽게 뭘 그러냐는 듯 말했다. "여기 카레 하잖아." 그제야 이곳 메뉴 중에 카레가 있다는 게 떠올랐다. 함박스테이크 위에 카레 소스를 끼얹은 별미라고 했다.

곁들임으로 나오는 숙주나물이 사각사각 씹히는 맛도 일품이라고 했다. 메뉴판에 깨알 같은 손글씨로 다 적혀 있었다. 반년 전 식당이 맛집으로 소문나기 전만 해도 그녀는 연구소의 직원들과 2, 3주에 한 번 꼴로 이 식당에 들렀다. 숙주나물이 싫었는지 카레가 싫었는지 결코 눈여겨보지도 않았고 시킨 적도 없는 메뉴였다. 어울릴 것 같지 않은 조합, 그래서인지 음식의 이름도 독특했다.

카레향 뒤로 물비린내가 훔씬 몰려오면서 얼굴만큼이나 동글동글하던 여자애의 이름이 떠올랐다. 영은이? 아니 은영이었던가? 그때나 지금이나 그 여자애의 이름을 혼동하는 것은 똑같았다. 왜 자꾸 남의 이름을 제멋대로 바꾸느냐고 눈을 동그랗게 뜨던 여자애의 얼굴 뒤로 동시에 발을 구르던 여자애들의 모습이 겹쳐졌다. 그녀는 다시 무언가를 몹시 기다리는 사람처럼 가슴이 두근거리기 시작했다. 그 이유가 몇 시간 뒤에 있을 발표 결과가 아니라는 건 확실했다.

10여 년 전 그날의 호출은 밤 11시가 다 된 시간에 왔다. 그 시간에 오는 호출은 대부분 상대편 남자 수가 예고 없이 늘어난 경우였다. 그 무렵은 그녀가 에어로빅 학원을 그만두고 영화 쪽으로 일을 튼 지 1년이 지나고 있을 때였다. 조명팀의 회식 자리였다. 삼겹살을 먹고 나서 입가심으로 맥주 한잔하자는 것이 전철역 근처의 호프집 술자리로 이어졌다. 선배들의 맥주잔이 비고 공짜 안주로 나오는 팝콘 그릇이 빌 때마다 막내인 그녀가 일어나 주문을 하곤 했다. 취할 새가 없었다. 가끔은 근처의 편의점으로 달려가 담배를 사 오기도 했다. 담배를 사 오는 길에 어두운 골목에 숨어 급하게 담배를 피웠다.

막차 시간이 다가오면서 사람들이 하나둘 일어서는 바람에 파장 분위기였다. 마음 편하게 새벽까지 술을 마시고 택시를 타고 집으로 돌아갈 여유가 그들에게는 없었다. 몇 개월째 임금도 받지 못했다. 그 자리는 영화 한 편을 끝낸 걸 축하하는 자리기도 했지만 돈 한 푼 받지 못한 스태프들의 불만과 불평을 잠재우려는 입막음 자리이기도 했다.

문자창에 클럽 제이드라고 떴다. 죽었다가 깨어나도 조명팀 팀장이 스태프들을 데리고 갈 수 있는 곳이 아니었다. 부르려면 진작 부를 것이지. 후보선수가 된 것 같아 기분이 언짢았지만 후보선수라도 선수는 선수였다. 아직 운동장에 서 있는 것이다.

적어도 클럽 제이드 같은 데서 술을 마실 남자들이라면 일단 기본 이상은 된다는 걸 의미했다. 그럼 영은이? 동글동글한 그 애의 얼굴이 떠올랐다. 주로 이런 건수는 영은이가 물어오곤 했다. 영은이는 대기업 계열사인 대형 놀이공원의 무용수였다.

영은이의 천진난만한 표정이 떠올랐다. 에어로빅 학원에서도 그랬다. 한 기수가 서른 명이 넘었다. 그 서른 명이 3개월 만에 동시에 에어로빅 3급 자격증을 딸 수 있다고 했다. 영은이는 아무 때나 그런 표정을 짓곤 해서 선배들의 부아를 돋우곤 했다. 겨우 두세 살 많을 뿐인데 선배들은 한참 어른인 것처럼 굴었다. 마치 오랫동안 득음을 목표로 소리를 한 사람들처럼 선배들은 하나같이 목소리가 쉬어 있었다. 그것이 구령 때문인지 담배와 술, 불규칙한 생활 때문인지 분간이 가지 않았다.

단체 기합을 받고 서 있던 모습도 떠올랐다. 아마 여자 라커룸 도난 사건 때문이었을 것이다. 하나라는 구령에 팔을 굽히고 둘이라는 구령에 팔을 폈다. 그 힘든 동작을 하는데도 영은이는 무슨 영문인 줄 모르겠다는 듯 두 눈을 동그랗게 뜨고 있었다. 뒤에 있었는데도 그녀가 영은이의 표정을 또렷하게 볼 수 있었던 건 그녀들 앞에 있던 전면 거울 때문이었다. 땀이 흘러 겨드랑이와 가슴에 땀자국이 선명했다. 거울 속 땀이 흘러 번들번들한 영은이의 왼팔에 어김없이 대일밴드가 붙어 있었다.

막차를 타고 집으로 돌아가는 대신 클럽 제이드로 갔다. 가게 간판의 불들이 꺼지고 어두컴컴한 도로에서 만취해 택시를 잡으려는 취객들이 눈에 띄었다. 인적이 끊기는 밖과는 달리 클럽 제이드는 한층 더 열기가 고조된 듯했다. 클럽 문 손잡이를 잡은 채 그녀는 안에서 새어 나오는 음악 소리를 들었다. 가슴이 설렜다. 그녀는 클럽에 들어가서도 잠깐 서 있었다. 입구에 가만히 서서 반 층 아래의 무대에서 춤을 추는 사람들을 내려다보았다. 미러볼이 돌아가고 음악 소리에 금방 귀가 먹먹해졌다. 그녀 속에는 아직도 리듬감이 살아 있었다. 그 리듬감만 믿고 그녀는 고등학교를 졸업하기도 전에 에어로빅 학원에 수강 신청을 했다. 3개월 만에 강사 자격증을 따면 고등학교 동창들이 대학 신입생이 되는 봄에 자신은 벌써 돈을 버는 사회인이 되어 있을 거라고 생각했다.

무대를 지나서 클럽 안쪽 룸으로 들어갔다. 문이 열리자 흘 끗 남자 몇이 그녀를 보았다. 노래방 기계 앞에서 열심히 탬버린을 흔들던 영은이가 그녀를 알아보고 손을 흔들었다. 영은이가 마이크에 대고 "영화하는 친구예요!"라고 소리 질렀다. 우! 남자들이 환호성을 질렀다.

영은이는 머리를 양 갈래로 묶은 스쿨걸 룩이었다. 짧은 치마 아래로 무릎까지 오는 긴 양말을 신었는데 어두운 조명 탓인지 중학생으로밖에는 보이지 않았다. 여자애들은 다 아는 애들이었다. 겨우 3개월 같이 학원을 다녔을 뿐인데 관계가 오래 갔다. 고작 3개월이었는데 그 안에서 편이 갈리고 무성한 소문이 만들어졌다. 결국 3개월을 참지 못하고 그만두는 아이들이 있었다. 서른 명이 넘는 기수에서 그녀들이 뭉친 이유는 단 하나였다. 그녀들이 대학 진학을 포기하고 그 길에 뛰어들었다는 이유였다.

남자들은 취해 있었다. 넥타이를 풀고 와이셔츠 단추를 두어 개 푼 편안한 모습으로 소파에 깊숙이 등을 대고 앉아 술을 마시고 돌아가면서 노래를 불렀다.

　어디에도 브랜드가 없었지만 그녀는 한눈에 그들이 입고 있는 셔츠가 값비싼 거라는 걸 간파했다. 체격은 다 달랐지만 그들이 입고 있는 와이셔츠의 '핏'은 하나같이 딱 떨어졌다. 맞춤 셔츠 같았다. 드러내놓고 나 뭐다, 라는 브랜드가 없는 옷이 진짜라고 엄마는 말하곤 했다. 좋은 옷을 알아채는 건 다 엄마 덕이었다. 엄마는 그녀는 물론이고 그녀의 오빠와 남동생에게도 좋은 옷을 입히려 했다. 자연스럽게 안목이 생겼다. 영은이에 대한 의문을 가지게 된 것도 바로 그 때문인지 몰랐다. 다들 영은이가 좀 사는 집안의 딸이라고 했다. 저 나이가 될 때까지 저렇게 세상 물정을 모르는 것도 다 방패막이가 되어주는 든든한 부모가 있기 때문이라고들 했다. 하지만 그녀는 영은이의 동그랗게 뜬 눈 뒤에서 석연치 않은 그 무언가를 보았다. 뭐라 꼭 꼬집어서 말할 수는 없지만 좋은 옷과 그렇지 않은 옷을 구분하는 것과 같았다. 재질만의 문제가 아니었다. 값싼 옷은 뒤처리가 말끔하지 않았다. 대충 처리한 시접은 쉽게 올이 풀렸다. 단추도 대충 달아놓아 금방 떨어져 달아나기 일쑤였다. 영은이에게서도 어딘지 모르지만 급하게 시접을 처리한 듯한 느낌이 들곤 했다.

　늦은 시간에 그녀를 불러내게 한 장본인은 만취한 친구들과 조금 떨어져서 자작을 하고 있었다. 그 앞에 앉아 배낭을 풀었다. 촬영할 때 배우가 돌린 캔 음료수 두 개가 배낭 아래로 떨어지면서 둔탁한 소리를 냈다. 이럴 줄 알았다면 삼겹살 냄새가 좀 빠진 다음에 올 걸 그랬다. 그가 그녀 앞으로 잔을 밀고 술을 따라주었다. 스트레이트로 한 잔 들이켰다. 의외라는 듯 그의 한쪽 눈썹이 올라갔다. 식도 저 아래쪽에서부터 탁구공 크기만 한 불덩이 같은 것이 천천히 올라왔다. "…… 그럴 땐 저 속에서 이만 한 울화가 올라와." 밑도 끝도 없이 한 아주머니의 목소리가 떠올랐다. 아주머니가 주먹 쥔 손을 그녀 앞에 들이대고 흔들었다. 물에 분 듯한 손이 놀랄 만큼 하였다. 에어로빅을 그만둔 지 1년도 넘는 그때까지 종종 그런 일들이 떠올랐었다.

좋은 술이었다. 그가 다시 빈 잔에 술을 따라주었다. 이번에도 단숨에 비웠다. 맞은편의 그도 질세라 연거푸 술잔을 비웠다. 어느 틈에 그와 그녀는 나란히 앉아 이야기를 나누었다. 그녀의 입에서는 영화판의 용어가 마구 튀어나왔고 그는 별다른 대꾸 없이 그녀의 손을 꼭 쥐고만 있었다.

어느 순간 정신을 차리고 보니 그녀는 노래방 기기 앞에서 악을 쓰듯 노래를 부르고 있었다. 한눈에도 노래를 듣는 사람은 없었다. 끼리끼리 붙어 앉아 이야기를 나누고 있었다. 노래가 끝날 만하면 다시 후렴구가 나왔다. 영원히 노래가 끝나지 않는 건 아닐까. 누군가 제발 이 노래의 2절을 받아 불러주면 좋겠다는 생각뿐이었다. 노래를 부르면서 허리를 구부리고 정지 버튼을 찾으려 했지만 보이지 않았다. 그때 누군가 그녀 곁에 와 섰고 노래를 받아 불러주었다. 영은이였다. 몇 소절 같이 불러보았을 뿐인데 의외로 호흡이 딱딱 잘 맞았다.

술은 마셔도 맞담배는 결례라는 생각이 있었나 보다. 그녀들은 둘셋씩 짝을 맞춰 화장실에 가 담배를 피웠다. 사이사이 룸에 있는 남자들도 씹었다. 은근슬쩍 내 허벅지에 손을 올렸어, 내 허리에 팔을 둘렀어 따위의 이야기였지만 다들 분개하지는 않았다. 누군가 말했다. 그들이 대기업 사원이고 유부남들이라고. 이번에도 분개하지 않았다. 누군가 영은이 이야기를 꺼냈다. 영은이가 얼마 전 놀이공원에서 잘렸다는 거였다. 아무래도 오늘 이 자리에 있는 한 남자 때문인 것 같다는 말도 나왔다. 이번에도 분개하는 사람이 없었다.

클럽에서 나왔을 때는 새벽이었다. 영은이는 건주정을 부리는 남자들을 요령 있게 잘 다루었다. 남자의 겨드랑이에 제 어깨를 끼워 넣어 부축하고 택시를 태웠다. 한 남자가 영은이의 귀에 대고 무슨 말인가를 했고 영은이는 크게 놀란 듯 예의 그 표정을 지었다. 학원의 여자 선배들과는 달리 영은이의 그 표정을 남자들은 좋아했다. 귀엽다는 듯 남자가 영은이의 뺨을 꼬집었다. "넌 몰라. 외로운 게 뭔지, 넌 아직 몰라."

마지막 남자까지 택시에 태워 보낸 뒤 영은이가 마지막 이삿짐을 실어 보낸 사람처럼 두 손을 털었다. "대단하지 않니?

저 오빠들 저렇게 술 먹고도 새벽같이 출근해. 겨우 두 시간 자고 회사에 나가.” 정말 대단한 사람들이라도 되는 양 영은이는 감동해서 말했다.

왜 그 새벽에 불광동 지하방으로 가지 않고 영은이를 따라 갔는지 알 수 없는 일이다. 남자들이 돌아간 뒤에도 그녀들은 택시비를 아끼기 위해 근처 해장국집에서 죽치다가 새벽 첫차를 탔다.

지하 구간을 달리던 전철이 지상으로 나왔다. 어느새 해가 떠 있었다. 눈을 찌를 듯한 햇빛이 쏟아졌다. 스포트라이트처럼 해가 그녀들의 얼굴을 비추고 있었다. 그대로 해를 보았다간 눈이 멀 지경이었다. 이런 아침 햇살이 그녀는 익숙지 않았다. 새벽까지 술을 마시는 날이면 정오가 넘을 때까지 내처 잤다. 아침 햇살이 창으로 들어와 잠을 방해했다는 말은 그즈음 그녀가 이해하지 못하는 말 중 하나였다. 불광동 지하방에는 해가 들지 않았다. 그 방에는 주야장천 늘 짙은 어둠이 고여 있었다. 지하 방은 지상에서 고작 열 계단 아래였다. 그런데도 그녀가 상상할 수 없는 어둠이 펼쳐졌다. 불을 켜는 스위치를 찾을 때까지 그녀는 한참 동안 어둠을 더듬곤 했다. 그때가 가장 싫었다. 어둠 속에서 뭔가 다른 것이 만져질 것 같았다.

잠을 자는 동안에도 그녀는 어둠에 짓눌렸다. 건장한 남자 같았다. 숨이 막혔다. 북쪽 벽에는 검은 곰팡이들이 피어 있었다. 잠을 자는 동안에도 발이 그쪽에 닿을라치면 그녀는 소스라치게 놀라면서 발을 떼곤 했다.

영은이는 입을 벌린 채 깊이 잠들어 있었다. 눈을 감고 있었지만 햇빛이 싫은지 꿈틀대는 노래기처럼 얼굴 표정이 자꾸 바뀌었다. 밤새 술을 마시고 담배를 피웠다. 영은이는 남자들의 비위를 맞추느라 새벽까지 활짝 웃었다. 두터운 화장 위로 자글자글 웃음 주름이 패어 있었다. 아이섀도가 눈 밑까지 번지고 화장 위로 살얼음이 얼듯 유분막이 올라와 있었다. 하룻밤 사이에 10년은 늙은 것 같았다. 에어로빅 학원에서 만난 아주머니들이 떠올랐다. 쫄쫄이 스판 운동복 속으로 소시지 같은 살집이 울룩불룩했다. 반쯤 입술 화장이 지워진 입으로 아주머니들이 그녀에게 말했다. "금방이야, 금방. 방심하는 사이에 금방." 결국 에어로빅 강사 일을 그만둔 건 아주머니들 때문이었다.

깜빡 존 모양이었다. 영은이가 그녀를 흔들어 깨웠다.

영은이의 집은 전철역에서도 꽤 걸어 올라가야 했다. 아파트 단지를 지나자 개발이 되지 않은 낡은 집들이 나타났다. 비탈길은 가팔라졌다. 한겨울이면 자동차는 아예 올라갈 엄두도 내지 못할 듯했다. 목이 말랐다. 얼마나 이 비탈길을 오르내렸는지 영은이는 산다람쥐처럼 비탈길을 탔다. 그 애의 양손에는 전철역 근처의 슈퍼에서 장을 본 검은 봉지 두 개가 들려 있었다. 짧은 치마와 무릎까지 올라오는 양말 사이 스타킹 올이 풀려 있었다. 아침인데 해는 중천에 떠 있는 듯했다. 새벽까지 마신 술이 깨기는커녕 도로 취기가 올라오는 듯 속이 매스꺼웠다. 그녀가 힘이 들어 잠깐 멈춰서면 영은이가 뒤돌아보고 생긋 웃었다. 영은이는 그녀가 얼마큼 자신을 따라잡을 시간을 주었다가 다시 걸어 올라갔다.

지은 지 오래된 빌라였다. 빌라의 창들은 먼지가 자욱했다. 그나마 창틀 높이 물건을 쌓아두어 안이 보이지 않았다. 얼마나 오래 그곳에 있었는지 종이 가방의 색이 햇빛에 바래 있었다. 한눈에도 날림 공사로 지어진 빌라라는 걸 알 수 있었다. 2층으로 올라가는 계단을 밟는 순간 알아졌다. 챌판의 높낮이가 다 들쑥날쑥했다. 디딤판은 수평이 맞지 않았다. 계단을 딛고 올라갈 때마다 몸이 뒤로 밀리거나 앞으로 쏠렸다. 4층까지 올라가는 일이 비탈길을 올라오는 일만큼이나 힘에 부쳤다.

영은이가 검정 비닐봉지를 바닥에 내려놓고 열쇠를 찾아 현관문을 열었다. 손바닥만 한 현관에 달랑 삼선 슬리퍼 한 켤레가 놓여 있었다. 문이 열리면서 바닥에 고여 있던 쿰쿰한 냄새가 조용히 일어났다. 안방 문은 닫혀 있었고 현관 맞은편 화장실 문은 활짝 열려 있었다. 결국 그녀들을 반긴 건 뚜껑이 열린 낡은 변기였다. 바닥엔 줄눈이 맞지 않은 타일이 깔려 있었다. 타일을 다 뜯어내서 반듯하게 재정렬하고 싶은 욕구가 이는 화장실이었다.

영은이를 따라 안방 반대편 쪽으로 들어갔다. 빌라의 구조가 특이했다. 안방과 화장실 앞의 통로를 지나면 부엌이 나타났다. 부엌은 아주 작았다. 부엌과 안방을 연결하는 통로가 두루미의 목처럼 가늘었다. 부엌 앞의 작은 방에는 크고 작은 상자들이 가득 쌓여 발을 들여놓을 수가 없었다. 영은이가 겉옷을 벗어 상자 위에 걸쳐두었다. 대일밴드는 영은이의 오른팔에 붙어 있었다. 영은이의 모습을 거울 속으로 보는 게 더 익숙했다. 그녀도 그 상자 중 하나에 옷을 걸쳐놓고 다른 상자에 등을 대고 앉았다. 현관문을 열었을 때 맡았던 쿰쿰한 냄새가 더 짙어졌다.

그녀가 발을 뻗은 곳에 스펀지를 넣은 삼단요와 이불이 가지런히 개켜져 있었다. 잔뜩 눌린 베개 두 개도 보였다. 백설 공주가 프린트된 베개는 침 자국으로 얼룩덜룩했다.

"배고프지? 잠깐 기다려?" 그 순간부터 영은이의 손놀림이 바빠졌다. 검은 봉지에서 꺼낸 채소들을 개수대에 쏟아부었다. 과도를 꺼내들더니 빠른 속도로 감자 껍질을 벗기기 시작했다. 한두 번 해본 솜씨가 아니었다. 몇 번의 칼질에 뽀얗게 속살을 드러낸 감자가 나타났다. 양파도 마찬가지였다. 눈물이 나는지 몇 번 훌쩍거리기만 했을 뿐이었다. 그녀는 반쯤 입을 벌린 채 그 모든 것을 보았다. 감자는 깍둑썰기하고 당근은 반달썰기했다. 모든 동작은 에어로빅 한 세트처럼 군더더기 없이 매끄럽게 연결이 되었다. 가스레인지의 불을 켜고 냄비가 달궈질 때를 기다리면서 양파를 썰었다.

그때 안방 문이 소리 없이 열렸다. 노인이 나와 부엌 쪽을 살폈다. 아버지뻘이었다. 반팔 러닝에 칠부 길이의 파자마를 입고 있었다. 아버지보다 더 늙은 것도 같았다. 아버지는 흰 머리카락이 자라서 보이기 전에 염색을 하곤 했다. 염색을 하지 않는다면 아버지도 저 노인뻘일 것이다. 그럼 영은이의 아버지인가? 인사를 하려 엉거주춤 일어서려는데 노인이 괜찮다는 듯 손짓을 했다. 영은이는 누가 문을 열었는지 안 보고도 아는 모양이었다. 양파를 볶으면서 소리를 높였다. "배고프시죠? 좀만 기다리세요!"

대체 몇 살 때부터 요리를 해야 저런 실력을 가지게 되는 걸까. 서울로 올라온 지 2년째였지만 그녀의 요리 실력은 늘 그 자리였다. 영은이의 실력은 한눈에도 평생 가정주부였던 엄마의 요리 솜씨보다 한 수 위였다.

그쯤 영은이는 상을 펴고 밑반찬들을 고루 꺼내놓았다. 그때 안방 문이 다시 열렸다. 아까 그 노인인가 싶었다. 그런데 어딘가 좀 달랐다. 반팔 러닝에 칠부 파자마 차림이었지만 이전 노인보다 조금 더 마른 듯싶었다. 게다가 무릎도 아까 노인보다 밖으로 더 굽어 있었다. 아버지의 형님인가? 그럼 대체 영은이는 몇 분의 노인을 모시고 있는 건가? 의아했다. 그녀와 눈이 마주친 노인이 놀란 듯했다. 부끄럽다는 듯 노인이 문을 닫았다. 카레가 끓기 시작했다. 카레 냄새가 조금씩 더 짙어졌다.

소리도 없이 문이 다시 빼꼼 열렸다. 이번에는 다른 노인이 었다. 한눈에 알아볼 수 있었다. 체형이 완전히 다른 데다가 이 노인은 앉아 있었기 때문이었다. 거동이 불편한 듯했다. 그제야 영은이가 잊고 있던 것이 생각났다는 듯 "어마, 내 정신!" 했다. 김치 국물이 묻은 손을 수돗물로 대충 헹구더니 쪼르르 안방 안으로 사라졌다. 잠시 뒤 나온 영은이의 손에 무언가 들려 있었다. 요강이었다. 가득 찬 듯 영은이는 조심 조심 요강을 들고 화장실로 들어갔다. 급하게 요강을 헹구는 소리가 들렸다. 스댕 요강이 자꾸 바닥에 부딪히며 쇳소리가 났다. 화장실에서 나온 영은이가 빈 요강을 안방 안에 밀어 넣고 다시 문을 닫았다.

지난밤 영은이는 집에 오지 않았다. 대체 저 방 안에 몇 명의 노인이 있는 걸까. 밤새 노인들이 번갈아 눈 오줌이 요강 가득 찼을 것이다. 참다 참다 거동이 불편한 노인이 문을 열고 영은에게 신호를 보낸 거였다.

요강을 헹군 손을 제대로 닦지도 않은 채 영은이가 밥을 푸고 카레를 끼얹었다. 작은 밥상에 다섯 개의 밥그릇이 놓였다. 그녀가 방금 본 노인 셋 그리고 영은과 자신. 처음 보는 노인들과 겸상을 해야 하는 것이 마음에 걸렸다. 순간 그 노인들의 오줌인지 화장실 냄새인지 알 수 없는 역한 물비린내가 밀려왔다. 그 모든 냄새를 지우듯 집 안 가득 카레 향이 진동하고 있었다.

영은이가 상을 들었다. 가느다란 손목에 힘줄이 파랗게 일어났다. 두루미처럼 좁은 통로를 통과할 때는 마술 같았다. 상을 낮게 들면 튀어나온 싱크대의 하부장 때문에 상이 빠져나가지 못했다. 영은이는 일단 상을 가슴 높이까지 들어올렸다. 수평이 잠깐 어긋나면서 상 위의 그릇들이 조금 쏠렸다. 영은이와 그녀가 동시에 탄성을 질렀다. 영은이가 몸을 돌려 먼저 빠져나가고 상을 빼냈다. 그다음 다시 몸을 돌렸다. 잠시 뒤 닫힌 안방 문 너머에서 수저질 소리가 났다. 영은이가 목소리를 높여 이야기했다. "천천히 드세요! 꼭꼭 씹어 드세요. 아셨죠?"

상 위에 차린 두 개의 밥은 그녀들 몫이 아니었다. 안방 안 아직 그녀가 만나지 못한 노인 둘이 더 있었다. 보지 못했지만 그녀는 노인이라고 확신하고 있었다. 쿰쿰한 냄새의 진원지는 안방이 틀림없었다.

영은이는 작은 방에 쌓인 상자 하나 위에 신문지를 깔고 카레를 얹은 접시 두 개를 놓았다. 김치를 놓으니 다른 반찬을 놓을 공간이 없었다. 새벽까지 술을 마신 데다 급하게 요리를 만드느라 영은이는 지쳐보였다. 땀에 젖어 앞머리가 이마에 달싹 달라붙어 있었다. 비위가 상했지만 그녀는 영은이의 수고를 생각해서 겨우 카레밥 한 술을 입에 떠 넣었다. 도대체 카레에 뭘 넣은 걸까? 엄마는 카레에 사과를 갈아 넣고는 했다. 하지만 그 맛이 아니었다. 영은이의 요리 과정을 다 지켜보았지만 특이하달 건 없었다. 그런데 어떻게 이런 맛이 나는 거지? 비위가 상하는데도 그녀는 숟가락질을 멈출 수가 없었다.

영은이의 팔뚝에 붙은 대일밴드가 땀 때문에 접착력을 잃고 반쯤 떨어져 있었다. 왜 늘 그곳에 대일밴드를 붙이고 있는 건지 궁금했었다. 흘깃대는 그녀의 시선을 따라 자신의 팔뚝을 내려다보던 영은이가 "아, 이거?"라며 수줍게 웃더니 간당간당 붙어 있던 대일밴드를 잡아 뗐다. 작은 상처나 점이 있는 건 아닐까 상상했었는데, 거기엔 한자가 새겨져 있었다.

一心.

영은이는 번들거리는 얼굴을 들고 너도 다 아는 것 아니냐는 듯 동조의 눈빛을 보냈다. "다 철없을 때……" 그녀들은 이제 스물둘이었다. 그녀가 영은이를 처음 만났을 때는 열아홉이었다. 그때도 영은이의 팔뚝에는 대일밴드가 붙어 있었다.

남자 친구가 곧 온다고 보고 가라는 영은이의 말을 뿌리치고 밖으로 나왔다. 어른들에게 인사를 하려 했지만 영은이가 눈짓으로 괜찮다고 했다. 그 노인들이 몇 명이고 누구인지 영은이는 끝내 말해주지 않았다. 왜 일심이라는 문신을 새기게 된 건지도 말해주지 않았다. 다 알지 않느냐는 영은이의 눈빛과는 달리 그녀는 아무것도 몰랐다. 그녀는 겨우 스물두 살이었다. 대체 어떤 마음을 먹어야 팔뚝에 그런 단어를 새길 수 있는 걸까. 음식을 했던 부엌 싱크대 앞의 그 좁은 공간에 밤이면 영은이는 요를 깔 것이다. 요 위에 겨우 베개 두 개가 놓일 것이다. 소리 죽여 영은이는 남자 친구와 사랑을 나눌 것이다. 문도 없는 부엌의 자투리 공간에서. 어둠 속에서 소리 없이 안방 문이 빼꼼 열리고 열 개의 눈이 반짝거리면서 그 광경을 훔쳐보는지도 모른다.

현관문이 닫히자마자 그녀는 쏜살같이 계단을 뛰어내려왔다. 날림 공사로 만든 계단에서 몇 번이나 구를 뻔했지만 용케 중심을 잡았다. 에어로빅으로 다져진 운동 신경 때문이었다. 1층까지 왔지만 커다란 손이 나와 그녀에게 검은 그물을 드리울 것만 같았다. 안방 문 뒤에선 대체 어떤 풍경이 펼쳐지고 있는 것일까. 나이 든 노인들이 엇비슷한 차림으로 앉아 종일 텔레비전을 보고 있을 것 같았다. 오징어를 말리는 듯한 그 냄새는 늙음과 죽음 그리고 가난의 냄새일지도 몰랐다. 진한 카레 향으로도 가릴 수 없는 냄새. 그것이 너무도 공포스러워서 영은이는 늘 동그랗게 눈을 뜨고 있는지도 모른다.

빌라에서 조금 벗어났을 때에야 그녀는 4층 영은이의 집을 올려다보았다. 거기 먼지로 안이 잘 들여다보이지 않는 두 쪽짜리 창이 있었다. 그 창 너머로 노인 다섯이 그녀를 내려다보고 있다는 착각이 들었다. 비위가 상했다. 어제 저녁에 먹었던 삼겹살부터 차례로 들고 일어나는 듯 배 속이 요동을 쳤다.

그녀는 헛구역질을 하면서 비탈길을 내려왔다. 그녀가 그 골목 어딘가에 먹은 것을 게우지 않은 것은 다 카레의 위력이었다. 카레라는 향신료가 가지고 있는 강한 살균력 때문이었다.

"어째 이상하다 했어." 문득 김의 목소리가 들렸다. 김의 시선이 그녀의 등 뒤에 꽂혀 있었다. 식당에 들어설 때부터 못마땅하다는 듯 계속 보던 곳이었다. 그녀도 뒤를 돌아다보았다. 그곳에 붉은 색이 잔뜩 섞인 추상화 한 점이 걸려 있다. "잘 봐봐. 어째 저 그림 위아래가 바뀐 거 같지 않어?" 그랬나? 반년 전과 식당은 바뀐 게 없는 듯했다. 그녀가 오지 않은 사이가 아니라 오지 못한 사이에. 위아래를 바꿔 걸어놓는다 해도 무슨 그림인지 여전히 모를 것 같았다. 중요한 건 위아래가 바뀐 그림이 아니었다. 왜 김은 아무 말도 하지 않는 것인가.

식당 앞에는 여전히 줄이 길게 늘어서 있었다. 그녀와 김이 나오자마자 두 사람이 식당 안으로 들어갔다. 점심시간이면 늘 그랬던 것처럼 김과 골목을 한 바퀴 돌았다. 김은 여전히 입을 꾹 다물고 있었다. 자신이 내정되어 있다는 것을 알면서 왜 그녀에게 지원서를 내라고 부추겼던 걸까. 그녀가 알기로 공석은 딱 하나뿐인데 말이다.

영은이의 집에 다녀와서 그녀는 불광동 지하방에서 잠을 잤다. 며칠이 지났는지 알 수 없었다. 전화가 걸려왔지만 받지 않았다. 아버지는 어디론가 떠돌고 있었고 엄마는 예전의 습관을 버리지 못한 채 백화점 쇼윈도 앞을 서성이고 있을 거였다. 열흘쯤 잔 것 같았는데 일어나보니 겨우 하루 반이었다. 그녀는 슬리퍼를 질질 끌면서 동네 삼겹살집으로 갔다. 여종업원이 다가와 말했다. "일 인분은 안 돼요. 아시죠?" 물론 그녀도 잘 알고 있었다. 그런데도 그녀는 영문을 모르겠다는 듯 두 눈을 동그랗게 떴다.

영은이들과 만나지 않게 된 건 그녀가 집이 있는 지방으로 내려갔고 1년 뒤 대학에 진학했기 때문이었다. 단언컨대 그녀가 영은이들과의 연락을 끊은 게 아니었다. 그녀가 대학에 들어갔다는 말을 전해 듣는 순간 자연스럽게 영은이들이 연락을 하지 않았다. 에어로빅 학원 시절 그녀들이 뭉친 건 그녀들이 고졸 출신이라는 이유 하나 때문이었다. 영은이들은 잊혔지만 가끔 영은이 때문에 들렀던 고급스런 클럽들이 떠오르곤 했다.

김은 곧 이곳을 떠나 다른 연구소로 옮기게 될 것이다. 함박스테이크가 햄버그스테이그가 되는 건 시간문제였다. 그는 모든 단어들을 순화시키느라 남은 생을 바칠 것이다. 그녀가 가끔 혼자 중얼거리고 숨통을 틔우는 그 단어들을 하나하나다 바꾸려 들 것이다. 식모가 가정부로 차장이 안내양으로 바뀌는 순간 덩달아 사라졌던 것들이 떠올랐다. 누군가 말했다. 한 개인의 사회적 자아는 그 개인의 언어에 깊은 자국을 낸다고. 똑똑한 김이 모를 리 없었다.

그녀는 아까 식당 앞에서 줄을 서 있었을 때부터 느끼던 모종의 기대감을 떠올렸다. 김이 들었다면 '어떤 종류의 기대감'이라고 고쳐 말해주었을 것이다. 하지만 어떤 종류의 기대감이라고 해서는 그 맛이 살지 않는다. 반듯이 모종의 기대감이어야 했다.

끝내 촬영 트럭이 말썽이었다. 대체 누구의 허락을 받고 이런 데 서 있는 거냐고 김이 툴툴거렸다. 왜 저 남자는 저렇게 쩨쩨한 걸까 생각하다가 그만 촬영용 커다란 상자에 발이 걸려 넘어지고 말았다. 손바닥이 뾰족한 것에 찔리는 순간, 그녀는 풍선의 공기가 새기 시작했다는 걸 느꼈다. 삐리릭, 공기가 새면서 요란한 동작으로 날아오르다 바닥에 패대기쳐지는 풍선이 떠올랐다.

열아홉 그해 겨울, 그녀들은 울긋불긋한 에어로빅복 위에 점퍼를 걸치고 곧잘 포장마차로 갔다. 혼자라면 그 차림으로 길가에 나설 용기가 생기지 않았을 것이다. 하지만 여럿이라면 사정이 달랐다. 만약 그 차림으로 시내를 활보해야 했다면 충분히 그럴 수도 있었을 것이다. 묘한 복장에 길 가던 사람들이 그녀들을 돌아보았다. 가끔 노골적인 추파를 던지는 남자들도 있었다. 그럴 때면 그녀들은 침을 뱉듯 쏘아붙였다. "눈 깔엇!"

그녀는 넘어진 그녀의 손을 잡아주기는커녕 왜 그렇게 조심성이 없냐는 듯한 눈빛을 보내고 있는 김에게 침을 뱉듯이 그녀가 아는 가장 모욕적인 욕을 날려주었다. 10년 묵은 체증이 뚫리는 느낌이었다. 김의 얼굴이 묘하게 바뀌었다. 그는 방금 자신의 귀가 들은 것을 의심했다. 잘못 들은 것이 아니라는 걸 아는 순간 그의 얼굴은 지금껏 자신이 알아왔던 것에 대한 의구심과 배신감으로 일그러졌다. 무엇보다 그녀는 아까부터 그녀를 두근거리게 하던 정체 모를 기대감이 무엇인지 알게 되었다. 십수 년을 질질 끌어오던 김과의 관계가 끝나는 거였다. 식당의 청년처럼 단호히 왼팔을 내리그으면 될 일을 이제껏 끌어왔다. 김은 예정대로 그 연구소로 갈 것이다. 식당의 카레 메뉴 이름이 떠올랐다. 카레 온 더 보더였다. 김은 못마땅한 듯 이맛살을 찌푸리곤 했다. 똑똑한 김이 그 메뉴의 이름을 어떻게 바꿀지 궁금했다. 맛이라곤 짜고 단것밖에 분간하지 못하는 그가.

제비꽃, 제비꽃이여

어찌어찌해서 나는 이 일을 시작하게 되었다. 단 한 줄의 문장만으로 남자들의 욕망을 이끌어내는 일을.

사무실은 대학가의 신축 오피스텔 건물 안에 있었다. 스타벅스와 GS 25가 1층에, 국민건강보험공단 지사가 2층에 자리 잡고 있어 건물 앞은 행인과 방문객으로 늘 붐볐다. 디귿자 모양의 비좁은 복도를 따라 막다른 곳까지 들어가면 방 호수가 적힌 작은 팻말이 붙은 문이 나타난다. 팻말 외에는 이렇다 할 것이 아무것도 없다. 그래서 처음 이곳을 방문했을 때는 수첩을 펼쳐 들고 통화를 하면서 받아 적어둔 방 호수를 다시 확인하기까지 했다.

한꺼번에 우르르 엘리베이터에 올라타는 여자들에게 엘리

베이터 구석까지 밀린 채 올라가거나 내려갔다. 그들은 나이도 복장도 패션 감각도 다 제각각이었지만 하나같이 코 주위의 화장이 번져 번들거렸다. 오후가 되면 입술 화장도 손으로 문질러 지운 듯 흐릿해졌다. 그들은 비좁은 엘리베이터 안에서도 늘 큰 소리로 수다를 떨고 웃어댔다. 그들에게서는 늘 똑같은 껌냄새가 났다. 얼마 지나지 않아 그들이 보험회사의 영업부 직원들이라는 것을 알게 되었다. 자주 마주치다 보니 나중엔 그들의 옷차림새만으로도 그들의 월 매출 실적을 짐작할 수도 있게 되었다. 그들은 매번 나를 보이지 않는 사람 취급했다. 우르르 올라타느라 엘리베이터 구석으로 나를 밀어 넣고도 미안하다는 말 한마디 안 했고, 마치 그곳에 자신들뿐인 양 시시콜콜한 이야기들을 나누었다.

늘 붐비는 엘리베이터와는 달리 사무실이 있는 층의 복도에서는 인기척을 느낄 수 없었다. 복도를 따라 수많은 문들이 나 있었지만 지금까지 그곳에 사는 그 누구와도 마주치지 않았다. 똑같이 생긴 문 앞을 걸어 지나갈 때마다 나는 그 문 너머에서 벌어지고 있을 다양한 일들에 대해 상상해보곤 했다. 어느 문 안에서 누군가 악어를 키우고 있다고 해도 그다지 이상할 것 같지 않았다.

10년 넘게 시나리오를 들고 영화판을 기웃거렸다. 투자자를 구하고 얼마 되지 않지만 계약금도 받아, 이제 입봉이 코 앞이다, 라고 마음을 놓으려는 순간 투자자가 변심한 것이 한

두 번이 아니었다. 그 세계에서는 그런 일들이 비일비재했다. 자기 발등에 떨어진 불 때문에 그 누구도 위로해주지 않았다. 하루에도 수많은 영화가 제작 목록에 올라가지만 또 그만큼 많은 영화들의 제작이 하루아침에 무산되기도 했다. 제작해놓고 극장을 잡지 못하는 영화도 부지기수였다. 10여 년간 쓴 시나리오만 열댓 편이 넘었다. 장르도 추리물(놀이동산에서의 살인 사건——이건 놀이동산에서의 알바 경험이 큰 도움이 되었다——내가 가장 좋아했던 거울의 방을 배경으로 한 '거울 살인 사건'이 제목이었지만 제작자의 반대로 나중에 '귀신의 집'으로 바뀌었다)에서 조폭(왜 그렇게 조폭에 대한 영화가 많냐는 불만도 더러 있지만, 우리나라의 경우 조폭 영화가 이미 하나의 장르처럼 굳어졌다나?) 영화까지 다양했다. 그만큼 알다가도 모를 게 대중의 취향이었다.

영화판을 기웃대는 동안에도 여러 '알바' 자리를 전전했다. 가장 길게 했던 건 초등학생 논술 지도였다. 시나리오를 쓰면서 쌓은 산문 실력에 10여 년 한 가지 일을 향한 맹목적인 끈기가 바탕이 되었달까? 나는 다른 선생들이 꺼리는 첨삭 지도에 특히 강했다. 하루에도 수십 번 제작자의 변덕에 따라 바뀌던 시나리오 수정 작업에 비하면 아무것도 아니었다. 학습지 홍보 행사가 있을 때면 초등학교 앞이나 아파트 놀이터에 자리를 잡고 풍선을 불었다. 이벤트 회사에서 알바할 때의 경험을 살려 풍선을 불어 꼬고 매듭을 지어 푸들도 만들고 장미꽃도 만들었다. 아이들이 환호성을 지르며 몰려들었다. 비정규직이라는 점은 다른 알바들과 같았지만 뭐랄까 학습지 선생이라는 건 알바 특유의 쿨함과는 거리가 있었다. 사명감. 영화와는 사뭇 다른 사명감이었다.

늘 교재가 든 보조가방을 따로 들어, 한눈에도 학습지 교사라는 표가 났다. 담당 구역이라는 게 있었지만 알음알음 학부모들의 소개로 또 다른 학생을 소개받아 하루에도 몇 번 서울의 이쪽에서 저쪽으로 종종댔다. 그러다 아파트 단지에서 비슷한 보조가방을 든 학습지 선생과 딱 마주치기도 했다. 담당 구역을 침범했다는 약간의 죄의식과 함께 뭐랄까 똑같은 옷을 입은 사람과 맞닥뜨렸을 때의 민망함이랄까, 그도 나도 서로 못 본 척 스쳐 지난다. 그런 상황에 닥쳤을 때 아무렇지도 않은 척 태연하게 구는 게 최선이라는 걸 나는 앞선 몇 번의 알바에서 깨달은 바 있다.

초인종을 누르고 문이 열리기를 기다리는 동안 보조가방을 다시 고쳐 들고 비틀린 스타킹 올을 바로 잡는 등의 버릇이 생긴 걸 깨달은 뒤로 아쉽지만 그 일을 그만두었다. 알바는 알바여야 한다. 어느새 나는 학습지 선생 생활에 푹 젖어들고 있었던 것이다. 학습지 선생 생활이 주가 되고 영화가 취미 생활쯤으로 전도되었다는 생각에 정신이 반짝 들었다.

방송국 무용수 생활을 할 때 알았던 작곡가의 권유로 잠깐 노랫말을 쓰기도 했다. 그가 작곡한 데모 시디를 보내오면 음악을 듣고 그것에 어울리는 노랫말을 작사하면 되었다. 온종일 대중가요를 듣고 또 들었다. 어느 가사든 구구절절 다 내 이야기 같다는 생각이 들었다. 그럼 내 이야기를 해볼까, 막상 떠오르는 건 내가 해왔던 20여 가지의 아르바이트뿐. 어쩌면 호흡이 긴 장르보다는 짧은 쪽이 더 적성에 맞을지도 모른다는 생각도 거기서 그만, 가수가 정해지고 음반이 제작되기까지의 과정이 하세월이었다.

그러다 뛰어든 것이 이 사업이라고나 할까. 이게 도대체 글이야? 라는 생각이 들 만한 문장을 끼적여보았는데 뜻밖에도 단번에 오케이. 재능을 인정받기는 처음이다랄까, 푼돈이지만 꼬박꼬박 통장에 돈이 쌓이는 재미가 쏠쏠해서 그냥 눌러앉았다고나 할까. 어느 한 분야, 그렇지 않은 곳 없겠지만 이 일 또한 내가 아니어도 나 정도로 해낼 사람들이 한참 줄을 섰다는 생각에 이왕이면 밀리지 말아야겠다는 각오로 버스나 지하철 안에서도 밥을 먹을 때도 그 생각밖에는 하지 않게 된 것이다. 나 어쩌면 좋아?

사회가 고도성장할수록 인간은 점점 더 왜소해진다. 그 틈새를 노린 것이 공룡 사업이거나(지금처럼 애 어른 할 것 없이 공룡에 열광하던 때가 있었나? 공룡 다큐멘터리에 공룡 화보에 백여 가지가 넘을 듯한 공룡 모형 판매가 성업 중이다) 건담 같은 프라모델 사업(삼십대 중반을 넘긴 남동생의 유일한 취미는 프라모델 조립. 퇴근 뒤 자기 방에 틀어박혀 건담만 조립하고 있는 것에 불만을 품은 올케가 건담의 윙 하나를 감춘 것은 동생만 모르는 공공연한 비밀이다), 그리고 이쪽 사업이라는 생각이다. 판매 대상이 애매한 상품만큼 몰개성적인 상품이 또 있을까. 연령층이나 성별에 무관심하던 생필품들조차 이제 변신에 변신을 거듭하고 있는 상황이다. 한 휴지 회사에서 3일간 알바로 했던 소비자 조사에 의하면 많은 사람들이 값에 비례한 두루마리 휴지의 길이보다는 꽃무늬가 인쇄되거나 향기가 나는 등의 차별화된 휴지를 선호했다. 비데 사용이 늘어난 만큼 물에 쉽게 녹아 엉덩이에 척 들러붙는 휴지보다 좀더 질긴 휴지가 나왔으면 좋겠다는 의견도 많았다. 얼마 지나지 않아 소비자 의견이 반영된 고급 화장지들이 출시되기 시작했다.

상품은 점점 더 구매 대상을 구체화시킨다. 과거에는 단순히 젊은 여성을 위한 옷이었다면 이제는 이십대 초반 스쿨걸 룩이거나 이십대 후반에서 삼십대 초반의 커리어우먼 룩으로. 사오십대의 여성들을 싸잡는 마담 룩이 대세였다면 그들의 이십대적 취향까지 고려한 루비족 룩으로. 그런 점에서 볼 때 이 사업은 구매 대상이 확실하면서도 연령대가 폭넓다는 장점이 있다나? 고객들이 남자들뿐일 거라는 편견을 제치고 가끔은 성별도 뛰어넘는다나?

전광석화처럼 스치는 단 한 줄의 문장을 건졌을 때의 쾌감이란 이루 다 말로 할 수가 없다. 하이쿠처럼 순간을 이야기하되 하이쿠처럼 독자들에게 여운을 남겨 무언가를 곰곰 되새기게 해서는 안 된다. 곱씹는 시간이 길어지면 길어질수록 웬만한 독자들은 죄책감에 사로잡히고 말 테니까. 문장을 읽는 순간, 단번에 그들의 정신을 아니 육체를 사로잡아야 한다,라는 건 이 길을 앞서 간 데스크의 충고였다.

내가 맨 처음 쓴 광고 문구는 '목욕탕 샤워기 아래의 빨간 레이스 숙녀'(라니 나 어디서부터 길을 잘못 든 걸까)였다. 이를테면 '가슴 빵빵한 레이스 퀸과의 은밀한 데이트'라는 문장보다 훨씬 많은 남자들에게 현실적으로 가닿는 문장이라는 것이 데스크의 평.

데스크는 마흔을 갓 넘긴 듯한, 생각보다는 멀쩡하게 생긴 남자. 나는 그 낯 뜨거운 문장들을 쓴 사람이 남자라는 사실에 놀랐다. 하기야 남자만큼 남자에 대해 잘 아는 사람도 없을 테니까. 가려운 곳 바로 긁어주는 식이랄까. 나는 고개를 깊게 끄덕였다. 그가 쓴 문구 중 가장 수수하고 외설 수위가 낮은 것은 '은근히 흥분되는 남장 여인'(역시 이것도 코스튬, 확실히 코스튬이 대세다, 코스튬에 집중을!이라니 나 정말 왜 이렇게 되었을까?) 정도랄까? 나이보다 천진해 보여 어색한 동그란 눈과 하늘로 향한 콧구멍, 어디선가 본 듯한 인상이었다. 언제 어디서 봤더라?

그도 내 평범한 외모에, 내가 여자라는 사실에 놀란 듯했다. 그는 자리에 앉은 채로 천천히 고개를 가로저으며 날 훑어보았다. "오호, 이거 정말 뜻밖인데요? 우린(데스크와 유일한 직원인 남자 웹디자이너를 말하는 듯) 당연히 남자일 거라 생각했지요. 빨간 레이스라니, 이거 보통 내공이 아니십니다. 대개의 여자분들이라면 빨간 레이스라는 말은 불경스러워 입에 올리지도 않지요. 순결을 상징하는 순백의 레이스 팬티랄까, 또는 앙증맞은 만화 캐릭터가 엉덩이에 크게 들어간 단순한 모양의 면 팬티랄까, 뭐 이런 정도……?" 데스크가 팬티 이야기를 꺼내는 순간, 데스크를 보았던 순간부터 날 듯 날 듯 떠오르지 않던 한 남자의 얼굴이 떠올랐다. 그 당시 그 남자도 데스크처럼 마흔을 갓 넘긴 듯했다. 올 때마다 늘 두 개의 속옷을 사서 따로 포장해 달라던 남자가 있었다. 십오륙 년 전이었다.

증권회사들이 밀집한 서울 중심가의 백화점 속옷 코너에서 6개월 남짓 일한 적이 있었다. 퇴근 시간 무렵 버버리 코트를 걸친 중년 남자가 속옷 코너 앞을 휙 지나갔다. 남자가, 그것도 중년의 남자가 속옷 코너를 들르는 일은 거의 없었기 때문에 관심을 두지 않았다. 잠시 다른 곳을 기웃거리며 이쪽을 흘깃대던 남자가 다시 속옷 코너 앞을 지나갔다. 이번엔 툭 마네킹이 걸친 슬립을 건드리기도 했다. 그렇게 몇 번 뜸을 들인 후에야 남자는 주뼛주뼛 가게 안으로 들어섰다. 그는 신중히 두 개의 속옷을 골랐다. 하나는 면 소재로 된 단정한 디자인의 속옷 세트였고 다른 하나는 자줏빛의 망사 속옷이었다. 사이즈로 대충 그 속옷의 주인을 떠올려볼 수 있었다. 단순한 디자인의 사이즈는 지금의 내 사이즈와 비슷했고 파격적인 디자인의 사이즈는 속옷 코너에서 일할 때쯤의 내 사이즈였다. 그는 나를 훑어보더니 대충 아가씨 사이즈로,라고 우물거렸었다. 포장지는 한 가지였기에 그 손님의 상품을 포장할 때면 두 상자가 헷갈리지 않도록 늘 신경을 썼다. 그는 내가 내민 야한 속옷 상자에 손톱 끝으로 꾹꾹 눌러 자국을 만들어놓곤 했다. 혹시나 지워질까 누르고 비벼 홈처럼 패인 초승달 모양의 그 손톱 자국이 지금도 떠오른다. 자신의 아내는 정숙하기를 바라고 자신의 정부에게는 도발을 바라는 남자에게서 나는 늙어가는 여인에게서나 보던 자포자기를 보았다. 정부뿐 아니라 아내에게도 똑같이 선물하는 그를 양심적인 인간이라고 해야 할지 비양심적인 인간이라고 해야 할지 고민되기도 했다. 아무튼 두 상자는 한 번도 뒤바뀐 적 없이 제주인을 제대로 찾아간 듯했고 그는 그 뒤로도 여러 번 속옷 가게를 찾아오곤 했다. 이제 나도 얼추 그때 그의 나이가 되어간다. 그가 자신의 아내에게 사준 단순한 모양의 커다란 속옷을 나는 내게 사 준다. '빨간 레이스'라고 쓴 건 순전히 그때의 경험 때문이었다. "이전엔 무슨 일을?" 데스크의 말간 눈이 날 올려다보고 있었다.

어찌어찌하다 보니 스무 살의 나, 놀이공원에 있었다. 놀이공원을 찾는 어린이들에게 꿈과 희망을 심어주고 싶었다……

라는 것은 순 거짓말이고 사실은 '야자'를 빼먹고 놀러 간 나이트클럽에서 우연히 한 살 위의 한 언니와 마주치게 된 것이 계기였달까. 언니는 놀이공원의 매점에서 아르바이트를 한다고 했다. "원하는 놀이기구를 토할 때까지 실컷 탈 수 있어, 당연히 공짜로"라는 말에 혹해 놀이공원에 오게 되었다고 실토할 수는 없으니까. 아무튼 단과 학원이 끝나면 쪼르르 놀이공원으로 뛰어가 하루에 서너 시간 비좁은 매점에 앉아 팝콘과 핫바를 팔았다. 이상한 나라의 앨리스가 입는 것 같은 원피스에 하얀 앞치마를 두르고서. 두 사람이 간신히 들어가 설 수 있는 비좁은 공간이었다. 손님이 한번에 몰릴 때면 두 사람의 엉덩이와 팔과 어깨가 마구 부딪혀서 나중에는 마치 몸싸움이라도 한 듯 녹초가 되었다.

초겨울이 되자 입장객 수가 와짝 줄었다. 매점 안에 두 사람이 다 들어가 있을 필요도 없었다. 우리는 순서를 정해 매점을 지켰다. 언니가 매점을 지킬 때면 혼자 놀이공원을 어슬렁대며 돌아다녔다. 가끔 바이킹을 타기도 했다. 바이킹이 치솟으면 저 멀리 펼쳐진 시가지가 한눈에 들어왔다. 내려오면 내가 들어가 있던 매점의 천장이 보였다. 천장은 광고지로 접은 딱지 크기만 했다. 혼자서 지르는 비명도 재미없어져서 나중에는 바이킹이 높은 각도로 치솟을 때도 멍하니 딴생각을 할 때가 많았다. 놀이공원에서 무용단원을 모집한다는 소식은 매점의 해고 소식과 같이 왔다. "너 춤 하나는 끝내줬잖아"라는 언니의 말에 혹해 오디션을 거쳐 놀이공원의 무용단원이 되었다.

놀이공원의 무용단원쯤 되면 아르바이트가 아니라 정규직이 아닐까 생각하는 사람도 있을지 모르겠다. 글쎄, 무용단원 출신의 놀이공원 CEO를 본 적 있는가. 아니면 오십대가 되어서도 춤추는 무용단원을 본 적 있는가. 그 일은 젊었을 때 반짝하는 아르바이트에 불과했다. 다들 젊었을 때 한번 해보는 경험이라고 했다. 하루에도 서너 명의 무용수들이 그만두었고 또 그만큼의 새로운 무용수들이 그 자리를 채웠다. 그때 알았다. 넓고 넓은 대형 놀이공원을 유지하고 관리하는 데 필요한 많은 인원이 언제든 재빨리 교체할 수 있고 저렴한 임금으로 고용할 수 있는 알바들로 충당되고 있다는 것을. 무용단도 그중 하나였고 나는 기껏해야 무용단의 신입, 막내였을 뿐이다. 단장은 나를 '애기야'라고 불렀다.

정식으로 춤을 배우지 못한 탓에 처음에는 투스텝으로 퍼레이드의 뒤꽁무니만 따라다니며 아이들을 향해 손 인사를 하는 것이 전부였다. 정작 힘든 일은 퍼레이드가 끝난 뒤의 연습 시간이었다. 선배 단원들은 무지막지한 힘으로 내 두 다리를 벌리게 하고 벽으로 밀어붙였다. 허벅지 안쪽의 실핏줄들이 터져 사타구니에 보랏빛 멍이 들었다.

연습과 공연, 공연과 연습이 번갈아 이어지는 바쁜 일정 사이 문득문득 거울 앞에서 낯선 내 모습과 마주치곤 했다. 하나같이 동화나 만화 속에서 빠져나온 캐릭터들이었다. 짙은 화장은 기다란 속눈썹을 붙이는 걸로 끝이 났다. 속눈썹을 붙일 때 쓰는 본드 때문에 눈은 늘 충혈되었다. 마지막 쇼를 앞둘 무렵이면 나뿐 아니라 여자 무용단원들 모두 눈가물이 심해졌다. 수차례 멍이 들고 없어지던 허벅지에 더 이상 멍이 들지 않을 때쯤 밑으로 신참도 들어왔다. 쇼의 배역도 하나 맡을 수 있었다. 그런데도 9센티미터 높이의 하이힐에는 익숙해지지 않았다. 공연장의 분위기는 퍼레이드 때와는 무척 달랐다. 분홍색 치맛자락을 흔들며 양다리를 번쩍번쩍 들어올릴 때면 객석에서 환호성이 터졌다. 겹겹의 치마를 들추고 객석을 향해 엉덩이를 까 보이는 엔딩 후에도 관중은 자리를 뜨지 않고 박수를 보냈다. 우리는 놀이공원의 꽃이었다.

부슬부슬 비가 내리는 날에도 어김없이 퍼레이드는 진행되었다. 가발 속으로도 빗물이 흘러 스며들었다. 이마를 타고 흘러내린 빗물이 눈썹에서 두 갈래로 나뉘면서 양 뺨으로 흘러내렸다. 목덜미로 흘러든 빗물이 등을 지나 엉덩이를 다 적셨다. 입장객들은 우산을 받쳐 들거나 건물 처마 밑에 일렬로 서서 퍼레이드가 지날 때 박수를 쳤다. 사진을 찍기도 했다. 퍼레이드 마차가 들어설 때부터 요렇게 한참 올려다보고 있던 초등학생으로 보이는 계집아이 하나가 소리쳤다. "저기 캔디, 운다!" 주변을 둘러볼 필요도 없었다. 아이가 들어올린 손가락 끝이 정확히 내 얼굴을 가리키고 있었다. 나는 애써 활짝 웃으면서 양팔을 들어올려 아이를 향해 힘차게 흔들었다. 찝찔한 빗물이 입안으로 흘러들었다. 당황한 애엄마가 아이를 잡아당겼다. "얘는, 울긴 누가 운다고 그래. 빗물이잖아, 빗물." 아이는 제 엄마의 말은 듣지도 않은 채 소리 질렀다. "언니! 울지 마요, 울지 마요. 캔디는 안 운대요! 외로워도 슬퍼도 캔디는 안 운대요! 참고 참고 또 참는대요, 언니!"

퍼레이드가 끝나고 분장실로 돌아와보니 나뿐 아니라 모든 여자 단원들이 다 한바탕 운 것 같았다. 빗물에 번진 마스카라가 눈 밑을 검게 물들여놓았다. 짙은 화장 위로 빗물이 흘러 뺨에 여러 줄의 골이 패였다. 누가 먼저랄 것도 없이 우리는 서로 상대방의 얼굴을 보며 웃어댔다. 좀처럼 웃음이 멈춰지지 않았다. 너무 웃어 눈물이 쏙 빠졌다. ……혹시 그때 나 정말 울었던 건 아닐까?

말로 옮기기에 입이 다 아플 지경이었다. 데스크의 질문에 난 그 모든 것들을 함축해서 간첩요, 라고 짧게 응수했다. 평생 탈 놀이기구를 그때 다 탄 때문일까. 놀이공원을 그만둔 뒤로 지금까지 한 번도 놀이공원에 간 적이 없다. 다행히 아직까지 미혼이고 아이도 없다. 어린이날이 되면 어린 조카들이 함께 놀이공원에 가자고 떼를 쓰곤 한다. 방에 처박혀 건담이나 조립하는 동생을 대신해 같이 가줘야 하는데도 나는 매번 꽁무니를 뺐다. 정말 바쁘다고, 몸이 좀 좋지 않다고 핑계를 댔지만 실은 나, 이번에 놀이공원에 가면 정말 울지도 몰라.

간첩이란 말에 이번에도 데스크는 오호?라는 표정. 한 일자리에서 일 년도 채우지 못한 채 이리 튀고 저리 튀는 내게 한 친구가 장난스럽게 "너 간첩이지?" 하고 놀린 적이 있었다.

나는 다시 "영화요"라고 고쳐 말했다. 현장에 나가지 않은 지 두 해가 넘었지만 나는 여전히 십수 년째 영화판을 기웃대고 있었다. 이 대답도 의외였는지 데스크는 여전히 놀란 듯한 그 천진한 눈망울로 나를 올려다보았다. 한여름인데도 나는 습관적으로 살색 스타킹을 챙겨 신었다. 학습지 교사의 복장 규정 중 하나가 바로 여름에도 맨발이 아닌 스타킹을 신는다, 였다. 학습지 교사를 그만둔 지 1년이 다 되어가는 그때까지도 학습지 교사의 포즈를 채 다 떨쳐내지 못한 상태였다.

데스크는 내가 이 일에 입문하기 전에도 우연찮게 마주치던 낯 뜨거운 문장들을 만든 장본인이었다. 한 번 클릭으로 바로 비뇨기과 상담 창까지 연결시키는, 회원 가입이라는 다소 성가신 절차까지도 사람들을 단번에 이끌어가는. 기사를 검색할 때면 늘 기사 가장자리에 덩달아 떠서 반짝거리며 우리를 유혹하는 배너 광고 중 열에 둘, 그가 쓴 문장이 꼭 끼어 있었다. 여자인 나도 몇 번 호기심이 생겨 클릭을 하곤 했다.

수갑과 채찍, T 팬티와 눈가리개가 있지 않을까, 라는 내 기대와는 달리 그의 책상은 클립과 포스트잇, 목캔디 등이 너저분하게 널려 있었다. 포르노 잡지 일색일 거라는 예상에서도 벗어나 책상 위에 수북하게 쌓인 책들은 뜻밖에도 기성, 신인을 망라하는 우리나라 시인들의 시집과 일본의 하이쿠 모음집들이었다.

"울적한 나를 더 쓸쓸하게 해다오, 뻐꾹새야"라는 바쇼의 하이쿠에서 연상해 만들었다는 문장은 두 단어만을 빼놓고는 차마 입에 담을 수도 없었다. 맙소사, 바쇼라니. 바쇼는 1600년대 사람이었다. 고리타분해도 한참 고리타분한 노인네 아닌가. 바쇼는 한낱 말장난에 불과했던 초기 '하이까이'에 인생과 자연의 의미를 담아 심오한 하이쿠를 만들어낸 장본인이었다. 데스크는 그의 심혈 어린 하이쿠들을 다시 '말장난'으로 되돌려놓았다.

데스크는 나의 문장을 조목조목 해석했다. 자동차 레이스는 평범한 남자라면 살아생전 한 번도 하지 못할 경험이라는 것, 경주장은 아예 가보지도 못할 테니 레이스 걸들을 실제로 만날 일이란 없다는 것. 하지만 목욕탕은 누구의 집에나 다 있다. 남자들은 손쉽게 상상 속의 목욕탕 문을 열 수 있다. 문만 열면 목욕탕의 샤워기 아래에 빨간 레이스를 입은 숙녀가 서 있다. 물에 젖은 속옷 때문에 몸매가 얼추 다 드러나고 속살이 설핏설핏 보이는 여자를 눈으로 보듯 그릴 수 있다. 여자는 이미 거의 다 준비가 되어 있다. 하지만 가끔은 간호사나 레이스 걸 등으로 남자들의 로망 또한 건드려주어야 한다, 라는 데스크의 한 말씀. "저기, 간호사는 로망이라기보단 트라우마 아닐까요?"라는 나의 반문에 살짝 얼굴을 찡그렸다 편 데스크의 궁색한 변명. 극과 극은 서로 통한다나 뭐라나.

그 와중에도 나는 여러 가지 소지품들로 어지러운 그의 책상 위에 펼쳐진 노트를 훔쳐보았다. 거기 그가 방금 막 뽑아낸 듯한, 아직 그 어디에도 올리지 않은 처녀림과도 같은 단한 줄의 문구가 있었다. 차마 입에 올리기에도 민망한 문장이었다. "이건, 이건……" 고개를 갸우뚱거리는데 데스크가 "벌써 눈치채셨을라나?"라면서 머리를 긁적였다. "이건 또 다른 바쇼의 하이쿠. '봄비여, 벌집 타고 흘러내리는 지붕의 누수'입니다."

뭐니뭐니해도 이 직업의 가장 좋은 점이라면 역시 재택 근무가 가능하다는 것이랄까. 집으로 돌아오는 버스 안에서 곰곰 생각했다. 주사를 놓아 아프게만 했던 간호사에게 겁을 먹기보다 끌리는 남자들의 알 수 없는 심리를. 역시 코스튬일까. 세일러복이나 경찰 제복, 애니메이션 주인공 복장 등 가까운 나라 일본에서는 코스튬을 즐기는 사람들이 꽤 많았다. 코스프레. 그렇다면 이 사업 역시 전적으로 일본 문화의 영향을 받고 있는 것일까, 라고 생각하는 순간 세일러복 차림의 여자가 떠올랐다. 그와 동시에 떠오른 문장은 '내 여동생을 소개해드립니다'였다. 나 정말 너무 멀리 와버린 걸까?

서점에 들러 시집 세 권과 하이쿠 선집 한 권을 샀다. 하이쿠 선집을 펼쳐 들고 소리 내 낭독했다. 5-7-5, 총 열일곱 음절의 한 문장에 계절 감각을 느낄 수 있는 단어를 집어넣는다. 여러 명의 하이진 중에 잇사의 하이쿠가 마음에 들었다. "짐수레에 눌려 뭉개져버린 제비꽃이여." 무거운 짐수레 바퀴에 깔려 뭉개진 보랏빛 제비꽃의 얼룩이 발아래 있는 듯 자꾸 멈칫거려졌다. 얼룩은 기껏 제비꽃의 꽃잎보다 조금 클 뿐이다. 배리착지근한 풀 비린내. 그나마 이파리 몇 개는 이미 짐수레 바퀴에 묻어 갔다. 나는 그 문장을 몇 번 더 되뇌었다. 잇사의 삶은 불운했다. 그는 네 명의 아이들을 연거푸 잃었다. 백일 된 아기를 잃고 비통한 그 심정을 하이쿠로 옮기기도 했다. 간신히 딸 하나를 두었지만 그 딸은 잇사 사후에 태어났다.

데스크에게 왜 우리의 시조는 차용하지 않느냐는 질문도 했다. 그랬더니 곧바로 답이 돌아왔다. 배너 광고의 경우 아쉽게도 허락된 공간이 딱 한 줄뿐이라는 것. 지면이 허락된 곳에는 세 줄짜리 광고도 싣는다고 했다. 물론 맨 마지막 한 줄은 사이트의 주소나 전화번호일 때가 많지만서도.

짐수레에 눌려 뭉개져버린 제비꽃이여. 나는 방바닥에 사지를 벌리고 엎드려 뭉개진 제비꽃 모양을 만들어보려 애쓰다가 일어났다. 이건 아무래도 좀 묘한 체위였다.

한 번 비정규직은 영원한 비정규직, 놀이공원에서 춤을 출 때는 알지 못했다. 그때 내 키는 9센티미터 하이힐 때문에 웬만한 남자들보다 컸다. 아르바이트 생활은 잠깐 거치는 것이고 금세 다른 길이 열려 안정된 직업을 찾아 안락한 생활을 할 수 있을 것이라는 희망 때문에 불안하지 않았다. 그런 면에서 나는 원하는 것을 얻고 나면 아르바이트를 그만두는 프리 아르바이터, 프리터의 원조였달까. 나는 어딘가에 갇히지 않는 프리터다.

데스크는 진작에 날 눈여겨보았다고 했다. 이 사업에 본격적으로 뛰어들기 전, 노랫말을 끼적이면서 동시에 하루 한두 시간씩 반짝 아르바이트를 했다. 댓글 알바였다.

하루는 피씨방을 다녀오다가 사람들이 웅성웅성 모여 선 것을 보았다. 거대한 타워 위에 작은 체구의 여자가 거미처럼 매달려 있었다. 나는 목을 길게 빼고 한참 타워 꼭대기를 올려다보았다. 여자는 두 손으로 타워의 난간을 꼭 쥐고 두 발로 아래의 난간을 꼭 딛고 서 있었다. 여자가 두려워하고 있다는 것을 알 수 있었다. 무엇이 여자를 타워 위로 올라가게 한 것일까. 두려움보다 더 두려운 것이 무엇일까. 바람이 불 때마다 타워가 좌우로 약간씩 흔들린다는 느낌이 들었다. 타워 아래 모여든 사람들이 구호를 외치고 노래도 불렀다. 북소리가 둥둥 울렸다. 간혹 누군가 부르르 노여워하며 울음을 터뜨렸다. 다시 타워를 향해 고개를 길게 뺐을 때, 똑 하고 빗방울 하나가 내 뺨에 떨어졌다. 비가 오려나? 비가 오면 여자도 빨리 타워에서 내려와야 할 텐데. 빗물에 자칫 발이 미끄러질 텐데. 쓱 손등으로 빗방울을 문질렀는데 빗방울에서 짠맛이 났다. 혹시 타워에 매달린 작은 여자의 눈물이었을까.

연예계나 정치판에서 일하는 댓글 알바들은 IP 추적을 피하기 위해 한두 시간마다 피씨방을 옮겨 다니고 나름대로의 행동 수칙도 정해 점조직으로 움직인다고 하던데 성인광고 댓글 알바는 그에 비해 덜 조직화되었다고 해야 할까. 그 무렵 나는 동네 피씨방에 죽치고 앉아 부지런히 댓글을 달았다. 아이디가 삭제되면 또 다른 아이디로 접속해서 이 게시판 저 게시판 가리지 않고 댓글을 달아댔다. 다분히 노동집약적인 사업이라 할 수 있었다. 몇 년 전 이태리 레스토랑에서 했던 접시 닦기와 비슷하달까. 한 장 두 장 닦다 보면 언제부턴가 아무 생각도 없어진다. 정신을 차리고 보면 그 많던 접시들을 누군가 다 닦아놓았다. 봉제인형 공장에서 원숭이의 바나나를 꿰매는 사람이 바나나와 원숭이의 비례, 원숭이의 생태학적인 특성에 대한 고민을 할 필요가 없듯, 성인광고 댓글 알바 역시 아무런 생각을 할 필요 없이 이 사이트 저 사이트를 옮겨 다니며 클릭에 클릭만을 거듭하면 되었다. 성인 사이트를 운영하는 곳에서 직접 알바를 고용해 홍보를 하는 경우도 있지만 이쪽 시장이 커지면서 바야흐로 전문적인 홍보 회사들이 등장했다. 전문적이라 해봤자 고작 직원 한둘이 전부인

회사였지만 성인 사이트와 성형외과, 비뇨기과 병원, 전화방들의 홍보를 대행하기엔 부족함이 없었다.

지금껏 일회성 아르바이트를 하며 지낸 경험으로 깨달은 것이 있다면 알바는 생각을 하지 않아도 될 때가 많다는 것이다. 시키는 대로만 하는 것이 알바의 본분이다. 누구나 다 아는 고용주와 알바생 사이의 불문율이다. 하지만 이 일만큼은 뭔가 생각을 하게 만들었다. 처음으로 내게 배정된 댓글은 '모텔에서 찍은 글래머 그녀!'였다. 이 상투적인 문구에서는 전혀 흥미가 느껴지지 않았다. 동료 알바생들이 주어진 문구 그대로를 댓글로 퍼 나르고 있을 때 나는 전혀 다른 댓글을 만들어냈다. 모텔은 더 이상 은밀한 공간도 아니며 그곳에서 풍만한 여자의 몸을 찍었다는 것만으로는 성적 자극을 불러 일으키기 힘들다는 게 내 생각이었다. 에로틱하다는 것은 때때로 일탈을 뜻한다. 뿐만 아니라 상식적이지 않은 것에서 더 많은 호기심이 유발될 수 있다. 내가 새로 작성한 댓글은 '애인한테 허락받고 찍었어요!'였다. 애인이 있는 여자의 벗은 몸에 무슨 관심이 있으랴 싶겠지만 천만의 말씀이다. 오히려 이런 식의 관계가 더 짜릿한 느낌을 주는 것이다(라는 걸 나는 도대체 어떻게 알았을까?).

업계의 주목을 받던 나의 댓글은 '쭉쭉빵빵 미녀들 실시간 대기'를 '제 누나 소개시켜 드립니다. 당근 누나 애인 몰래'로 바꾸는 단계에서 급격히 인정받게 되고 단순 댓글 알바가 아닌 댓글 및 배너 문구 작성 알바로 스카웃되며 한 단계 업그레이드되는 결과를 낳게 되었다라나 뭐라나. 아무튼 이쪽 세계가 아직은 여성들에게는 불모지이지만 남자를 유혹하는 방법은 아무래도 여자가 한 수 위일 수밖에 없다는 생각이다(이젠 나 하나로도 모자라서 이 사업에 다른 누군가를 끌어들일 생각까지 하고 있는 것이다). 내 꿈은 한결같다. 당연히 영화를 만드는 것이다(라고 말하지만 새로운 시나리오를 구상하지 않은 지 벌써 오래되었다).

상가 세탁소에 들러 세탁물을 찾아 계단을 내려오는 중이었다. 순간 발목이 삐끗했다. 오래전 놀이공원에서 공연하다 다친 왼쪽 발목이었다. 단장은 봐주지 않았다. 그날따라 대신 춤을 춰줄 대타도 없었다. 뒷줄에 서서 살살 춤을 추는 흉내만 냈다. 나를 애기라고 부르며 볼을 꼬집던 단장에게 처음으로 대들었다. "난 동물원의 원숭이가 아니라구요!"

발목이 삐끗하고 중심이 흩어지면서 걷잡을 수 없이 몸이 계단 아래로 기울었다. 부주의했기 때문이다. 계단을 내려오면서 세탁소의 길다란 옷봉에 걸린 옷에 한눈을 팔았기 때문이다. 거기 깨끗하게 세탁해 각이 잡히게 다려놓은 여자 군복이 걸려 있었다. 누군가 휴가를 나왔다가 잠깐 맡겨놓은 세탁물이었을 것이다. 치마였지만 제복은 역시 제복. 역시 코스튬, 칼라부터 뻣뻣하게 군기가 들어 있었다. 제복이라……

이 세계에서 관념은 없다. 계산이란 없다. 깨끗한 물신주의. 그것이 알바의 본령이라는 생각…… 우당탕탕탕, 자칫 계단에서 구를 뻔했는데 용케도 재빠르게 발을 바꿔 뛰어 내려가면서 가까스로 중심을 잡았다. 마지막 계단에서 살짝 손으로 바닥을 짚긴 했지만 비교적 깨끗한 착지를 했다.

그 바람에 비닐봉지에 넣은 세탁물들이 쏟아졌다. 두 층 아래의 계단에서 중년 남자의 목소리가 올라왔다. "거기, 괜찮으신 거죠?" 바지에 묻은 먼지를 털어내려는데 목덜미로 식은땀이 흘러내렸다. 다시 남자의 목소리가 울렸다. "조심하세요, 큰일 나요, 계단이 미끄럽습니다." "고맙습니다." 간신히 인사치례를 하고 허리를 펴는데 문득 20여 년 전의 일이 떠올랐다. 그때도 이와 똑같은 상황에 처한 적이 있었다. 운좋게 그때도 오늘처럼 똑같은 자세로 부상을 면했다.

놀이공원의 무용단을 나와 잠깐 방송국 무용수 생활을 할 때였다. 가수들이 노래를 부르면 그 뒤에서 짜여진 안무대로 춤을 춘다. 무용수들은 대부분 자신의 일에 만족하지 않았다. 뒤에서 춤을 추기 때문에 카메라에 얼굴이 제대로 잡히지 않을 게 뻔한데도 한 사람 두 사람 성형을 했다. 그때 방송국의 연습장으로 가는 계단이었던 것 같다. 스무 개가 넘는 계단을 구르는 대신 순식간에 밟고 내려왔다. 입고 있던 치마의 폭이 좁았다면, 생각하기도 싫다. 아니, 방송국의 연습장 계단이 아니었던 듯하다. 중소 의류업체에서 피팅 모델을 할 때였던 것 같다. 164센티미터의 키에 55사이즈를 찾는다는 광고를 보고 무작정 찾아갔던 그날이었던 듯하다. 그런데 계단이 펼쳐진 배경이 어쩐지 그 의류회사 빌딩이 아닌 듯도 하다. 어찌어찌 이력서를 냈던 이벤트 회사였나. 펭귄처럼 배가 불룩한 사장은 인테리어업도 같이 했다. 이벤트 시즌이 끝나면 사장과 함께 아파트의 모델 하우스를 찾아가서 견적을 뽑는 일도 거들었다. 무슨 까닭인지 사장의 와이프는 10분마다 전화를 걸어 어디냐고 캐물었다. 아니, 거기도 아닌 것 같다. 꽤 길고 가파른 계단이었는데, 어디였는지 정확히 생각나지 않는다.

간신히 계단에서 굴러떨어지는 일은 모면했지만 어쩐지 20여 년 전보다 오늘은 조금 더 힘에 부친다는 느낌이었다. 하기야 유연성을 비롯한 근력과 체력이 20년 전과는 차이나게 달라졌을 것이다. 그런데 아무래도 오늘과 비슷한 일이 20년 뒤 어느 계단에서 또 일어날 것만 같았다. 어느 동네 어느 건물의 계단이 될는지 알 수 없지만 그날도 이렇게 발목이 접질리고 계단 아래로 구를 것만 같다. 그리고 그땐 더 이상 앞선 두 번처럼 행운이 뒤따라줄 것 같지 않다. 그때쯤이면 예순을 넘긴 나이일 테고 운동신경도 훨씬 뒤떨어져 있을 것이다. 부상 정도도 훨씬 심할 것이다. 혹시나 어머니가 이 말을 듣게 된다면 입빠른 소리 한다고 한참 잔소리를 늘어놓을 테지만 뭐랄까, 이건 절대적인 확신 같은 거였다. ……나는 20년 뒤

이런 사고로 죽을 것이다.

간신히 마저 허리를 폈다. 쓰지 않던 근육들이 급작스레 수축되면서 어깨와 다리, 팔이 쑤셨다. 짐수레에 눌려 뭉개져버린 제비꽃이여. 잇사의 하이쿠가 맴돌았다. 제비꽃은 수레의 바퀴에 묻어 가고 바닥에 그 흔적만 남아 있다. 불현듯 지금 계단 아래 선 나는 흔적이라는, 풀 비린내 나는 얼룩이라는 생각이 들었다. 20년 세월이 흘러 나는 예순 살이고 계단에서 앞선 두 번과 똑같은 사고를 당했다. 이번에는 운이 뒤따라주지 않았다. 앙상하게 마른 내 몸은 계단에서 굴러떨어졌다. 어깨뼈가 탈골되고 정강이뼈가 부서졌다. 계단에 덧댄 쇠붙이에 머리를 찧었다. 구르고 굴러 맨 마지막 계단을 손으로 짚었을 때 손가락 세 개가 부러졌다.

……내 나이 마흔, 지난 인생의 대차대조표는 바닥을 넘나든다. 20년 전에 막연히 그려보았던 것과는 너무도 판이한 삶이다. 겨우겨우 아르바이트를 하며 버티고는 있지만 언제 바닥을 통과해 끝이 보이지 않는 곳까지 추락하게 될지도 알 수 없다.

공부가 인생의 전부냐? 학교에 남아 공부하는 아이들을 비웃으며 일찌감치 놀러 다니던 시절에도 아르바이트로만 인생을 허비하게 될 줄은 알지 못했다. 공상 속의 나는 자그마한 기업체를 운영하기도 했고 큰 갈비집의 사장님이 되어 있기도 했으며, 때로는 현모양처가 되어 집 안을 쓸고 닦는가 하면 외진 암자에서 수행하는 비구니가 돼 있기도 했다. 비구니에서 수녀로, 열정적인 커리어 우먼이 되었다가 자그마한 커피집의 사장으로 상상 속에서 변화무쌍하게 직업과 직업을 오가는 사이 졸업을 하고 그야말로 사회에 알몸으로 내동댕이쳐진 꼴이 되었다…… 제비꽃, 뭉개진.

　내 속의 누군가가 이야기하고 있었다. 20년 뒤 어느 계단에서 구르고 굴러 바닥에 널브러진 채 의식을 잃어가며 이와 비슷한 앞선 두 번의 경험들을 회상하는 것처럼 여겨졌다. 내가 했던 수많은 아르바이트들이 파노라마 필름처럼 내 앞을 스쳐 지나갔다. 내 얼굴도 조금씩 늙고 있다. ……언제부턴가 늘 1센티미터 정도 허공을 떠서 다니는 느낌이었다. 언제부턴가 내가 나처럼 여겨지지 않을 때가 많았다. 낯설어 거울 속의 내 얼굴을 쓰다듬어보는 짓도 하지 않은 지 오래되었다. 엘리베이터에서 만나는 보험회사의 직원들도 나를 구석으로 밀쳐놓고도 미안하다는 말 한마디 하지 않았다. 그녀들은 늘 내가 안 보이는 것처럼 행동했다. 사무실이 있는 복도에서는 한 번도 사람들과 마주친 적 없다. ……언제부턴가 내가 아닌 다른 누군가가 내 속에 들어와 살고 있다는 느낌이었다. 짐수레에 눌려 뭉개져버린 제비꽃이여. 저기 계단 아래 내 몸이 뭉개져버린 제비꽃처럼 널브러져 있다. 서서히 머리에서 흘러나온 피가 번져 얼룩이 커져간다. 제비꽃은 흔했다. 제비꽃은 흔하고 납작해서 수레바퀴에 밟혀 뭉개질 확률도 컸다.

그러고 보니 어쩌면 나, 20년 전 그날 계단에서 굴러 이미 죽었던 건지도.

돼지는 말할 것도 없고

태초에 이곳에 돼지들이 있었다.

크고 작은, 누르스름하거나 점박이인 2천여 두의 돼지들이 빈둥거리면서 하루를 난다. 분홍색 콧구멍은 거칠게 뿜어대는 콧김으로 축축하고, 납작한 코언저리는 굳기름을 훑은 듯 기름기가 돈다. 코로 지푸라기들을 헤집다가도 별안간 벌러덩 드러눕는다. 바닥으로 쓰러질 때의 충격은 두꺼운 비곗살이 고스란히 흡수한다. 사료를 실은 외발 수레들이 돈사로 들어서면 한바탕 소동이 벌어진다. 부리나케 사료통으로 달려가느라 미처 깨지 못한 동료 돼지의 몸통이나 귀를 밟는 짓도 서슴지 않는다. 헐레벌떡 뒤늦게 서둘다가 발을 접질리고 다시 바닥에 나뒹구는 일도 다반사다. 사료통이 채워지기도 전에 머리를 들이미느라 밀고 밀린다. 그 바람에 머리통으로 사료가 쏟아지지만 아랑곳하지 않는다. 길쯤한 주둥이를 밀어 넣어 반쯤 썩은 사과나 옥수수 대궁을 건져 우적우적 씹어댄다.

배가 차면 돼지들은 한가롭게 짚더미에 누워 바닥에 등을 긁어댄다. 늦잠을 잔다고, 살이 찌니 조금만 먹으라고 핀잔을 줄 사람도 없다. 이럴 땐 정말 돼지가 되고 싶다. 이곳은 젖과 꿀이 흐르는 돼지들의 낙원이다. 돈사의 스피커에선 하루 종일 모차르트 교향곡이 흘러나온다. 모차르트가 돼지들의 정서에 어떤 영향을 주는지 밝혀진 바는 없지만 돼지들은 하루가 다르게 피둥피둥 살이 찐다. 가죽 밑에 두툼한 비곗살이 낀다. 돈사 맨 안쪽 돈방에서 태어난 돼지들은 차츰차츰 입구 쪽의 돈방으로 밀려난다. 잔병치레를 하거나 돌림병이 도는 일만 없으면 6개월 남짓 걸린다. 밀릴 때까지 밀리고 나면 그 다음은 출하다.

돈사 앞 공터에 울타리를 박는 작업이 한창이다. 인부들 사이를 굴러다니듯 재게 걸으며 감 놔라 대추 놔라 간섭하는 사람이 엄마다. 1, 2년 사이 웰빙이라는 단어가 급부상했다. 재래종 돼지들을 방목해 키우려는 생각이다. 제주도를 찾는 관광객들이 관광 코스로 꼭 토종 흑돼지집을 찾는다는 데서 착안했다. 하지만 울타리를 박으면서도 엄마는 구시렁거린다. 70여 년 전만 해도 농가에는 몸집이 작고 털이 검은 재래종 돼지 일색이었다. 수지가 맞지 않았다. 재래종 돼지들은 한배 새끼 수가 많고 고기 근수가 많이 나가는 요크셔종과 교배되었다. 빠른 세대교체를 겪으면서 이제 어느 돼지에서도 재래종의 흔적을 찾아보기란 힘들어졌다. 그런데 별안간 토종 돼지라니, 엄마의 눈에 세상은 거꾸로 돌아가는 중이다.

돼지는 기하급수적으로 번식한다. 암돼지는 21일 간격으로 발정을 되풀이해서 1년에 두 번에서 두 번 반, 여덟 마리에서 열한 마리가량의 새끼를 친다. 그 새끼가 다시 새끼를 칠 수 있는 성돈이 되기까지 예닐곱 달밖에 걸리지 않는다. 30년 전, 젊은 엄마는 트럭 짐칸에 웅크리고 앉아 품속에서 꿈틀대는 두 마리의 새끼 돼지를 어루만졌다. "이제 반년 뒤면 암돼지가 열 마리의 새끼를 낳을 거야. 고놈들 중에 암컷이 다섯 마리라고 쳐, 고것들이 자라 다시 다섯 마리씩의 암컷을 낳는 거야. 6×5, 30×5, 150×5……" 비포장길을 달리던 트럭이 자갈돌을 밟고 거칠게 튀어 올랐다. 그때마다 엄마의 암산은 끊겼다. 상상 속에서 돼지들은 돼지우리를 콩나물시루같이 채우고 마당을 넘쳐 온 산에 가득 찼다. 엄마는 어둠 속에서 흰 이를 드러내고 소리 없이 웃었다. 그런 상상력이라도 없었다면 엄마는 그 시절을 버텨낼 수 없었을 것이다.

엄마는 달랑 돼지 두 마리만 몰고 이곳에 들어왔다. 그 시절 젊은 엄마의 모습을 떠올릴 때면 막연히 읍의 교회에서 나눠주던 엽서가 생각난다. 엽서에는 키보다 긴 지팡이를 짚은 예수님이 서 있다. 그 주변에는 털실 뭉치 같은 양들이 서 있거나 앉아 있다. 예수님이 길 잃은 한 마리의 양을 기다리고 있다고 말해준 것은 여름성경학교의 선생이었다. 나는 '기다린다'라는 말이 좋았다.

엄마의 돼지들은 예수의 양들처럼 고분고분하지 않았다. 새끼 돼지들은 쉴 새 없이 바스락댔다. 하지만 말귀를 알아듣지 못하는 돼지들보다 아버지를 구슬려 이곳까지 몰고 오는 게 더 힘들었다고 엄마는 30년이 다 된 일을 어제 일처럼 말했다. 트럭이 가지 못하는 산길을 걸어가는 동안 엄마는 돼지들 때문에 죽살이를 쳤다. 새끼 돼지들은 곧잘 길을 샜다. 할 수 없이 양손에 한 마리씩 돼지를 부둥켜안았다. 놀란 돼지들이 질금질금 엄마 옷에 오줌을 지렸다.

엄마와 인부 사이에 실랑이가 벌어졌다. 해가 뉘엿뉘엿 넘어가는데 일이 왜 이리 더디냐는 엄마의 말이 화근이었다. 인부가 들고 있던 연장을 내던졌다. 엄마의 키는 일꾼의 겨드랑이에 겨우 닿을까 말까 했다. 엄마가 아버지에게 반한 건 오로지 아버지의 큰 키 때문이었다고 했다. 아침 조회 시간, 공장 마당에 늘어선 올망졸망한 공원들 틈에서 다른 공원들보다 머리통 하나만큼 더 컸던 아버지는 한눈에 띄었다. "내가 엄말 고대로 뺐으면 어쩔 뻔했수?"라고 물으면 엄마는 생각하기도 싫다는 듯 짧은 두 팔을 내저었다. 엄마는 뛰어오르면서 인부에게 삿대질을 한다. 인부는 어이가 없다는 듯 두 팔을 허리에 올리고 고개를 돌린 뒤 침을 뱉었다. 호락호락 물러설 엄마가 아니다. 엄마는 숱한 수퇘지들의 불을 깠다. 그래서인지 이상하게도 남자들은 엄마 앞에서 오금을 못 폈다.

엄마는 인부들을 일렬로 세워놓았다. 무슨 말을 들었는지 인부들은 프리킥을 찰 선수에게서 골대를 수비하듯 두 손을 바지 지퍼에 모으고 있다. 기어이 인부에게서 사과를 받고 물러난 엄마는 기세등등 집으로 올라간다.

750×5, 3,750×5…… 엄마의 상상은 현실로 이어져 지금도 돼지들은 새끼를 친다. 금방 돈사가 넘쳐난다. 돼지들이 앞마당을 채우고 개울 건너 감자밭과 옥수수밭 너머까지 들어차는 건 시간문제다. 이대로 두면 지구는 순식간에 돼지들로 가득 찰 것이다. 그렇게 되지 않기 위해 부지런히 돼지고기를 먹어야 한다고 H가 말했다.

"회원 여러분, 단 두 가지만 명심합시다." 카페 번개모임에서 H가 말문을 뗐다. 신선한 돼지고기는 연한 분홍빛을 띱니다, 절대 상한 돼지고기를 먹어서는 안 됩니다, 돼지고기는 밝은 회색이 될 때까지 반드시 익혀 먹읍시다. H의 말이 끝나자 식당 곳곳에서 산발적인 박수가 터졌다.

회원 수만 2만 명이 넘는 카페였다. 마포구를 대상으로 한 번개에만 40명 가까운 회원이 모였다. 회원들이 삼겹살집을 점거하는 바람에 가게 안으로 들어서던 손님들이 돌아갔다.

회원들은 불판 구멍이 뚫린 스테인리스 원탁에 바투 앉았다. H는 다른 식탁들까지 봐두었다가 고기나 밑반찬이 떨어지기 무섭게 주문하곤 했다. H는 카페 운영자답게 민첩했다. 귀가 드러나도록 짧게 머리를 쳤다. 귀밑으로 이어지는 날렵한 턱 선은 방금 면도를 했는지 파르스름했다.

H가 집게로 고기를 뒤집었다. 비계에서 흘러내린 기름이 인공 숯 위에 떨어지면서 타다닥 사방으로 튀었다. 젓가락으로 고깃점을 뒤집으려는데 H가 집게로 내 젓가락을 톡톡 쳤다. "상큼레몬님, 오늘은 내가 할 테니 다음에 해요." 맞은편의 안경 쓴 대학생이 웃었다. "첨이시잖어, 형." 번개모임이나 정기모임에서는 회원 중 하나가 그날 삼겹살을 굽는 '삼돌이, 삼순이'가 된다. 괜히 이 사람 저 사람 거들다보면 쓸데없이 고기를 여러 번 뒤집게 될 뿐 아니라 뒤집는 시간을 놓쳐 태울 수도 있다. 말을 마친 안경잡이가 검지 끝으로 안경 코받이를 추켜올렸다. "삼겹살은 딱 두 번만 뒤집어야 해요." H가 말하는 그 순간에 또 타다닥 기름이 튀었다.

식당 안은 연기로 금방 부예졌다. 연기가 눈을 찔렀다. 부연 연기 사이로 열심히 삼겹살을 굽는 사람들이 보였다. 삼겹살 마니아들이 이렇게 많을 줄 몰랐다. 연령대도 직업도 다양했다. 뜨거운 불판 탓인지 회원들은 쉽게 술이 올랐다. 고기 익는 속도가 더딘 데다 테이블당 사람 수가 너무 많다 보니 고기보다는 술을 더 들이켠 탓도 있었다. 누군가 들고 있던 맥주잔을 놓쳤다. 시멘트 바닥에서 유리컵이 산산조각 났다. 사십대로 보이는 한 사내가 원탁에 둘러앉은 대학생들에게 설교를 늘어놓았다. "……그러니까 일생에 기회는 딱 세 번 온다 이거야. 기회가 올 때 잡아야 한다 이 말씀이야." 눈을 뜰 수도 없는데다 덥고 시끄럽기까지 했다.

사람들은 아무렇지도 않게 식당 바닥에 담배꽁초를 비벼 끄고 침도 뱉었다. 맞은편의 안경잡이는 어쩌다 눈이 마주치기라도 하면 소리 없이 씩 웃었다. 안경알이 점점이 튄 기름 투성이였다. 남자들 사이에 끼어 앉은 단발머리 여자가 훌쩍였다. "라푼젤님, 왜 우세요?" 당황한 남자가 허겁지겁 천장에 매달린 휴지를 풀어 여자에게 건넸다. "돼지사랑님, 고마워요." 여자가 휴지 끝으로 눈가를 찍더니 언제 울었냐는 듯 까르르 웃었다. 건너편 사십대 사내는 여전히 횡설수설하고 있었다. 술버릇도 가지가지였다.

나를 번개에 데리고 온 직장 동료 S는 곁에 앉은 남자와 무슨 이야기가 그렇게 재미있는지 나 따위는 안중에도 없었다. H를 가게 밖으로 불러냈다. 어렵게 운을 뗐다. "이런 모임인 줄……" H가 말허리를 잘랐다. "아하, 재테크 카펜 줄 아셨구나? 십 년에 일 억 만들기 뭐, 이런 거." H는 크고 건장했다. "그런 사람들 꽤 있어요. 카페 이름이 돈방석이니까 곧잘 그런 오해들을 하죠. 하지만 그 오해란 걸 전 좋아합니다." H의 스웨터에 밴 고기 군 냄새가 날아왔다. 우연히 올려다본 가게 간판에 동호회 이름이기도 한 '돈방석'이라는 글씨가 적혀 있었다. 가게 안에서 안경잡이가 얼굴을 내밀고 웃었다.

"혀엉, 이제 슬슬 파장합시다."

번개모임은 회비를 걷어 식사비를 계산한 뒤에도 한참을 질질 끌었다. 진작에 숯불이 빠진 불판은 차갑게 식었다. 검게 탄 삼겹살 몇 점이 허연 기름을 묻힌 채 오그라들어 있었다. 식당 주인의 통사정으로 가게를 빠져나온 회원들은 삼삼오오 짝을 지어 골목을 휩쓸고 다녔다. 동료 S는 진작부터 보이지 않았다. 어두운 전봇대 아래에서 기회는 세 번뿐이라던 사내를 보았다. 사내는 이번이 마지막 기회라는 듯 전신주를 힘껏 부둥켜안고 있었다.

*

직장동료 S는 한 달에 한 번 있는 돈방석의 정모에도 참석하는 눈치였다. 가끔 구내식당에서 점심식사를 할 때면 삼겹살에 관한 이야기를 흘렸다. "삼겹살 같이 먹는데 가장 얄미운 사람이 누군지 알아?" S는 뜸을 들이며 천천히 사람들을 둘러보았다. "아까부터 먹으려고 찜해둔 고기를 날름 가져가는 사람!" 좌중에서 웃음이 터졌다.

회사 근처의 삼겹살집에서 부서 회식이 있던 날, 붙여 만든 삼겹살을 먹고 온 뒤에 나는 '돈방석'에 접속했다. 돈방석의 번개모임이 있던 그날 밤에 '금빛돼지'란 회원이 누군지 모를 회원들에게 뭇매를 맞은 모양이었다. 날짜 간격을 두고 올린 마지막 글은 '이번이 세번째 기회. 이번에도 나타나지 않으면'이라는 두 줄의 문장 뒤에 세 줄 연이어 느낌표가 찍혀 있었다. 문득 전봇대를 붙잡고 씨름하던 사내가 떠올랐다. 세 줄이나 되는 느낌표들은 그 누구에게도 위압적이지 않았던 모양인지 그 누구도 댓글을 달지 않았다.

'와인삼겹살집 강추!'라는 글 위에 '유사 삼겹살 조심하세용'이란 새로운 글이 올라와 있었다. 직장동료 S였다. 그녀는 매번 나보다 한발 빨랐다. 그 글 위에 '모차르트 삼겹살'이라는 제목의 글을 올린 건 S의 올 풀린 스타킹을 보고도 아무 말 하지 않았던 것과 같은 심사였을 것이다. 엄마는 음악마다 돼지들이 다 다르게 반응한다고 했다. 그래서 유심히 지켜봤는데 피아노협주곡이 10번에서 21번으로 바뀌었지만 돼지들은 어느 음악에나 그저 빈둥거릴 뿐이었다. 돼지가 되고 싶다가도 온종일 모차르트를 들어야 한다는 생각만 하면 정신이 돌아왔다. 우스갯감이나 안 되면 좋을 텐데, 글을 올려놓고 전전긍긍했는데 다음 날 접속하니 H의 댓글이 달려 있었다. '대체 무슨 맛예요? 어디 가면 그 삼겹살을 맛볼 수 있나요?'

'돈방석'이라는 체인 삼겹살집 간판은 유흥가마다 꼭 하나씩 걸려 있었다. 번개가 있던 날 밤에는 미처 보지 못했는데 간판 한쪽에 꼬리가 돌돌 말린 흰 돼지가 한 손으로 브이 자를 그리면서 웃고 있었다. 돈방석이라는 상호를 지은 건 H였다. H가 그런 작업을 하고 있고 그런 것을 일컬어 네이밍이라고 한다고 안경잡이가 알려주었다. H와 안경잡이는 각별한 것 같았다. 닉네임으로 서로를 부르는 다른 동호회원들과는 달리 안경잡이는 H를 형이라고 불렀다. 안경잡이는 '돈방석'이 H의 첫 작품이었다는 말은 했지만 그후로 이렇다 할 만한 이름을 내놓지 못하고 있다는 말은 하지 않았다.

"토종 흑돼지는 이미 한 고장의 브랜드로 굳어버렸어요. 흑돼지 하면 그 고장의 바다와 바람, 돌 그리고 옛날 변소와 연결된 돼지우리가 꼬리를 물며 떠오르게 되거든요." 흑돼지가 변소와 연관된 것까진 알겠는데 바다는 뭐고 바람은 뭐람, 엄마는 눈을 동그랗게 뜨고 H의 말을 이해하려 애썼다. H가 먼 눈빛으로 천천히 농장을 훑었다. 멀리 개울을 경계로 감자밭과 옥수수밭이 펼쳐졌다. 감자와 옥수수란 무릇 모든 돼지들의 양식이었다. 그것만으로는 변별력이 없었다.

H는 모차르트 돼지를 맛보기 위해 회원들을 몰고 농장까지 왔다. 회원들이 돈사로 몰려갔다. 돈사 안에는 때마침 협주곡 21번이 울리고 있었는데 돈방 구석에 서로의 등을 대고 누워 지푸라기를 우물대고 있는 돼지의 모습과 딱 맞아떨어졌다. '초콜릿여자'의 흥분한 목소리가 21번 협주곡 속에서 두드러

졌다. "돼지들이 정말 음악을 듣고 있어!" 회원들은 돈방 앞에 서서 돼지들과 함께 21번 협주곡을 끝까지 들었다. 돼지 때문인지 협주곡 때문인지 아니면 먼 나들이의 피로감 때문인지 회원들은 죄다 나른해 보였다. 그사이에도 길을 잃은 회원들이 전화를 해댔다. 동료인 S도 전화를 했다. 농장으로 들어오는 갈림길에서 내가 알려준 대로 오른쪽 길을 따라왔는데 농장은 보이지 않고 수천 평의 논이 앞을 가로막았다며 짜증을 냈다.

회원들은 울타리 여기저기에 둘러앉아 모차르트 삼겹살을 구웠다. 연기가 피어올랐다. 인부들도 덩달아 신이 났다. 모닥불에 삽을 올려 삼겹살을 구웠다. 그게 신기해 회원들이 몰려들었다. 고기 냄새가 퍼지자 묶어둔 개들이 땅에 코를 박고 킁킁대거나 발로 땅을 팠다. 다 늦게서야 S의 차가 농장으로 들어섰다. 회원들이 우르르 몰려 나가 박수를 치며 반겼다. S가 호들갑을 떨었다. "오른쪽이다 생각하고 달렸는데 또 왼쪽과 오른쪽을 헷갈린 거 있죠. 자동차 방향등을 넣을 때도 여러 번 생각해야 한다니까요." 회원들이 박장대소했다. 아무튼 어떤 방법으로든 사람들의 시선을 끌기 좋아하는 여자였다.

돈방석에는 온통 모차르트 삼겹살 이야기뿐이었다. 서울에서 맛보던 삼겹살과는 완전히 다른 맛(돼지사랑), 육즙도 풍부하고 고기에서 탄력이 느껴져(슬픈늑대), 고기를 씹을 때 돼지 특유의 향이 나는데 역겹지 않고 향긋해(초콜릿여자).

하지만 H는 '모차르트 삼겹살이 브랜드화될 수 없는 이유'라는 제목의 글에서 조목조목 따져놓았다. 뛰어난 삼겹살의 맛이 농장의 일급수와 유기농으로 재배한 감자와 옥수수 때문일 수는 있지만 결정적으로 음악이 돼지고기 맛에 기여한 바를 증명할 수가 없다, 그저 심증만 갈 뿐 물증이 없다. 그리고 H는 글 끝에 덧붙였다. '무엇보다도 돈사 근처의 지하수는 대부분 돈사에서 흘러나오는 오물로 오염되어 있기 십상.'

울타리는 회원들이 삼겹살을 먹고 간 날 이후로 방치되었다. 상품성이 없다는 H의 말이 한몫하기도 했지만 그 무렵 돼지들 사이에 돌림병이 돌았다. 폐에 염증이 생긴 돼지들이 고열에 시달렸다. J시 해안에 위치한 일곱 개 농가의 돼지들을 폐사시켰다고 했다. 이런 때 재래종 돼지를 분양받는 것은 엄마 말처럼 휘발유통을 지고 불 속으로 뛰어드는 격이었다. 농장에는 일절 외부인의 출입이 통제되었다. 일손이 부족해도 타지에서 온 인부를 살 수 없다. 이럴 때면 돌림병이 도는 곳에서 불어오는 바람조차 신경이 쓰인다. 트럭에 묻어온 병균이 돈사를 휩쓴 적이 있었다. 돼지들이 픽픽 쓰러지는데도 엄마는 속수무책이었다. 돼지들 절반이 죽어나갔다. 그러니 당분간은 돼지 출하도 할 수 없었다. 출하를 목전에 둔 돼지들이 일주일 넘게 사료를 축내고 있었다.

돌림병보다 더 무서운 건 돌림병이 잠잠해진 뒤에도 사람들이 돼지고기를 먹으려 하지 않는다는 거였다. 돼지고기 소비가 제 수위에 오르는 데는 시간이 걸렸다. 그사이 생후 1년을 넘긴 돼지들은 최하등급으로 급락했다. 비계가 줄고 살코기가 질겨지기 때문이었다.

농장 마당에 설치한 울타리는 애물단지가 되고 말았다. 인부들의 트랙터는 울타리를 에둘러 돈사를 드나들어야 했다. 돌림병이 사라지고 돼지 출하를 위해 들른 트럭 운전수는 트럭을 후진시키다가 울타리를 넘어뜨렸다. 하루에도 수십 번씩 돈사를 드나드는 인부들은 동선이 늘자 불평을 늘어놓았다. 인부들은 할 수 없이 울타리를 넘어 마당을 가로질렀다. 제일 불편한 사람은 엄마였다. 성미 급한 엄마는 구르듯 뛰다가도 울타리 앞에만 오면 멈춰 서야 했다. 한 발을 울타리 턱에 올리고 다시 반대편 울타리에 한 발을 옮겼다. 울타리 끝에 엉덩이를 찔리고 펄쩍펄쩍 뛰는 엄마를 자주 볼 수 있었다.

*

오피스텔에서 전철역으로 가는 길에서만 세 곳의 삼겹살집을 지난다. 도서대여점이 있던 자리도 한창 목공사 중이었는데 어느 일요일 아침 시끌벅적한 소리에 잠이 깨 내다보니 삼겹살집이 들어서 있었다. 삼겹살집 이름이 적힌 고무풍선 인형 사이에서 짙은 화장을 한 아가씨 둘이 춤을 추고 있었다.

서울 시내에만 대체 몇 개의 삼겹살집이 있는 걸까, 지난 1년 남짓 H와 함께 정모 장소가 될 삼겹살집을 물색했지만 그 끝이 보이지 않았다. 난립하듯 들어서는 삼겹살집들을 보고 있으면 인간이 통제하기 어려울 만큼 돼지들이 번식하고 있는 것은 아닐까 걱정스러웠다.

"삼겹살집이 이렇게 각광받기 시작한 건 IMF 사태 무렵부터야." 회원 하나가 추천한 된장삼겹살집을 답사하러 가는 길이었다. 하루에도 수많은 삼겹살집이 새로 생겨나지만 그만큼 많은 삼겹살집이 문을 닫고 있다며 H가 한숨을 쉬었다. 그래서 서울 시내의 삼겹살집 수는 늘 현상 유지라고 했다. 한숨을 쉬어서일까 H의 옆모습이 왠지 낯설었다. 지갑보다는 덜 소중하지만 그래도 꼭 챙겨야 할 소지품을 길에 흘린 듯한 표정이었다. 뭘 잃어버렸냐고 먼저 물어봤어야 했는데 기분을 전환할 겸 일부러 밝은 목소리로 물었다. "요즘은 어떤 이름을 지었어?" 사람 무안하게 H는 아무 말도 안 했다.

기껏 답사까지 해놓고 H는 정모에 나타나지 않았다. 어떤 언질도 없었냐고 안경잡이가 내게 물었다. 내가 물어볼 말이었다. 안경잡이는 문 열리는 소리가 날 때마다 출입구를 살폈다. 된장을 발라 숙성시켰다는 삼겹살에는 은근히 된장 간이 배어 있었다. 그렇게 열심이던 동료 S도 어느 날부터인가 나오지 않았다. 점심시간에 가끔 등산 장비 얘기를 꺼내는 걸 보면 회사 산악회에 든 모양이었다. 반찬으로 나온 오징어채를 잘근잘근 씹으면서 생각했다. 왼쪽, 오른쪽 잘 구분해서 다녀라, 산에서 길 잃지 말고. S가 나직이 내 이름을 불렀다. 이젠 속마음까지 읽나 싶어 화들짝 놀랐는데 눈을 샐쭉하게 뜬 S가 물었다. "돼지들은 잘 커?" 돼지란 말만 들어도 우스운지 동료 몇이 낄낄댔다.

술이 오르자 안경잡이는 안경의 코받침을 자꾸 밀어올렸다. 안경은 금세 코허리로 미끄러졌다. 그가 주먹 쥔 제 손을 식탁 위로 내밀었다. 그러고는 천천히 손목을 돌리면서 자신의 손을 내려다보았다. "……이 손으로 제가 뭘 할 수 있겠습니까, 앞으로 뭘 해야 할까요?" 그는 졸업반이었다. 3학년을 마치고 군대에 다녀왔지만 사회는 달라진 것이 없었다. 대기업에 원서를 냈지만 취업을 기대할 수는 없었다. 남자 손치고 곱상한 안경잡이의 손을 나도 따라 감상했다. 맛있는 삼겹살이나 찾아다니는 이런 일 따위가 별안간 부끄러워졌다.

정모는 슬픈늑대가 돼지사랑의 멱살을 잡으면서 끝이 났다. 식탁이 엎어지면서 한 귀퉁이가 불에 눋은 멜라민 수지 접시들이 와르르 쏟아졌다. 식당 여주인은 그동안 볼 것 못 볼 것 다 보았다는 듯, 힐끗 쳐다보고 말았다. 여자 회원 몇이 눈치를 보며 가게를 빠져나갔다. 안경잡이는 드잡이하는 두 회원 사이에서 울상을 지었다. "슬픈늑대님, 참으세요. 왜 이러세요, 돼지사랑님." 안경잡이의 말은 안중에도 없는 슬픈늑대는 돼지사랑을 벽으로 밀어붙였다. 돼지사랑이 뒤로 밀리면서

의자들이 와르르 넘어졌다. 슬픈늑대의 코를 가격한 건 돼지 사랑이 아니라 안경잡이였다.

버스 뒷자리에 안경잡이와 나란히 앉았다. 슬픈늑대를 치면서 손목을 삐었는지 오른손을 자꾸 만지작댔다. 누구에게랄 것도 없이 고기 탄내가 진동했다. 앞자리에 앉은 중년 여자가 흘낏 우리를 돌아보았다. 현란한 간판들이 허공에 걸려 있었다. 간판들을 유심히 보게 된 것은 순전히 H 때문이었다. 안경잡이가 일어서서 출입문 쪽으로 갔다. 뭔가 말하려는 듯 나를 돌아봤지만 버스가 정류장에 멈추고 문이 열렸다.

오피스텔로 가는 동안 네 개의 삼겹살집을 지났다. 같은 삼겹살인데도 어느 집의 손님들은 불판을 놓고 심각했고 어느 집의 손님들은 박수까지 치며 웃어댔다. 아주 잠깐 모차르트 음악을 듣고 자란 엄마의 돼지들을 먹는 사람들은 유쾌해질지도 모른다는 생각을 했다. 오피스텔 문을 여는 순간에야 집으로 오는 동안 한 번도 '돈방석'이라는 간판을 보지 못했다는 걸 깨달았다.

트럭 짐칸이 열리고 널빤지가 걸쳐졌다. 돼지들을 트럭 짐칸까지 유인하는 건 어렵지 않았다. 짐칸에 먹이를 뿌려두자 돈사를 빠져나온 돼지들이 코를 킁킁거리면서 방향을 잡았다. 출하 때가 되어서야 돼지들은 비좁은 돈방을 벗어난다. 생전 처음 가장 먼 길을 걷게 된다. 돼지들이 널빤지로 발을 올려두었다. 한 발 한 발 내디딜 때마다 육중한 몸을 떠받친 세 개의 발목이 바르르 떨린다. 6개월에서 1년, 고기 근수를 최대치까지 밀어붙인 돼지들은 갈비나 삼겹살, 항정살로 혹은 햄과 소시지로 가공되어 거듭난다. 그것이 짧다면 짧고 길다면 긴 돼지의 일생이다.

짐칸 가득 돼지가 실렸다. 돼지들이 피둥피둥 살진 엉덩이를 흔들어댄다. 그저 먹이에만 관심이 있다. 돼지들은 양껏 먹은 먹이가 채 소화되기 전에 도살당한다. 트럭 운전사에게 물어보았는데, 돼지들은 감전사시킨다고 했다. 순식간이라 고통을 느낄 새도 없을 거라고 덧붙였다. 나는 잠깐 돼지들의 영혼에 대해 생각했다. 아무리 무거워도 그 영혼만큼은 가벼울 것이다. 후진하던 트럭 바퀴에 울타리 두 개가 부러졌다. 트럭 운전사는 미안해하지도 않았다. 엄마도 신경 쓰지 않았다. 돈 들인 일이라 일부러 뽑을 수는 없지만 트럭이 그렇게라도 울타리를 없애주었으면 하는 심정이었을 것이다.

돈사에 돼지냄새가 뱄다. 천장에 달린 대형 송풍기들이 사시사철 24시간 내내 냄새를 밖으로 뿜어내지만 찌든 냄새는 어쩔 수 없다. 잡식성의 돼지들은 먹는 족족 똥과 오줌을 눈다. 수시로 방귀를 뀌어댄다. 분뇨 섞인 짚 더미가 썩으면서 고약한 가스가 발생한다. 몇 년 전 봄, 이 일대가 정전이 되면서 돈사의 송풍기가 멈췄다. 빠져나가지 못한 가스가 돈사 안에 가득 찼다. 그 가스에 새끼 돼지들을 잃었다.

모차르트 협주곡 테이프는 한 부분이 늘어났다. 그 부분은 마치 돼지가 내는 소리와 비슷하다. H는 그날 이후로 나타나지 않았다. 메일에 답장도 없고 전화를 걸어도 받지 않았다. 금요일 저녁이면 H를 만나는 대신 집으로 내려왔다. 엄마는 돋보기 너머로 나를 수상쩍게 올려다보았다.

안경잡이는 물리지도 않는지 자신의 아바타에도 커다란 안경을 씌워놓았다. H가 여섯 달 동안 돈방석의 정모에 나오지 않는 이유에 대해 그는 개인적인 일이 있겠죠, 라며 우물거렸다. 그도 오랫동안 H를 만나지 못했다고 했다. 돈방석에도 잠수 중인 H를 찾는 글들이 올라와 있었다. "……형을 만나고 싶다면 회전목마로 가봐요. 가끔 댓글이 올라오는 걸 보면 그쪽에는 모습을 보이나 봐요."

'회전목마'는 놀이공원을 찾아다니면서 스릴 만점의 놀이기구만을 골라 타는 사람들의 모임이었다. H는 카페 소개글에 '어린이대공원에서 처음으로 88열차를 탔을 때의 흥분감으로'라고 썼다. 회원들은 놀이공원에 새로운 놀이기구가 생겼다는 소문만 들리면 그곳으로 몰려다니는 모양이었다. 하지만 몇 년 동안 전국에는 새로운 놀이공원이 생기지 않았다. 놀이기구도 몇 년째 그대로였다. 그래서 지금은 카페 관리만 하는 모양이었다.

H는 시시콜콜한 질문에 답을 달았다. '지금 L월드에 가려

는데 가벼운 점퍼 차림으로 가면 춥지 않을까여?' H는 일주일 전에 다녀왔는데 실내는 괜찮지만 실외로 나가면 아직 춥다고 답했다. '놀이공원에 배낭을 지고 가는 건 괜찮나요'라는 질문에는 요즘 놀이공원 입구에 간단한 짐을 맡길 수 있는 사물함이 있으며 사용료는 500원이라는 것과 롤러코스터나 자이로드롭을 탈 때는 호주머니 속에 동전을 넣고 있으면 안 된다고 알려주었다. H는 놀이공원의 입장권을 싸게 파는 사이트를 알고 있었고, 시설은 다른 놀이공원에 비해 형편없지만 말솜씨가 뛰어난 DJ가 있어 놀이기구를 타는 내내 흥을 돋운다는 시 외곽의 놀이공원도 알았다. 중의와 유머, 반어로 이루어진 '돈방석'과 '회전목마'란 이름에서 어렴풋이 H의 생활 패턴을 짐작할 수 있을 것 같았다.

이틀 전 올라온 새 글에 H는 E놀이공원의 롤러코스터가 긴 시간의 수리를 마치고 이번 주 토요일에 다시 운행을 시작한다고 밝혔다. 그리고 자신도 이번 주 토요일 그 기구를 타러 갈 거라고 했다. 그 글 옆에 콧수염을 달고 머리를 노랗게 물들인 H의 아바타가 1초에 한 번씩 윙크를 해대고 있었다. 아바타 H는 여전히 활기찼다.

벤치에서 고개를 들면 롤러코스터의 얽히고설킨 철골 구조물이 보였다. 고개를 한참 빼고 앉아 두 바퀴 돌고 순식간에 레일 끝으로 사라지는 기차의 꽁무니를 쫓았다. 기차는 매번 사람들의 비명을 꼬리처럼 달고 사라졌다. H가 그렇게 신신당부했건만 기차가 연속 회전할 때면 공중에서 후드득 소지품들이 떨어졌다. H는 오지 않았다. 바람이 서늘해졌다. 하나둘 돌아가는 사람들이 눈에 띄었다. 롤러코스터의 운행 간격도 뜸해졌다. 운전실에서 머리를 내민 남자가 내게 소리쳤다. "괜찮아요, 안 무서워요. 무서우면 내가 책임질게요."

롤러코스터는 빨랐다. 바람 때문에 눈알이 시렸다. 머리카락이 얼굴을 휘갈겼다. 소리치지 않으려 이를 앙다물었는데 두 번 회전하는 곳에서는 어쩔 수 없이 비명을 지르고 말았다. 도착 지점에 기차가 섰지만 내리지 않았다. 운전실의 남자는 핀잔을 주지 않았다. 그는 내 손목에 둘린 자유이용권 팔찌를 봤고 롤러코스터를 타려는 사람은 많지 않았다.

롤러코스터가 회전 코스에 들어서기 전에 호주머니의 지퍼를 열었다. 회전하면서 백 원짜리 동전 두 개가 떨어졌다. 다음에는 5백 원짜리 동전 하나와 어디서 떨어졌는지 알 수 없는 단추가 떨어졌다, 손거울이 떨어졌다. 롤러코스터가 회전할 때마다 내 소지품들이 떨어졌다. 롤러코스터에서 내리는데 잠깐 몸이 흔들했다. 운전실의 남자가 웃었다. "것봐요, 하나도 안 무섭죠." 일부러 흘린 것이 아니었는데 머리를 묶었던 핀이 달아나고 없었다.

H가 살고 있는 오피스텔 앞에서 안경잡이와 만났다. 놀이공원에 다녀온 날 저녁, 회전목마에는 H의 글이 올라와 있었

다. '일곱 번 곤두박질, 두 번의 아찔한 회전, 단연 세계 최곱니다. 천당과 지옥을 왔다 갔다 했죠.' H는 그날 놀이공원에 오지도 않았다. 안경잡이는 지문이 너저분한 안경알 너머로 걱정스럽게 날 바라보았다. "사적인 문제라 제가 끼어들 수가 없었어요." 13층에 내려 복도를 걸었다. 안경잡이가 초인종을 눌렀다. 인기척이 없었다. "또 자나 보네." 그가 연거푸 초인종을 눌러댔다. 그렇게 10여 분쯤 초인종을 누른 후에야 안에서 잠이 덜 깬 목소리가 흘러나왔다. "형섭이, 너냐?" 발소리가 현관 쪽으로 다가왔다. 문이 열리고 H가 얼굴만 내밀었다.

문 뒤에서 나타난 얼굴은 도저히 H라고는 믿을 수 없는 얼굴이었다. 안경잡이는 따라 들어오지 않고 돌아갔다. 그는 졸업했지만 아직 실업자였다. 자신의 문제만으로도 머리가 너무 복잡했다. 돼지우리가 따로 없었다. 개수대에 씻지 않은 냄비와 유리컵, 컵라면 용기가 수북이 쌓여 있었다. 고인 물에서 악취가 났다. 식탁 의자에 겹겹이 걸친 옷들은 한눈에도 철 지난 옷들이었다. 거실 겸 부엌에서 방으로 이어지는 곳에 H가 보다 던진 책들이 널려 있었다. H는 널린 책들을 밟고 가 침대 모서리에 앉았다. H의 무게만큼 침대 매트리스가 푹 내려앉았다. 턱선은 사라졌다. 눈과 코가 살에 파묻혔다. 정말 내가 알던 H일까, H를 요모조모 뜯어보았다. 아주 잠깐 밑그림처럼 H의 얼굴이 드러났다 사라졌다. 나는 새끼 돼지가 단 6개월 만에 2백 킬로그램 넘는 성돈으로 자라는 것을 쭉 보아왔다. H의 체중은 6개월 만에 고작 40킬로그램이 불었을 뿐이었다. 돼지의 세계에서는 그렇게 요란 떨 만한 일도 아니었다.

　개수대 속에서 냄비를 꺼내 닦아 라면을 끓였다. H는 라면 세 개를 혼자 다 먹었다. 살이 겹친 곳에서 땀이 흘렀다. H가 뒤에서 나를 안았다. 문득 사랑을 나누던 돼지 한 쌍이 떠올랐다. 사람 손을 많이 탄 돼지들은 사랑도 쉽게 하지 못했다. 대부분의 암돼지들은 인공수정으로 새끼를 가졌다. H는 우리 집 돼지들처럼 사랑도 제대로 못했다.

　아침 해가 눈을 쏘아대는 바람에 눈을 떴다. 잠을 자는 것도 피곤한지 H는 오만상을 쓰고 있었다. 자장면을 배달시켜 먹었다. 자장면 곱배기를 두 그릇이나 먹은 H는 다시 잠들었다. H 옆에 누워 졸다 깨다를 반복했다. 방 안의 공기는 혼탁했고 자꾸 잠이 왔다. 어디선가 모차르트 협주곡 21번이 들리는 듯했다. 다시 눈을 떴을 때 창밖은 어두컴컴했다. 어느 책은 밟고 어느 책은 건너뛰었다. 영어사전을 밟다가 발목이 삐끗했다. 책 속에서 찾아낸 수많은 단어들은 결국 채택되지 못했다. H는 아무 말도 안 했다. H가 고민하는 건 자신의 재능이고, 재능이란 사적인 부분 중에서도 가장 민감한 부분이었다. 어머니라도 함부로 건드릴 수 없다. H의 무단 결근에도 회사에서는 전화 한 통 없었다. 최소한 어디 아픈 거 아니냐고 안부 전화는 해야 하는 거 아냐? H는 화가 났다. 노여움이 가시자 창피했다. H는 창피하다는 그 말을 누구에게도 할 수 없었다. 혹시라도 그 말을 내뱉게 될까 봐 아무도 만나지 않는 것은 아닐까. 곯아떨어진 H는 내가 옷을 입고 머리를 빗고 나가는 것도 알지 못했다. H의 집에서 돌아온 날 회전목마에 접속했다. '세상에서 가장 무서운 롤러코스터는 어느 나라에 있나요?'라는 질문을 띄웠다. 다음 날 H의 댓글이 달려 있었다. '리들러 복수란 걸로 캘리포니아에 있습니다. 하지만 무서움만큼 주관적인 게 있을까요.'

그 뒤로 가끔 나는 회전목마에서 H와 만났다.

*

엄마는 다른 날과는 다른 돼지들의 울음소리에 잠에서 깼다. 아직 해가 뜰 시간이 아니었는데 창밖이 붉은 기운으로 가득했다. 엄마는 맨발로 뛰쳐나갔다. 엄마에게 다리를 밟힌 아버지가 깨었다. 울타리 너머 돈사가 있는 언덕을 더듬을 필요도 없었다. 불길에 휩싸인 돈사의 유리창들이 터지기 시작했다. 엄마는 돈사로 뛰면서 컨테이너에서 자고 있던 인부들을 깨웠다. 인부들은 바지도 채 꿰지 못하고 뛰쳐나왔다. 엄마는 공이 구르듯 돈사까지 달음박질쳤다. 입을 벌린 채 서 있던 아버지는 허리까지 올라오는 울타리를 높이뛰기 선수처럼 단번에 뛰어넘는 엄마를 보았다.

불이 번진 돈사의 천장 한쪽이 벌겋게 달아올랐다. 돼지들
이 비명을 질러댔다. 델 듯한 열기가 앞을 막았다. 엄마는 수
통에 담겨 있던 물을 온몸에 끼얹었다. 그리고 돈사로 뛰어들
었다. 입구 쪽은 아직 불이 붙기 전이었다. 돈방의 문을 열었
다. 돼지들이 앞다퉈 돈방을 뛰쳐나왔다. 뒤쫓아온 인부들이
다른 쪽 돈방의 문을 열었다. 검은 연기와 매캐한 냄새 속에
서 엄마는 불붙은 돼지들이 튀어오르며 구르는 것을 보았다.
털 그슬리는 냄새와 고기 탄내가 진동했다. 돼지들은 금방 붉
은 불덩이가 되어 도깨비춤을 추었다. 고기 익는 냄새가 얼마
나 멀리 갔는지 아주 먼 곳의 개들까지 짖어댔다. 돈사 안쪽
에는 새끼 돼지들과 임신돈, 종돈들이 있었다. 엄마는 불 속
으로 한 손을 뻗었다. 불에 단 쇠철책에 손이 닿자 손바닥이
짝 눌어붙었다. 문고리를 겨우겨우 찾아 열었다. 꼬리와 몸
한쪽에 불이 붙은 돼지들이 엄마를 밀치고 뛰쳐나갔다. 인부
들이 엄마를 끌어내고 수도 호스를 끌어와 불붙은 돼지에게
물을 뿌렸다. 한쪽이 검게 그슬린 돼지들이 마당 곳곳에 나뒹
굴었다.

돈사는 태울 것이 없을 때까지 다 탔다. 소방차는 뒤늦게
도착했다. 물이 가닿자 벌겋게 달아오른 돈사의 철골들이 쉭,
김을 내면서 식었다. 어찌나 불이 셌는지 쇠스랑과 삽까지 녹
아내렸다며 인부들이 머리를 내저었다. 소방차가 뿌려댄 물

로 돈사에서는 반나절 동안 잿물이 흘러내렸다. 머리카락이 그슬리고 얼굴과 몸에 그을음이 앉은 엄마는 돈사 앞에 주저앉아 밤을 새웠다.

30여 년 전 이곳에는 아무것도 없었다. 엄마는 돼지 두 마리를 몰고 이곳에 들어왔다. 인가의 불빛은 너무 멀어 담뱃불만 하게 보일 뿐이었다. 집 아래로 개간하다 만 붉은 밭이 있었다. 비가 오지 않아 밭에서 날아온 붉은 흙이 마루에 뽀얗게 쌓였다. 앞마당에는 어른 키를 훌쩍 넘는 옥수숫대들이 군집해 있었다. 엄마는 잠든 아버지의 허벅지에 다리를 올렸다. 쎄근대는 아버지의 코에 코를 바싹 갖다 대보기도 했다. 하지만 잠은 오지 않았다. 옥수숫대가 바람에 흔들렸다.

불붙은 돼지들 때문에 풀밭의 풀이 듬성듬성 그슬렸다. 옥수수밭도 탔다. 불붙은 돼지 몇 마리는 개울가에서 발견되었다. 밤새 바닥을 나뒹굴다가 죽은 돼지들이 마당과 감자밭에 널렸다. 인부 넷이 달려들어 다리를 하나씩 잡고 겨우겨우 트럭 짐칸으로 던져 넣었다. 몇몇 인부들이 달아난 돼지들을 몰아 울타리에 넣고 있었다. 울타리를 없애지 않은 게 천만다행이었다. 엄마는 엉덩이를 툴툴 털고 일어났다. 불에 덴 손바닥이 화락화락 쑤셨다. 엄마의 머릿속에서 두 마리의 돼지가 벌써 새끼를 치기 시작했다. 엄마는 울타리로 걸어가면서 인부들에게 소리질렀다. "거봐, 힘들게 돌아 다닌다고 불평들이더니, 없앴으면 어쩔 뻔했어?"

S가 텔레비전에 나왔다. 갑자기 불어난 계곡물로 고립되었던 등산객들이 구조대원에 의해 구조되었다는 뉴스에서였다. 나무와 나무 사이에 그네처럼 달린 장구를 타고 S가 물이 분 개울을 건넜다. 줄이 늘어지면서 S의 엉덩이가 물줄기에 닿았다. S가 비명을 지르면서 구조대원의 팔에 매달렸다. 그 모습이 너무도 연극적이었다. 뉴스를 본 회사 동료들이 전화를 걸어왔다. 그런 위급한 상황에도 주위의 시선을 의식하다니 정말 대단하다고 다들 입을 모았다. 비명을 지르며 구조대원의 팔에 매달리는 S의 모습은 그날 마감뉴스까지 몇 번이나 나왔다. H의 전화는 텔레비전에 나온 S만큼 뜬금없었다. 회전목마에 접속하면 H의 근황을 알 수 있었다. H는 여전히 바쁘지 않은 주말이면 놀이공원에 가서 롤러코스터로 두 바퀴 공중회전을 하고 샷드롭을 타고 12미터 상공에서 떨어지기도 했다. 글이 아닌 목소리로 H와 이야기하는 건 6개월 만이었다.

H의 전화 목소리는 예전과 달랐다. 전화할 사람이 너밖에 없었다면서 H가 울먹였다. 살이 찌면서 목소리도 변했다. "믿기지 않겠지만 엉덩이에 뭔가 돋는 것 같아. 며칠 전부터 계속 근질근질해." H가 공포스럽다는 듯 외쳤다. "……꼬리가 나려나 봐! 믿어지니?" H는 거울로 자신의 엉덩이를 들여다보려 했지만 튀어나온 배 때문에 굴신운동이 되지 않은 지

오래였다.

한낮인데도 H는 거의 벌거벗다시피 하고 침대에 누워 있었다. 햇빛을 받지 않은 몸이 비계처럼 희멀겠다. 몸 곳곳이 짓무른 데다 붉은 종기투성이였다. 그새 체중이 더 늘어난 듯 밑그림처럼 보이던 예전 얼굴은 아예 찾아볼 수도 없었다. 옷장에는 더 이상 H에게 맞는 옷이 없었다. 놀이공원에 갔다는 건 순 거짓말이었다. H는 무거운 장롱에 깔린 사람처럼 헐떡였다. 내게 엉덩이를 보여주려 H가 팬티를 내렸다. 수치감은 남았는지 몸을 옴츠리려 했는데 젖가슴만 출렁였다.

치부에도 살집이 올랐다. 그래서 그의 발기하지 않은 성기는 더욱 왜소해 보였다. 거무죽죽한 음낭을 보는 순간 엄마가 숱한 수퇘지들에게 했듯 불을 까고 싶어졌다. H는 혼자 몸을 뒤집는 일조차 버거워했다. 매트리스가 꿈틀거리며 속의 포켓스프링들이 요란한 소리를 낸 뒤에야 내 눈 아래에 거대한 H의 엉덩이 두 쪽이 펼쳐졌다. 마치 역사의 한 장이 내 눈앞에서 열리는 듯했다. 짓무르고 종기 난 흰 엉덩이에 털이 듬성듬성 나 있었다. 엉덩이의 갈라진 틈새에서 뭔가가 반짝 빛을 냈다. 나는 작은 쇠붙이를 톡톡 건드렸다. 압정은 단단했다. 대체 H의 엉덩이에는 어떤 메모가 붙어 있었던 걸까, 나는 H의 엉덩이를 오래 내려다보았다. 살집에 묻힌 압정 위로 살짝 샌 피가 딱딱하게 말라 있었다.

H가 일어서려 사지를 버둥댔다. 매트리스 속의 포켓스프링

이 요동쳤다. 나는 H의 엉덩이를 냅다 걷어찼다. "왜 이래 애?" 살에 눌린 성대에서는 가늘고 쉰 목소리가 났다. 나는 엉거주춤 선 H를 돼지 몰듯 떼밀면서 소리 질렀다. "피둥피 둥 살이 쪘으니 이제 출하다, 출하!"

*

아버지가 허, 어이없다는 듯 웃었다. 엄마는 더 기세등등해 진다. 한잔 걸친 술 힘 때문이다. 엄마의 잔에 막걸리를 따라 주던 고모가 아버지를 향해 한쪽 눈을 찡긋한다. "그래도 남 자 중에 우리 오빠만 한 사람, 난 못 봤다!" 엄마가 아버지와 고모들을 향해 눈을 흘긴다. "떨거지들이라고 한통속이네." 엄마의 눈이 아버지와 다섯이나 되는 키가 큰 고모들을 훑고 내 얼굴에 머문다. 엄마를 내려다보게 된 뒤부터 엄마의 어떤 말도 내게는 씨알이 먹히지 않았다. 우리는 한통속이 되어 엄 마를 몰아붙였다. 엄마는 건주정을 부린다. "난 껍데기랑 살 았어요, 껍데기……"

돼지 멱따는 소리에 잠깐 이야기가 끊겼다. 돼지의 괴성 끝 에 어쿠, 하는 사촌의 외마디소리가 따라붙었다. 양은 다라이 가 요란하게 울리고 둔중한 발짝 소리가 뒷마당을 돌아 어느 새 앞마당으로 건너온다. 희고 큰 물체가 창을 스쳐 지난다. "엄마야!" 늙은 고모가 처녀처럼 기겁을 한다. 술이 오른 엄마는 반응이 늦다. 일어서지도 못하고 무릎을 친다. "아이고, 돼지머리……" 돼지머리가 없으면 고사도 지낼 수 없다. 새로 지은 돈사에서는 더 이상 돌림병도 없고 화재도 없을 것이다. 마당에 앉아 부침개를 부치던 동네 아주머니들이 돼지를 피해 달아났다. 돼지 다리에 차인 소쿠리가 엎어지면서 다 씻어놓은 나물이 흙범벅이 되었다. 고무줄놀이를 하던 여자아이들이 놀라 울음을 터뜨렸다. 눈이 충혈된 돼지는 한동안 그자리에 서서 진득거리는 침을 질질 흘린다. 수돗가를 사이에 두고 사촌과 돼지가 대치했다. 양은 다라이에 돼지 피를 받아 순대를 만들려고 지키고 서 있던 사촌 처가 그 옆에서 발을 동동 구른다.

돼지가 먼저 움직였다. 갈팡질팡 마당을 뛰어다닌다. 돼지는 본능적으로 죽음을 알아차렸다. 칼끝은 돼지비계에 박혀 있다. 고모부가 허겁지겁 슬리퍼를 신고 밖으로 나갔다. 이때다, 돼지가 울타리 쪽으로 튀었다. 고모가 양단 치맛자락을 고쟁이 속에 질러 넣고 돼지를 쫓아 뛴다. 돼지가 몸으로 밀치자 울타리 세 개가 우지끈 부러진다. 돼지는 울타리 안을 맴돈다. 뛸 때마다 살이 출렁거린다. 사내아이들이 우르르 쫓아내려갔다. 동네 아주머니들도 합세했다. 돼지는 어디로 도망가야 할지 알지 못했다. 태어나 지금까지 비좁은 돈방에만 있었다. 씩씩대던 고모부가 무릎을 짚고 숨을 고른다. 얼굴이 벌게졌다. 사촌이 간신히 돼지 다리를 잡았는가 싶었는데 돼지 발길질에 벌러덩 뒤로 나가떨어졌다. 사람들이 배를 쥐고 웃었다. 막내 고모는 아주 오래전의 대학축제를 떠올렸다. 목에 리본을 맨 새끼 돼지를 잡느라 온몸에 땀이 흥건히 고였었다. "그때가 언제였더라?" 고모보다 3년 선배인 고모부는 거기서 고모를 처음 봤다.

이 광경을 보고 있던 엄마의 머릿속에 전광석화처럼 새로운 아이디어가 떠오른다. 모차르트 삼겹살처럼 물증도 필요없다. 그래, 사람들에게 돼지를 잡게 하는 거다, 우리 돼지들은 사람들을 기쁘게 해줄 거야. 농장으로 이어지는 소방도로를 만들어야지. 시에서 지원을 좀 받을 수 있을까? 농장 이름도 새로 지어야지. 들어오는 입구에서부터 길 곳곳에 팻말을 달아 사람들이 길을 헤매지 않게 해야 해. 주차장도 필요하겠는데. 옥수수밭을 뒤집어야지. 그렇게 한바탕 웃고 뛰고 나면 시장들 할 거야. 한쪽에 바비큐 틀을 달아둬야지. 엄마는 플라스틱 슬리퍼를 꿰어 신고 울타리 쪽으로 내달린다. 슬리퍼가 벗겨져 달아난다. 술기운 탓인지 생각과는 자꾸 다른 방향으로 발이 나간다. 얼굴이 벌게진 엄마가 짧은 두 팔을 내저으면서 소리친다. "돼지 잡아라!"

그해 여름 음력 7월 12일에 할머니가 죽었다. 전보가 왔을 때 엄마는 여름 배추로 김치를 담그던 중이었다. 전보는 때를 고르고 골라 꼭 이럴 때 온다며 엄마는 붉은 양념이 묻은 두 손을 내밀었다. 이크. 혹시라도 유니폼에 고추 양념이라도 튈까, 집배원 청년이 뒤로 물러섰다. 집배원은 엄마 몸을 훑으면서 손을 대신해 전보문을 끼울 만한 틈새를 찾았고 엄마는 어디 받아 들 데가 없나 두 겨드랑이를 차례로 들썩거렸다가 다시 입을 조금 벌려보았다. 집배원이 엄마의 겨드랑이 쪽에 전보 쪽지를 내밀었지만 엄마는 턱을 치켜들며 입을 벌렸다. 에크. 이번에는 엄마가 겨드랑이를 벌렸지만 집배원은 엄마 입 쪽으로 손을 뻗었다. 이크. 마치 둘은 태껸이라도 하는 듯 보였다. 굼실굼실. 능청능청. 사람의 몸속에는 저마다의 사명감이라는 것이 있듯 리듬감이라는 것이 있다고 했다. 훗날 누군가에게서 이 말을 들었을 때 나는 그 순간을 떠올렸다. 그때 내 리듬은 톡톡토토독 톡톡토토독, 빠른 열 박자였다. 연일 30도를 넘는 무더위가 기승을 부리던, 양력 날짜는 잊었고 음력 날짜로만 기억되는 한여름 어느 날이었다.

아차. 한참 손아래인 조카뻘 되는 사내지만 그래도 내외는 해야 되는 거 아닌가 하는 생각이 스쳤을 때, 그제야 이심전심 마음이 통한 집배원 청년은 두 귀까지 발갛게 얼굴이 달아올랐다. 엄마는 양념 묻은 손으로 전보를 받아 들었다. **모친금일새벽사망**. 엄마는 간을 보듯 입맛을 다시고는 딱 두 마디만 했다. "각중에…… 복중에……" 느닷없는 할머니의 죽음에 대한 충격과 임종을 지키지 못한 안타까움이 '각중에', 푹푹 찌는 찜통 더위 속에서 치러야 할 초상 걱정이 '복중에'란 말에 담겨 있었다.

동(洞)을 통틀어 한두 대 구경할까 말까 했던 백색 전화기 대신 보급형 검정 전화기가 네다섯 집에 한 대꼴로 개통되던 때였다. 그런데도 여전히 학기 초마다 학교에서 실시하던 가정환경조사서에 피아노, 냉장고 항목 다음으로 전화기가 자리잡고 있던 때이기도 했다. 전화가 개통된 지 반년 가까이 지났지만 한 번도 전화벨이 울리지 않는 날이 허다했다. 그러니 육지의 끝에서 다시 배로 세 시간 남짓 들어가야 하는 섬에서 전화란 여전히 귀하디귀한 물건이었을 것이다. 바다에 공깃돌처럼 점점이 흩어진 섬들과 서울을 잇는 유일한 통신 수단은 우편이었다. 다급한 소식은 전보로 왔다. 무소식이 희소식이라는 고릿적 말이 그래서 아직까지 효력을 발휘하던 때이기도 했다.

경부, 호남 고속도로의 개통으로 전국이 일일생활권 안으로 좁혀졌다지만 그때나 지금이나 심증적으로 그 섬은 내게 시차가 나는 타국처럼 멀었다. 섬에 다녀올 때마다 나는 2, 3일씩 시차 적응에 힘들어하는 여행자처럼 낮에 자고 새벽에 말똥말똥 깨어 있었다.

나는 살아생전의 할머니를 너덧 번밖에 보지 못했다. 고작 두어 번 할머니를 봤을 뿐인 둘째는 콧물이 흐르는 것처럼 몇 번 훌쩍이더니 금방 무슨 일이라도 있었냐는 듯 놀러 나갔다. "할머니 오늘 새벽 사망 부산항에서 내일 열 시에 만납시다." 신문지 한 귀퉁이에 엄마의 말을 받아 적었다. 손구구를 해보지 않아도 열 자가 넘었다. 아버지가 있는 D시에도 전화가 보급되기 시작했지만 아버지는 무슨 연유에선지 전화를 놓지 않았다. 전화는 쌍방향 통신 도구였다. 한마디로 우리 집 전화는 무용지물이었다. 나는 아버지와 할아버지의 관계가, 아버지와 엄마의 관계가 꼭 우리 집 전화 같다는 생각을 했다. 그래서 오랫동안 그 누구에게도 벨은 울리지 않았다.

엄마는 필요한 용건들이 있으면 아버지에게 종종 편지를

썼다. 편지를 쓰다 급작스레 부레가 끓어오르면 편지를 구겨 던지고 어깃장을 놓듯 전보를 쳤다. 엄마가 하고 싶은 말을 퍼붓듯 다 쏟아놓으면 그것이 몇 자건 간에 나는 그걸 열 자로 요약했다. 전보는 열 자까지 기본요금을 받았다. 엄마는 양념 묻은 '스댕 다라이'를 소리 나게 헹궈 수돗가에 비스듬히 엎어놓고 동생들 씻길 물을 '양은 바께쓰'에 받아 곤로에 안쳤다. 심지가 닳은 곤로는 쉽게 불이 붙지 않고 거무스레한 연기만 피웠다.

전보를 치려면 송수신기가 설치된 대형 우체국까지 가야 했다. 버스 의자에 앉아 엄마에게서 받아 적은 전문을 쓰윽 훑어보았다. 전보를 받을 아버지 입장에서 보자면 할머니, 란 호칭부터가 잘못이었다. 이상하게도 엄마들은 아이를 낳는 그 순간부터 모든 인척 관계를 아이의 입장에서 재정리해버린다. 급기야 언제부턴가 엄마는 남편을 "아빠"라고 부르기 시작했다. 영화도 한몫했다. 여주인공 역할의 엄앵란이란 배우가 남편 역을 맡은 남자 주인공을 배웅하면서 "아빠, 바이바이, 일찍 돌아오셔야 돼요"라고 콧소리를 한 것이 엄마들 사이에 유행처럼 번졌다. 엄마가 아버지를 아빠,라고 부르자 기다렸다는 듯이 아버지는 엄마를 "한나야" 하고 내 이름으로 부르기 시작했다.

아버지의 할머니는 어떤 사람이었을까. 아버지가 태어나기 한참 전에 할머니들은 이 세상 사람들이 아니었다. 아버지에게는 할머니, 하면 떠오르는 것이 아무것도 없었다. "결핍이라면 결핍이지." 언젠가 아버지가 말했다. 엄마가 옆에서 거들었다. "상처면 상처고." 엄만 일찍 아버지를 여의었다. 아버지, 하면 떠오르는 것이 아무것도 없었다. "할머니를 생각하면 시간 모자라 못 푼 마지막 문제 같아. 이십 점짜리 주관식 문제." 엄마가 무릎을 쳤다. "하, 그거 미치지, 미쳐." 그러다 엄마가 핏, 웃었다. "그 문제 답만 적어 냈으면 백 점 만점 받았을 거고?" 엄마와 아버지는 딱 10분이 문제였다. 10분까지는 서로 잘 맞았다. 엄마의 말처럼 마지막 한 문제의 답만 적어 냈더라면 아버지의 삶은 백 점 만점이었을까. 삼십대 중반에 교직을 그만둔 뒤로 아버지는 손대는 일마다 족족 낭패를 겪었다.

그런 면에서 보자면 우리 할머니는 너덧 번밖에는 만나지 못했지만 매번 강렬한 인상을 남겼다. 몇 장의 사진 속에서 가장 강렬한 것은 역시 그 모습이다. 시골 변소라는 것은 허술하기 짝이 없었다. 어른 송장이라도 묻을 만한 커다란 독을 땅에 묻고 그 위에 널빤지 두 개를 얹어 두었다. 들고나는 구멍 정도만 있을 뿐 걸쇠가 달린 문은 찾아볼 수도 없었다. 할머니는 인기척도 없이 그 널빤지 위에 앉아 있었다. 두 개의 널빤지 위에 고르게 힘을 분배하며 굽어 있는 청동빛 두 다리가 하관이 빤 할머니의 역삼각형 얼굴을 받쳐주고 있었다. 흡사 박물관에서 보았던 빗살무늬토기와 그 받침대 같았다. 역시 인기척도 없이 나타난 나를 보고도 할머니는 마치 나를 기다리고 있었던 듯 움찔하지도 않았다. 나는 할머니의 두 다리가 만들어내는 예각에서 검고 축 늘어진 성깃성깃 털 몇 가닥 남지 않은 할머니의 거기를 다 보고 말았다. 할머니는 놀란 내 시선을 따라가 자기 것을 남의 것 들여다보듯 요모조모 뜯어보더니 낄낄 웃었다. "니 아배도 고모들도 다 이 구녕에서 뽑았다 아이가." 그 뒤로 나는 할머니, 하면 악다구니를 쓰며 이웃집 여자와 머리끄덩이를 잡은 채 먼지 나는 길 위를 구르던 모습이나 물 좋은 생선을 받기 위해 고무 다라이를 들고 억척스럽게 어시장을 향해 뛰던 모습 다 제쳐놓고 제일 먼저 할머니의 거기가 떠올랐다. 할머니의 거기에서 아버지와 고모들이 국수 면발처럼 뽑아지고 있었다.

우체국은 버스 정거장 맞은편 대로, 인도와 인도가 만나는 모퉁이에 비스듬히 서 있었다. 얼마 전 그곳 앞을 지나다가 그 건물을 발견하고 소리를 질렀다. 30년이 지났는데 그 자리에 여전히 우체국인 채로 남아 있었다. 달라진 건 그땐 그 건물이 가장 컸었는데 지금은 고층 빌딩에 둘러싸여 가장 작은 건물이 되었단 것뿐이었다. 그 건물 앞으로 나 있던 육교는, 육교는 사라지고 없었다. 우체국으로 건너가지 못하도록 정말 육교가 없어졌으면, 바라던 때도 있었다. 어떤 전문이냐에 따라 육교는 짧게도 길게도 느껴졌다. 나는 육교를 건너가 엄마의 시끄러운 마음을 열 자로 요약해 전보를 치곤 했다.

238

우체국의 전보·전신환 창구의 여직원은 내가 우체국 문을 열고 들어설 때부터 단박에 날 알아보았다. 나는 왼쪽 뺨으로 여직원의 시선을 받아내면서 소포 끈을 묶고 우표를 붙이는 사람들 사이에 긴 채 전보 문구를 고쳤다. 우선 '할머니'는 '어머니'로 바꾸었다가 다시 '모친'으로 고쳤다. 최대한 줄이거나 뺄 수 있는 말은 빼야 했다. '오늘 새벽'도 지웠다. 할머니가 언제 돌아가셨는지는 내일 부산항에서 만나면 차차 알아지게 될 일이었다. 반년 가까이 만나지 못한 엄마와 아버지가 말문을 뗄 화제도 남겨둬야 했다. 요령부득인 것도 다 요령이 있었다. 쳐내고 쳐내니 딱 **모친사망부산항낼열시,**라는 문장이 가지치기한 정원수처럼 날씬하게 서 있었다.

우체국 여직원이 날 기억하는 것은 다 그럴 만한 이유가 있어서였다. 열한 살짜리 계집애가 혼자 와서 **'아이들위독급상경하시오'**라는 전보를 쳐달라고 했으니 은연중에 내 얼굴을 흘끔 보았을 것이다. 게다가 열한 자 글자를 바득바득 열 자 가격에 해주면 안 되겠느냐고 우겨댔으니 눈코입까지 조목조목 따져보았을 것이다. 신출내기 여직원은 호기심을 참지 못했다. "아이들 다 위독한 것 같은데, 넌 대체 누구니?" 마음 같아선 그 여직원 앞에서 고개를 처박고 딱 죽고 싶었다. 여직원은 무슨 사정인지 말 안 해도 다 알겠다는 듯 고개를 깊게 두어 번 끄덕이더니 선심 쓰듯 '하시오'를 '바람'으로 고쳐 열자를 맞춰주었다. 창구 앞에 서 있으면 안쪽에 난 방이 들여다보였다. 머리가 귀밑까지 벗겨진 중년 사내가 앉아 이런저런 장비를 만지작거리면서 전보를 받거나 전보를 쳤다. 사내는 여직원이 건넨 쪽지를 받아 손가락으로 타전했다. 내용과는 다른 가볍고 날렵한 자음과 모음들이 뿔뿔이 날아가 D시의 우체국 수신부를 기준점으로 '헤쳐 모옛!' 하는 모습이 그려졌다.

아이들이 위독하다는 전보에도 불구하고 아버지는 상경하지 않았다. 대신 '때 이르게 핀 벚꽃 이파리들이 마당 가득 분분히 날렸소'로 시작되는 장문의 편지를 보내왔다. 편지를 읽을 때 엄마는 수줍어했다. 그래서 달콤한 문장들 사이에 숨은, 여유가 있으면 돈 좀 부쳐달라는 부탁에도 화내지 않았다. 달이 차고 기울듯 엄마의 심경도 차고 기울기를 반복했다. 매번 통하지 않을 것을 알면서도 전보를 쳐대는 엄마를 보면 언젠가 봤던 사마귀가 떠올랐다. 어쩌다 길 한복판에 나와 선 사마귀를 자전거 바퀴가 밟고 지나갔다. 사마귀는 배 아래쪽이 납작 눌렸다. 어찌어찌 겨우 일어선 사마귀는 성했던 방금 전의 모습대로 돌아가기 위해 낫처럼 생긴 앞다리를 들어 올리려 안간힘을 썼다. 또 누군가 밟고 지나갔다. 이번엔 아예 일어서지 못한 채 바닥에 납작 눌러 붙었다. 눌려 조금씩 죽어가면서도 사마귀는 서 있을 때처럼 앞다리를 낫처럼 세우려 눈에 띌 듯 말듯 움직였다. 그 포즈만이 진정 자신을 사마귀답게 한다는 듯, 엄마는 잊을 만하면 한 번씩 속뜻

240

이 전달되지도 않을 전보를 쳤다.

언제부턴가 전보 창구의 여직원과 나 사이에는 말하지 않아도 통하는 것이 생겼다. 마구 지워지고 뭉개진 글자투성이의 쪽지를 창구 안으로 내밀었다. 전보 문구를 한눈에 훑어본 여직원의 눈꼬리가 살짝 올라갔다. 쪽지가 창구 밖으로 다시 밀려나왔다. 나는 틀린 답안지를 받아 오답을 고치는 심정으로 또박또박 글씨를 썼다. 그 모습이 흡족한 듯 쩝, 여직원은 입맛을 다셨다. 전문을 받아든 중년 사내는 D시를 향해 타전했다. 골똘히 부호를 보내고 있는 그의 옆모습이 처낼 말을 너무 쳐낸 아홉 글자의 전보문처럼 조금은 헐벗은 듯 보였다. **모친사망부산항냄열시.** 나는 아까부터 여직원의 눈꼬리에 달려 있던 질문에 대한 답을 그제야 할 수 있었다. "기예요." 정말? 여직원이 눈꼬리를 치켜떴다. **버선목이면뒤집어보여.** "기예요. 긴데 왜 아니래요?"

꿈도 없는 짧은 잠에서 불현듯 깨어 둘러보면 여전히 밤이었다. 조도를 낮춘 객실은 어둑했다. 모두들 곯아떨어졌는지 의자 등받이 위로 보이는 뒤통수는 몇 되지 않았다. 등이 배길 때마다 자세를 바꿀 엄두도 내지 못한 채 둘째는 인상만 썼다. 고개를 돌리자 복도 건너 옆자리에 앉은 엄마의 얼굴이 들어왔다. 엄마는 자면서도 인상을 쓰고 있었다. 아버지 꿈을 꾸는 게 분명했다. 규칙적인 기차의 리듬감 때문인지 밤이면

깨서 울어대던 막내는 한 번도 깨지 않았다.

　종착역인 부산역에 내렸을 때는 정녕 오지 않을 것 같던 아침이 밝아 있었다. 자기 키만 한 빗자루를 든 청소부가 잠에서 덜 깬 얼굴로 플랫폼의 쓰레기를 모으고 있었다. 무박이나 다름없는 밤기차에서의 하룻밤에 뒤통수가 납작 눌리거나 눈이 퉁퉁 부은 사람들이 와르르 출구로 몰렸다. 무엇에 배겼는지 왼쪽 견갑골이 아팠다. 엄마는 칭얼대는 막내를 업고 보폭이 좁은 둘째는 앞서 걸리고 가볍지만 부피가 큰 가방은 내게 들린 채 부산항으로 갔다. 아버지를 기다리는 동안 여객선 개찰구 앞의 돼지국밥집에서 요기를 했다. 둘째와 내가 국밥 그릇 하나에 머리통을 부딪히며 밥보다는 장난에 골몰할 때 엄마는 국밥 국물을 막내 입에 떠 넣을 뿐 자신은 한 숟가락도 입에 대지 않았다.

　여객선 터미널은 사람들로 부산했다. 엄마 손을 놓치고 겁에 질린 아이가 사방을 둘러보며 울었다. 행상들이 사람들 틈을 비집고 다니면서 목청을 높였다. 알아들을 수 없는 사투리들이 떠다녔다. 혹시 아버지가 우리를 알아보지 못할까 봐 우리는 개찰구 바로 앞에 선 채 쏟아지는 땡볕을 머리통으로 다 받아내고 있었다. 일곱 살인 둘째는 아버지처럼 생긴 남자의 뒷모습만 보면 "아빠다!" 하고 외쳤다. 처음 몇 번은 둘째 말에 이 남자 저 남자 뒤를 쫓았지만 나중에는 거들떠보지도 않게 되었다. 10시가 되자 울긋불긋한 옷을 입은 피서객들과 베

한복을 입은 촌부와 촌로들을 태운 여객선이 항구를 떠났다. 갈매기 떼가 일시에 날아올라 뱃전에 따라붙었다. 엄마는 재우쳐 물었다. "열 시, 분명히 열 시라고 했냐?" 아버지는 이번 전보 또한 앞의 무수한 전보들처럼 엄마의 엄포라고 생각하고 그냥 넘겨버린 듯했다. 엄마는 내 대답은 기다리지도 않았다는 듯 칫, 혼자 웃었다. "칫, 사람 꼴 우습게 되는 거 한순간이네. 지 새끼 셋을 내 밑으로 빼놓고도 그렇게 날 몰라? 어떤 미친년이 사람 목숨 갖고 장난을 쳐?" **아따우습네왜날몰라짐.** 말은 그렇게 했지만 엄마야말로 1년에도 두어 번 자식들의 목숨을 경각에 났다 내려놨다 하는 인물이었다.

엄마는 다시 막내를 들쳐 업었다. 둘째를 앞서 걸리고, 뒤처지는 내게 빽 성질을 내면서 버스 터미널로 가 D시로 가는 버스를 탔다. 정오가 되자 해는 버스 천장 위에 떠서 버스를 양은 냄비처럼 달궈놓고 있었다. 창문은 다 열려 있었지만 바람 한 점 불지 않았다. 나무 이파리들은 정물화처럼 미동도 하지 않았다. 의자의 비닐 시트가 가장 먼저 뜨거워졌다. 시트와 닿은 맨살에 금방 땀이 고여 흘렀다. 물까지 데워 씻긴 공도 없이 동생들은 땟국이 좔좔 흘렀다. 터미널에서 사 먹인 복숭아 과즙이 얼굴에 끈끈하게 묻어 버스 안으로 날아든 파리가 자꾸 달려들었다. 그럴 때마다 엄마는 입을 앙다물고 파리를 쫓았다. 버스 뒤칸에 일렬로 앉은 우리는 목에 스프링을 댄 인형처럼 버스의 리듬에 맞춰 고개를 까딱거리며 D시로 가고 있었다. 애써 온 길을 다시 한 시간 반가량 뒤로 물리는 셈이었다. 등받이 위로 드러난 각양각색의 뒤통수들도 끄덕 끄덕 움직였다. 엄마는 막내를 안고 졸다가도 버스가 돌을 밟고 튀거나 별안간 급정거를 해 고개가 끄으덕 떨어지면 어김없이 눈을 떠 새삼스럽다는 듯 창밖 풍경을 훑어보곤 했다. 어젯밤 바른 분은 땀이 흐른 자리를 따라 얼룩덜룩 골이 팼다. 골 속으로 기미가 낀 맨살이 보였다.

폭이 좁은 강이 D시를 양분하며 관통해 흐르고 있었다. 자동차 생산 공장의 유니폼을 입은 수십 명의 직원들이 한꺼번에 자전거 요령을 울리며 다리를 지나갔다. 담이 높아 집 안이 들여다보이지 않는 고급 주택가를 지났다. 한여름에도 대중목욕탕을 다녀오는지 샴푸와 비누 등속이 담긴 플라스틱 바구니를 든 아가씨 둘이 슬리퍼를 질질 끌며 지나갔다. 바구니에서 흐른 물이 점점이 그 뒤를 따라갔다. 마른 하천을 건넜다. 길 가던 사람에게 주소를 보여주었다. 우리가 지나친 길에 아버지의 집이 있었다.

빠리 의상실. 다른 곳보다 돌출된 쇼윈도 안에는 얼굴과 사지가 생략된 상반신 마네킹이 전라 상태로 놓여 있었다. 넓지 않은 점방은 이사 간 그대로 치우지 않았는지 실패와 천 조각들이 굴러다녔다. 가게 안쪽 의자에 앉아 있는 사람은 분명 아버지였다. 아버지는 곤로에 감자를 찌고 있었다. 보지 못한 반년 사이 깡말라 두 눈이 움푹 꺼져 있었다. 왜 텅 빈 의상실에 앉아 이 시간에 감자나 삶고 있는 건지 아버지 자신도 모르는 듯했다. 점방 어디에서도 마당 가득 분분히 날린다는 벚나무는 보이지 않았다. 점방 앞은 축대로 막혀 전망도 좋지 않았다. 새것 같은 양은 냄비는 밑바닥만 검게 그을려 있었다. 뚜껑을 들썩이며 김이 올랐다. 아버지는 조심조심 뚜껑을 열고 쇠젓가락 끝으로 감자를 쑤셔보았다. 미싱을 들어낸 듯한 구멍 뚫린 탁자 위에 정백당이 수북이 담긴 작은 접시가 놓여 있었다.

문소리가 나자 아버지는 문 쪽은 거들떠보지도 않고 건성으로 말했다. "빠리 의상실, 영업 안 합니다." **빠리의상실영업은그만.** 분이 뽀얗게 오른 하지감자 하나를 막 쇠젓가락으로 들어 올리는 아버지의 눈에 만족감이 가득했다. 감자 끝에 살짝 정백당을 묻히려는 순간 아버지의 눈이 점방에 들어선 엄마의 눈과 마주쳤다. 아버지는 쇠젓가락에 덴 듯 화들짝 놀라며 감자를 떨어뜨렸다. 엄마의 얼굴이 일그러졌다. 아이 셋과 함께 부산으로 다시 D시로 이어진 여정이 너무 힘겨워서 엄마는 자꾸 아랫입술을 꼭 물었다. 엄마가 아버지에게 득달같이 달려들며 소리쳤다. "아빠, 지금 제정신이야? 왜 지금 이 시간에 여기 있냐고?" **니가제정신이게말이돼?** 그제야 상황을 파악한 아버지가 엉거주춤 일어섰다. "각중에 뭔 일이고?" 아버지가 떨어뜨린 하지감자가 엄마의 발에 밟혀 으깨졌다. 아버지는 넋이 나간 듯 중얼거렸다. "이기 뭔 일이고. 왜 하

필 어무이고, 와?" 엄마는 아버지를 다그쳤다. "아빠, 정말
왜 이래? 내가 무슨 잘못을 했어? 난 아빠랑 결혼해서 애 셋
낳은 죄밖에 없어. 그런데 나한테 왜 이래?" **애셋낳은죄난잘
못없어.** 갑자기 엄마 등에서 떨어져 사방을 두리번대던 막내
가 바락바락 울어대기 시작했다. 엄마는 바닥에 털썩 주저앉
았다. 하루 동안 참았던 무더위와 갈증과 피로감이 한꺼번에
밀려들었다. 엄마의 발에 챈 곤로가 기우뚱 기울면서 양은 냄
비가 엎어졌다. 감자들이 데굴데굴 굴러 점방 여기저기로 흩
어졌다. 아버지는 어리벙벙해서 이 모든 상황들을 꿈인 듯 내
려다보고만 있었다. 아버지가 바라던 삶은 뽀얀 하지감자를
삶을 때의 고요함인지도 모른다. 감자의 아린 맛과 섞인 정백
당을 맛보는 아주 짧은 시간의 단맛인지도 모른다. 흙투성이
가 되어 뭉개진 감자들이 눈에 들어왔다. 평화는 깨졌다. 엄
마는 떼쟁이 아이처럼 두 다리를 바둥거리면서 울었다. "물
어내. 다 물어내. 물어내란 말이야." **이러니좋아다때려치워.**
아버지는 이참에 아이 버릇을 잡으려 매정한 체하는 아버지
처럼 보고도 못 본 척 엄마에게서 고개를 돌려버렸다.

　　엄마는 한 번도 엄마의 아버지 앞에서 저렇게 울어본 적이
없었다. 아버지가 남겼다는 유품들을 안아도 보고 냄새도 맡
아봤지만 아버지의 얼굴 대신 역삼각형의 도형만 그려졌다.
외할머니와 만나면 엄마는 늘 할아버지에 대해 물었다. 할아
버지는 군인이었다. "어린 게 뭘 안다고 울다가도 아버지만

보면 울음을 딱 그쳤지." "모자만 쓰면 울어 젖히는 통에 네 아버진 네 앞에서 모자를 벗었어. 누구 앞에서도 안 벗는 모 잔데." 엄마는 엉엉 울었다. 어떻게든 우리에겐 아버지에 대 한 추억을 남겨주겠다는 듯 엄마는 아기처럼 발버둥질을 치 고 있었다.

가게는 두 평 남짓한 방과 붙어 있고 방은 그 방의 반만 한 부엌으로 이어졌다. 부엌 문을 열면 바로 주인집 마당과 통했 다. 부뚜막에는 하지감자 박스만 덜렁 놓여 있고 쌀이나 다른 양념병은 보이지 않았다. 연탄을 때지 않는 아궁이에는 아버 지가 마신 듯한 빈 소주병들이 거꾸로 박혀 수정 결정체처럼 삐죽삐죽 솟아 있었다. 엄마 말을 빌리자면 '미친년 궁둥이' 만 한 부엌이었다. 여름 들어 내내 감자만 삶아 먹었는지 박 스 안의 감자는 벌써 바닥을 보이고 있었다. 막내는 아버지가 손뼉을 치고 이름을 부를 때마다 울음을 터뜨리며 엄마 등에 매달렸다. 엄마가 궁둥이를 돌릴 수도 없는 부엌에서 막내를 업고 이른 저녁을 차리는 동안 우리는 데면데면 아버지와 점 방에 앉아 있었다. 아버지가 낯선 건 우리도 마찬가지였다. 긴 방학이 끝나고 개학 첫날 마주친 담임 선생님 같았다.

아버지는 밤 9시가 되자 가게 문을 닫았다. 함석판으로 된 문 덮개를 번호대로 끼우자 출입구 쪽의 마지막 함석판에 몸 을 굽히고 간신히 드나들 수 있는 쪽문이 생겼다. "아부지, 우리 저기로 나가봐도 돼요?" **절로나갈래대단히십십** . 둘째가 선생님에게 질문하듯 아버지에게 물었다. 아버지가 고개를 끄덕였다. 그제야 우리는 진작부터 신기했던 쪽문을 들락거리면서 웃고 떠들었다. 함석판의 숫자들은 하나같이 페인트가 줄줄 흘러내린 채로 말라 있었다. 함석판 3 다음에는 곧바로 5가 이어졌다. 죽을 사 자와 동음이라 부러 4 자를 쓰지 않은 듯했다. 죽은 할머니가 생각났다. 어제까지만 해도 살아 있었을 할머니. 할머니도 4 자라면 끔찍히 싫어했다. 뱃사람의 아내에게는 금기 사항이 너무 많았다. 하지 않을 말을 입에 올리면 할머니는 땅에 대고 침을 세 번 뱉었다. 이젠 말할 수도 밥 먹을 수도 무엇보다도 아무에게나 욕을 내뱉고 어디 한번 해보자고 대거리를 할 수도 없다. 죽은 할머니. 그러자 같이 죽었을 할머니의 거기가 떠올랐다.

부두를 따라 크고 작은 배들이 묶여 있었다. 배들은 묶여서도 물결을 따라 흔들리고 있었다. 선착장에서는 상한 꼬막무침 냄새가 났다. 꼬막무침에 체한 적이 있던 둘째는 배를 타지도 않았는데 벌써부터 얼굴이 노래져서는 엄마 등에 기대서 있었다. 부두에는 온갖 부유물들이 둥둥 떠 있었다. 바닷물은 흘수선을 넘을 듯 다가왔다. 피서객들이 객실을 다 차지했다. 울긋불긋한 옷을 입은 피서객들 틈에 잠깐 육지에 일보러 나왔던 섬사람들이 모로 누워 잠을 청했다. 바닷바람과 햇볕에 그을린 피부가 기름에 전 창호지 같았다. 여기저기서 피서객들의 짐이 툭툭 발에 차였다. 대학생으로 보이는 젊은 이들은 갑판 위에서 기타를 치며 노래를 불렀다. 낡은 여객선에서는 질 낮은 벙커시유냄새가 났다. 선착장을 벗어난 배는 방파제 끝에 정박된 원양어선들 아래를 지나갔다. 컨테이너 박스들이 쌓인 항구를 벗어나자 멀리 오밀조밀 건물들이 들어선 부산이 보였다. 얼굴이 하얗게 질린 둘째는 배에 탄 순간부터 먹은 것을 질금대고 있었다. 곳곳에 뚜껑을 딴 분유 깡통들이 놓여 있었다. 둘째가 헛구역질을 할라치면 엄마는 재빨리 둘째의 턱밑에 분유 깡통을 들이댔다. 비닐 장판은 끈 끈해서 살갗이 달라붙었다. 갑판 위로 올라갔다. 선미 쪽에 기름에 전 창호지 같은 낯빛의 촌부들이 배의 쇠난간을 붙들고 일렬로 서 있었다. 허리가 앞으로 꺾일 때마다 입에서 뿜어져 나온 토사물이 바다로 떨어졌다. 나는 갑판에 벌렁 드러누웠다. 이글거리는 태양이 발치 위에 있었다. 구름 떼가 천천히 한 방향으로 움직였다. 어질어질했다. 밑도 끝도 없이 갈릴레이 생각이 났다. "그래도 지구는 돈다." 여덟 글자였다. 그래도 지구는 돕니다. 그래도 지구는 도는구나. 나는 엿가락 늘이듯 글자를 열 자로 늘여가면서 지구의 자전 방향을 거슬러 걸었다. 배에도 리듬이 있었다. 나는 간신히 계단을 내려가 선미 쪽으로 다가갔다. 비슷비슷한 삼베 한복을 입은 촌부들은 누가 누군지 분간이 가지 않았다. 한 사람이 객실로 내려가면 다른 사람이 그 자리를 채우는 듯했다. 뒷모습만 보니 그들은 똑같은 한복을 맞춰 입은 어머니 중창단처럼 보였다. 어머니 중창단들이 차례로 허리를 구부렸다. 나는 뜨겁게 단 쇠난간을 움켜쥐었다. 울컥 속에서 뜨거운 것이 솟구쳤다. 배에 타기 전 녹아 흘러내릴까 봐 허겁지겁 핥아먹었던 누가바의 바닐라 향이 역겨웠다.

4년 만의 귀향. 아버지는 4년 전 여름에 가족을 다 데리고 섬으로 들어왔다. 피서 핑계를 댔지만 사실은 할아버지를 구슬러 가산을 정리하려는 속셈이었다. 한때는 서너 척의 배가 있었다지만 내가 태어났을 때는 작은 발동선 한 척이 전부였다. 할머니가 옥수수나 고추를 길러 뽑아 먹는 산 밑의 밭 몇 뙈기는 안중에도 없었다. 아버지는 해수욕장 길목에 자리 잡은 할아버지의 집에 눈독을 들였다. 일일생활권으로 섬까지의 교통이 편리해지면 서울에서도 피서객들이 몰려들 거라는 생각에서였다. 바다에 흩어진 비경들은 여름이 아닌 다른 계절에도 관광 상품이 될 만했다. 할아버지는 말도 꺼내기 전에 발끈했다. 내가 태어났을 무렵 처음이자 마지막으로 서울 행차를 했던 할머니는 아버지를 따라 서울로 가고 싶었다. 할머니는 내가 다 알아서 할 테니 넌 잠자코 있으라며 아버지에게 눈짓을 보냈다. 결국 할아버지와 할머니의 싸움으로 번지고 말았다. 바락바락 대드는 할머니의 머리채를 할아버지는 그물 걷듯 휘어잡았다. 그물이 올라오듯 할머니의 몸이 할아버지 손에 끌려 올라왔다. 그날 밤 배도 끊기고 통행금지마저

내린 그 시커먼 밤에 아버지는 우리를 데리고 할아버지 집을 나왔다.

불과 4년 사이에 많은 것이 바뀌었다. 아버지의 예상은 적중했다. 관광객 수는 해마다 늘고 있었다. 해안가를 따라 난 길만 아니었다면 집으로 가는 길조차 찾지 못할 뻔했다. 주점과 다방, 여관, 음식점 들이 해수욕장 길목을 따라 즐비하게 늘어섰다. 배가 들어오면 동네 여인들이 고무 다라이를 들고 배를 반기러 나오던 길이 어느새 유흥지로 변해 있었다. 뱃사람들 가운데 절반이 배에서 내렸다. 힘든 뱃일 대신에 한 철 반짝 벌어 1년을 나는 장사로 눈을 돌렸다. 비좁은 길은 피서객들과 호객을 하는 상인들로 붐벼 발 떼기도 힘들었다. 누군가 아버지에게 다가서며 알은체를 했다. "어? 옥이 아이가?" 아버지는 비좁은 길에 우리를 세운 채 서둘러 국민학교 동창과 악수를 나눴다. "말도 마라. 니가 안 와가 발인도 몬 하고……" 동창이 가게에 대고 소리를 높였다. "퍼뜩 이리 와 봐라." 가게 밖으로 키가 작고 통통한 여자가 쪼르르 튀어나왔다. "내 얘기했제? 이형옥이. 서울서 선생 하는." 여자가 아, 반색하더니 고개를 숙였다. 아주 오래전에 아버지가 교직을 그만둔 사실을 동창은 모르는 모양이었다. 골목을 따라 올라가는 동안 몇 사람이 아버지를 알아봤고 아버지는 서둘러 악수를 나누었다.

그물이 널린 돌담에 조등이 달려 있었다. 비좁은 마당은 동네 사람들로 북적였다. 광대뼈가 도드라진 검게 그을린 얼굴과 오종종한 키 때문에 사람들은 일가처럼 보였다. 사람들은 말다툼이라도 하듯 소리 높여 떠들어댔다. 부엌이나 변소 쪽에서 요란하게 웃으며 할머니가 뛰쳐나올 것 같았다. 툇마루 아래 할머니 것으로 보이는 슬리퍼가 엎어져 있었다. **신을이 없는쓰레빠두짝.** 시끄럽게 떠들어대는 무리 사이에서 딱따구리처럼 도드라진 목소리들이 튀어나오며 아버지의 양팔에 매달렸다. "오빠아! 와 이제 오십니꺼!" "오빠, 어메가 죽었습니더!" "새이야, 먼 길 오느라 욕봤다." **먼길이면다욕이나먹어.** 아버지는 가까스로 중심을 잡으며 고모들을 떼어놓았다. "알았다, 알았어. 우선 아버지 좀 보고." 어두운 방구석에 틀어박혀 강소주만 들이켜던 할아버지는 아버지를 보자마자 불같이 화부터 냈다. 발인 날짜 하나 딱딱 맞추지 못한 아들이 곱게 보일 리 없었다. 할아버지는 아버지를 볼 때마다 어려서 죽은 두 아들을 떠올렸다. 놓친 고기가 커 보이는 법이었다. 발인을 하러 왔다가 주저앉은 사내들은 이미 거나하게 취해 있었다. 큰고모가 주위를 둘러보더니 아버지의 귀에 대고 소곤댔다. 부르르 떨던 아버지는 구두를 던지듯 벗어두고 할아버지가 있는 방으로 들어가더니 문을 닫았다. "뭐라 캐쌌노?" 할아버지의 호통 소리가 새어 나왔다. 일가 같던 마을 사람들은 저들끼리 모종의 눈빛을 교환했다. "뭔데? 뭔데?" 둘째가 끼어들려는데 누군가 둘째의 머리통을 밀어냈다. "어무이 어디 계시노? 불쌍한 우리 어무이 어디 계시노, 어?"
아버지가 뛰쳐나와 마당 이곳저곳을 살폈다.

아들을 기다리다 못해 염을 하고 입관한 뒤였다. 마당 한구
석 그나마 햇빛이 들지 않는 그늘 쪽에 병풍을 치고 시신을
모셔 두었는데 11시도 되지 않아 마당은 다글다글 햇볕이 끓
어오르고 있었다. 아버지는 겅둥거리면서 병풍 뒤로 뛰어갔
다. 관을 붙들고 아버지는 오열했다.

젯상의 음식들은 반나절도 넘기지 못해 쉰내를 풍기기 시
작했다. 과일들도 곯았다. 연신 나물과 국을 갈아 올리고 과
일들도 새로 바꿔 얹었다. 새로 무친 나물에서도 갓 지은 밥
에서도 꼬막무침 냄새가 난다며 둘째는 징징거렸다. 상복으
로 갈아입은 엄마와 아버지는 땀을 뻘뻘 흘리면서 문상객들
을 맞았다. 상복에 쓸린 목덜미가 벌겋게 부풀어 올랐다. 엄
마와 고모들은 사람들이 안 보인다 싶으면 어디서나 치마를
벌렁벌렁 들어 올렸다. 발인 날짜가 늦춰지면서 오일장을 치
를 수밖에 없었다. 소주를 마시던 노인이 말했다. "오일장이
라?" 맞은편에 앉아 있던 노인이 받아쳤다. "우짜겠노, 아들
이 몬 왔는데⋯⋯" **아들못와도오일장은좀.** "그럼 가정이례준
칙에 이배되는 거 아이가?" **준칙위반해그것은안돼.** 마당 한편
의 수챗구멍에는 상한 음식들이 쌓여갔다. 파리 떼가 꼬여 들
고 금방 구더기가 슬었다. 하루 종일 같이 붙어 있는 통에 엄
마와 아버지는 별일 아닌 일에도 티격태격했다. 메를 푸는 엄

마에게 한 노인이 혀를 찼다. "하이고, 아낄 걸 아끼라. 메좀 더 올리라마. 먼 길 가는 사람 배 안 곯쿠로." 노인 말을 고분고분 따라 고봉밥 푸듯 푸면 될 일을 엄마는 톡 쏘아붙였다. "우리 고향에선 이렇게 풉니다." 다른 노인 둘이 유심히 보고 있다가 거들었다. "그기 어디 풍십이고?" 노인들의 이 말에 엄마는 심사가 완전히 뒤틀려버렸다. "네네, 이러면 됐나요?" **우리는그래니네가알아?** 엄마는 노인들 보란 듯 메를 쌓아올렸다. 보다 못한 아버지가 끼어들었다. "정말 학을 떼겠네. 어디서 또깡또깡 말대답이야?" "대체 아빤 누구 편이야? 내 편이야? 저기 노인네들 편이야?" **아빤누구편내편노인편?** "난 착한 편이다, 왜?" 사사건건 아버지와 엄마는 부딪쳤다. 언젠가 만나면 싸우기만 하는데 어떻게 우릴 만들었냐고 물었는데 엄마가 웃으며 말했다. "십 분은 괜찮잖아. 십 분이면 충분하거든." 아버지는 고모들과 한통속이 되어 엄마의 부아를 돋우기도 했다. 그때마다 그렇지 않아도 물불 안 가리고 냅뜨고 보는 할머니가 병풍 뒤에서 벌떡 일어나 "뭐라카노?" 소리칠 것만 같았다.

　마을 사람들은 볼일을 보러 오가던 중에 들러 잠시 다리를 쉬고 갔다. 고모들은 평소 할머니와 친분이 두터웠던 할머니들이 오면 부르르 끓어 넘치는 국처럼 울음을 터뜨렸다. 숨을 쉬지 못할 듯이 울다가도 정색을 하고 부엌에서 일을 돕는 마을 여자를 향해 외쳤다. "야야, 불 좀 줄이라, 국 다 졸아붙는다!" **불좀퐉줄여국물다졸아**. "탕에 넣을 두부캉 안 모자라나?" 나는 종종 연폿국에 넣을 두부나 동생에게 먹일 과자를 사 나르는 잔심부름을 하면서 시간을 보냈다. 피서객이 몰려들어 배는 두 편이나 증편되었다. 수많은 피서객들이 떠나가면 또 다른 피서객들이 몰려들어 깊은 밤까지 해변은 소란스러웠다. 각지에서 사람들이 모이다 보니 사건 사고도 많아졌다. 지서장과 순경 둘뿐인 지서도 바빠졌다.

할아버지는 그곳 사내들이 그렇듯 성격이 급했다. 바다까지 몇 미터 돌아 나가는 것이 귀찮아 아예 담장 한쪽에 개구멍을 냈다. 개구멍 밖으로 끝간 데 없이 바다가 펼쳐졌다. 아침부터 하나둘 모여들기 시작한 사람들은 점심때가 되기도 전에 해변에 가득 찼다. 원색 수영복 차림의 아가씨들이 지나가면 남자들이 꼬리 긴 휘파람을 불어댔다. 몇몇 사람들은 안전 요원의 경고에도 자꾸 부표 밖으로 나가려 했다. 시도 때도 없이 안전 요원이 호루라기를 불어댔다. 할머니 생각에 부르르 울던 고모들도 호루라기 소리가 들리면 울음을 딱 멈추고 담장 밖을 흘깃거렸다.

이른 아침, 피서객들이 사라진 해변 곳곳에 쓰레기가 널렸다. 둘째와 나는 아침마다 어떤 물건들이 떨어졌는지 살피러 모래밭을 돌아다녔다. 알 빠진 선글라스를 끼고 둘째가 웃어댔다. 바람 빠진 튜브에 바람을 불어보았다. 어디가 새는지 알 수 없었다. 누군가 바지를 벗어놓고 가기도 했다. 그렇게 해안가를 따라 가다 보면 멸치 밭이 나왔다. 해수욕장이 유명해지기 훨씬 전부터 섬의 마른멸치는 전국 각지로 팔려 나갔다. 피서객들이 들어오지 않는 해수욕장 끝에서 섬 아이들이 모여 놀았다. 아이들은 멱을 감다 배가 고프면 모래밭으로 올라와 꾸덕꾸덕 말라가는 멸치의 살점을 발라 먹었다.

미역에 엉켜 파도에 밀려온 수영모자는 그날의 최고 수확물 중 하나였다. 알록달록한 플라스틱 꽃이 박힌 수영모였다. 막대기로 건져내려는데 쏜살같이 달려온 웬 계집애가 모자를 확 채 달아났다. 뒤따라가 잡으려 했지만 모래밭에서는 뛰는 것이 너무 힘들었다.

담장 안과는 너무도 다른 세상이었다. 밤이 되면 개구멍 밖의 바다부터 어두워졌다. 파도가 밀려올 때면 어둠 가운데에서 반짝 면도날처럼 하얀 날이 섰다. 문상객이 돌아가고 나면 고모들과 엄마는 툇마루에 누워 이런저런 이야기를 나누었다. 유흥지 쪽의 불빛이 밤 깊도록 꺼질 줄 몰랐다. 빠른 박자의 노랫소리가 쿵쿵 울렸다. 해가 져도 숙소로 돌아가지 않은 젊은이들이 모래밭에 둘러앉아 기타를 치고 노래를 불렀다. "저 별은 나의 별, 저 별은 너의 별……" 아버지는 할아버지와 술상을 놓고 앉아 있었다. 술을 따르면서 아버지는 넌지시 할아버지의 의중을 떠보았다. "이제 어떡하실랍니까? 아무이도 안 계시니 조석도 걱정이고……" "밤같이 까만 눈동자 저 별은 나의 별." 저 별은 나의 별, 부분에서 엄마가 작은 소리로 화음을 넣었다. 잠시 뒤에 고모들도 합세했다. 고만고만 또래들인 네 명의 여자들에게서 고만고만한 또래였었을 계집애들의 모습이 보였다.

"난 널 아껴, 그건 너두 알 거여." 담장 밖에서 한 남자의 목소리가 들려왔다. 잠시 뒤에 여자의 목소리가 이어졌다. "이것 놔. 등이 아프단 말여. 알았으니께 놓고 말혀." 남자가 여자의 몸을 할아버지 집 담장으로 밀어붙인 모양이었다. "말 듣기 전엔 못 놔. 그러니 너두 말혀. 너도 내가 맘에 있잖여. 안 그려?" 작은고모가 쿡쿡 웃었다. "어디 것들이고? 충청도가? 아따 멀리도 왔네." 큰고모가 조용히 하라며 눈을 찡긋거렸다. 우리는 숨죽이고 연인의 이야기를 들었다. 문득 우리 사이 어딘가에 끼어 할머니도 듣고 있을 거란 생각이 들었다. 남자는 애가 다는 모양이었다. "어떡하면 내 말을 믿을겨? 혈서를 쓰까? 못 할 것도 읎어. 니가 하라면 시방이라도 할겨." 혈서라는 말에 여자가 감동한 듯했다. 뜸을 들인 여자가 말했다. "무섭게 왜 이려? 나는 싫여, 무슨 혈서…… 꼭 말로 혀야 알어? 꼭 글로 써야 알……" 여자의 말은 무언가에 눌려 이어지지 않았다. 작은고모가 아고고, 간지럽다는 듯 웃었다.

간지러운 말들, 아버지도 듣고 있었던 모양이다. 아버지의 말이 낮아졌다. "들으셨지예? 아부지도 들으셨지예?" 아직까지 학생들을 가르치던 습관이 남아 있어 아버지는 밑줄을 굿듯 꾹꾹 눌러 말을 했다. "참 멀리서들 오지예? 세상이 바뀌었어예. 일일생활권이 돼가 하루면 몬 가는 데가 없어예." 할아버지는 잔에 남은 술을 한 번에 털어넣었다. "정확히는 아직 일일생활권이라고 할 수는 없지." 엄마가 끼어들었다. 아버지가 어이없다는 듯 혀를 찼다. "부산에서 섬까지 세 시간, 아침 일찍 움직이면 서울에서도 하루면 되지, 와?" 고모들은 아버지 편을 들고 보았다. "맞네, 맞아. 일일생활인가 뭔가." 엄마는 물러서지 않았다. **손발안맞아딱딱못맞춰.** 할아버지 집을 팔려는 아버지의 속셈을 엄마가 모를 리 없었다. "그러니까 일일생활권은 아직 아니라는 거야. 서울에서 기차로 와서 배로 섬에 들어왔다 쳐. 그럼 그날로 서울까지 다시 갈 수 있느냔 말이지. 요는 그게 문제인 거지."

요는 엄마의 입이 문제라는 듯 아버지는 술잔을 소리 나게 내려놓았고 할아버지는 쿵, 소리를 내며 자리에 누웠다. 담장 밖의 충청도에서 온 연인들은 돌아간 모양이었다. 간질간질한 말. 엄마와 아버지도 그런 말들을 주고받았던 때가 있었을 것이다. "난 널 사랑해. 너두 그건 알잖아." 아버지도 누군가의 집 담벼락에 엄마를 떠다밀며 뜨거운 입김을 쏟아부었을 것이다. 아버지 입에서 나는 술냄새에 엄마는 얼굴을 돌린다. "앗, 아퍼. 등에 뭐가 배긴다구." "언제면 내 말을 믿을 거야? 혈서를 쓸까? 니가 하라면 지금이라도 쓸게." 엄마도 그 말에 감동을 받았을 것이다. 아버지는 엄마의 입에서 떨어질

말을 기다리며 서 있었을 것이다. 엄마는 아버지의 두 눈을 말똥말똥 올려다보며 똑 부러지게 말한다. "혈서는 싫어. 피는 색깔이 변해. 쓸 거면 잉크로 써줘."

아버지는 슬리퍼를 요란하게 끌면서 밖으로 나갔다. "아빠! 어디 가?" 엄마의 말에 아무런 대꾸도 하지 않았다. 엄마는 고모들에게 불평을 늘어놓는다. "저런다니까요. 사람 말을 콧등으로도 안 듣는다니까요." 젊은 남자가 바다에 대고 고함을 친다. "수정아! 사랑한다. 내 사랑을 받아줘!" **사랑해 수정나를받아줘.** 대답은 바다가 아니라 엉뚱한 유원지 쪽에서 왔다. "이리 온나, 내 받아주께." 사람들은 죄다 사랑을 하러 바다에 온 듯하다. 사랑을 하러 와서 노래를 부르고 술을 마시고 싸움을 한다.

파도가 점점 높아지고 있었다. 검게 그을린 아이들은 일렬로 늘어서 손을 잡고는 파도가 오기를 기다렸다. 파도가 덮치려는 순간 한꺼번에 뛰어올랐다. 파도를 피하지 못하고 물을 먹은 아이들이 캑캑대며 욕설을 내뱉었다. 아버지도 섬에서 나고 자랐다. 닮았다면 누구와 닮았을까. 아이들을 유심히 보는데 그중에 수영 모자를 채간 그 계집애가 있었다. 나와 둘째는 금세 아이들에게 둘러싸였다. "이름이 뭐꼬?" "한나. 이한나." 하얀 이를 드러내놓고 아이들이 웃었다. "한나? 그럼 야는 두나가?" 아이들이 놀리는 것도 모르고 둘째는 덩달

아 웃어댔다. 너희가 한나의 뜻을 알겠느냐, 은총이란 말을
알겠느냐. 그러니 선지자 사무엘은 알 턱이나 있겠느냐. 분해
입술을 꼭 다물고 있는데 다른 머슴애가 눈을 반짝이며 물었
다. "학교와 핵교의 차이점을 아나?" 이번에도 아이들이 웃
었다. "학교는 다니고 핵교는 댕긴다!" 계집애는 이쪽은 거
들떠보지도 않고 헤엄을 치는 연습에 몰두해 있었다. 가라앉
을 듯하다가 물 위로 떠오르고 얼마 못 가 가라앉았다. 그럴
때마다 수영 모자를 쓴 계집애의 머리통만 보였다.

파출소 순경 둘이 집으로 들이닥쳤다. 입관해놓은 관을 열
고 염습까지 한 시신을 보러 몰려든 사람들이 웅성댔다. 툇마
루에서 선잠을 자고 있던 나는 불현듯 잠에서 깼다. 병풍은
걷어졌고 마루에서 끌어간 전구가 마당을 밝히고 있었다. 관
뚜껑이 열리고 나는 미라처럼 관에서 벌떡 일어서는 할머니
를 보았다. 드디어 올 것이 왔다고 생각했다. 발인을 앞두고
아직 매장 허가도 못 받았으니 까딱하다간 오일장도 못 치르
고 날짜를 넘길 게 뻔했다. 사사건건 충돌하는 아버지와 엄
마, 지레 뒷짐 지고 있다가 토만 다는 동네 노인들, 길어진
초상에 동네 사람들 거둬 먹인 음식값만 해도 적잖았다. 참고
누워 있자니 울화가 병이 되었을 것이다.

순경 중의 한 명은 아버지의 동창인 모양이었다. "이래꺼
정 하는 내 마음도 알도. 신고가 들어온 이상에는 우리도
벨 수 없다." 할머니의 급작스런 죽음에 이런저런 소문이 들

고일어났다. 할아버지 집으로 오던 첫날, 모의를 하듯 중얼거리던 동네 사람들의 모습이 떠올랐다. 그날도 할아버지와 할머니는 크게 싸웠다. 할아버지는 고등어가 든 그물을 거두어 올리듯 할머니의 머리채를 움켜쥐었다. 그렇게 몇 번이나 그물을 거두어 올렸다. 아고, 나 죽는다. 할머니가 고래고래 고함을 질렀다. 속이 상한 할머니는 부엌으로 들어가 할아버지가 먹던 소주병을 들고 나발을 불었다. 그다음 날 할아버지가 깨어났을 때 곁에 누운 할머니는 죽어 있었다. 독살이라는 소문이 나돌았다. 소문은 꼬리에 꼬리를 물어 할아버지가 지랄 같은 할머니의 잔소리를 견디다 못해 자는 할머니의 귀에 독약을 흘려 넣었다고 했다. 아버지가 모인 사람들을 향해 고래고래 고함을 질렀다. "도대체 그게 말이나 됩니꺼? 이런 모함이 어디 있습니꺼? 야? 이거 리어 왕도 아니고!" 아버지의 말은 엄마의 말에 또 끊겼다. "리어 왕은 아니지, 햄릿이면 또 몰라도."

한여름 무더위에 나흘이나 누워 있었을 할머니 얼굴이 물크러진 수박 같을까 봐 걱정이 되었다. 염포를 풀자 도드라진 광대뼈가 드러났다. 마지막으로 할머니의 얼굴을 잘 봐두려 했는데 뒤에 서 있던 고모가 내 눈을 가렸다. 곧이어 고모들이 오열했고 아버지가 어무이, 하면서 마당을 뒹굴었다. 그 무더위에도 불구하고 할머니의 얼굴은 비교적 깨끗했다고 했다. 어른들 몰래 그 광경을 다 본 둘째가 말해주었다. 순경이 할머니의 입을 벌리자 쌀알이 나왔다고 했다. 이상하게도 쌀알이 꿈틀대더라고 했다. 할머니의 혀를 쭉 빼내 살펴보더라고 했다.

"예, 됫십니더!" 순경의 말이 끝나자마자 두 사람이 나서 시신을 수습했다. 관 뚜껑을 닫으려는데 그때까지도 고개를 갸웃거리고 있던 엄마가 앙칼지게 외쳤다. "잠깐만요!" 시신의 머리 쪽에 있던 사내가 화들짝 놀랐다. "하이고 식겁이야!" 사람들의 눈이 모두 엄마에게로 몰려 자초지종을 대라고 캐묻고 있었다. "오른손이 아니냐구요!" 밑도 끝도 없는 말이었다. 엄마는 답답한지 가슴을 두어 번 쳤다. "그러니까 왼손 위에 오른손이 와야 되는 거 아니냐구요?" 뭔 소리고? 이번에도 사람들은 알아듣지 못했다. 엄마가 스스로 두 손을 활짝 펴서 배꼽 위에 왼손을 놓고 그 위에 오른손을 포갰다. "여자는 오른손이 위로 가야 하는 거 아니냐구요!" "왼손, 오른손 순서가 있나?" 막내 고모가 물었다. 어른들이 다가가 시신을 살펴보았다. "오른손 맞는데?" 이번에도 엄마는 가슴을 쳤다. "보는 사람 입장에서 말고 할머니 입장에서 봐야죠." 누군가 뒤에서 말했다. "그기 어디 뱁이고?" 엄마가 구시렁댔다. "법, 법. 거참 법 되게 좋아하시네." 왼손이다, 오른손이다, 의견이 분분했지만 지금으로서는 어쩔 도리가 없다는 것으로 결론이 났다. 드디어 매장 허가가 떨어졌다.

아침부터 집 안은 염폿국 냄새가 진동했다. 마당 안에 들어오지 못한 상여는 문밖에 대기하고 있었다. 새로 장만한 듯 상여의 단청이 선명했다. 색색의 연꽃들이 활짝 피어 있었다. 상여꾼들이 서둘러 염폿국에 밥을 말아 먹었다. 잠에서 깬 피서객들이 발돋움을 해서 담장 안을 엿보고 지나갔다. 하나둘 동네 노인들이 몰려들기 시작했다. 관이 상여에 실렸다. 상여꾼들이 상여 곁으로 가서 자리를 잡고 섰다. 그때였다. 개구멍으로 검게 탄 아이 하나가 뛰어들었다. "아가 빠졌십니더!" 아이는 말을 못 잇고 손가락으로 바다만 가리켰다. 사람들이 우르르 개구멍 밖으로 나가 달렸다. 아버지는 상여와 바다를 번갈아 보며 손바닥만 비벼댔다. 뒤늦게 개구멍을 빠져나온 나와 둘째는 사람들 뒤를 따라 달렸다. 아이들이 모여서 있었다. 몇몇 아이들이 바다로 들어가 자맥질을 하고 있었다. 하지만 매번 혼자만 나왔다. 어른들이 바다로 뛰어들었다. 삼베옷이 물을 먹고 축 늘어졌다. 옷을 벗어 던진 어른들이 바닷속으로 사라졌다. 1, 2분이 길게 느껴졌다. "옆에 있었는데 잠깐 딴 데 본 새에 없어짓십니더." 아이가 울고 있었다. 몇 번의 헛자맥질이 이어졌을까, 잠시 뒤 물속에서 솟구친 머리가 소리를 질렀다. 주위에 있던 어른들이 그쪽으로 몰렸다.

계집아이였다. 수영 모자를 썼던 그 계집아이였다. 얼굴이 파리했다. 어른들의 손이 다급하게 움직였다. 인정사정없이 가슴을 눌러댔다. 갈비뼈가 다 드러나는 앙상한 가슴이 덜컹 움직였다. 몇 분이 흘렀을까 여자애가 입으로 물을 토해냈다. 쿽쿽, 두어 번 기침을 하더니 숨을 쉬기 시작했다. 다 큰 계집애가 입을 크게 벌리고 울었다.

할머니는 평생 총총 걸어 다니던 고샅을 상여 타고 마지막으로 돌았다. "하이고, 펀테이!" 상여 위에 앉아 동네를 천천히 둘러보며 웃고 있는 할머니의 모습이 떠올랐다. 피서객들은 상여를 보자 움찔 물러섰다. 행렬은 꼬리를 물고 길어졌다. 돈을 꾸었거나 뀌줬거나 떼였거나 부침개를 나눠 먹었거나 물 좋은 고기를 가로챘거나 머리끄덩이를 잡고 싸웠거나 동네 사람 누구 하나 할머니와 추억 없는 사람이 없었다. 상여를 따라오던 노인들이 중얼거렸다. "까딱했으믄 육일장 될 뻔했다." "육일장? 육일장은 안 한다, 구일장이지." 한 노인이 궁금하다는 듯 다시 물었다. "와 구일장일꼬. 삼 일 오 일 이튿 다음은 칠 일이지." "그 많은 객식을 우찌 다 알껬고." "하, 구일장으로 했다간 위에 소리가 들어갈끼다. 가정이례 위반으로다가."

해안가로 상여가 들어섰다. 누군가 와 곡을 안 하노, 했다. 아버지가 아고, 했다. 고모들이 따라 했다. 곡을 하던 엄마가 깨진 병 조각이라도 밟은 듯 어쿠, 했다. "또 뭐야? 제발 좀 가자!" 아버지의 지청구가 이어졌다. 엄마는 김치 생각을 했다. 담궈놓고 입도 대지 못한, 지금은 촛국이 되었을 김치 생각을 하자, 이제 좀 살 만한 모양이라고 혼자 웃었다.

미역에 감겨 쓸려 갔다 다시 밀려오는 것은 꽃이 달린 수영 모자였다. 계집애가 물에 빠지면서 잃어버린 모양이었다. 물속에서 수영 모자가 벗겨지는 줄도 모르고 계집애는 사경을 헤매었을 것이다. **이젠내꺼야쓰는게임자.** 나는 얼른 수영 모자를 썼다. 해안선 끝으로 흰옷 입은 사람들이 점점이 멀어졌다.

할아버지는 그 이듬해 집을 팔고 서울로 왔다. 서울로 와서는 뒷방 노인네가 되었다. 아버지는 그 집을 아내에게 아버질 선생이라고 소개했던 동창에게 팔았다. 선생이라 자랑스럽다던 그 친구는 아버지가 선생이라는 점을 악용했다. 학생들만 가르친 아버지는 세상 물정에 어두웠다. 할아버지의 그 집은 관광상품점이 되었다가 여관이 되었다가 러브호텔로 바뀌었다. 호텔 프런트에 앉아 있던 그 아저씨는 여자 혼자 투숙하겠다고 하자 의심스러운 눈으로 날 쳐다보았다.

그 뒤로도 몇 번 나는 아버지에게 전보를 쳤다. 어느 날 엄마가 말한 내용을 찢어버리고 **'당신이너무보고싶어요'** 라고 보냈다. 마치 그 말을 기다리느라 수년을 떠돈 사람처럼 아버지가 돌아왔다. 사명감과 함께 내 속의 열 박자 리듬감도 다른 박자로 옮겨 탔다. 상급생이 되면서 배운 수사법에 빠져든 탓도 있었다. 내 속의 문장은 만연체로 화려한 수식어를 달고 길고 또 길어졌다.

나는 멀어지는 상여를 보며 서 있었다. 나도 할머니처럼 거기로 국수 뽑듯 애 여섯쯤 낳고 나면 시원하게 빗장 풀듯 두 다리를 열게 될까. 할머니가 알면 조금은 슬플 것 같았다. 이런저런 모습 다 두고 하필 거기로 할머닐 떠올리게 될 테니까. 그렇게 할머니는 마지막 길을 떠났다. **총총총총총총이만 총총·**

아버지는 죽었다가 살아났다. 2002년 유월이었다. ……맞
다, 그 유월이다. 한일 월드컵의 열기로 나라가 다 들썩이던,
서울시청 앞 광장은 물론 전국 각지의 광장이란 광장이 붉은
악마 티셔츠를 입은 군중들로 발 디딜 틈 없던 그때 말이다.
술집과 음식점들이 너도나도 대형 텔레비전을 구비하고 반짝
월드컵 특수를 노리던 때, 일면식도 없는 사람들이 스스럼없
이 어깨동무를 하고 한목소리로 대한민국을 외쳐대던 그때
말이다. 우리 선수가 골 찬스를 맞고, 아슬아슬 간발의 차로
그 기회를 놓칠 때마다 4천만 전 국민까지는 아니더라도 절
반은 훌쩍 넘는 국민들이 질러대는 환호성과 탄성이 딱딱 제
대로 한번 맞지 않고 늘 조금씩 어긋나며 창문과 골목, 술집

과 광장에서 터져 나오던 그때 말이다. 물론 그 전후로도 아버지는 몇 번 죽음의 문턱을 넘나들었다. 하지만 그날은 다른 날들과 달랐다. 젊은 의사의 심폐 소생술에도 불구하고 잠시 후 심장 박동 모니터에는 한 줄 횡선이 떴다. 안간힘을 쓰던 의사가 천천히 아버지의 몸에서 손을 떼고 물러섰다. ……그 게 벌써 6년 전이다. 영원할 것 같던 2002년 월드컵도 역사의 뒤안길로 사라졌다. 사람들은 일상으로 돌아갔고 언제 그런 일이 있었느냐는 듯 이젠 눈길조차 마주치지 않는다. 하지만 빛을 바래가는 추억 속에서 그날 일만큼은 그 누구의 붉은 티셔츠보다 강렬하게 남아 깃발처럼 펄럭인다. 아버지는 죽었다. 그리고 살아났다. 2002년 월드컵은 분명히 존재했었고, 월드컵이 기억되는 한 아버지의 부활은 생생한 사실일 수밖에 없다.

*

신축한 대학병원의 복도는 링 도넛 모양이었다. 아버지가 잠든 것을 확인하고 나면 나는 슬그머니 병실을 빠져나와 복도를 어슬렁거렸다. 빠끔히 문 열린 병실 안은 방 번호가 적힌 팻말을 확인하지 않으면 분간이 가지 않을 만큼 엇비슷했다. 주야장천 텔레비전이 켜져 있다. 한 면에 색을 칠해 반으로 접었다 펼쳐놓은 데칼코마니처럼 침대와 냉장고, 사물함이 좌우 대칭으로 놓여 있다. 구김 간 똑같은 환자복 차림의 환자들이 침대에 누워 앓고 있다. 환자들은 얼굴만으로 나이를 짐작하기 어려웠다. 삶아 빤 환자복에서 나는 세제 향과 약과 배설물 냄새들이 환자식의 심심한 양념냄새와 뒤섞여 배어 있다. 바닥에 흐트러진 슬리퍼들 또한 병원 매점에서 구입한 똑같은 모양이다.

시작과 끝이 맞물린 복도를 따라 걷고 있자면 뭐랄까 인생은 돌고 돈다는 만고의 진리를 새삼스레 실감한다고나 할까, 잠깐 걷다 멈춘 사이에도 사람들이 부지런히 걷고 있어 늘 복도가 레코드판처럼 돌고 있다는 느낌이었다. 레퍼토리는 똑같았다. 쾌차해 두 발로 걸어 퇴원하는 사람들이 생각지도 못한 중병 선고를 받고 입원하는 사람들과 엇갈렸다. 가끔 죽은 환자이거나 링거와 여러 가지 장치를 주렁주렁 매단 중환자가 누운 침대의 모서리를 하나씩 잡은 간호사들이 비장하게 지나가기도 했다. 비슷비슷한 음료수 상자를 든 문병객들이 병실을 찾지 못해 두리번대며 복도에 나타난다. 어제가 오늘 같고 내일도 오늘과 비슷한 날이 될 게 뻔했다. 그렇게 복도를 몇 바퀴 돌다 보면 문득 맞은편 복도에서 걸어오는 또 다른 나와 정면으로 마주칠 것 같은 예감이 들고는 했다. 몇 시지? 걸음을 멈추고 휴대폰을 열어 시간을 확인하는 버릇이 생긴 것도 병원에서였다.

배변통을 비우고 병실로 갈 때면 일부러 둥근 복도의 긴 호

방향으로 돌아가곤 했다. 한 손에 행군 배변통을 들고 슬리퍼를 벗은 한쪽 발을 반대편 무릎에 걸치는 학다리 자세로 창밖을 내다보았다. 문틈으로 바람이 새어 들어왔다. 바람 끝이 아직은 매웠다. 물 묻은 팔뚝에 오소소 소름이 돋았다. "하지만 봄이 오는 걸 숨길 수는 없지"라고 혼잣말을 하고 보니 그 말은 아버지가 늘 하던 말이었다. 겨울방학 끝나고 봄방학을 며칠 남겨둘 때쯤이면 꼭 꽃샘추위가 몰려오곤 했는데 일어나기 싫어 이불 속에서 뭉개고 있는 우리를 깨우려고 아버지는 그 말을 하곤 했다.

이건 순전히 이교대였다. 엄마와 교대하는 아침이면 목표 물량을 맞추려 꼬박 밤새워 일한 나이 어린 여공처럼 퉁퉁 부은 다리와 얼굴로 병원을 나섰다. 전철을 두 번 환승하고 마을버스로 20여 분 들어가야 하는 위성도시에 집이 있었다. 귀갓길은 러시아워와 맞물렸다. 시내로 출근하려는 인파를 뚫고 집으로 가는 일은 고역이었다. 직장인들은 늘 반쯤 뛰고 있었다. 어깨나 머리가 채이고 발이 밟히는 일이 허다했다. 미처 마르지 않은 여자의 긴 머리채가 미역 줄기처럼 내 목을 스치고 가기도 했다. 플랫폼으로 올라가는 계단에서 우르르 쏟아지듯 내려오는 인파에 갇혀 옴짝달싹 못할 때면 언젠가 건성으로 읽은 한 연구자의 글이 떠올랐다. 아무도 거들떠보지 않는 학문을 하는 비주류의 외로움에 대해 쓴 글이었는데 아마도 그 고독감이란 것이 이런 걸 거라는 생각이 들었다.

괜히 코끝이 싸해지곤 했다.

지하 구간을 벗어난 열차가 아파트 밀집 지역을 지나고 낡고 오래된 공장과 모텔촌을 거쳐 야트막한 언덕과 비닐하우스들이 줄 선 들판을 달릴 무렵이면 러시아워 시간대를 벗어난 열차 안도 한산해졌다. 역 앞에는 미니 사이즈의 마을버스들이 대기하고 있다가 승객이 차는 대로 출발했다. 도시를 반으로 가르는 4차선 도로는 곧장 산업도로와 연결되었다. 역을 중심으로 빠르게 진행된 도시화도 이 도로를 건너지는 못했다. 고층 아파트와 시청, 문화센터와 백화점이 선 도로 이쪽과는 달리 건너편에는 비닐하우스와 공장들이 띄엄띄엄 들어선 넓은 나대지가 펼쳐져 있었다. 역 앞에서 버스는 쌍방향 두 개의 노선으로 나뉘어 운행되었지만 집은 그 가운데쯤에 있어 어떤 버스를 타더라도 시간은 비슷했다. 그것이 그 도시에서도 가장 셋값이 저렴한 이유이기도 했다. 나는 집에 도착하기도 전에 녹초가 되었다.

침대 하나를 다 차지하고 누운 남편은 그때까지도 한밤중이었다. 쏟아지는 햇살에 자면서도 오만상을 다 쓰고 있었다. 잠귀 밝은 그는 문을 열고 들어서는 작은 인기척에도 화들짝 놀라 눈을 뜨곤 했다. 늦잠을 잔다고 타박 한번 한 적 없었는데도 그는 꼭 비스킷을 훔쳐 먹다 단장에게 걸린 서커스단의 원숭이처럼 굴었다. 잠을 자면서도 그는 몸을 옆으로 비켜 내가 누울 공간을 내주었다. 남편이 덥혀놓은 그 작은 공간은 둥지처럼 따뜻했다. 그럴 때면 내가 그와 결혼한 이유가 바로 이것 때문이라는 확신이 들곤 했다. 어쩌다 내 발이 닿을라치면 그는 목덜미에 눈덩이라도 넣은 듯 소스라치게 놀라며 몸을 동그랗게 말았다. 지난밤 내내 어디를 싸돌아다녔는지 그의 머리카락과 겨드랑이에서는 시장통을 다 쓸고 다닌 개 비린내가 나곤 했다. 그는 2년째 영화판 주위를 기웃대고 있었다. 돼지껍질이나 계란탕, 꽁치구이를 안주로 내놓는 실비집을 전전하다 새벽 무렵 돌아왔을 것이다. 그가 벗어놓은 야상 주머니에 둘둘 만 시나리오 원고가 꽂혀 있었다. 내용이 궁금해 꺼내 펼쳐 들었지만 어느샌가 잠에 빠져들었다. 진도는 나가지 못해 늘 두세 페이지 등장인물 소개에만 머물렀다.

*

여동생이 둘씩이나 있었지만 그 애들은 본척만척이었다. 병원비를 보탠다는 핑계로 어쩌다 한번 병실에 슬쩍 얼굴만 비치면서도 갖은 유세를 다 떨었다. 아버지한테 고약한 냄새가 난다, 머리를 언제 감긴 거냐, 욕창이 생기지 않게 제때제때 자세를 바꿔주고 있느냐…… 엉덩이 선이 다 드러나는 정장 치마에 하이힐 차림으로 와서는 겨우 주전자의 물이나 새로 떠놓을 뿐이다. 부모가 살아 있는데도 이런 괄시를 하니 돌아가신 뒤에는 두 번 다시 그 애들과 만날 일도 없을 거란 생각이 들었다.

졸지에 내가 간병을 도맡게 된 건 단지 결혼했다는 이유에 서였다. 아버지는 수시로 오줌을 싸고 변을 지렸다. 하루에도 수차례 바지를 벗기고 입혀야 하는 일이 번거로워 나중에는 아예 환자복 바지를 벗겨두었다. 넓은 기저귀를 채우고 시트로 하반신을 잘 덮어둔다고 두는데도 곧잘 시트가 미끄러지거나 홀러덩 걷히곤 했다. 앙상하게 뼈가 드러나고 굽은 말굽 자석 같은 두 다리나 홀쭉하게 팬 엉덩이가 드러나면 그나마 다행이겠는데 간혹 헐거운 기저귀 밖으로 덜렁 아버지의 페니스가 빠져나와 있을 때도 있었다.

간병을 맡기면서 엄마는 말했다. 시집도 안 간 여자애들이 보기엔 좀 망측스러운 물건 아니겠느냐고. '야옹' 하면 '고양이'라고 나는 엄마의 말을 돈으로 못 하면 몸으로라도 때우라는 것으로 알아차렸다. 나는 엄마를 백악기 시대의 트리케라톱스 보듯 내려다보았다. 뻬딱한 나를 엄마는 지구에 불시착한 'ET' 보듯 올려다보았다. 두 팔로 안지 못할 만큼 뚱뚱해진 뒤로 엄마는 시골의 외숙처럼 괄괄해졌다. 별일 아닌 일에도 부르르 노여움을 타며 핏대를 올렸다. 툴툴대고 성미가 급해졌다. 툭하면 경비원들과 시비가 붙었다. 그럴 때면 영락없이 세 개의 뿔로 티라노사우루스에게 달려드는 트리케라톱스였다. "초년 복 없는 년이 말년 복은 있겠느냐"며 술에 취해 아파트가 떠나가라 주정을 하기도 했다. 엄마에게서 내가 나왔다는 것이 점점 더 믿어지지 않는다. 죽었다 깨어나도 엄마와 나는 검지를 뻗어 그 끝을 맞추는 'ET 포즈' 같은 건 할 수 없을 것이다. 나는 모지락스럽게 엄마에게 대들었다. "그래, 엄마 땐 그랬어? 엄만 그랬냐고?"

하마터면 나는 이 세상에 나오지 못할 뻔했다. 나는 종종 엄마 배 속에 있던 때를 떠올렸다. 물로 가득 찬 작은 방은 따뜻하고 포근했으리라. 1968년 겨울, 엄마는 제2한강교를 걸어 건넜다. 그 밤에 죽을 작정이었다. 젊은 엄마는 배신을 당했다. 농락을 당했다. 엄마는 다리 난간 저 아래의 검은 물을 한참 내려다보았다. 물이 손짓해 엄마를 부르고 있는 것 같았다. 마침표를 찍듯 신발을 벗어 나란히 모아놓았다. 다리 하나를 다리 난간 위에 가까스로 걸치자마자 엄마는 배를 움켜쥐었다. 아기의 발길질이 제법 셌다. 없던 일로 하기에 배 속의 아기는 너무 컸다. 불안한 나는 다시 한 번 엄마의 배를 걷어찼다. 돌돌돌 다리 교각 사이를 휘감고 흘러 내려가는 물소리가 귀로 흘러드는 듯 가까워졌다. 한강의 얼음이 녹았다. 봄이 오고 있었다. 몇 번의 아기 발길질이 마치 봄의 약동처럼 느껴졌다. 엄마는 난간에 걸쳐놓았던 다리를 천천히 내렸다. 봄이 오면 내 몸속에서도 무언가 피어오르리라는 생각이 들자 엄마는 신을 고쳐 신었다.

엄마와의 교감은 그때가 처음이자 마지막이라는 느낌이다. 혹시라도 내가 뺄까 봐 그랬는지 엄마는 오금을 박았다. "시집 안 간 처녀 애들을 내논 여자애들처럼 보이게 하긴 싫다."

기껏해야 6인실 병동이었다. 환자와 간병인 합해봐야 열두 명, 소문의 당사자들을 제외하면 열 명 남짓이었다. 그깟 열 명밖에 되지 않는 사람들의 이목조차 엄마는 두려워하고 있었다. 결혼도 하지 않은 처녀가 애를 갖고 하마터면 애아버지도 없이 애를 낳게 될까 봐 두려웠던 것도 세상의 이목 때문이었다. 사랑? 배신? 그따위는 문제도 아니었다. 엄마는 서울에 오기 전까지 버스도 닿지 않는 산골에 살았다. 그곳 사람들에게 가장 중요한 것은 체면이었다. 가장 무서운 건 가난이 아니라 타인의 이목이었다. 엄마가 가끔 야상을 입고 어슬렁거리며 나타나 딸에게 푼돈을 얻어가는 사위를 병실 사람들에게 차세대 기대주 영화감독이라고 말한 것도 같은 이유였다.

간병인을 마다한 건 아버지였다. 몸만 못 움직였지 아버지의 정신은 여전히 대꼬챙이었다. 건너편 침대의 간병인이 하는 양을 잘 봐두었다. 간병인은 아내라도 된 듯 시시콜콜 모든 걸 관여하려 든다. 아내로도 모자라 좀 낯을 익히고 나면 갓난아기 다루듯 기저귀를 갈며 엉덩이도 찰싹 때리고 허벅지를 꼬집기도 한다.

어쩔 수 없다는 걸 그 누구보다도 아버지가 잘 알았다. 하루가 다르게 몸이 부실해졌다. 걷지 못하게 되자 순식간에 살이 내렸다. 상체보다 하체의 속도가 더 빨랐다. 엉덩이 살이 홀쭉하게 패면서 한 쌍의 엉치뼈가 두드러졌다. 한 점 탄력도 없는 피부는 부스럼투성이였다. 한밤중에도 간지러움을 견디지 못해 신음 소리를 내곤 했다. 아버지의 감각 혼란은 간지러움도 통증처럼 느끼게 했다.

기저귀를 갈 때면 적나라하게 드러나는 아버지의 아랫도리를 보아야 했다. 잘 닦이지 않는 아버지의 아랫도리를 물티슈로 닦아낼 때면 아버지는 약점이라도 잡힌 사람처럼 절절맸다. 나는 나대로 맨손에 아버지의 맨살이 닿을까 조마조마했다. 오래전 상황이 바뀌어 아버지가 내 똥 기저귀를 갈아주고 카스텔라를 씹어 먹였던 날들이 있었다는 것을 알면서도 뭐랄까 아버지의 속살은 이물스럽기만 했다. 얼마나 시간이 지나면 이 모멸의 순간들이 사라질까. 시간이 지나 우리 둘 다 무신경해지기만을 바랐다. 그것이 더 무섭다는 것을 알고 있었지만 뾰족한 수가 없었다.

기저귀를 갈면서도 슬쩍슬쩍 모른 체했던 망측스러운 물건을 어느 날 나는 정면으로 보게 되었다. 아버지는 모처럼 깊은 잠에 빠져 있었다. 이것이 내 존재의 기원이란 말인가, 라기보단 애개, 라는 생각. 내 존재의 기원은 생각보다 작았고 왼쪽으로 쏠려 있었다. 그 때문이었을까, 균형 감각을 잃은 아버지는 자꾸 왼쪽으로 넘어지곤 했다. 마루를 지나 부엌으로 가던 아버지가 픽 쓰러졌을 때 우린 그것이 아버지 식의 장난이라고만 여겼다.

질겁을 한 건 남편이었다. 그때까지도 자다 나왔는지 뒤통수가 눌린 채 어슬렁어슬렁 병실로 들어서다가 못 볼 걸 본 사람처럼 호들갑을 떨어댔다. 그렇게 걱정이 되면 잠 좀 덜자고 나와 거들어주면 좋으련만 어쩌다 병실에 와서도 두 손은 야상 주머니에 찔러 넣고 강 건너 불구경이었다. 내가 배변통을 들고 나설 때는 행여 오물이라도 튈까 슬금슬금 뒷걸음질 치기까지 했다.

　복도 창밖으로 내려다보이는 병원 마당으로 봄이 깊어가고 있었다. 나는 학다리로 서서 창밖을 내다보았다. 불편하고 묘하게만 보이는 이 자세가 이상하리만치 편안함을 주었다. 한 발로 밟고 선 만큼 세상의 무게도 좀 가뿐하게 느껴졌달까, 뒤뚱거리지 않기 위해 땅에 디딘 한 발에 더 확신을 실었기 때문이랄까. 창밖을 내다보고 있자면 한 손에 들린 씻어도 냄새가 가시지 않는 타원형의 스테인리스 배변통을 잊었다. 화단의 꽃들은 만발했고 문병객들의 옷차림도 가벼워지고 있었다. 활짝 열린 창으로 불어오는 미풍은 부드러웠다. 발원지인 숲과 강을 통과해 불어오는 바람냄새에 꼬리뼈 자리가 간질간질했다. 긴 꼬리로 나뭇가지를 감아 가볍게 매달려 있고 싶었다.

　보조 침상은 비좁고 딱딱했다. 병원에서는 구김도 가지 않고 허리둘레도 신경 쓰이지 않는 추리닝 차림이었다. 겨울을 나는 동안 엉덩이와 소매가 반질반질 닳고 무릎이 툭 불거져 나왔다. 밤이면 환자들의 병세는 악화되었다. 아버지는 물론 다른 병상의 환자들이 앓는 소리가 얕은 잠 속으로 흘러들었다. 폭 넓은 치마를 입고 밭의 고랑과 고랑 사이를 훌쩍훌쩍 뛰어넘고 싶었다. 바야흐로 봄이었다.

복도 저 끝에서 남편의 반드르르한 얼굴이 나타나 나를 찾고 있는 게 보였다. 오랜만에 장인에게 신문을 읽어주고 이런저런 세상 돌아가는 이야기라도 해주면 좋으련만 그 짧은 시간도 옆에 붙어 있지 못하는 것이다. 나를 발견한 남편이 한 손을 살짝 들었다 내렸다. 학교 때도 그는 이 포즈를 취하곤 했다. 강의실 앞이나 매점, 인문대 건물 앞에서 기다리고 있다가 나를 발견하면 한 손을 머쓱하게 살짝 들었다가 놓았다. 그 인사법은 우리보다 5년 이상 연상인 선배들이 보았던 영화 속 남자 주인공의 포즈였다. 남편이 야상 주머니에 두 손을 찔러 넣은 채 어슬렁어슬렁 걸어왔다. 전역한 지가 언젠데 아직도 야상이라니. 남편을 처음 봤을 때도 그는 야상을 입고 있었다. 별일 아닌 일에도 무게를 잡던 복학생이었다. 3년이란 긴 시간을 난 잘 견뎌냈어, 야상은 그 시간을 말해주고 있었다. 군내 안 간 비린내 나던 동갑내기 남자애들 사이에서 그가 돋보였던 건 그 야상 때문이었는데, 한때 그를 조숙하게 보이게 했던 야상이 어느 날부터 그를 한참 치기 어린 남자애로 보이게 했다.

나에게 추리닝이 있다면 그에게는 야상이 있었다. 밤낮 없는 촬영장에서 그처럼 편한 옷이 없다고는 하지만 그는 근 2년 가까이 촬영장 근처에는 얼씬도 하지 않았다. 그는 2년째 자신이 쓴 시나리오를 들고 제작자를 물색하는 중이었다. 그는 점심때가 지나 일어나서 밥을 먹고 세수를 했다. 다른 사람들이 퇴근할 무렵이면 외출 준비를 마치고 시내로 나갔다. 충무로의 술집에 가면 영화계 언저리에 있는 사람들과 자연스럽게 어울릴 수 있었다. 그는 선후배들 틈에 끼어 구상 중인 시나리오에 대해 신나게 떠들어댔다. 그가 쓴 시나리오는 컬링을 하는 네 명의 여자에 관한 이야기였다. 평범한 가정주부와 이혼녀, 백화점 판매원, 보험 세일즈 사원. 우연한 계기에 뭉친 네 명의 여자가 죽어라 연습해서 동계 올림픽에 나간다는 줄거리였다. 한참 이야기하는데 누군가 컬링이 뭐냐고 물었다. 술자리의 맞은편에 앉은 녹음 기사도 모른다고 했다. 컬링의 역사와 규칙을 늘어놓았다. 경기 방법을 이야기할 때 의자에서 일어나 빗자루를 들고 직접 시범까지 보이기도 했는데 열심히 비질을 하다 의문이 들었다. 적어도 사람들이 다 아는 이야기를 해야 하지 않을까. 누군가 컬링인가 뭔가보다는 핸드볼이 어떻겠느냐고 거들었다. 그다음 날로 그의 시나리오 주인공은 넷에서 다섯이 되었다. 그의 시나리오는 완성되지 않은 채 매일 조금씩 바뀌었다. 그가 흠칫, 배변통을 피해 섰다. "아, 날씨 한번 더럽게 좋네!" 그 또한 지긋지긋한 야상을 벗어던지고 잠자리 날개 같은 옷으로 갈아입고 싶은 것일까. 창밖 어딘가를 쏘아보던 남편이 무슨 상상을 했는지 낄낄대기 시작했다. "아, 어쩐지…… 그래서 장인어른이…… 아, 어쩐지……"

잘 여민다고 여며둔 시트가 그새 흘러내려 기저귀를 찬 아버지의 날다리가 훤히 드러나 있었다. 옆 환자를 문병 온 젊은 처녀가 흘끗거리는 걸 아버지는 다 눈치 채고 있었다. 그런데도 일어나서 시트를 집어 덮을 수 없었다. 아버지는 내가 눕혀놓은 그대로 누워 있었다. 이제나저제나 내가 오기만을 기다리며 아버지가 할 수 있는 일이란 시트를 꼭 덮듯 두 눈을 꾹 내리까는 일뿐이었다. 아버지의 얼굴은 수치심과 공포로 점점 새파랗게 질려갔다. 나는 얼른 뛰어가 시트를 집어 들었다. 평소 아버지의 성격이라면 상상도 못할 일이었다. 무더운 한여름에도 아버지는 다른 집 아버지들처럼 팬티 바람으로 집 안을 활보한 적이 한 번도 없었다. 윗옷을 풀어헤치고 맨가슴을 드러낸 적도 좀처럼 없었다. 유난스레 깔끔을 떤다고 엄마의 눈총을 사던 아버지였는데 지금 이렇게 속수무책으로 누워 있는 모습에 가슴이 미어졌다. 나도 모르게 이가 앙다물어졌다. 아버지 차라리 그만…… 시트를 아버지의 엉덩이와 다리 사이에 모질게 끼워 넣는 내 손길을 느끼면서도 아버지는 내리깐 눈을 바로 뜨지 않았다. 아버지의 속눈썹만큼은 칠십 노인 같지 않게 촘촘하고 검었다.

*

    임종을 지키러 온 둘째는 붉은 악마 셔츠를 입고 있었다. 애인과 함께 광화문으로 가던 중에 불려온 것이다. 셋째는 아직 도착하지도 않았고 남편과는 아예 연락도 닿지 않았다. 유월이 되자 주차장과 그 너머 병원 밖 인도 쪽에도 붉은 셔츠를 입은 사람들이 눈에 띄기 시작했다. 저녁 무렵 엄마와 교대하러 병원에 오는 길에는 붉은 셔츠를 입은 군중들 틈에 휩쓸리기도 했다.

    아버지는 이틀째 혼수상태였다. 중환자실 칸막이 밖으로 붉은 악마 셔츠를 입고 베컴 머리를 흉내 낸 늙수레한 둘째의 애인 얼굴이 간혹 보이더니 1층 휴게실로 내려갔는지 더는 보이지 않았다. 16강이었는지 8강이었는지는 모르겠다. 병원 1층 휴게실의 텔레비전 앞으로 병원 사람들이 다 모였다. 문병객은 물론 걸을 힘이 있는 환자들은 모두 다 내려갔다. 몇 번의 골 찬스가 수포로 돌아갔는지 김빠지는 함성이 병실까지 들려오곤 했다.

    아버지는 전반전이 거의 끝날 무렵 숨을 멈췄다. 아버지가 돌아가셨다. 작은 돌 하나가 한 뼘쯤 아래로 자리를 옮겨 간 기분이었다. 길고도 긴 이 병원 생활도 이젠 끝이다,라는 생각보다는 느닷없이 어린 시절 아버지와 올라가던 남산이 떠올랐다.

아버지는 어린 나를 데리고 곧잘 남산에 올라갔다. 서울타워가 준공된 뒤였으니 내가 예닐곱 살 무렵이었을 것이다. 그 무렵 서울에 사는 사람들이 공휴일에 놀러 갈 곳은 몇 군데 되지 않았다. 남산에서 찍은 몇 장의 사진들 속에는 한껏 차려입은 아버지와 엄마 그리고 어린 내가 있다. 가족 동반 소풍 때면 이상하게도 날이 궂었다. 남산에는 오래전에 조성된 시민공원이 있었고 정상에 팔각정이 있었다. 서울타워는 방송국의 종합 송신탑이었다. 서울 이곳저곳에서 몰려온 사람들이 곳곳에 돗자리를 펴고 앉아 도시락을 먹고 떠들어댔다.

높은 산은 아니었지만 예닐곱 살 계집아이가 따라 걷기에는 벅찼다. 나중에는 가지 않겠다고 떼를 쓰곤 했는데 나는 번번이 아버지의 거짓말에 속아 넘어갔다. 아버지는 다른 곳에 데리고 간다고 둘러대고 일단 집을 나섰다. 남산에 갈 때면 보이던 남대문시장 앞이 아니어서 신나게 아버지를 따라간다. 하지만 올라가는 코스만 바뀌었달 뿐 도착해 보면 늘 남산이다. 남산에는 커다란 놀이터가 있었다. 하얀 타이즈에 검은 먼지 줄이 가도록 실컷 놀고 있으면 어느새 날이 어둑해진다. 아버지는 남산 아래로 펼쳐지는 시가지를 내려다보며 서 있다. 나도 아버지 옆에 가 섰다. 소나무 가지 때문에 시가지는 눈에 들어오지 않는다. 아버지가 번쩍 들어 목말을 태워주면 그제야 시원하게 펼쳐진 서울 시내가 한눈에 들어왔다. 검은 양탄자에 구멍이 뚫리듯 점점이 불빛들이 늘어난다. 저렇게 많은 집들에 그렇게 많은 사람들이 살고 있다는 것이 신기할 따름이었다. 그럼 젊은 아버지는 한마디 했다. "서울은 만원이다!" 그때 아버진 왜 그렇게 남산에 올라갔던 걸까.

우리는 울지도 못했다. 셋째는 아직 도착하지도 않았고 남편에게서는 전화도 없었다. 의사가 사망 시간을 선고하려는 순간이었다. 심장 박동계의 횡선이 탄력을 받아 투웅, 튕겨 올랐다. 의사가 달려들어 호흡과 맥박을 체크했다. 아버지는 참았던 숨을 몰아쉬듯 파, 하고 입을 벌렸다. "아이고, 어머니." 기절초풍한 엄마는 놀라 엉덩방아를 찧었고 둘째는 유령이라도 본 듯 입을 벌렸지만 아무 말도 못했다. 한참 만에야 아빠, 라고 처음 입을 뗄 때는 돌배기 아이처럼 "아빠? 아빠?"라는 말만 되풀이했다. 그제야 셋째가 뛰어 들어왔다. 혹시나 상황 종료가 된 것은 아닐까 오는 내내 조바심을 쳤다가 아무 일 없는 걸 알자 울음을 터뜨렸다. 나는 다른 데 가는 줄 알고 신나 아버지 뒤를 한참 쫓아갔는데 또 남산에 올라가 있는 심정이었다. 역시 우리 아빠다, 라는 생각. "하여간 죽는 순간까지도 공갈이야, 이 인간은……" 엄마는 그제야 바닥을 치며 대성통곡을 했다. 아버지는 엄마의 그런 무신경함이 신경 쓰인다는 듯 살짝 양미간을 찌푸렸다. 그러고는 누구에게랄 것도 없이 짧게 말했다. "초록 별!"

그때 골이 터졌는지 1층 대기실에서 함성이, 병원 옆의 음식점들에서, 조금 더 먼 오밀조밀 모여 선 아파트의 창문들에서 꼬리에 꼬리를 물고 울려 퍼졌다.

아버지는 평소와 다르게 가뿐히 혼자 일어나 앉았다, 라기보다는 스르르 머리 쪽으로 천천히 빠져나왔다. 몸이, 아니 영혼이 깃털처럼 가벼웠다. 아버지는 침대에 널브러져 누운 늙은 육신을 내려다보았다. 말라비틀어진 볼품없는 육신이 바로 자신이라는 것을 깨닫자 절망했다. 싸구려 레자 소파 같았다. 얇은 자루 속에 담긴 뼈 한 자루에 불과했다. 한때 철봉에 매달려 멋지게 공중돌기를 하던 날렵한 몸은 어디로 갔나. 툭툭 불거진 혈관 주위는 링거 바늘 자국들이 남긴 멍으로 얼룩덜룩했다. 아버지는 입을 헤벌린 채 침까지 흘리며 죽어 있었다. 헬리콥터처럼 아버지는 천천히 떠올랐다. 침대에 둘러선 가족들의 머리통이 저 아래로 멀어졌다. 아버지의 영혼은 병원 건물 천장을 뚫고 올라가면서 하늘로 비상했다. 거리를 걸어가는 사람들의 머리가 콤마처럼 보이고 자동차들이 개미만 해졌다. 아버지는 더 높이 올라갔다. 아버지는 저 아래로 멀어지는 남산을 보았다(서울타워 때문에 남산이라는 것을 알았다). 환하게 불을 밝힌 상암 월드컵 경기장(그건 딸애가 늘 용변을 처리해주던 스뎅 배변통 같았다)도 멀어졌다. 관중석이 붉은 셔츠를 입은 사람들로 꽉 차 있었다. 아버지는 더 높이 부상했다. 달에서도 보인다는 만리장성은 지구의 커다란 생채기, 아니 어찌 보면 거대한 틈, 불과 얼음이 흘러들어 최초의 두 존재를 만들어낸 그 틈 같아 보였다. 아버지는 조금 더 높이 올라 반도인 우리나라를 온전히 한눈에 내려다보았는데 과연 토끼 비스듬했다. 아버지는 하늘 높은 줄 모르고 더 높이 더 높이높이높이 올라 드디어 저만치 앞에서 움직이는 듯 마는 듯 돌고 있는 지구를 보았다.

지구는 초록 별이었다.

마을버스는 아파트 단지 입구에 나를 내려놓고 사라졌다. 나는 내가 살고 있는 아파트의 창문을 한 번에 찾을 수 있었다. 두 쪽짜리 창에는 전에 살던 아이가 붙여놓고 간 피카추 스티커가 붙어 있었다. 그 노란 피카추가 반짝반짝 빛나게 보이던 때도 있었는데…… 아파트 창문을 오랫동안 올려다보았다. 나는 단지 안으로 들어가는 대신 4차선 도로를 건넜다. 집에 들어가기 싫었다.

4차선 도로 하나를 건넜을 뿐인데 고층 아파트 단지들이 밀집한 건너편과는 사뭇 다른 풍경이었다. 거름을 쳤는지 건는 내내 고린 거름냄새가 코끝에 달라붙었다. 초여름에도 비닐하우스 농사를 할까. 비닐하우스 안에서 자라고 있을 식물들이 궁금했지만 땅이 질척해서 들어서지는 않았다. 공장을 돌아가자 뜻밖의 주택가가 나타났다. 버스로 도로를 지날 때는 보이지 않았었다. 재개발을 목전에 둔 듯 오래된 주택가

곳곳에 재개발을 축하한다는 노란 현수막이 내걸렸다. 오밀조밀 모여 있는 다세대, 연립주택들 사이사이로 간신히 차 한 대가 다닐 만한 골목길이 나 있었다. 별안간 튀어나온 건물 앞에서 두 갈래가 된 골목은 서로 간격을 벌리며 멀어지는가 싶더니 한참 뒤에서 자연스럽게 하나로 합쳐졌다.

그 학원은 이제쯤 막다른 골목이 나오지 않을까, 생각한 그 지점에서 나타났다. 학원이라곤 하는데 가정집 2층이었다. 간판도 따로 없이 2층 창문 두 쪽에 붙인 종이에는 '때밀이 배워드립니다'라고 쓰여 있었다. 아, 때밀이 강습학원이구나, 고개를 주억거리다가 별의별 학원이 다 있다는 생각이 들었다. 가정집 2층 방에서 대체 어떤 때밀이 수업과 실습이 이루어지는지 때밀이를 '배워드린다'는 잘못된 문장만큼이나 묘한 구석이 있어 자꾸만 안으로 들어가보고 싶어졌다.

아버지가 더 높이 올라갈 수 없었던 것은 실 때문이었다. 아버지의 몸과 연결된 가느다란 실이 아버지의 영혼이 더 멀리 가지 못하도록 묶어두었다고 했다. 아버지의 영혼은 연처럼 바람을 타고 이리저리 흔들렸다. 어느 순간 누군가 후르륵 얼레를 감는 것처럼 영혼이 앞으로 당겨졌고 순식간에 그 실의 얼레인, 흉측하게 늙은 육신으로 되돌아올 수밖에 없었다고 했다.

집에 돌아오니 남편은 없었다. 어젯밤에도 돌아오지 않은 모양인지 이불에서 온기라곤 느껴지지 않았다. 그를 붙잡고 있는 얼레가 나이기는 한 건가. 내가 풀었다는데, 실이 너무 풀렸는지 연도 실 끝도 보이지 않았다. 저녁때쯤 병원으로 나가려는데 남편에게서 전화가 걸려왔다. "장인어른은? 편하게 가셨어?" 그는 울고 있었다. 그가 그렇게 아버지를 애틋하게 생각하고 있는 줄은 몰랐다. 그는 소리 나게 코를 풀고는 병원 근처 포장마차에 있다며 술값을 가지고 와달라고 부탁했다.

언제부터 술을 마셨는지 남편의 몰골은 말이 아니었다. 초여름이 되자 야상은 벗어 던졌지만 그 후로는 쭉 영화사의 홍보용 셔츠를 입고 다녔다. 땅바닥을 구르기라도 했는지 셔츠에 흙탕물이 들었다. 그는 강소주를 들이켜고 있다가 나를 보자 한 손을 살짝 드는 듯 마는 듯 들었다가 내렸다. 한때 나는 나이답지 않은 그의 이런 수줍음이 좋았다. 내가 들어서자 안도한 듯한 주인 여자는 국수 한 그릇을 재빨리 말아 내왔다. 울퉁불퉁한 바닥 위에서 플라스틱 의자의 다리 중 하나가 들떴다. 남편은 몸이 기우뚱 옆으로 기울 때마다 꼰 다리를 펴 중심을 잡았다가 다시 다리를 꼬는 동작을 되풀이하며 술을 마셨다.

그는 울었다. 자신이 2년 동안 공들였던 시나리오가 어이없게도 다른 제작사를 통해 다른 작가, 감독의 이름으로 발표된다고 했다. 국수는 삶아놓은 지 오래된 듯 찰기가 없어 씹지 않아도 툭툭 끊겼다. 둥둥 국물 위에 뜬 고춧가루는 양념

으로 친 것이라기보다는 잘못한 설거지 때문이거나 위에 고
명으로 넣은 김치에서 풀려나온 것 같았다. 멸치 국물은 밍밍
했고 비렸다. 그가 울었던 건 돌아가신 장인 때문이 아니라
시나리오 때문이었다. 시나리오 때문에 장인이 돌아가실지도
모른다는 전화를 받고도 병원에 오지도 않고 전화도 하지 않
은 것이다. 내 앞의 이 낯선 남자는 누구일까. 나는 그에 대
해 아는 것이 하나도 없다는 생각이 들었다. '때밀이를 배워
드립니다'라고 써 붙인 2층 방처럼 때밀이를 가르쳐주는 학원
이라는 것까지는 짐작이 가지만 정작 그 안에서 어떤 수업이
이루어지는지 알 수 없듯 나 또한 남편이라는 이 남자의 내부
는 본 적이 없다는 생각이 들었다. 그는 장인이 죽었다가 살
아났다는 이야기를 덤덤히 흘려들었다.

　"그러니까 미리 이야기하고 다니지 말랬잖아. 이 년 동안
좀 떠벌리고 다녔어? 그랬으니 영화판에서 그 이야기 모르는
사람 없었을걸?" 나는 심드렁하니 대꾸했다. 아버지가 돌아
가셨다가 살아난 일에 비하면 그런 일쯤, 아무것도 아니었다.
그가 자신의 잘못을 수긍한다는 듯 고개를 깊게 주억거렸다.
"그랬지, 그랬어." "그리고 그 이야긴 핸드볼인지 컬링인지
아직 결정도 안 났었잖아." 그 말에 남편은 술이 확 깬 듯했
다. "그랬지, 그랬어." "결국 하늘 아래 새로운 이야긴 없다
는 거야. 누가 먼저 선수를 치느냐가 중요한 거지." 나는 옳
은 말만 골라 하면서 그의 약을 살살 올리고 있었다. 남편이

잠깐 나갔다 오겠다면서 일어섰다. 그가 지나가면서 플라스틱 의자를 몇 개 쓰러뜨렸다. 파를 썰던 주인 여자가 소리쳤다. "에고고, 손님! 그짝이 아니고 저짝, 화장실은 저짝." 나는 읽다 만 그의 시나리오에 대해 생각했다. 캐릭터는 네 명이었다가 다섯 명으로 다시 네 명으로 바뀌곤 했다. 없어졌다 다시 등장했다 또 없어지는 한 인물에 대해 생각했다. 그 인물의 이름이 뭐였더라, 생각나지 않았다.

플라스틱 의자를 쓰러뜨리며 돌아온 남편의 랜드로바에 오줌 방울 자국이 얼룩처럼 번져 있었다. 아버지의 구두 등에도 저렇게 오줌 방울들이 맺혀 있곤 했다. 남편과 다른 건 아버지 것은 송글송글 맺혀 있었다는 거다. 아버지의 구두는 늘 구두약으로 정성껏 닦아 웬만한 물기는 스며들지 못하도록 얇은 피막이 형성되어 있었던 거다. 남산에서 내려온 아버지는 곧바로 집에 가는 대신 꼭 동네 술집에 들러 술 한잔을 걸쳤다. 둥근 스테인리스 탁자에 앉아 나는 빵을 먹거나 가게 주인이 찢어준 달력 종이에 인형을 그리며 아버지를 기다렸다. 가게에서 나왔을 때 아버지는 걸음을 제대로 걷지 못할 만큼 취해 있었다. 흔들거리는 아버지를 보면 불안하기도 했지만 한편으론 무슨 저딴 아빠가 다 있냐, 라는 생각이 들었다. 하긴 아빠들은 다 저랬다. 동화책 속에는 아빠들이 별로 등장하지 않았다. 겨우 등장하는 아빠라곤 새엄마의 간계에 넘어가는 어리석은 아빠들뿐이었다. 아버지는 두 발짝 정도 뒤에 나를 세워두고 뒤돌아섰다. 부시럭부시럭, 오물락조물락, 작고 귀중한 것을 꺼내 선물로 주려는 걸까,라는 생각이 끝나기도 전에 벽에 오줌발이 가 닿는 소리와 함께 김이 허옇게 올라왔다. 나는 좀 되바라진 아이였다. 기다리다 지쳐 "아빠, 언제까지 쌀 거야?"라고 물었다. 아버지는 고개만 돌려 게슴츠레 눈을 뜨고 나를 내려다보았다. "넌 누구냐?" 그럼 나는 아버지가 딴생각하지 못하도록 새된 목소리로 대꾸했다. "누구긴 누구야, 딸이지. 최용수 씨 딸 최, 한, 나!" 아버지는 별안간 술이 확 깨는 듯 눈을 꿈벅거렸다. 고개를 푹 숙이고 바지 지퍼를 잠그며 돌아서는 아버지의 눈빛은 절망의 눈빛이었다.

*

아버지는 그날로부터 8개월 뒤에 돌아가셨다. 영상의 날씨가 계속되다 급작스레 영하로 떨어진 2월 어느 날이었다. 몇 번이나 되돌아왔지만 이번에는 한 번 건넌 죽음의 문턱을 되돌아오지 못했다. 임종은 나 혼자 지켰다. 그날 이후로 아버지는 죽음을 두려워하지 않았다. 의사가 아버지의 사망 선고를 내렸을 때 나는 꽁꽁 닫힌 창밖을 보았다. 한없이 가벼워진 아버지의 영혼이 연처럼 하늘 높이높이 올라가는 상상을 했다. 우주 속에서 아버지는 안 아프다. 아버지는 비로소 아버지가 아닌 자유로운 영혼이 되어 날아다닌다. 그리고 마침내 아버지의 육신과 연결된 실이 끊어진다. 실이 끊긴 연이 맴맴 돌고 거꾸로 처박힐 듯 떨어지기도 하면서 검은 우주 속으로 점점 사라진다. 좀 추워져서 나는 두 팔로 양어깨를 감싸 안았다. 나는 허공을 바라보며 중얼거렸다. "그래도 봄이 오는 걸 숨길 수는 없지, 그렇죠? 아빠?"

아버지의 장례식에 모인 친지·친척 들은 아버지의 총명함과 아버지의 출생 연도에 대해 설왕설래했다. 엄마가 아는 아버지의 나이는 1934년생 70세였다. 아버지의 사촌 하나가 형님이 태어나고 정확히 열여섯 달 만에 자신이 태어났다고 우겼다. 사촌의 계산으로 따지자면 아버지의 정확한 나이는 1931년생 73세였다. 엄마는 곡을 하다가도 그 인간이 처음부터 모든 걸 속였다면서 사람들에게 떠벌렸다. 엄마를 처음 만났을 때 아버지는 자신의 나이를 엄마보다 세 살 많은 1945년, 을유년생, 닭띠라고 했다는 것이다. "최 사장은 나랑 같은 갑자인데요"라며 나선 사람은 아버지가 대학 시절부터 자취를 했던 약국집의 아들이었다. "최 사장은 1945년이 아니라 1933년 계유년, 닭띠인데요." 엄마는 그 아저씨를 알아보고 어릴 적 동네 불알동무라도 만난 듯 반색을 했다. 그 시절 서울 변두리 그 동네에는 아버지 어머니처럼 지방에서 올라와 자취를 하는 처녀 총각 들이 많았다. 그들을 한자리에 모이게 한 건 궤도를 이탈한 별 하나가 곧 지구와 충돌할 거라는 소문 때문이었다. 약국집 아들이던 아버지의 친구는 지구 종말의 날만 믿고 가게에서 외상으로 엄청난 금액의 술과 안주를 사 와 몇 날 며칠 파티를 벌였다. 거기서 아버지와 엄마도 처음 만났다. 하지만 지구 종말은 없었다. 약국 청년이 진 외상값은 약국을 하는 그의 어머니가 두고두고 갚아야 했다나 어쨌다나. 누군가 손뼉을 쳤다. "닭띠가 맞기는 맞네!" 결국 우리는 아버지의 제대로 된 출생 연도 하나 알 수 없었다.

아이 없는 이혼은 단출하게 끝이 났다. 남편은 짐을 싸서 출장 가듯 집을 나섰다. 나는 전세 계약일이 만료될 때까지 그 집에 머물렀다. 직장에서 돌아오면 침대는 내가 아침에 빠져나왔던 그 모양 그대로였다. 겨울이 되자 남편이 데워두던 그 따뜻한 공간이 그립기도 했다. 문득 늦잠 잔다고 지청구를 들을까 불안해하던 그의 모습이 떠오르기도 했다. 그냥 편하게 푹 자라는 말 한마디 하지 못한 게 후회가 되기도 했다. 비밀번호를 바꾸지는 않았다. 남편은 가끔 집에 들러 자신이 미처 챙겨 가지 못한 물건들을 가져갔다. 깊은 밤 전화를 걸어 자신이 새로 쓴 시나리오의 시놉시스라며 조잘대기도 했다.

공휴일, 슬리퍼 차림으로 슈퍼에 나왔다가 그대로 도로를 건넜다. 이곳에도 아파트가 들어선다고 했다. 집 몇 채가 헐리면서 골목도 없어졌다. 주변을 조금 헤맸다. 그 집은 몇 개월 전 내가 보았던 그대로 그 자리에 있었다. 작은 창 두 쪽에 여전히 그 글자들이 붙어 있었다. 반가운 마음에 서두르느라 슬리퍼가 벗겨졌다. 집 앞까지 뛰어갔지만 그 한 면만 간신히 남아 있을 뿐 나머지는 다 헐린 뒤였다. 대체 그 방에서 어떤 수업이 벌어졌을까. 방에서 어떻게 때를 미는 실습이 가능했을까. 두고두고 궁금증이 남았다.

*

"초록 별!"

한동안 잊었던 아버지의 그 말을 떠올린 건 한국 최초의 우주비행사 이소연 씨 때문이었다. 어린 시절 보았던 SF영화 속, 우주선에는 꼭 한 명의 여자 박사가 타고 있었는데 나도 그런 여자 박사가 되고 싶었다고 말했던 이소연 씨가 무중력 상태의 우주선 창 너머로 지구를 보고 있었다. 불현듯 아버지의 이야기가 떠올랐다. 어쩐지 점층법적이던 그 이야기 줄거리가 폴 발레리의 「공원」과 흡사하다 느끼기도 했다. 몽수리 공원은 파리의 안, 파리는 지구 위, 지구는 별의 하나.

나는 서울 시내의 감자탕 집에 걸린 대형 텔레비전으로 그 중계를 보았다. 중계가 끝나고 보니 대형 텔레비전은 그때 걸린 텔레비전이 분명했다. 2002년 월드컵, 술집들과 음식점들은 대형 텔레비전을 걸고 손님들을 끌었다. "그땐 정말 대단했어요!" 나는 건너편에 앉은 H에게 물었다. 그는 한번에 알 아듣지 못하다가 내가 턱으로 그의 뒤를 가리키자 몸을 돌려 텔레비전을 보고는 그제야 심드렁하게 아, 했다.

술이 한잔 들어가자 H는 말수가 늘었다. "그땐 정말 나라 가 뒤집힌 게 아닌가 생각했죠. 광장으로! 광장으로! 무슨 구 호도 아니고. ⋯⋯그런데 우리가 언제부터 광장 문화였습니 까? 우리가 대체 언제부터 광장에 모였냐는 거죠. 우리한테 광장이 있기는 했느냐는 말이죠. ⋯⋯우리 문화는 아무래도 골목 문화죠, 골목." 그러더니 소주 한 잔을 한입에 털어 넣 고 말끄러미 내 얼굴을 보았다. "그런데 언제 우리가 이렇듯 깍듯하게 존댓말을 했었습니까? 아니 ⋯⋯했었냐? 최한나!" 그가 웃었다. 그의 웃음 속에서 흐릿하게 비린내 풍기던 동갑 내기 남자애의 얼굴이 떠올랐다.

나는 15년 만에 만난 H와 남산에 올라갔다. "요새도 남산 가는 사람 있나?" H는 구시렁대면서도 나를 따라왔다. 그는 발짝 하나하나를 도장 찍듯 신중히 내딛는 버릇이 있었다. 우 리는 명동역에 내려 숭의여대 방향으로 올라갔다. 케이블카 승강장을 조금 지나자 분수대로 올라가는 계단이 우리 앞에 펼쳐졌다. 벌써부터 숨이 가빴다.

남산에 오면 아버지의 우스갯소리가 생각난다. "여기서 동 전을 던지면 어디로 떨어지는 줄 아나? 이 가나 김 가 두 집 중 한 집이다." 그만큼 서울에 많은 성씨가 김 가나 이 가였다는 말이었을 것이다. 아버지가 서 있던 곳에 H가 서 있다. 두 팔을 허리춤에 갖다 붙이고서. 어둠이 몰려오면서 서울의 야경이 발아래에 펼쳐졌다. 아버지는 왜 그렇게 남산에 올라왔던 것일까. 그 시대 영화에서처럼 시골에서 상경한 청년들의 흔한 포즈였을까. 이 험난한 서울에서 일 한번 내보겠다는, 살아남겠다는. H가 별안간 어둠 속으로 두어 발짝 들어갔다. 부시럭부시럭 오물락조물락, 나는 기다려보기로 했다. 그게 소변을 보는 것이든 반지를 꺼내는 것이든, 좀 기다려보면 안다. H에게서 살짝 등을 돌리고 내려다본 서울 시내는 어릴 적보다 훨씬 밝았고 불빛도 촘촘했다. 서울은 만원이었다.

우리는 아버지가 하는 말의 반 이상을 귓등으로 흘려들었다. 수많은 거짓말을 했지만 아버지가 했던 거짓말 중의 최대 거짓말은 역시 1968년 만우절의 거짓말이 아니었을까. 그해 겨울 엄마는 나를 배 속에 넣고 제2한강교를 건넜다. 그때도 만우절이 있었다니 신기하기만 하다. 아버지의 말랑말랑한 거짓말에 눈 감으면 코 베 간다는 서울살이에 의심만 늘 대로는 엄마도 속아 넘어갔다. 그날 마신 커피 탓도 있었다. 카페인 성분에 심장이 벌렁벌렁 뛰었는데 엄마는 그걸 그만 아버지를 사랑하는 거라고 믿어버리고 말았다.

엄마는 아버지로부터 청혼을 기다렸다. 그사이 점점 배가 불러오기 시작했다. 아버지는 엄마를 앉혀놓고 말없이 소주만 들이켰다. 둘이 앞서거니 뒤서거니 올라오던 가파르고 비좁던 보문동 산동네 길. 골목 중간에서 아버지는 엄마를 세워 놓고 돌아섰다. 부시럭부시럭, 오물락조물락. 엄마는 아버지가 청혼할 반지를 꺼내는 거라고 착각했다. 하지만 아버지는 엄마를 세워둔 채 길게 오줌을 누었다.

아버지의 가장 큰 거짓말이 결실을 맺어 여기 이렇게 서 있다. 가끔 나 자신도 타인처럼 여겨지고 악착같이 전철을 타고 버스로 갈아타며 시내의 회사로 출근하면서도 모든 것이 비현실적으로 느껴지는 것은 바로 그 때문일는지도 모른다. H가 천천히 한 발 두 발 도장 찍듯 신중한 걸음걸이로 내게로 다가온다. 죽기 전에 우리에게 또다시 회오리 같은 열정이 찾아올까. "찾아올까? 아빠?"

지금으로선 그딴 것, 노우다.

순천엔 왜 간 걸까, 그녀는

사과를 싣고 가던 트럭이 전복되면서 팔중 연쇄 추돌 사고로 이어졌다는 57분 교통 정보를, 여자는 지방의 한 국립대학으로 가는 밴 안에서 들었다. 뭔가 새로운 구상이라도 하는 듯 오만상을 찌푸리고 있었지만 사실은 톨게이트를 빠져나온 이후로 줄곧 떠오를 듯 떠오를 듯 좀처럼 잡히지 않는 하나의 이미지로 골머리를 앓는 중이었다. 반쯤 먹고 비닐봉지로 대충 싸매둔 김밥에서 쉰내가 풍겼다. 흥이 없는 빈자리는 이렇게 금방 표가 났다. 김밥이 남고, 또 남은 김밥이 쉬기도 하는 것이다. 여자는 나무젓가락 한 쌍이 삐죽 튀어나온 비닐봉지를 발끝으로 저만치 밀쳐놓았다.

　밴은 하루 중 가장 많은 시간을 보내는 곳이었다. 분장 소품과 갈아입을 옷가지들이 짐칸으로도 모자라 밴 뒷자리까지 꾸역꾸역 밀고 들어왔다. 여자는 밴 안에서 요기도 하고 잠도 자고 심지어는 사랑을 나누기도 했다. 바쁜 스케줄을 소화하기 위해서는 서울 시내는 물론 전국의 교통 상황까지 꿰고 있어야 했기 때문에 늘 라디오를 틀어두었다. 매시 57분이면 어김없이 간추린 교통 정보가 흘러나왔다. 시간에 쫓겨 다 썹지도 않은 김밥 덩어리를 목구멍 아프게 삼키다가도, 전희도 없이 욕정 풀기에만 급급한 사랑을 하는 동안에도, 통신원의 독특한 말투가 들려오면 반사적으로 아, 정각 3분 전이로군, 하고 간을 보듯 음식을 잠시 물고 있다거나 살짝 엉덩이를 들었다 놓는 식으로 누구에게랄 것도 없이 다짐받곤 했다. 그쯤 되면 57분 강박이라고 할 만했다.

운전은 매니저들이 전담했기 때문에 통신원이 속사포처럼 쏟아내는 전국 도로 상황이나 사고 소식들은 대부분 건성으로 들어 넘기기 일쑤였다. 그런데 오늘따라 교통 정보에 솔깃해서 주의 깊게 듣게 된 것은 사고가 난 바로 그 도로 위를 밴이 달리고 있다는 것과 사고를 낸 트럭이 하필 사과를 싣고 있었다는 점 때문이었을 것이다.

사고 현장에서 멀찍이 떨어져 있었음에도 진작부터 차들은 가다 서다를 반복하며 좀처럼 속도를 내지 못했다. "이상하네, 거긴 사고가 날 데가 아닌데……" 사고가 나는 곳이 딱히 따로 있느냐고 물으려는데 박이 차창 밖으로 고개를 쑥 내밀었다. 정수리께의 짧은 머리카락을 닭벼슬 모양으로 치켜 올린 박의 머리가 제자리로 좀처럼 돌아오지 않는 걸로 보아 정체 행렬이 생각보다 길게 늘어선 모양이었다. 행사 시간까지는 두 시간 남짓 남아 있었다. 홍이 있었다면 냅다 박의 뒤통수부터 후려갈기고 보았을 것이다. 이 계통의 직업에 처음 발을 들여놓았다는 박은 홍에게 뒤통수를 맞고 '조인트'를 까이면서 일을 배워가고 있었다. 아까도 방송국 로비에서 신인 여가수들에 정신이 팔려 뒤처지는 바람에 주차장에서 여자와 홍을 한참 기다리게 했다. 한 1, 2년 방송물 좀 먹고 나면 말끔히 촌티를 벗게 될 거였다. 그 어떤 인기 연예인이 코앞을 지나간대도 태연한 척할 수 있고 고향 친구들 앞에서 강아지 이름 부르듯 연예인 이름을 들먹이며 허풍 떠는 날도 오게 될 것이다. 아무튼 박이 꾸물대지 않았다면 한발 앞서 사고를 피해 갔을 것이고 지금쯤이면 축제가 한창인 대학에 도착하고도 남았을 것이다.

왜 하필 사과였을까. 햇사과 출하철인 데다 이 고장 일대가 전국 사과 생산량의 절반 이상을 차지하고 있었다. 그러니 확률상으로도 이 국도를 지나치는 과일 트럭의 다섯 대 중 세 대는 사과를 싣고 있을 가능성이 컸다. 여자는 혼자 묻고 혼자 대답했다. 자문자답은 여자의 오래된 버릇이었다. 묻고 대답하는 과정을 통해 여자는 어수선한 생각들의 갈피를 잡고 모호한 것들을 구체화시키고는 했다. 어느 순간 스스로의 한

계점을 넘지 못해 맴맴 제자리걸음을 하고 있다는 것을, 잘못된 결론을 도출시키고도 그 결론에 취해 맹신하며 점점 고집스러워지고 있다는 것을 여자는 미처 깨닫지 못했다. 요사이 여자가 빤한 우스갯소리만 내놓고 있는 것도 이것과 무관하지 않았다. 그런데도 여자는 그 해답을 홍에게서 찾으려고 했다. 홍이 더 이상 자신에게 영감을 주지 않는다고 생각한 지 오래였다. 그 무렵이었을 것이다. '누구일까요?'라는 제목의 사진 한 장이 인터넷에 뜬 것은.

사진을 보는 순간 여자는 '이 여잔 누구야?'라고 되물을 뻔했다. 사진 속의 여자는 본인조차 생경스러울 만큼 낯선 모습이었다. 사진 속에는 지뢰를 밟게 되더라도 무심할 듯한 표정의 여자가 있었다. 도무지 나이를 종잡을 수 없는 부류의 여자들이 있는데 사진 속의 여자가 그랬다. 억지스럽고 과장된 분장을 지운 민얼굴이다시피 한 맨송맨송한 얼굴이었다. 창문을 잔뜩 열어놓고 해안도로로라도 달려온 듯 머리카락은 새집이 져 있었다. 정지선에 멈춰 선 차 안의 여자를 마침 옆차선의 운전자가 우연히 발견하고 카메라를 들이댄 듯했다. 타인의 시선에서 완전히 벗어났다고 방심한 여자의 얼굴에서 생기라곤 찾아볼 수 없었다. 짙은 화장이 지워지고 드러난 눈코입의 흐린 윤곽 탓도 아니었다. 그 사진 옆에는 여자가 맡았던 우스꽝스러운 배역을 캡처한 사진 서너 장이 함께 실려 있어 앞의 사진과 극명하게 대조되었다. 빵모자를 눌러쓰고 머리를 양갈래로 땋은 버스 안내양, 한여름에도 헝겊 인형을 뒤집어쓰고 연기했던 펭귄. 그 밑에 달린 댓글들. 정말 다른 사람 같아요. 우리를 웃기는 장미 씨 같지 않아요. 홍과 사귄다는 소문이 사실일까요?

'누구일까요?'라는 제목 밑에 달린 '순천 시내 나이키 사거리에서 딱 마주친 장미 님, 실물은 화면발보다 아름다웠어요'라는 설명글을 읽지 않았으면 그 여자가 바로 자신이라는 것을 믿지 못했을 것이다. 여자의 얼굴은 지는 해를 받아 청동빛으로 반짝이고 있었다. 수없이 담금질된 방짜 대접 같은 얼굴. 불과 찬물을 수천 번 들락거려 더는 뜨거울 것도 차가울 것도 없다는 듯한 얼굴이었다. 그 속에 담긴 두 눈동자. 불꺼진 창 같은 눈빛. 그 표정에 놀라면서도 여자는 의문을 달았었다. "순천엔 왜 간 걸까, 나는?"

군이 그날의 해프닝이 아니더라도 사과를 실은 트럭의 사고는 귀가 솔깃해지기에 충분했다. 역시 소재의 문제인가, 여자는 또 자신에게 물었다. 바나나를 실은 트럭이라면, 하고 가정해보았다. 엇비슷한 풍경이 지루하게 반복되는 국도에 느닷없이 날아와 떨어졌을 바나나들. 삶의 악센트처럼 국도 곳곳에 떨어졌을 노란 바나나가 떠올랐다. 일일 찻집을 운영하는 여학생들이 찻집까지의 길을 안내하려고 보도블록 위에 붙여놓은 손바닥 모양의 색종이처럼 도로 곳곳에 뭉개진 바나나 껍질들이 들러붙어 있을 것이다.

　횟수가 거듭될수록 '어젯밤 내가 먹은 것' 코너도 슬슬 식상해지기 시작했다. 똑같은 도식을 따라 진행되는 콩트인데도 어떤 소재인가에 따라 시청자들의 반응은 엇갈렸다. 그날의 요리 재료가 사과가 아니라 바나나였다면 홍과의 사이는 변함없었을까. 대답은 아니다, 였다. 그날은 모든 것이 엉망이었다. 여느 때와 마찬가지로 홍이 뒤집개로 여자의 머리를 때렸다. 아무 말도 하지 못한 채 참고 있는 모습이 여자의 캐릭터였는데 여자는 사납게 "왜 때리니?"라고 받아치고 말았다. 느닷없는 여자의 애드립에 홍의 대사들이 엉겼다. 대사를 치고 빠져야 할 타이밍도 자꾸 놓쳤다. 그런데도 방청객들은 스튜디오가 떠나가라 웃어댔다. 웃을 준비를 하고 방송국까지 제발로 찾아온 방청객들은 속일 수 있다 해도 텔레비전 앞에 앉아 있던 시청자들까지 속여 넘길 수는 없었다.

　해야 할 대사는 잊고 하지 말아야 할 대사는 하고, 상대방의 대사를 가로챈 것도 모자라 여자는 도마에 놓인 사과를 과도로 찍는다는 것이 그만 그 옆에 올려놓은 홍의 손등을 찍고 말았다. 그것도 콩트의 일부라고 생각한 방청객들 사이에서 한바탕 웃음이 터져 나왔다. 홍의 등장은 늘 요란했다. 튀어나오는 안구를 붙이고 나온다거나 프랑켄슈타인처럼 분장한 머리에 커다란 드라이버를 꽂고 나오곤 했기 때문에 이번에도 코미디 소품인 플라스틱 모조 손이라고 생각한 모양이었다. 어안이 벙벙한 홍은 비명도 지르지 못했다. 얼굴이 새파랗게 질린 홍이 손을 들어 올렸다. 칼이 꽂힌 손등에서 피가 뚝뚝 흘러내렸다. 그제서야 사고라는 것을 알아챈 방청객 몇이 비명을 질렀고 공개홀 곳곳에서 우르르 사람들이 일어났다. 녹화 사인이 꺼지고 담당 연출자가 무대 위로 뛰어 올라왔다. 사람들 틈을 헤치고 겅둥거리며 뛰어나오는 매니저 박의 닭벼슬이 보였다 안 보였다 했다. 대기실에서 모니터로 무대를 보고 있던 동료 개그맨들도 우르르 무대로 쏟아져 나왔다. 119에 전화를 건다, 지혈할 것을 찾는다, 사람들이 여자의 눈앞에서 휙휙 지나갔다. 그동안 여자는 무심한 표정으로 과도가 꽂힌 홍의 손등을 지켜보고 있었다. 단 한 가지 고민만 했던 것 같다. '저 칼을 빼야 돼? 말아야 돼?' 빼자니 피가 더 솟구칠 것 같고 그대로 있자니 홍이 고통스러울 것 같았다.

평상시라면 여자의 허벅지 위에 홍의 두 발이 걸쳐져 있었을 것이다. 상대적으로 다리가 짧은 여자의 두 발은 홍의 무릎 쯤에 놓여 있었겠지. 밴 안에서 생활하다 보면 비좁은 공간을 편안하게 쓰는 노하우들이 속속 생기는 법이었다. 편안하게 쉬는 방법은 나란히 앉기보다 얼굴을 마주 보고 앉아 서로의 다리 사이에 다리를 걸쳐놓는 거였다. 별안간 떠오른 아이디어를 의논하기에도 한 개의 도시락을 둘이 나눠 먹기에도 좋은 자세였다. 어쩌다 잠깐 곯아떨어졌다 깨어나면 여자의 두 발은 어느새 홍의 사타구니 사이를 비집고 들어가 있곤 했다. 홍의 그곳은 새 둥지처럼 따뜻했다. 앙상하게 말라 툭불거져 나온, 다른 곳보다 거무스름하고 반질반질한 홍의 복사뼈를 행운의 돌인 양 조몰락거리고 있자면 한 평 반 남짓한 이 밴 안에서도 아이 셋은 낳아 거뜬히 길러낼 수 있을 것 같은 객기가 생기고는 했다.

부상자가 구급차에 실려 가고 차들이 견인되고 도로 위에 나뒹구는 수십 짝의 사과 궤짝들을 갓길로 치우느라 시간이 걸리고 있지만 이렇게 긴 시간 교통 정체를 끌고 있는 것은 다름 아닌 현장에 있는 몇몇 운전자들의 이해할 수 없는 행동 때문이라고 했다. 국도를 이용해 대구로 가는 차량들이라면 우회로를 이용하라고 통신원이 덧붙였다. 그때까지 밴의 시야를 가로막고 있던 검은 차가 재빨리 차선을 벗어났다. 끝간데 없이 늘어선 정체 행렬이 나타났다.

앞차가 사라진 뒤에야 여자는 지금껏 떠오를 듯 떠오를 듯떠오르지 않은 채 자신을 괴롭히고 있던 것이 바로 그 차, '봉고' 때문이었다는 것을 깨닫는다.

뒤집혀 자신을 향해 돌진하는 트럭을 피하려 중앙선을 넘었던 자동차는 맞은편에서 달려오던 차에 받쳐 문짝이 일그러졌다. 뒤차들이 급브레이크를 밟았지만 제동 거리가 턱없이 짧았다. 달려오던 차들은 사고 난 차들을 들이박고서야 멈춰 섰다. 몇 대의 차들이 탈선을 했다. 퉁퉁퉁 사이를 두고 충돌하는 소리가 이어졌다. 간신히 추돌을 면한 차들의 차창으로 나무 궤짝이 날아와 떨어졌다. 사과들은 나무 궤짝보다 훨씬 더 먼 곳까지 날아갔다. 차들이 순식간에 뒤섞이고 경적 소리가 꼬리에 꼬리를 물었다.

깜빡 정신을 잃었던 운전자들이 부풀어 오른 에어백을 걷어내고 꼼지락꼼지락 차에서 내렸다. 낙차를 달리해 떨어진 수천 개의 사과들이 제각각 원의 운동 방향에 따라 사방으로 현란하게 흩어지는 참이었다. 사과들은 아스팔트의 파인 틈에서 선회하거나 경사가 기운 강 쪽으로 힘차게 내달았다.

충돌의 충격으로 뒷목을 주물러대던 중년 사내의 발치로 데굴데굴 사과 한 알이 굴러왔다. 사내는 무심코 사과를 주워 들었다. 자칫했으면 그 자리에서 죽을 수도 있었다. 그 붉디 붉은 사과는 자신이 살아 있다는 물증이었다. 사과는 반질반질 윤이 흘렀고 아삭아삭 단단하게 잘 익은 데다 향기도 좋았다. 한 송이 국화꽃을 피우기 위해 수많은 날을 울었던 소쩍새처럼 단 한 알의 사과 열매가 맺히기까지 누군가 피 토하듯 울었을 수많은 날들이 떠올랐다. 마치 그 누군가의 피와 땀이 농축되어 둥근 열매가 된 듯 사과는 붉디붉었다. 사과라는 것이 그랬다. 사과는 시간의 과일이었다. 긴 시간을 견뎌내는 동안 사과는 둥글어지고 시고 달고 떫은 맛이 들었다. 사내는 발 옆을 스쳐 굴러가는 사과를 잡기 위해 재빨리 허리를 굽혔다. 간발의 차이를 두고 가랑이 사이로 빠져나가려는 사과도

낚아챘다. 사내는 필사적으로 사과를 줍고 또 주웠다.

이 광경을 보고 있던 또 다른 사람도 데구르르 강 쪽으로 굴러가는 사과를 잡으러 뛰어갔다. 어느새 도로에 나와 선 10여 명의 사람들이 사과를 줍기 시작했다. 사과를 줍느라 애써 주운 사과를 떨어뜨리기도 했다. 사람들은 셔츠의 앞자락을 둥글게 말아쥐고 그 안에 사과를 주워 담았다. 허겁지겁 우왕좌왕. 허리를 굽히느라 사람들의 얼굴이 붉어졌다. 그 속에 홍도 끼어 있었다. 틈만 나면 끼어들고 속도를 높였지만 사고를 앞질러 가지는 못했다. 홍은 집단 히스테리라도 일으킨 듯 사과를 줍고 있는 사람들을 지켜보았다. 사과의 페이소스. 홍은 자신의 코미디에서 빠져 있는 페이소스에 대해 생각했다. 알량한 개인기에만 의존해 있는 자신의 코미디는 공허했다. 언제부턴가 홍은 넘어지고 자빠지는 장면들에서 넘어지는 척 자빠지는 척 연기했다. 사랑하는 척 기뻐하는 척 배가 안 아픈 척 쿨한 척…… 홍은 손등 위에 씹다 뱉은 껌처럼 붙어 있는 분홍색 켈로이드를 만지면서 아픈 척 이맛살을 찌푸렸다. 사과를 줍느라 일면식도 없는 사람들의 엉덩이가 부딪혔다. 한 개의 사과를 집느라 생판 남인 남자와 여자의 손이 사과 위에서 만나기도 했다. 같은 사과에 달려들다 머리통이 부딪히는 일은 다반사였다.

현장을 수습하기 위해 도착한 교통경찰에 의해 반강제적으로 해산될 때까지 사과를 줍는 일은 계속되었다.

사고 현장을 지나칠 때 여자는 차창을 끝까지 내리고 도로를 내다보았다. 현장은 말끔히 수습된 뒤였다. 사과는 몇몇 사람들이 주워 담기에는 너무 많았다. 비탈길을 따라 강으로 굴러떨어지지 않은 사과들은 흔적이 남지 않을 때까지 자동차 바퀴에 밟혀 으깨졌다. 도로에는 마치 살수차라도 동원해 물을 뿌려놓은 듯 사과 과즙이 흥건히 고여 있었다. 사과 향이 진동했다. 인공 향처럼 진한 향이 코를 자극했다. 향긋한 냄새와는 달리 인체에 치명적이라는 약품이 떠올랐다.

그때 여자는 고등학교 3학년이었다…… 봉고에 대한 기억은 조금씩 조금씩 선명해졌다. 봉고는 선풍적으로 인기몰이를 했다. 봉고가 사라지고 좀더 세련되고 편리한 기능을 갖춘 후속 모델들이 속속 등장했지만 봉고의 아우라를 벗어나지는 못했다. 봉고를 아는 사람들에게 승합차는 모두 '봉고'로 통했다.

가족 삼대가 한 차로 움직일 수 있는 차의 등장으로 새로운 차 놀이 문화라는 것이 만들어지기도 했다. 아이들이 뒷좌석에 모여 앉아 동요를 부르는 동안 어른들은 마주 앉아 패를 돌렸다. 가끔 봉고로 잔치나 문상을 다녀오던 일가족의 참변 소식이 들리기도 했다. 이런 식으로든 저런 식으로든 봉고는 끈끈한 가족애를 자랑한다고 어린 여자는 생각했다. 봉고의 인기에도 불구하고 봉고가 아프리카 대륙에 넓게 분포하는 영양의 일종이라는 것을 아는 사람은 흔치 않았다. 그런 봉고가 왜 사양길을 걸었는지는 알 수 없었다.

여자는 반추동물과도 같은 눈빛으로 창밖의 어느 지점을 보고 있었다. 왜 느닷없이 그때 그 장면이 떠올랐는지 어리둥절했다. 그로부터 정확히 16년이 흘렀다. 그런데 오늘따라 왜 그토록 사소한 일이 떠오르는 걸까.

야간 자습을 마치고 집으로 돌아가는 길이었다. 방과 시간은 늘 11시 무렵이었는데 눈에 띄게 밤 길이가 길어져 어제보다 더욱 깊은 밤인 듯한 착각을 불러일으키는 입동 무렵이었다. 가로등 간격은 넓었다. 가로등과 가로등 사이, 서로의 영역 밖에 긴 띠 같은 어두운 공간이 있었다. 저녁 나절 잠깐 뿌린 비에 얼룩진 거리는 지저분했고 물비린내가 났다. 오밀조밀 모여 있는 다세대 주택의 작은 창마다 노란 불이 켜져 있었다. 여자애는 자신의 미래를 내다보기라도 하듯 번들거리는 골목 끝을 응시했다. 대입 시험이 며칠 남지 않았다. 참고서가 가득 든 가방이 양어깨를 짓눌렀다. 오줌을 누고 난 것처럼 여자애는 부르르 몸을 떨었다.

거리가 텅 비어 있다고 생각했기에 누군가 옆에서 "학생" 하고 불렀을 때 여자애는 그냥 지나칠 뻔했다. 사이를 두고 다시 가라앉은 음성이 "거기 학생!" 하고 불렀다. 소리도 없이 언제 다가왔는지 여자애 옆에 봉고가 멈춰 섰다. 목소리의 임자인 듯한 사내가 봉고의 보조석에서 내렸다. 고급스럽지는 않지만 잘 빨아 다린 양복 차림의 중년 사내였다. 키가 컸다. 사내는 성경처럼 보이는 두툼한 책을 두 손으로 가슴께에 다소곳이 모아 쥐고 있었다. 이런 야심한 밤에도 전도를 하려는 사람이 다 있나 보다고 여자애는 생각했다. 어둠 속에 무수한 십자가들이 박혀 있었다. 해마다 대입 경쟁률이 높아지듯 교회의 입점 경쟁률도 높아진다고 생각했다. 사내가 여자애를 굽어보며 말했다. "학생, 우리가 서울은 초행길이라서 말이지. 역으로 가려면 어떻게 가지?" 여자애는 자신이 걸어온 길을 가리켰다. 사내는 여자애의 손끝을 유심히 따라가는 듯하다가 곧 난감한 표정이 되었다. "아, 모르겠군. 모르겠어. 서울은 처음이라서 말이지." 서울이 처음이라면 어느 시골에서 단체로 교회의 부흥회라도 왔다 가는 길인가. 그때 봉고의 미닫이식 뒷문이 드르륵 열렸다. 얼핏 보았는데도 봉고 안에는 정원보다 많은 사람들이 타고 있는 듯했다. 새로운 얼굴 하나가 나와 여자애를 올려다보았다. "그럼 이렇게 하면 어떨까? 학생이 같이 타고 역까지 좀 가주면 안 될까? 역을 안 다음에 요기 요 자리에 정확히 내려주지." 여자애가 그러겠노라고 대답하지도 않았는데 봉고에 앉아 있던 사람들이 엉덩이만 옆으로 옮겨 작은 틈을 만들어놓았다. 시골 교회의 전도사쯤으로 보이는 중년 사내는 성경을 꼭 쥔 채로 여자애를 향해 미소 짓고 있었다. 차로 5분 거리이니 갔다 와도 괜찮지 않을까. 아무런 의심 없이 봉고에 오르려던 순간이었다.

그때 무엇 때문이었는지 전도사의 마음이 바뀌었다. "아냐, 그냥 가지. 이 형, 이왕 늦은 거 우리끼리 한번 더 찬찬히 둘러보자구." 봉고 뒷문을 열었던 이 형이라 불린 사내는 아무런 대꾸도 하지 않았다. 골목 끝에서 행인 두 명이 걸어오고 있었다. 전도사는 후닥닥 봉고에 올라 문을 닫았고 미처 뒷문을 닫기도 전에 봉고는 출발했다.

우여곡절 끝에 축제 현장에 도착했지만 홍 혼자서는 무대에 오를 수 없었다. 교문에서부터 홍을 알아본 학생들이 소리를 지르고 핸드폰을 들이대며 사진을 찍었다. 축제의 대미를 장식할 초대 가수 또한 아직 도착하지 않았다고 했다. 길에 묶여 있던 많은 학생들도 뒤늦게 부랴부랴 학교에 도착했다. 초대 손님도 오지 않고 참가자도 많지 않은 오후의 몇몇 행사들은 싱겁게 끝이 났다. 팔중 연쇄 추돌 사고의 여파는 대학 축제의 판까지 새로 짰다. 공연 행사는 초대 손님들이 도착할 때까지 무기한 연기되었다. 홍은 박에게 전화를 걸어 고래고래 고함을 질렀다. 박의 전화기 밖으로 샌 홍의 목소리가 여자에게까지 들릴 정도였다. "임마, 눈썹 휘날리도록 뛰어와!" 홍의 목소리 뒤로 시끌벅적한 축제 현장의 소음이 그대로 쏟아졌다. 홍의 코미디는 기껏 그 정도 수준이라고 여자는 생각했다. 눈썹이 휘날리도록, 이라니 너무 진부하지 않은가.

'어젯밤에 내가 먹은 것'을 처음 선보일 때만 해도 그렇게 선풍적인 반응이 있으리라고는 예측하지 못했다. 요리 프로그램을 본뜬 코미디는 종종 있었다. 지금은 고인이 된 한 코미디언은 저명한 요리사의 특이한 말투를 흉내 내며 감칠 맛나는 코미디를 보여주었다. 그동안 스탠딩 코미디가 대세였다면 '어젯밤' 시리즈는 슬랩스틱 코미디의 부활을 예고했다.

'어젯밤'은 요리 프로그램 진행자인 여자가 요리사 홍을 소개하는 것으로 시작한다. 홍은 등장부터 예사롭지 않다. 몇 번이나 불러도 나오지 않다가 느닷없이 문짝을 부수며 등장하거나 방청객 사이에 앉아 있다 무대 위로 올라온다. 늘 특이한 복장이나 소품으로 사람들을 놀래킨다. 여자의 임무는 자꾸 일탈하려는 홍을 제자리로 데리고 와서 프로그램이 끝날 때까지 요리를 마치게 하는 데에 있다. 요리사는 툭하면 삐치고 툭하면 다른 길로 샌다. 여자는 요리사가 휘두르는 팬이나 조리 도구에 맞고 먹을 수도 없는 음식을 억지로 먹으면서 맛있다고 탄성을 지른다.

'만두' 편은 이렇다. 홍은 잔뜩 거드름을 피우며 등장해서는 "개나 소나 다 먹는 만두나 만들 거면 여기까지 나오지도 않았어"라고 큰소리를 친다. "세상에서 제일 큰 만두!" 홍의 말에 스튜디오는 웃음바다가 된다. 밀가루 반죽을 하느라 이틀 밤이나 눈도 붙이지 못했다며 너스레를 떤다. 만두 반죽을 하다가 주걱을 잃어버렸는데 도무지 찾을 수가 없다고 한다. 홍이 스튜디오 한쪽에서 애드벌룬만 한 만두를 낑낑대고 들고 나오면 방청석에서는 한바탕 난리가 난다. 만든 음식을 시식하는 것은 여자의 몫이다. 여자는 한 입 두 입 만두를 먹어가기 시작한다. 만두에 가려 여자의 모습은 보이지 않는다. 그러는 사이 홍은 요리 프로그램과는 아무런 상관없는 행동들로 일관한다. 방청석에 내려가 예쁜 여자에게 추파를 던지기도 하고 남자가 신고 있는 운동화를 뺏어와 냄비에 넣고 삶기도 한다. 여자는 커다란 만두 속에 들어가 있다. 만두 속에서 허우적거리던 여자의 팔이 쑥 나와 홍이 잃어버렸다던 주걱을 내던진다. 폭소가 쏟아진다. "그런데 선생님 만두 속까지는 어떻게 가야죠?" 여자는 계속 우물거리고 있다. 별것 다 묻는다는 듯 홍이 말한다. "먹으면서 가야지." "그만 먹으면 안 될까요?" "고기 소를 먹지 않을 거면 뭐 하러 내가 만두를 만들었겠어? 찐빵을 만들지." "얼마나 가야죠?" 홍이 대답 대신 주걱을 주워 방청객들에게 보여준다. 주걱에는 '만두 소까지 4미터'라고 씌어 있다. 밀가루를 뒤집어써서 눈썹까지 하얀 여자가 반쯤 정신이 나간 것처럼 "선생니임!" 하고 울먹이며 만두에서 나오면 홍이 결정적인 한마디를 한다. "아직 덜 익은 건가?"

……그런데 그날 봉고에 타고 있던 사람들을 교회 신도들이라고 누가 말해주었던가. 모퉁이를 도는 밴의 한쪽 바퀴가 살짝 들렸다. 순간 여자의 안에서도 무언가가 살짝 들렸다.

여자는 소스라치게 놀랐다. 15년도 더 지난 그때 일이 난데없이 떠오른 것은 왜일까. 자신의 무의식 속에 남아 있다가 톨게이트를 벗어나는 순간 밴 앞으로 끼어든 봉고를 통해 이야기하려고 했던 것은 무엇이었을까. 그때 그들 중 누구도 자신들을 시골 교회에서 올라온 신도라고 말하지 않았다. 봉고에서 내려 여자애에게 길을 물었던 중년 사내가 두 손으로 들고 있던 것이 성경책이었다고 누가 말해주었던가. 가로등과 가로등 사이는 어두웠다. 그들은 정말 역까지 가는 길을 물으려 여자애 앞에 섰던 것일까. 서울까지 봉고를 타고 왔다면 왔던 곳까지 그 봉고로 돌아가면 되었다. 봉고가 있는데 굳이 왜 기차를 타려는 사람들처럼 역을 물어왔을까. 면도칼에 뺨이 베이듯 섬쩍지근한 기분이 스쳐 지나갔다. 하마터면 비명이 새어 나올 뻔했다. 그 봉고차는 위험했다.

봉고는 사람들 눈에 띄지 않도록 미끄러지듯 골목 안으로 들어왔다. 가로등 불빛이 미치지 않는 어둠 속에서 먹이를 노리는 맹수처럼 숨어 있었다. 급작스레 쌀쌀해진 날씨에 여느 날보다 빨리 인적이 끊겼다. 가로등과 가로등 사이 빛이 닿지 않는 곳은 제 발이 보이지 않을 만큼 어두웠다. 자칫 탈 뻔한 봉고차. 만약 그때 그 봉고를 탔더라면 나는 어떻게 되었을까. 그날로부터 16년이 흘렀다. 우스꽝스러운 박의 뒤통수가 보였다. 핸들을 끌어안기라도 하듯 핸들 앞에 바싹 당겨 앉아서는 이 길은 원래 이렇게 뚫려야 옳았다는 듯 속도를 내고 있었다. 누릿누릿 단풍이 들어가는 나무들 위로 저 멀리 새로 지은 듯한 건물들이 모습을 드러냈다. 건물 꼭대기에 대학의 이름이 적힌 간판이 걸려 있었다.

시간이 지날수록 직감은 더욱 강렬해졌다. 그 봉고차는 위험했다. 그 봉고차에 올라탔더라면 영영 집으로 돌아오지 못했을 것이다. 확신에 가까웠다. 아, 다행이다, 다행이야. 나는 괜찮다. 괜찮아. 여자는 가슴을 쓸어내렸다. 그런데도 낙지의 빨판처럼 스멀스멀 얼굴을 휘감고 있는 이 공포는 무엇일까. 밴이 다시 기우뚱했다. "어? 브레이크가 안 잡혀." 핸들 앞에 바싹 앉은 박이 구시렁거렸다. 대학의 이름이 좌로 15도 정도 기운다 싶은 순간 시야에 들어오던 풍경들이 휙 방향을 틀면서 느닷없이 다른 풍경이 끼어들었다. 순식간에 도로 경계석을 넘은 밴은 작은 나무들의 가지들을 사정없이 부러뜨리면서 빠른 속도로 비탈길을 굴러 내려갔다. 홍과 했던 코미디의 한 장면과 비슷했다. 그게 벌써 13년 전이었다. 홍과 여자는 두 개의 의자에 앉아 있다. 자동차 안인 척 연기를 한다. 홍이 두 손을 들어 핸들을 잡고 있는 포즈를 취하고 있다. 희희낙락하던 연인은 길을 잘못 든 것 때문에 티격태격 다투기 시작한다. 조금씩 언성이 높아지지만 금방 화해를 한다. 그때쯤 홍이 별일 아니라는 듯 중얼거린다. 어, 브레이크가 말을 안 들어. 급히 핸들을 꺾는 시늉을 하지만 핸들은 아예 쑥 빠져버린다. 허둥대는 남자에 비해 여자는 침착하다.

여자는 기계에 완전 문외한이다. 애먼 단추를 눌러 음악이 나오기도 하고 차 트렁크가 열리기도 하고 와이퍼가 정신없이 움직이기도 한다. 맨 마지막은 두 사람이 비명을 지르면서 바닥에 얼굴을 박는 걸로 끝이 난다. '위기 남녀'가 제목이었다. 무대 뒤에서 초조하게 순서를 기다리면서 홍과 여자는 마주선 채 가장 우스운 비명을 연습했다. 그런 위험한 상황에 처한 두 남녀의 이야기가 신선해 보였을까. 본상은 아니었지만 그들은 대학개그제에서 인기상을 받았다. "다 왔는데, 바로요 앞인데." 박이 징징 짜고 있었다. 부러진 생솔가지에서 본드 냄새가 났다. 휙휙 빠르게 스쳐 가는 풍경 저 앞에서 별안간 봉고차가 나타났다. 봉고의 문이 열리고 그 속에서 나온 남자의 손이 여자의 목을 낚아채려는 듯 우악스럽게 앞으로 뻗어왔다. 여자는 공포스러워 비명도 지르지 못했다. 그러면서도 자신이 그동안 기다려왔던 것이 이런 모종의 파국이었을지도 모른다고 생각했다.

16년 전 봉고를 타지 않았다는 것은 여자애가 만들어낸 환상이었다. 난 괜찮아, 여자가 가슴을 쓸어내린 것과는 달리 여자애는 16년 전 그날 밤 봉고에 올라탔다. 그리고 다시는 집에 돌아오지 못했다. 시절이 하 수상하던 그 몇 년 전, 사람들 입에 오르내리던 험악한 소문들을 여자애는 언니들 틈에 끼어 앉아 들었다. 아이들을 잡아다가 여자아이는 외딴섬

의 술집에 팔아넘기고 남자아이는 새우를 잡는 멍텅구리배에
태운다는 무시무시한 소문이었다. 더 구체적인 소문도 있었
다. 실종된 아들을 수년이 흐른 뒤 지하상가에서 만났는데 두
다리가 잘린 채로 구걸을 하고 있더라고 했다. 긴가민가 다가
온 엄마를 알아본 아들이 저쪽에서 누군가 감시하고 있으니
동전만 넣고 가서 조용히 경찰을 불러달라고 했다는 것이다.

여자애는 되바라지지 않았지만 어리숙하지도 않았다. 다만
자신에게 그런 일이 닥칠 확률은 비행기 사고 확률보다 낮다
고 생각했다. 그날 밤 여자애가 믿었던 것은 사람들 사이의
신뢰라기보다는 과학적인 확률이었다. 잠깐 망설였던 것은
역까지 갔다 와야 하는 번거로움 때문이었지만 역을 알려주
고 나면 다시 봉고에 태워 도로 이곳에 내려주겠다고 하지 않
았는가. 여자애는 집으로 가려던 몸을 돌려 봉고에 발을 올려
놓았다. 여자애가 봉고에 타자마자 문이 닫혔다. 어둠이 눈에
익자 차 안에 앉은 사람들의 얼굴 윤곽이 서서히 드러났다.
정원보다 두셋이 더 끼어 탄 듯했다. 뒤의 가운데 한 자리가
비어 있었다. 중년 사내들 틈에 나이 지긋한 아주머니 몇이
끼어 앉았다. 지난밤 내내 통성 기도라도 해서 당분간은 아무
말도 하기 싫다는 듯 사람들은 입을 굳게 다물고 있었다. 훌
쩍이는 여자애의 울음소리가 들리더니 봉고 뒤쪽에 비어 있
다고 생각한 자리에서 얼굴이 나타났다. 여자애 또래였다.

우회전, 이라고 말도 꺼내기 전에 봉고가 우회전했다. 서울

이 초행길이라던 말과는 달리 운전자는 서울 지리에 밝은 듯했다. 봉고가 미끄러지듯 역을 그대로 지나쳤을 때에야 여자애는 무언가 잘못되었다는 낌새를 챘다. 문을 닫았던 이 형이라는 사람이 허겁지겁 일어서려는 여자애의 팔을 잡아 주저앉혔다. 손바닥은 땀으로 축축했고 악력이 셌다. 히죽히죽 웃음만 나왔다. "아저씨, 장난하지 마세요." 웃음기가 채 가시기도 전에 여자애의 얼굴이 굳었다. "교회에 다니는 분들이 뭘들 하시는 거예요?" 공포에 목소리가 갈라졌다. 뒤칸에 앉은 여자애가 "엄마!" 하고 울었다. 그들은 웃지도 않았고 이기죽대지도 않았다. 그들은 자신들이 저지른 짓이 어떤 짓인지 잘 알고 있는 듯했다. 회개하듯 침울하게 앉아 있을 뿐이었다. 여자애는 무릎을 꿇고 싹싹 빌었다. '살려주세요! 한 번만 살려주세요!'라고 말하려 했는데 그만 "대입 시험만 보게 해주세요, 네?"라고 말해버렸다. 보조석에 앉아 있던 전도사가 고개를 돌리고 여자애를 쳐다보았다. 인자하고 온화해 보이던 미소는 없었다. 턱짓을 하자 이 형이 포장 테이프로 여자애의 두 손을 친친 감았다. 상자를 봉하듯 입에도 테이프를 붙였다. 공포에 눈물도 나지 않았다. 온몸이 금세 땀으로 젖었다. 아주머니가 얼굴에 달라붙은 여자애의 머리카락을 쓸어 올려주었다.

다 틀렸지만 그들이 시골에서 왔을 거라는 여자애의 추측만은 틀리지 않았다. 여자애를 실은 봉고차는 밤새 달렸다.

여자애는 뜬눈으로 밤을 새웠다. 침이 흘러 포장 테이프 안이 축축해졌다. 어제 이 시간만 해도 일어나라는 엄마의 잔소리를 지겨워하며 이불을 돌돌 말고 누워 있었다. 지난밤을 뜬눈으로 지새웠을 가족들 생각에 여자애는 사지를 바둥거리면서 소리를 질렀다. 소리는 나오지 않았다. 시트 다리에 부딪히면서 팔과 다리에 피멍이 들었다. 아무도 여자애를 거들떠보지 않았다. 뒷좌석의 여자애는 가끔 새끼 고양이처럼 힘없이 울었다. 여자애는 제풀에 기절했다. 눈을 떴을 때는 곡물 자루들이 쌓여 있는 작은 방에 누워 있었다. 딱 이불 한 채를 펴면 꽉 차는 방이었다.

여자애는 납치되었고 유린당했다. 굶어 죽을 작정으로 일체 곡기를 끊었다. 다방의 마담은 가타부타 말이 없었다. 싱싱한 생선을 구워 올린 밥상만 방 안에 들여주고는 끝이었다. 밥이 식으면 또다시 새로 지은 밥을 올려주었다. 바다가 버스로 30분 거리에 있었다. 갓 잡은 방어에서 좔좔 기름이 흘렀다. 이틀도 채 되지 않아 여자애는 밥그릇을 끌어안고 허겁지겁 밥을 퍼먹었다. 목구멍이 아프게 밥을 삼키면서 울었다.

대입 고사가 며칠 남지 않았다는 것을 알았을 땐 연 이틀 도망쳤다. 하지만 어떻게 알았는지 다방 사내들은 여자애가 갈 곳을 먼저 알고 지키고 서 있었다. 사내의 허리띠가 다리나 팔에 감길 때면 구렁이 같은 매 자국이 부풀어 올랐다. 작은 이목구비 때문에 짙은 화장을 한 여자애의 얼굴은 서커스

322

의 어린 단원처럼 무언가 과장되어 보였다. 겨울인데도 허벅지가 드러나는 얇은 나일론 치마를 입었다. 스타킹과 마찰한 나일론 치마는 정전기가 일어 자꾸 몸에 달라붙었다. 개발 붐을 타고 부동산 소개소들이 우후죽순 들어섰다. 서울에서도 대형 자가용을 탄 사람들이 몰려들었다. 바다가 보이는 곳에 모텔촌이 자리를 잡았다. 주말 밤이면 허공에 온천 마크들이 촘촘히 떴다. 다방의 아가씨들은 차 배달 보자기를 들고 부지런히 부동산 소개소와 바닷가 모텔촌을 드나들었다. 여자애는 얼음이 언 웅덩이를 지날 때면 궁둥이를 뒤로 쑥 빼고 걸었다. 일거수일투족을 감시하는 젊은 사내가 뒤에서 휘파람을 불곤 했다.

어느 날 여자애는 다방 카운터에 서 있다가 벽걸이 텔레비전을 보았다. 오래전에 고인이 된 코미디언이 나왔다. 흑백필름 속의 그는 불과 10년도 못 되어 자신이 죽을 거라는 것을 전혀 모르는 듯했다. 화면 속의 그는 젊고 아름다워 도무지 죽은 사람 같지 않았다. 엎어지고 자빠지고 하던 생전에 그의 코미디 모음을, 여자애는 넋을 빼고 올려다보았다. "인천 앞바다에 사이다가 떴어도 고뿌 없으면 못 마십니다." 여자애는 자기도 모르게 웃음을 터뜨렸다. 웃음이 멈춰지지 않았다. 다방 안에 있던 손님들 몇이 고개를 돌려 여자애를 힐끔거렸다. 쌍화차를 시킨 노인 앞에 앉아 설탕을 넣고 저어주던 주인 마담이 놀란 듯 고개를 돌리고 여자애를 올려다보았다. 주인 마담이 고개를 돌리면서 혀를 찼다. "으그, 쓸개 빠진 것 같으니."

성매매 단속반이 다방을 기습했을 때에야 여자애는 자신이 인신매매단의 막차, 막봉고를 탄 재수 없는 애 중 하나였다는 것을 알았다. 다방 뒤를 봐주던 사내들은 도망가고 다방 마담은 다방에서 붙잡혔다. 다방을 경찰에 찌른 건 동네 노인들이었다. 모텔들이 들어서고 타지 사람들이 몰려들면서 다방 레지들이 더 이상 자신들을 상대해주지 않는 것에 대한 앙갚음이었다. 아가씨들도 뿔뿔이 흩어졌다. 다방이 문을 닫았지만 여자는 집으로 가지 않았다. 작은 가방을 들고 터미널에 서 있는데 누군가 여자에게 휘파람을 불었다. 늘 여자를 따라다니고 허리띠로 여자를 때리던 젊은 사내였다.

뒷골목의 쓰레기통 옆에 쭈그리고 앉아 여자애는 길게 담배를 피웠다. 아랫도리가 뻐근했다. 클럽들은 철로를 따라 죽 늘어서 있었다. 한낮이 될 때까지도 문을 꽁꽁 닫고 있다가 저녁 무렵 화려하게 차려입은 아가씨들이 속속 도착하고 그 아가씨들을 찾아 미군들이 오면 그제야 가게는 활기를 띠었다. 선 클럽, 에이스, 포커스…… 취기 때문인지 불을 밝힌 간판들이 부옇게 멀어지며 겹쳐 보였다. 음식물 쓰레기들이 쌓여 악취를 풍기고 아가씨들과 미군들이 힘을 모아 쏟아놓은 구토물이 가득한, 밤고양이들이 어슬렁대는 이 뒷골목은 그야말로 미군 기지 주변 암시장에서 구입한 햄과 소시지, 콩과 면, 채소가 뒤섞인 존슨탕 같았다. 인조 속눈썹을 붙여 저녁이면 눈가물이 심해졌다. 몇 번 토악질을 한 여자애의 두 눈가는 부엉이처럼 화장이 검게 번졌다. 낮에는 활동하지 않다가 밤만 되면 움직이는 자신이 부엉이와 다를 바 없다고 생각했다. 아가씨들은 새벽까지 미군들을 상대하다 동틀 무렵에야 잠이 들었다. 오후 느지막이 일어나보면 브래지어와 팬티만 걸친 아가씨들이 화장도 지우지 않은 채 얽혀 자고 있었다. 눈을 감은 아가씨들의 모습은 분간이 잘 되지 않을 정도로 엇비슷했다. 비슷비슷한 화장과 머리 모양 때문일 수도 있었다. 술과 안주, 먹는 음식들이 똑같았기 때문에 체형이 비슷해졌을 수도 있었다. 미군들을 상대하느라 발음하는 서툰 영어, 그 언어에 턱 모양이 비슷해졌을 수도 있었다. 여자애조차 이곳 아가씨들의 나이를 가늠할 수 없었다. 스무 살이 갓 넘었을까 들여다보면 놀랍게도 중년 여자의 눈빛을 가지고 있었다. 방 안에서는 술냄새와 지린내, 여러 가지 안주 냄새에 섞여 여러 남자들의 오데코롱 냄새가 진동했다.

어두운 골목에서 아가씨의 낮은 웃음소리가 흘러나왔다. 도로에 비친 커다란 그림자는 근처 캠프의 군인이 분명했다. 미군 병사와 사랑에 빠지지 않는 것은 클럽 여자들 사이에서 오래된 불문율이었다. 가끔 병사를 따라 미국으로 들어가는 아가씨들도 있었지만 그런 행운은 흔치 않았다. 아가씨는 간지럽다는 듯 까르르 웃었다. 바보같이 미군 병사를 사랑하고 있었다. 여자애는 필터 끝까지 피운 담배꽁초를 손가락으로 튕겨 날렸다. 꽁초는 정확히 그림자의 가슴께에 떨어졌다. 딱 담배 불씨만 한 크기라도 미군의 가슴에 사랑이 불붙었으면, 여자애는 일어서서 심하게 구김 간 치마를 탁탁 떨었다. 클럽 안에서 누군가 여자애를 불렀다. "루시! 루시!" 루시는 여자애의 새로운 애칭이었다. 클럽의 사장은 미국 코미디 드라마의 여주인공인 '왈가닥 루시'에서 따온 루시라는 이름을 여자애에게 붙여주었다. 이 시간에 루시를 찾을 사람은 칩 프레더릭 일병뿐이었다.

"인천 앞바다에 사이다가 떴어도 고뿌 없으면 못 마십니다……" 여자애는 좌중을 사로잡았다. 미군들도 웃고 아가씨들도 웃었다. 무슨 뜻인지 알지도 못하면서 칩이 소리쳤다. "루시! 이건 랩이야, 랩." 여자애는 하이네켄을 든 팔로 칩의 목을 휘감으며 그의 무릎 위에 걸터앉았다. "오케이, 칩. 이건 코리안 랩이야, 코리안 랩. 오케이?"

화장실에 가려는 여자애 뒤를 칩이 따라왔다. 취기가 올라 하이힐을 신은 발목이 자꾸 꺾였다. 발목이 꺾일 때마다 좁은 통로에 머리를 찧었다. 칩이 낮은 웃음을 흘렸다. 칩이 보여준 '론리 플래닛'이라는 여행 가이드에 서울의 인상은 이렇게 적혀 있었다. "부대찌개 혹은 존슨탕은 한국전쟁 이후 가난했던 시대에 처음 만들어진 독특한 음식으로, 미군기지 주변

암시장에서 구입한 햄과 소시지, 콩을 면, 야채와 섞는다."
칩이 다가와 여자애를 난짝 들어 어깨 위에 얹었다. 복도가
일렁이고 조명등이 빙빙 돌아간다. "칩, 웃기지 않아? 정말
웃기고들 계셔, 존슨탕은 무슨. 부대찌개는 무슨. 이건 웃기
는 짬뽕이야. 짬, 뽕!" "잠봉." 칩이 여자애의 엉덩이를 찰싹
내리치며 여자애의 말을 흉내 냈다.

　박의 상체가 의자와 핸들 사이에 끼어 있었다. 죽은 닭처럼
눈을 반쯤 감았다. 벌린 입가로 계란의 알끈 같은 침이 끈적
끈적하게 달라붙었다. "아, 여긴 사고가 날 데가 아닌데, 정
말 아닌데." 박이 입을 벌리고 그렇게 말할 것 같았다. 채 으
깨지지 않은 사과를 밟고 왔는지 어디선가 사과 향이 났다.
비탈길을 구르던 차는 수령 많은 소나무에 뒤집힌 채 걸쳐 있
었다. 백미러에 자신의 모습이 비쳤다. 안전벨트에 고정되지
않은 다리와 팔이 밴 천장을 향해 대롱거렸다. 다리 한쪽과
팔이 부러진 모양이었다. 핏 웃음이 났다. 이건 홍과 사랑을
나눌 때의 묘한 자세잖아. 비좁은 밴 안에서 홍과 사랑을 나
눌 때면 늘 어딘가가 걸리고는 했다. 요가라도 하는 듯한 기
묘한 자세에서만 홍과 사랑을 나눌 수 있었다.
　아얏, 이리로 좀 움직여봐. 좀더. 아니, 왼쪽으로. 엉덩이
좀 들어봐. 아, 지금 네 팔꿈치가 명치를 누르고 있다구. 발
좀 치워봐. 언제부턴가 홍은 불평이 많아졌다. 타인의 시선으

로부터 자유로울 수 없었다. 호텔이라도 드나들다 사람들의 눈에라도 띄면 곤란했다. 기껏 사랑을 나눌 곳이라곤 박이 돌아간 뒤의 밴밖엔 없었다. 관계가 알려지고 나서 인기도 사랑도 깨진 콤비를 여럿 보았다. 그렇게 조심했는데도 그 둘 사이를 의심하는 글들이 간혹 인터넷에 올라오곤 했다. 그렇게 오랫동안 콤비를 하며 긴 시간 같이 지내다 보면 없던 감정도 싹트게 마련이라고 추측하는 사람들도 있었다. 밤무대에서 공연을 하다 봉변을 당할 뻔했다. 취객 한 명이 무대 바로 앞까지 나와 좌우로 흔들면서 여자와 홍을 번갈아가며 유심히 올려다보았다. 그러더니 집게손가락을 들어 여자와 홍을 차례로 가리키면서 고개를 끄덕였다. 몸도 제대로 가누지 못할 정도로 취해 있었다. 그가 혀 꼬부라진 소리로 외쳤다. "했지? 너희 둘 했지?" 클럽의 지배인에 의해 자리로 가면서도 취객은 울먹이며 큰소리쳤다. "했구나, 했구나."

이렇게? 이건? 이만큼? 아, 미안. 아팠어? 금방 치울게…… 언젠가부터 여자도 홍과의 사랑이 굴욕적으로 느껴지기 시작했다. 이렇게 관절이 자유로워 필요할 때마다 팔과 다리를 마음대로 접었다가 펼 수 있었다면 좋았을 텐데, 그렇게 생각하고 여자는 웃었다.

대학개그제의 예심을 치르는 공개홀에서 한 남학생이 말을 걸어왔다. 같이하기로 한 여자 친구가 말도 없이 오지 않았다고 안절부절못했다. "죽이는 소재가 있는데 우리 콤비 한번

328

해볼까요?" 다른 팀의 예심이 치러지는 동안 여자와 홍은 자신들의 이름과 성에서 하나씩 따붙인 '홍장미'라는 이름의 콤비를 즉석에서 만들었다. "땅바닥에 메쳐질 때 이 표정 어때요?" 홍이 땅바닥에 눌린 얼굴 표정을 지어 보였다. "웃겨요? 웃겨요?" "아니, 좀 슬픈데요. 어딘가 모르게 슬퍼요." "어, 그러면 안 되는데. 웃겨야 되는데, 다들 웃기다고 배꼽을 잡았는데." "내 말은 웃기기도 하면서 슬프다고요. 그래서 좋다고요." 그게 벌써 13년 전이다.

누구도 붙잡지 않았지만 여자애는 달리 갈 곳이 없었다. 이곳도 이제 외국 여성들로 대폭 물갈이를 하는 중이었다. 10년 동안 여자애는 철도 변의 숱한 가게들로 자리를 옮겨 다녔다. 점점 여자애를 찾는 사람들이 줄었다. 이제 여자애를 받아주는 곳은 없었다. 오래 입은 속옷처럼 짙은 화장으로도 가려지지 않는 찌든 때 같은 뭔가가 서른 중반의 여자에게 남아 있다고, 여자애는 거울을 들여다보며 생각했다. 좀더 버티다가 이곳 아가씨들이 '마마상'이라고 부르는 중간 포주가 될 수도 있었다.

여자애는 모은 돈으로 소형차를 뽑았다. 문을 꽁꽁 닫은 가게들 사이사이를 돌다가 힘껏 액셀을 밟아 동네를 떠났다. 아가씨들은 모두 자고 있어 그 누구의 배웅도 받지 못했다. 여자애는 16년 만에 집이 있던 곳에 가보았다. 한참 달려 올라

순천엔 왜 간 걸까, 그녀는

가야 했던 골목은 기억 속에서보다 훨씬 짧았다. 정리가 되지 않은 거리는 여전히 지저분했다. 여기 어디서 봉고에 잡혀갔겠다. 그날 이후로 한 번도 전도사라고 생각했던 사내와 봉고에서 울던 여자애를 만나지는 못했다. 그날을 떠올리는데도 화가 날 만큼 아무렇지도 않았다. 집이 있던 곳은 골목 전체를 도려낸 듯 들어내졌다. 엄마는 장미를 좋아해서 여자애의 이름을 장미라고 지었다. 마당 한구석에 장미나무 한 그루도 심었다. 꽃을 보기 위해 기다리고 있으면 꽃보다 먼저 진딧물이 들끓었다. 그래서 여자애는 장미가 싫었다. 납치되어 떠도는 동안 아무에게도 자신의 이름을 말하지 않았다. 엄마가 고심해서 지은 그 이름이 그곳에서는 마치 아가씨들의 애칭 같은 분위기를 풍겼기 때문이었다. 커다란 구덩이를 둘러싼 공사 천막에 대형 건설회사의 이름이 적혀 있었다. 여자애는 콜라를 마시면서 포크레인 네 대가 부지런히 흙을 파내는 모습을 오랫동안 지켜보았다.

이곳저곳을 거쳐 여자애의 소형차가 들어선 곳은 순천이었다. 순천은 처음이었다. 전화를 건 다방의 마담은 여자애가 다섯 살이나 줄여 댄 나이도 많다며 좀 뜸을 들였다. 일단 면접이나 보자고 했다. 논과 밭뿐인 작은 소읍을 기대했었는데 꽤 큰 도시였다. 짧지만 번화가도 있었다. 거리는 시끌벅적했고 처음 듣는 사투리가 재미있었다. 차를 마시러 와 처음 듣는 사투리로 재미있는 이야기를 해줄 남자들이 제법 있을 것 같았다. 여자애의 차는 정지 신호를 받고 사거리에 멈춰 섰다. 이정표를 올려다보니 '나이키 사거리'였다. 칩과 데이비슨, 마커스…… 그들의 후드 티에 찍혀 있던 낯익은 상표였다.

여자는 묘한 자세 그대로 눈을 떴다. 비탈길을 따라 내려오는 어수선한 발짝 소리에 정신이 돌아온 듯했다. 10여 개나 되는 손전등 불빛이 어둠에 구멍을 내놓았다. "찾았다!" 누군가 소리쳤고 다급한 발짝 소리가 가까워졌다. 손전등 불빛이 얼굴에 닿았을 때 여자는 얼굴을 찡그리며 한 손으로 눈을 가렸다. "살아 있어!" '찾았다'고 소리친 그 목소리였다. 통조림 뚜껑을 따듯 한참 만에 차의 밑바닥이 도려내졌다. 박의 몸이 조심스럽게 들려 들것에 옮겨졌다. 얼마나 시간이 흐른 것일까. 홍은 혼자 '어젯밤 내가 먹은 것'을 해냈을까. 수많은 재료들을 동원해 이상한 음식을 만들었지만 '어젯밤 내가 먹은 것'은 더 이상 요리라고 불릴 만한 것이 아니었다. 결국은 요리라고 불릴 수 없는 구토물이나 배설물 같은 거였다. 순간 여자는 잠시 동작을 멈추었다. 수많은 다짐들이 만들어놓은 생체 시계에 불이 들어오면서 저절로 '57분'이라는 것을 알았다. 여자는 보일 듯 말듯 까딱, 엉덩이를 들었다 놓았다.

홍은 장미를 기다리며 교문 앞을 서성거렸다. 결국 콩트는 하지 못했다. 대신 성대모사를 몇 개 했다. 하나도 비슷하지 않아서 학생들이 웃었다. 술에 취한 학생들이 스크럼을 짜서 우르르 몰려 나갔다. "좋을 때다!" 말하고 보니 오갈 데 없는 아저씨 포즈였다. 딱 저만 할 때 홍은 장미를 만났다. 홍은 체육 시간 씨름을 하다 남자애에게 둘러메쳐진 적이 있었다. 자신보다 체구가 큰 애였으면 괜찮았을 것이다. 상대는 홍이 늘 만만히 보던 친구였다. 모래 바닥에 얼굴이 짓눌렸는데 그 모습이 우스웠던지 둘러선 아이들이 낄낄거렸다. "웃긴데 좀 슬퍼요." 장미는 그렇게 말했다. 두 시간째 박은 물론 장미의 전화도 불통이었다. 마지막으로 박과 통화할 때 박은 저 앞에 대학 간판이 보인다고 말했다. 대체 무슨 일일까. 사이사이 공백이 있기는 했지만 그들의 콤비 생활도 어느덧 13년이 다 되어가고 있었다. 다 안다고 생각했는데 막상 장미에 대해 알고 있는 것이 별로 없다는 생각이 들었다.

순천 나이키 사거리! 그것만 해도 그렇다. 장미는 무슨 일로 혼자 순천에 간 것일까. 홍은 손등의 분홍색 흉터를 손톱으로 눌렀다. 흉터는 하얗게 탈색되었다가 손을 놓자 분홍색으로 돌아왔다. 다행히 칼은 뼈를 스쳐 지나갔다. 그날 요리사 홍은 사과한다는 의미로 자꾸자꾸 장미에게 사과를 건넸다. 건넨 사과가 바구니 한 가득 넘쳤다. 칼 끝이 둥근 사과 위에서 미끌 움직이지만 않았다면 아무 일 없었을 것이다. 네가 날 찌를지는 몰랐다고, 무서워서 어디 급소를 다 드러내놓고 잠 한번 자겠느냐고, 바락바락 소리를 질렀지만 사실은 자기를 따돌리고 혼자 몰래 순천에 간 것 때문에 심통이 난 거였다. 혼자 가놓고도 장미는 가지 않았다고 바득바득 우기기까지 했다. 순천, 홍은 장미 몰래 전국 지도를 꺼내놓고 순천을 찾아보았다. 지도 아래로 한참 내려간 홍의 손이 광주와 여수 중간쯤에 멈췄다. 인구 27만 명의 중소 도시였다.

순천에 뭐가 있나? 홍은 땅에서 들렸던 어릴 적 그날처럼 기분이 묘해졌다. 대체 순천엔 왜 간 걸까, 그녀는?

이 실패를 어떻게 풀까?

양윤의
(문학평론가)

1. 삶이라는 실패(失敗/reel) 앞에서

세상이란 그것의 한 구성 요소로 참여하고 있는 사람에게는 거대한 미스터리이다. 세상을 개괄할 수 있는 지점이 허락되지 않는 한, 그에게 세상의 모든 요소들은 양자 우주 속의 입자들처럼 불확실하고 불분명하게 출현한다. 세상 바깥으로 나가지 않는 한 그는 자신도 세상도 온전히 볼 수 없다. 자기 자신도 세상이라는 복잡한 실타래의 한 매듭에 지나지 않기 때문에. 혹은 그 실을 삶이라고 말할 수도 있을 것이다. 세상이 난장(亂場)이라면 난장 속에서 살아가는 이들의 동선(動線)은 얽히고설킨 것일 수밖에 없을 터, 그것은 엉터리 신이 엉망으로 감아놓은 실타래 같지 않을까. 여기서 하나의 실이 끊어지면 저기서 다른 실이 나타나고, 왼쪽에서 두 번 풀리면 오른쪽에서 세 번 꼬이는 것 같은 우연과 무작위의 삶이 바로 그것.

이것은 어쩌면 서사를 적어나가는 작가에게도 해당되는 일인지 모른다. 고전극의 삼일치법칙과 같은 서사는 이 세상을 기술하지 못한다. 필연과 섭리를 통찰하는 시선이란 세상 바깥에 자리 잡은 신의 시선에 지나지 않으므로. 이 난마와도 같은 세상의 통속극을 기술하기 위해 우리에게 기계신이 필요한 것은 아니다. 우연과 폭력과 양면성이야말로 이 실타래를 엮어나가는 로직일 것이다. 「1968년의 만우절」이 우리에게 이야기하는 것도 바로 이런 양면성이다. 의도적 (비유가 아닌 즉자적 의미로) 중언부언의 서사가 보여주는 것이 바로 저 양면성이다.

① 아버지는 평소와 다르게 가뿐히 혼자 일어나 앉았다, 라기보다는 스르르 머리 쪽으로 천천히 빠져나왔다. 몸이, 아니 영혼이 깃털처럼 가벼웠다. 아버지는 침대에 널브러져 누운 늙은 육신을 내려다보았다. 말라비틀어진 볼품없는 육신이 바로 자신이라는 것을 깨닫자 절망했다. 〔……〕 헬리콥터처럼 아버지는 천천히 떠올랐다. 침대에 둘러선 가족들의 머리통이 저 아래로 멀어졌다. 아버지의 영혼은 병원 건물 천장을 뚫고 올라가면서 하늘로 비상했다. 거리를 걸어가는 사람들의 머리

가 콤마로 보이고 자동차들이 개미만 해졌다. 아버지는 더 높이 올라갔다. 아버지는 저 아래로 멀어지는 남산을 보았다(서울타워 때문에 남산이라는 것을 알았다). 환하게 불을 밝힌 상암 월드컵 경기장(그건 딸애가 늘 용변을 처리해주던 스댕 배변통 같았다)도 멀어졌다. 관중석이 붉은 셔츠를 입은 사람들로 꽉 차 있었다. 아버지는 더 높이 부상했다. 달에서도 보인다는 만리장성은 지구의 커다란 생채기 아니 어찌 보면 거대한 틈, 불과 얼음이 흘러들어 최초의 두 존재를 만들어낸 그 틈 같아 보였다. 아버지는 조금 더 높이 올라 반도인 우리나라를 온전히 한눈에 내려다보았는데 과연 토끼 비스름했다. 아버지는 하늘 높은 줄 모르고 더 높이 더 높이높이높이 올라 드디어 저만치 앞에서 움직이는 듯 마는 듯 돌고 있는 지구를 보았다.

지구는 초록 별이었다.

(「1968년의 만우절」, pp. 286~87)

② 그는 2년째 자신이 쓴 시나리오를 들고 제작자를 물색하는 중이었다. 〔……〕 그가 쓴 시나리오는 컬링을 하는 네 명의 여자에 관한 이야기였다. 〔……〕 누군가 컬링인가 뭔가보다는 핸드볼이 어떻겠느냐고 거들었다. 그다음 날로 그의 시나리오 주인공은 넷에서 다섯이 되었다. 그의 시나리오는 완성되지 않은 채 매일 조금씩 바뀌었다.

(「1968년의 만우절」, p. 281)

아버지는 두 번 죽었다. 바꾸어 말하면 아버지는 죽었다가 되살아났다. 한일 월드컵이 열리던 2002년이었다. "16강이었는지 8강이었는지"(p. 283) 분명치는 않았으나 전반전이 끝날 무렵 숨이 멎었다. "의사가 사망 시간을 선고하려는 순간" "심장 박동계의 횡선이 탄력을 받아 투웅, 튕겨 올랐다"(p. 285).

①은 아버지가 다시 살아나, 죽었을 때를 회상하는 임사체험 이야기다. 당연히 살아 있는 자가 초월적인 시점을 가질 수는 없다. 아니 도대체 인간이 지구를 개괄한다는 것 자체가 말이 되지 않는다. 저 "초록 별"은 세상 바깥에 속해 있는 자, 그러니까 신의 시점에서만 볼 수 있는 모습이다. 아버지는 처음부터 수많은 거짓말로 삶을 치장하고 살았다. 나이도 (엄마에게 아빠가 말했듯) 1945년생인지 (아버지의 사촌이 계산한 것처럼) 1931년생인지 불분명했다. 엄마를 만난 것도 딸인 '나'가 태어난 것도 "1968년 만우절의 거짓말" 덕분이었다. "그해 겨울 엄마는 나를 배 속에 넣고 제2한강교를 건넜다. [……] 아버지의 말랑말랑한 거짓말에 눈 감으면 코 베 간다는 서울살이에 의심만 늘 대로 는 엄마도 속아 넘어갔다. 그 날 마신 커피 탓도 있었다. 카페인 성분에 심장이 벌렁벌렁 뛰었는데 엄마는 그걸 그만 아버지를 사랑하는 거라고 믿어버리고 말았다"(p. 297). 농담과 거짓말과 엉터리 인과관계 덕분에 어머니와 아버지, '나'의 가족 관계가 형성된 셈이다.

죽은 줄 알았던 아버지가 다시 살아나자 어머니는 울면서 말했다. "하여간 죽는 순간까지도 공갈이야, 이 인간은……" (p. 285). 그렇다면 '공갈'에 능통한 저 아버지는 이 세상을 농담과 거짓말과 우연으로 통치하는 엉터리 신이 아니었을까? 신이 인간들의 운명을 저렇게 엉망으로 얽어서 던져놓은 실타래, 그게 바로 초록 별 지구가 아닐까?

②의 무능한 남편도 아버지의 닮은꼴이다. 남편은 시나리오를 쓰지만 실제로는 백수다. 귀가 얇아서 남의 말을 듣고 자꾸 손을 대는 바람에 원고는 세상도 보지 못한 채 누더기가 되어가는 중이다. 끝내 그는 자기 원고를 다른 이에게 뺏기고 만다. "자신이 2년 동안 공들였던 시나리오가 어이없게도 다른 제작사를 통해 다른 작가, 감독의 이름으로 발표"(p. 289)되는 꼴을 당했던 것. 저 누더기(시나리오 원고) 역시 초록 별 지구와 닮은 엉망진창의 실타래다.

여기, 두 조물주가 등장한다. 아빠의 형상을 한 신과 남편의 형상을 한 작가. 그러나 그들은 섭리로 지구를 통치하지도 않고 필연으로 서사를 구성하지도 않는다. 그런데 이 무능한 조물주야말로 이 세상을 가장 잘 설명하는 조물주가 아닐까. 지금, 우리 앞에 던져진 세상이 바로 이런 실타래이기 때문이다. 무능과 실패(失敗)를 통해서만 실타래를 감는 실패reel가, 그리고 참된 사실의 세계The Real가 출현할 수 있기 때문이다. 하성란만큼 이 난장의 삶을 정확히 직시하고 있는 작

가는 드물다. 실타래 위상학 혹은 매듭 위상학knot-topology
의 도움을 받아 하성란 소설의 세계를 여행하기로 하자. 이
실패(失敗/reel)의 끝에서 우리는 어쩌면 이런 감탄을 발하
게 될지도 모른다. 무능한 조물주가 펼친 실패한 창세기는 어
째서 이토록 아름다운가. 이 초록 별 지구는!

2. 보로메오의 매듭: '신체'라는 실패reel

보로메오 매듭Borromean knot에서 이야기의 실마리를 찾
아보자. 라캉이 정신의 위상학을 설명하기 위해 보로메오 가
문의 문장에서 따온 이 매듭은 서로 얽힌 삼륜(三輪) 형상이
고, 각각의 원은 I(상상계), R(실재계), S(상징계)에 배당된
다. 보로메오 매듭은 각각의 단계가 서로 얽힌 위상학적 관계
를 보여준다. 여기서 상상계에 배당되었으나 상징계와 실재
계에 배당되지 않은 영역이 신체body의 영역이다. 상상계가
상징계와 얽힌 자리가 의미의 영역이라면, 신체의 영역은 의
미화, 상징화되지 않는 비상징의 영역이라 할 수 있다. 이것
은 신체가 상징적인 것(언어) 너머에서, 의미화되지 않은 것
으로 존속한다는 것을 뜻한다. 상징이 인간을 포획할 때 의미
가 생겨난다. 하지만 그 의미 너머에는 상징화할 수 없는 인
간의 잉여, 즉 신체가 남아 있다.

하성란의 소설에서 신체에 달라붙은 어떤 느낌은 형용할 수 없는 무언가를 남긴다. 그것은 과거가 남긴 잔향이나 현재가 육박해오는 압력과도 다른 '모종의' 느낌이다. 취향이나 입맛이라고 단정할 수 없는 어떤 독특하고 유니크한 '맛'. 그 '맛'은 작은 실수와 혼동, 오해와 오인을 경유하여 나의 몸에 들어온다. "잘못 온 거죠?"(p. 44). 잘못 들어선 골목, 실수로 넘어버린 경계선에 매듭이 있다. 즉, 눈치채지 못한 사이에 한 세계에서 다른 세계로 전환되었다는 것을 보여주는 표식이다.

택시 기사가 금각사를 은각사로 잘못 알아듣고 은각사에 내려주지 않았다면 그녀는 그를 만나지 못했을 것이다. 나중에야 금과 은이 '킨'과 '긴'으로 비슷한 발음을 가지고 있다는 것을 알게 되었다. 그 미묘한 발음의 차이로 외국인 관광객들이 가끔 금각사인 줄 알고 은각사에 와서 서성댄다고 알려준 것도 그 남자였다. 그는 몇 번이고 금각사와 은각사의 일본어 발음을 되풀이했다. 킨가쿠지. 긴가쿠지. 일본인에게는 명확히 들릴 그 발음이 당시 그녀에게는 변별력 없이 엇비슷하게 들렸다.

(「여름의 맛」, pp. 43~44)

언어가 표상하는 상징의 세계가 최초의 자리인 상상적인

것과 만나 의미화될 때, 오해와 오인이 발생난다. 그것은 한국인인 그녀('최')의 육체가 일본인의 육체와 달라서 미묘한 차이를 식별하지 못했기 때문이다. 그녀는 금각사 대신에 은각사에 와버렸다. 그리고 그곳에서 한 남자를 만난다. "사진을 공부하러 온 유학생"(p. 45)인 남자는 그녀에게 복숭아 하나를 건넨다. 어찌나 단지 "흘러내리는 과즙을 쪽쪽 소리나게"(p. 48) 빨아 먹을 만큼 게걸스럽게 복숭아를 먹어치운 그녀에게 남자가 헤어지며 소리친다. "당신은 이제부터 복숭아를 정말 좋아하게 됩니다!"(p. 49). 이 이상한 시제를 가진 문장("이제부터"는 현재를 가리키지만 "좋아하다"는 미래를 가리킨다)은 의미의 바깥에서 혀를 넘실대며 그녀를 지배하게 된다. 그녀는 남자에게 웃기지 말라고 소리쳤지만, 아마도 그 말을 건네는 그 순간에도 그녀는 웃지 않았을 것이다. 기껏 복숭아 정도에 휘둘릴 자신이 아니라고 그녀는 호언장담했지만, 숭례문이 불에 타는 사건이 일어난 해, 6월 어느 날 그녀는 불타는 금각사 대신 은각사의 복숭아를 떠올린다. 남자의 말이 생생한 울림으로 되살아난다. 그녀는 다들 꺼려하는 지방 출장을 자원하면서까지 그 복숭아 맛을 찾아다니게 된다.

과즙이 줄줄 흐르는 다디단 복숭아의 맛이 최를 사로잡은 맛이라면, 요리 연구가 '김'에게는 차갑게 목구멍을 넘어가는 콩국의 맛이 있다. 잡지 기자인 최에게 맛이란 음식이나 재료의 맛이 아니라 추억의 맛이라고 알려준 이가 바로 김 선생이다. 최가 잡지의 연재물로 의뢰한 '여름의 맛'으로 김 선생이 꼽은 음식은 어머니의 장례식이 끝나고 아버지가 사준 콩국이다. 김은 어머니를 땅에 묻고 돌아오는 길에 촌 여자들이 파는 콩국을 마시다가 차갑고 미끄러운 무언가가 목구멍을 타고 넘어가는 것을 느낀다. 어린 그녀는 그것이 작은 물고기일 것이라고 생각한다. "그해 여름, 계집아이의 목구멍을 타고 넘어가면서 계집아이를 웃게 했던 작은 물고기는 무엇일까"(p. 66). 우뭇가사리로 짐작되지만, 사실 그것의 정체는 중요하지 않다. 금붕어처럼 미끈거리던 그것은 언어로 의미화할 수 없는 신체의 느낌, 그 자체이기 때문이다. 그렇게 본다면 최가 찾아다닌(은각사에서 복숭아를 소개해준 그 남자가 자신의 고향에서만 맛볼 수 있다고 말했던) 복숭아와 어머니의 죽음 이후에 어린 김 선생의 목구멍 속으로 영원히 넘어가버린 차고 미끄러운 무언가가 우리 삶이 얼마나 자주 의미화에 실패하는지, 그리하여 그 실패가 역설적으로 신체의 느낌을 어떻게 보존하는지를 보여주는 사례다.

「카레 온 더 보더」가 보여주는 것도 신체가 구현하는 비의미(非意味)로서의 향기다. '그녀'가 스무 살 무렵 잠시 알고 지냈던 '영은'을 떠올린 것은 카레 향 때문이다. 함부로 마감된 싸구려 시접처럼 자꾸자꾸 올이 풀리고 자꾸자꾸 맥이 풀리던 시절의 이야기다.

열아홉 살 그녀는 대학 진학을 대신해 에어로빅 강사가 되기 위해 자격증 속성 학원을 다녔는데, 그곳에서 영은을 처음 만났다. 그녀가 에어로빅 강사로 일을 하다 그만두고 영화판에 뛰어들어 막내 역할을 하는 동안, 영은은 대기업 계열사 놀이공원의 무용수로 일했다. 대기업 직장인들과 어울리는 술자리에서 갑작스럽게 상대해야 할 남자들이 늘었을 때, 영은은 친구들(에어로빅 학원에서 만난 동기들)을 그곳으로 부르곤 했다. 그녀도 그중 하나였다. 어느 날 영은의 호출을 받고 그녀는 '후보선수'가 되어 도우미로 나갔다. 그날 밤 그녀가 영은의 집을 따라가게 된 것은 순전히 우연이었다. 아침이 되자 영은은 정성껏 아침상을 차렸다. 그런데 영은의 밥상을 기다리는 사람은 그녀 말고도 더 있었다. 무려 다섯이나 되는 노인들이 어두운 방에서 영은의 밥상을 기다렸던 것이다. 그녀는 쿰쿰한 늙은이 냄새에 비위가 상했지만, 영은이 만든 카레의 맛만큼은 일품이었다. 영은은 그녀의 말처럼 "늙음과 죽음 그리고 가난의 냄새"(p. 166)를 그 카레향으로 덮고 싶었던 걸까. "카레라는 향신료가 가지고 있는 강한 살균력"(p. 167) 덕분에 그녀는 밥그릇을 깨끗하게 비웠다.

만일 이것뿐이라면 그 카레의 맛은 가난과 늙음과 죽음의 반대편에 있는 것으로 쉽게 의미화되었을 것이다. 그런데 그 카레의 맛은 상징에 완전하게 포획되지 않는다. 열아홉 살에 만난 영은의 팔뚝에는 언제나 대일밴드가 붙어 있었다. 그 밴드가 스물두 살 때, 그 냄새나는 방에서 슬쩍 떨어져 나왔다. 그때 그녀는 '一心'이라는 문신이 새겨진 영은의 속살을 보았다. 영은은 "다 철없을 때"(p. 165) 일이었다고 얼버무렸지만, 철없던 열아홉 살의 영은과 스물두 살의 영은 사이에는 의미화하기 어려운 심연이 있다. 즉, 신체의 '맛'으로서만 관통할 수 있는 비의미로서의 의미가 동시에 놓여 있는 것이다. 에어로빅복을 단체로 입고 시내를 활보하던 시절, 남자들의 추파에 "눈 깔엇!"(p. 170)하면서 침을 뱉던 '一心'의 시절이야말로 독한 '카레 온 더 보더'의 시절이었을 테니 말이다.

현재의 그녀가 대학 선배이자 동갑내기인 '김'과의 끔찍한 식사를 참아내는 것도 그 음식점의 메뉴 가운데 하나인 카레의 향기 덕분이다. 김은 연구소의 내정자인데, 그 속사정을 그녀가 모를 거라고 생각하고는 그녀에게 자신이 내정된 연구소에 지원서를 내라고 부추겼다. 그녀는 김 앞에서도 '후보 선수'가 되어야 했던 셈이다. 카레 향기가 그녀에게 '一心'의 정신을 되살려낸 것이었을까. 산책 중에 그녀가 실수로 넘어지자 김은 그녀의 손을 잡아주기는커녕 조심성 없는 그녀의 태도를 힐난하는 눈빛을 보낸다. 그러자 그녀는 김을 향해 침을 뱉듯이 "그녀가 아는 가장 모욕적인 욕을 날려주었다"(p. 170). 김은 얼굴이 일그러지고 배신감에 깜짝 놀란 표정이 된다. 그녀와 김이 10여 년 동안 질질 끌고 온 그 모호한 관계가 깨끗하게 박살이 나는 순간이다. 그녀는 스물두 살 영은

(노인 다섯을 봉양하는 착한 영은)에서 열아홉 살 영은(몸에 '一心'을 새긴 불량소녀)으로 건너뛴 셈이다, 영은처럼 저 카레 향 덕분에! 비약적인 삶의 변신을 지탱해준 것은 보로메오 매듭을 타고 넘어온 '맛'과 '향기'라는 신체의 비의(미의 의미)다.

3. 마리오네트의 실타래: '도플갱어'를 만나다

실타래 속에서 얽혀 있는 실을 한 인물의 동선이라고 한다면, 매듭은 서로 다른 시간의 겹침이나 서로 다른 공간의 겹침을 지시하게 된다. 전자가 수많은 플래시백을 가능하게 하는 이시공존(二時共存)의 방법론이라면 후자는 한 인물의 분열과 분할을 가능하게 하는 이처소재(二處所在)의 가능성이다. "이처소재(二處所在)…… 동시에 두 곳에 존재한다……" (p. 26). 후자의 경우, 인물은 자신과 동일한 인물로 분열되거나 자신이 선택하지 않은 다른 삶에 놓이게 된다. 도플갱어 혹은 더블double 모티프가 출현하는 순간이다. 이것을 마리오네트의 실타래라고 불러도 좋을 듯하다. 매듭은 얽힘과 풀림의 마디다. 얽는 자, 푸는 자가 인형술사라면 얽히는 자, 풀리는 자가 인형일 것이다. 하나가 다른 하나의 도플갱어가 된다. 때문에 「두 여자 이야기」에서는 끝내 한 여자만 등장한다.

　　그녀가 그제야 말문을 떼려는데 사내가 다 안다는 듯 고개
를 끄덕였다. "아, 알아요, 알아. 할 말이 많겠지. 하지만 지
금은 보시다시피 다른 일정들이 밀려 있고. 가까운 시일 내에
한번 봅시다. 오은……" 뒤에 선 남자가 재빨리 사내의 말을
받았다. "오은영입니다." "그래, 오은영 씨."

(「두 여자 이야기」, p. 25)

　　「두 여자 이야기」는 도시 이미지를 바꾸는 프로젝트를 진행
하는 팀이 그 도시의 시외버스 터미널 준공식 행사에 참여하
면서 벌어지는 에피소드를 담고 있다. '최' '김' '그녀' 셋은
도시 브랜드를 만드는 작업을 하고 있다. 셋은 20년 지기 대
학 동창이면서 회사의 동료이기도 하다. 도시 이미지를 쇄신
하는 이들의 프로젝트와 신축된 시외버스 터미널의 명칭(세
계화에 발맞추려는 의지가 드러나는 'D-city'라는 명칭이 그것이
다) 문제가 충돌할 여지가 있다는 점을 염려하며 D시를 찾았
다. 행사장에서 그녀는 한 번도 본 적 없는 오은영이란 여자
로 오인된다. 우리는 이미 오해와 오인이 다른 자리로 넘어가
는 결절점이라는 사실을 보로메오의 매듭을 통해서 확인했다.
그녀로 지각되지만 실제로는 그녀가 아닌 어떤 다른 존재(여
기서는 오은영), 그녀의 도플갱어가 출현한 순간이다.

오해는 그들이 프로젝트를 진행하는 데 도움이 될 수도 있었다. "그녀로 오인되고 있는 오은영이란 여자가 누군지 모르지만 결과적으로 그들에게 나쁠 건 없다는 게 김의 결론이었다"(p. 26). 그런데 나쁘지 않으리라 생각한 그 오해가 그녀에게 치명적인 결과를 가져온다. 식당에서 한 무리의 여자들에게 오은영으로 오인된 그녀는 주차장으로 끌려가 횡액을 당한다. 그녀가 오은영과 대칭을 이루듯, 그녀가 들어야 했던 모진 말들은 프로젝트를 추진하는 데 도움이 되었을 칭찬의 말과 대칭을 이룬다. 그리고 그 둘 모두가 오해와 오인의 산물이다.

사실, 그녀 자신도 이미 분열을 경험했다. 그녀는 30년 전 부모를 따라 산에 올라갔다가 실종되었던 경험이 있다. 어린 그녀는 사흘 동안이나 숲 속을 헤맨 끝에 낯선 이 도시로 내려왔다. 그 사건 이후로 무언가가 달라졌다. 그녀는 "마치 나의 반쪽을 그곳에 두고 온 듯했다"(p. 34). 이쯤에서 D시에 대해서 이야기할 필요가 있겠다. 김이 D시에 가면 홍어애탕을 먹어야 한다고 떠든 말을 떠올린다면, 그리고 이들이 D에 대해서 품고 있는 죄의식을 감안한다면, 그리하여 수십 년 전에 '그 일'을 겪은 D시를 애도해야 한다고 생각한다면, 이 도시가 광주를 암시하고 있음을 알게 된다. 참혹한 그때의 사건을 (사건 대신) 홍어애탕 맛으로 기억하는 자들에게 D시는 전혀 다른 도시일 터.

30여 년 전 그날, 어린 그녀가 그곳에 남겨두고 온 것이 혹시나 또 다른 그녀였다면, 이를테면 그녀의 반쪽이었다면, 그래서 집으로 돌아온 그녀와는 달리 남은 반쪽이 훨씬 나중에야 산을 내려왔다면 그녀는 그곳에서 무엇을 보았을까. 과연 그 도시가 평화롭다고 말할 수 있었을까.

(「두 여자 이야기」, pp. 37~38)

결국 그녀가 분열하면서 출현한 두 여자(사흘 만에 집으로 돌아온 어린 그녀와 산에 남아 돌아오지 않은 그녀)는 이 도시를 방문한 그녀와 이 도시에서 살았던 그녀(오은영)가 된 셈이다. 그 도시 바깥에서 살았던 그녀는 도시에서 횡액을 겪은 다른 그녀의 도플갱어인 셈이다. 라캉이 보로메오의 매듭을 인용한 것은 가시적으로 드러나지 않은 실재의 차원을 위상학으로 설명하기 위해서이기도 했다. 이 실재적인 것(R)의 출현을 도플갱어라고 말할 수 있다. 그녀는 끝내 오은영을 만나지 못하는데, 사실은 만날 수 없었다고 해야 옳지 않을까. 이처소재가 가능하기 위해서는 둘이 같은 장소에 있어서는 안 된다. 그렇게 된다면 한 명의 동일자로 환원되고 말 것이기 때문이다. 도플갱어를 맞닥뜨린 자는 죽음을 맞게 된다는 이야기가 뜻하듯 둘은 다른 장소에서 출현한 같은 사람이다. 보이지 않았지만 나를 이곳으로 다시 불러 세운 나의 반쪽,

내 삶의 다른 가능성이 도플갱어였던 셈이다. 보이지 않는 실로 묶인 마리오네트처럼 말이다.

「순천엔 왜 간 걸까, 그녀는」에서도 마리오네트의 실타래를 찾을 수 있다. 한 여자가 지방 대학의 축제에 참여하기 위해 매니저 박이 운전하는 승합차에 타고 있다. 그녀의 파트너인 홍은 먼저 행사장에 도착해 있다. 팔중 연쇄 추돌 사고의 여파로 축제의 시작이 미뤄지던 참이다. 홍과 여자는 13년째 함께해온 콤비다. 이들은 요리 프로그램을 패러디한 코너 '어젯밤 내가 먹은 것'에서 함께 연기하면서 큰 인기를 얻었다. 홍이 정신없는 요리사 역할을, 여자는 홍을 요리에 집중하도록 돕는 보조이자 프로그램 진행자 역할을 맡았다. 예전에 둘은 '위기 남녀'라는 코너로 대학개그제에서 인기상을 받기도 했다. 둘이 만나게 된 것은 순전히 우연이었다. 대학개그제 예심 때 홍의 파트너가 펑크를 냈고 그 때문에 홍과 여자가 '홍장미'(여자의 이름은 '장미'다)라는 이름의 콤비를 급하게 결성하게 되었다. 우연이 둘 사이에 개입했고 그 우연이 필연이라도 되는 듯이 13년째 커플로 유지된 것이다.

그런데 그녀의 삶은 마리오네트와 같다. 그녀가 그녀와 다른 그녀로 나뉜 것은 봉고 차 때문이다. "여자는 지금껏 떠오를 듯 떠오를 듯 떠오르지 않은 채 자신을 괴롭히고 있던 것이 바로 그 차, '봉고' 때문이었다는 것을 깨닫는다"(p. 308). 16년 전, 봉고 한 대가 야간 자습을 마치고 집으로 돌아가는 그녀의 앞에 섰고 보조석에서 양복 차림의 중년 사내가 내렸다. 성경처럼 보이는 두툼한 책을 들고 길을 물어보는 그 사내를 여자는 시골 교회 전도사쯤으로 생각했다. 역까지 가는 길을 알려주면 다시 이 장소에 데려다준다는 전도사(로 보이는 남자)의 말에, 별 의심 없이 봉고에 타려는데, 그때 행인들이 나타나자 그는 말을 바꿨다. 여자를 골목에 그대로 놓아두고 봉고는 뒷문을 채 닫기도 전에 급히 출발했다. 여자가 탈 뻔한 그 차는 당시 유행하던 인신매매범의 봉고였다. 그때를 생각하며 여자는 가슴을 쓸어내린다. 그런데 또 다른 그녀, 도플갱어인 그녀에게는 행운이 주어지지 않았다.

16년 전 봉고를 타지 않았다는 것은 여자애가 만들어낸 환상이었다. 난 괜찮아, 여자애가 가슴을 쓸어내린 것과는 달리 여자애는 16년 전 그날 밤 봉고에 올라탔다. 그리고 다시는 집에 돌아오지 못했다. 시절이 하 수상하던 그 몇 년 전, 사람들 입에 오르내리던 험악한 소문들을 여자애는 언니들 틈에 끼어 앉아 들었다. 〔……〕 여자애는 되바라지지는 않았지만 어리숙하지도 않았다. 다만 자신에게 그런 일이 닥칠 확률은 비행기 사고 확률보다 낮다고 생각했다. 그날 밤 여자애가 믿었던 것은 사람들 사이의 신뢰라기보다는 과학적인 확률이었다.

(「순천엔 왜 간 걸까, 그녀는」, pp. 319~20)

삶은 행운으로만 주어지지 않는다. 이쪽의 내가 요행을 잡았다면 저쪽의 다른 나는 불운과 맞닥뜨린다. 확률을 여지없이 깨고 삶에 끼어든 우연이 그녀를 사과처럼 쪼개어 둘로 분할했다. 인신매매단에 팔려 간 그녀가 몸을 망치며 인생유전을 겪다가 흘러든 곳이 바로 순천이었다. 그녀가 몰던 차가 순천의 나이키 사거리에서 정지 신호를 받는 순간, 누군가 카메라의 셔터를 누른다.

　사진을 보는 순간 여자는 "이 여잔 누구야?"라고 되물을 뻔했다. 사진 속의 여자는 본인조차 생경스러울 만큼 낯선 모습이었다. 〔……〕 정지선에 멈춰 선 차 안의 여자를 마침 옆차선의 운전자가 우연히 발견하고 카메라를 들이댄 듯했다. 〔……〕

　'누구일까요?'라는 제목 밑에 '순천 시내 나이키 사거리에서 딱 마주친 장미 님, 실물은 화면발보다 아름다웠어요'라는 설명글을 읽지 않았으면 그 여자가 바로 자신이라는 것을 믿지 못했을 것이다.

(「순천엔 왜 간 걸까, 그녀는」, pp. 304~05)

누구일까. (봉고에 끌려가서 창녀로 전락한) 다른 그녀의 사진을 보면서 (그날 봉고에 타지 않았던) 지금의 그녀가 묻는다. "그 표정에 놀라면서도 여자는 의문을 달았었다. "순천엔 왜 간 걸까, 나는?""(p. 305). 내가 내 삶을 장악하고 지배하고 있다고 믿을 때(내 삶을 의심하지 않을 때) 나는 마리오네트를 조종하는 인형술사가 된다. 하지만 이처(二處)에 출현한 나에게 놀랄 때 나는 인형술사에게 조종되는 마리오네트가 된다. 어쨌든 둘은 서로가 서로의 또 다른 가능성인 셈이다. 도플갱어를 만나지 않았다고 해서 이 삶이 필연의 고속도로 위를 달리고 있는 것은 아니다. 교통사고 때문에 제 시간에 행사장에 도착하지 못한 그녀와 매니저 박은 실제로 교통사고의 희생자가 되어 있다. 여기에도 마리오네트의 실타래가 있다. "박의 상체가 의자와 핸들 사이에 끼어 있었다. 죽은 닭처럼 눈을 반쯤 감았다. 벌린 입가로 계란의 알끈 같은 침이 끈적끈적하게 달라붙었다. 〔……〕 백미러에 자신의 모습이 비쳤다. 안전벨트에 고정되지 않은 다리와 팔이 밴 천장을 향해 대롱거렸다. 다리 한쪽과 팔이 부러진 모양이었다"(p. 327). 앞에서 일어난 사고 때문에 행사장에 도착하지 못한 그녀와 사고의 당사자가 된 탓에 행사장에 도착하지 못한 그녀(끈 없는 마리오네트의 형상을 하고 있다) 역시 시간의 줄에 의해 조종되는 도플갱어이자 마리오네트가 아닐까. 엉터리 성대묘사로 행사를 대체한 후에, 그녀를 기다리다가 홍은 생각한다. 그런데 그때, "대체 순천엔 왜 간 걸까, 그녀는?" 어쩌면 홍은 마리오네트 너머에서 그 줄을 조종하는 다른 손을 슬쩍 엿보았던 것이 아닐까?

「순천엔 왜 간 걸까, 그녀는」이 둘로 쪼개진 시간과 사건에
관한 우화라면, 「제비꽃, 제비꽃이여」는 분기된 시간이 한 사
건 안에서 어떻게 만나는가를 보여주는 우화다. 전자가 봉고
차 사건의 두 가지 가능성을 따라간다면, 후자는 여러 차례의
반복을 낙상이라는 단 하나의 사건을 통해 꿰어준다. 그 반복
은 다르게 말하면 영원회귀다. 저토록 무수한 반복이야말로
마리오네트의 행동 양식이 아닐 수 없다. 마흔 살인 '나'는 계
단에서 넘어져 크게 다칠 뻔했다. 스무 살 때에도 이런 일이
있었다. 두 번 모두 대형 사고는 모면했지만 예순이 되어서
겪게 될 동일한 사건에서는 운이 따라주지 않을 것이다. "앙
상하게 마른 내 몸은 계단에서 굴러떨어졌다. 어깨뼈가 탈골
되고 정강이뼈가 부서졌다. 계단에 덧댄 쇠붙이에 머리를 찧
었다. 구르고 굴러 맨 마지막 계단을 손으로 짚었을 때 손가
락 세 개가 부러졌다"(p. 196). 저 끔찍한 미래 예측이 과거
형으로 서술되었다는 데에서, 우리는 영원회귀의 강한 악력
을 느낀다. 우리는 영원히 이 팽팽한 실을 벗어날 수 없게 될
것이다.

4. 고르디우스의 매듭: 무언가 우리를 '가로지른다'

얽히고설킨 실타래는 우리에게 삶이 해결되기 어려운 난제

라는 사실을 알려준다. 사실 아포리아는 우리 자신이 그 매듭들이라는 데서 생겨난다. 우리야말로 어떤 의미도 부여받지 못한 채 꼬이고 얽힌 일종의 결승문자 같은 존재들일 것이므로. 실타래가 풀리면 우리도 완전히 분해되어 사라질 것이므로. 우리는 결국 그것을 풀지 못할 것이다.

알렉산더가 페르시아 원정길에 프리기아에 도착했을 때 일이다. 수도 고르디움에 복잡하고 단단하게 묶인 매듭이 있었다. 거기에는 이 매듭을 푸는 자가 세계를 지배할 것이라는 신탁이 함께 있었다. 알렉산더는 칼을 들어 단칼에 매듭을 잘라버렸다고 한다. (쾌도난마가 남긴 교훈처럼) 그래서 그가 세계를 정복했구나, 라고 감탄하기 전에, 우리는 재빨리 질문해야 한다. 알렉산더는 매듭을 푼 것일까, 아니면 매듭 자체를 없애버린 것일까?

「오후, 가로지르다」에서 관찰되는 큐비클들도 안으로 얽혀 실마리를 내보이지 않는 매듭의 일종이다. "삼면이 칸막이로 막힌 '큐비클' 구조는 입사 3년차가 될 무렵부터 도입되기 시작해 금방 정착되었다. 상하 지시 체계가 아닌 각자 맡은 일들을 독립적으로 처리하기에 가능했을 것이다. 그리고 그게, 눈에 띄게 능률이 오르기 시작했다는 것이다"(p. 110). 그런데 다른 시각에서 보면 큐비클은 개인용 방패막이가 아니라 1인용 감옥이다. 게다가 큐비클이 놓인 위치에 따라 연차와 위계가 설정된다는 점에서 보면 감옥에도 위계가 있다.

그런데 이 개별자들의 감옥을 가로지른 것이 있다. 어떻게도 풀 수 없던 매듭을 단칼에 잘라버린 날카로움. 첫번째는 여자에게 깊은 내상을 남겼다. "그날 아침 한 남자가 여자의 뺨을 때렸다. 눈앞에서 번쩍 불똥이 튀고 휙 얼굴이 모로 꺾였다. 덩달아 상체도 틀어졌다. 눈물이 쏙 빠질 만큼 아팠다"(p. 113). 그것은 여자의 자리가 출입문 근처에 있었을 때, 그러니까 그녀의 포지션이 "가장 낮은 직급"에 있을 때 겪은 일이었다. 여자의 뺨을 때린 남자는 몸을 돌려 "사무실을 뛰쳐"(p. 115)나갔다. 큐비클 속에 갇혀 있던 사람들이 웅성거렸다. 10년 전 기억이지만 지금도 가끔 떠올라오는 걸 보면 그 상처의 깊이를 짐작할 수 있다. 여자는 마침내 진상을 알게 된다. 지금은 췌장암으로 고인이 된 그 남자는 여자를 좋아했고 그게 돌발 행동으로 나타났던 것이다. 저 돌발은 지루하고 무료한 닭장 같은 큐비클을 한순간에 가로지른 행동이기도 하다.

두번째는 누군가 기르다가 놓친 뱀이다. "순간 차디차고 긴 것이 여자의 발목을 휘감고 지나갔다. 본능적으로 몸이 알았다. 뱀이다. 여자는 단숨에 도약해서 책상 위에 고양이처럼 민첩하게 올라앉았다. 〔……〕 여자는 보았다. 시선 아래로 펼쳐진 무수한 큐비클들을. 그 안에 고정된 듯 모니터를 향해 있는 머리통들을"(p. 135). 발목을 지나간 게 뱀이라고 생각한 여자는 책상 위에 올라가고, 덕분에 각각의 큐비클 '들'

속을 조망하는 시선을 갖게 된다. 밖으로 알려지지 않은 개별 자들의 사연이 꼭꼭 봉인되어 있는 칸막이를 넘어서는 것. 그 렇다면 저 뱀 역시 개별자들의 사연을 단숨에 가로지르는 봉 인 해제의 몸짓이라고 부를 수 있을 터. 아니, 정말로 그것이 뱀이기는 했을까? 뱀이 출현한 그 순간이란 구획과 경계를 무장해제시킨 저 "신의 눈"(p. 137)을 얻기 위한 계시의 순 간이었을 것이다.

「알파의 시간」에도 사랑과 상처가 일치하는 어떤 가로지름 의 순간이 있다. 교직을 그만둔 아버지가 사업을 한다는 명목 으로 처자식을 버리자 엄마는 4남매의 생계를 책임져야 했다. 엄마는 옥탑방에 아이들의 거처를 마련하고 시장통 순대 장 사를 시작했다. 순대골목의 맨 끝자리에서 엄마는 점차 장사 꾼의 말투를 익혀갔다. 엄마가 얼음 대주는 사내의 도움을 받 아 순대와 족발의 맛을 완성해나갈 즈음, (큰딸인) '나'는 엄 마를 찾아갔다가 고통스러운 장면을 목격한다.

　　엄마는 서너 명의 여자들에게 둘러싸여 있었다. 키 작은 여자 가 엄마를 떼밀었다. 엄마의 몸은 꿈쩍도 하지 않았다. 약 오른 여자가 펄쩍펄쩍 뛰어올랐다. "이런 뚱뚱한 걸 대체……" 이해 할 수 없다는 듯 여자가 웃었다. "내 이 연놈들을 당장……" 한 여자가 달려들어 엄마의 다리에 발을 걸었다. 한참 용을 쓴 뒤 에야 수령 많은 나무가 쓰러지듯 엄마가 우지끈 넘어졌다. 여자들이 우르르 달려들었다. 엄마는 여자들에게 뭇매를 맞았다. 주먹이 쏟아질 때마다 큰 덩치가 움찔움찔했다. 누가 '어름집' 여자인지 알 수 없었다. 한 여자가 엄마의 머리카락을 휘어잡아 흔들었다. 엄마의 눈이 내 눈과 마주쳤다. 엄마는 홱 고개를 돌려버렸다.

(「알파의 시간」, pp. 98~99)

엄마는 얼음 파는 사내와 눈이 맞았고 그 일로 여자들에게 폭행을 당했다. 그러나 어린 내게 그것의 의미는 명확히 들어오지 않았을 것이다(혹은 완전히 이해되지 않았을 것이다). 나이가 들어 몸과 기억이 더불어 무너졌을 때, 엄마는 호객할 때 냈던 소리를 낸다. "쉬었다 가세요……" 저 말이 단순히 술과 음식을 팔기 위한 용어가 아니라는 것은 상식에 속한다. 엄마의 중얼거림이 기대고 있는 원장면이 위의 인용문이다. 사랑의 과업으로 시작했으나 나의 상처로 귀결된 어떤 오후의 가로지름, 그것은 난마와도 같은 매듭을 단칼에 잘라버린 한 순간이 아니었을까.

한편 아빠는 야립 간판 사업에 뛰어들었다. 아빠는 '나'에게 "전국 주요 도로, 야립 간판에 너만 알아볼 수 있는 표시를 해둘 거"(p. 86)라고 호언장담했다. 세월이 흐른 뒤에, 막내 동생이 아버지의 간판을 찾았다고 연락을 해왔다. 1톤 트럭으로 게 상자를 떼다 팔던 막내 동생이 산속에서 길을 잃었

해설 이 실패를 어떻게 풀까? 357

을 때 홀연 그 간판을 보았다고 했다. "막내의 말과는 달리 그 계집아이는 내가 아니었다"(p. 102). 하지만 중요한 것은 그게 아니다. 그러나 이제 간판의 계집아이가 '나'든 아니든 별 상관이 없어졌다. "나의 간판이 나를 보고 있었"으므로(p. 103). 아버지의 간판을 찾아 나선 이들의 짧은 주행은 뱀처럼 굽이치는 과거로 되돌아가 평생 외면해온 상처를 바라보는 데 필요한 여로였을 터. 알파의 시간이란 그렇게 내 자신이 풍경의 일부가 되는 데 걸리는 시간인지도 모른다. 모든 얽힌 삶의 매듭들을 단번에 관통하는 응시의 시간, 차가운 손 찌검과 뱀의 시간, 그리고 "얼굴이 통통하고 머리를 양갈래로 땋아 내린"(p. 102) 수많은 계집아이의 얼굴에서 내 얼굴을 발견하는 데 걸리는 시간.

5. 아리아드네의 실타래: 우리는 끝내 그곳에 '이르러야 한다'

마지막으로 살펴볼 실타래는 아리아드네의 것이다. 미노스 왕의 딸인 아리아드네는 영웅 테세우스가 괴물 미노타우로스를 해치우러 미궁에 들어가자 그에게 마법의 칼과 실타래를 건넨다. 이야기의 주인공은 테세우스지만 이야기를 가능하게 한 인물은 바로 아리아드네가 아닐까. 다른 실타래가 얽히고

설킨 미궁 자체라면, 아리아드네가 건넨 실타래는 그 미궁에서 길을 잃지 않고 목적지를 찾을 수 있도록 도와주는 기능을 한다. 「그 여름의 수사(修辭)」를 보자.

> 그 뒤로도 몇 번 나는 아버지에게 전보를 쳤다. 어느 날 엄마가 말한 내용을 찢어버리고 **'당신이너무보고싶어요'** 라고 보냈다. 마치 그 말을 기다리느라 수년을 떠돈 사람처럼 아버지가 돌아왔다. 사명감과 함께 내 속의 열 박자 리듬감도 다른 박자로 옮겨 탔다. 상급생이 되면서 배운 수사법에 빠져든 탓도 있었다. 내 속의 문장은 만연체로 화려한 수식어를 달고 길고 또 길어졌다.
>
> (「그 여름의 수사」, p. 265)

「알파의 시간」이나 「1968년의 만우절」에서도 그렇지만 소설 속 남편들은 대개 가장으로서의 역할을 수행하는 데 실패하는, 그러니까 무능하고 책임감 없는, 철없는 남자들이다. 「그 여름의 수사」의 남편 역시 그렇다. 교직을 그만둔 뒤로 아버지는 손대는 일마다 실패를 거듭했다. 가족을 버리고 떠난 아버지에게 어머니의 메시지를 전달하는 것이 열한 살 '한나'의 임무다. 한나는 엄마의 시끄러운 심정을 단 열 글자로 줄여서 전보로 보내지만 아버지는 끝내 상경하지 않는다. 그 대신 장문의 편지를 보내 알 수 없는 변죽만 울릴 뿐이다(대체로 돈을 부쳐달라는 용무를 담고 있다). 아버지는 할머니가 세상을 떴다는 전보까지도 어머니가 보낸 회유의 수사라고 생각했는지 어머니의 (부산항에서 만나자고 했던) 약속을 무시했다. 참다못한 어머니는 아이 셋을 데리고 아버지가 있다는 D시를 찾아갔다. 아버지는 '빠리 의상실'이라는 텅 빈 점방에 앉아 감자를 찌고 있었다. 무의미한 변죽의 세월 속에서 하염없이 감자를 찌는 남자는 영웅 테세우스가 아니라 괴물 미노타우로스에 가깝다. 그가 세상의 미궁을 헤치고 집으로 돌아올 수 있었던 것도 스스로의 힘에 의한 것이 아니라, 열 글자로 된 하나의 실타래 덕분이었다.

할머니가 돌아가신 후 집을 팔고 서울로 온 할아버지는 "뒷방 노인네"(p. 265)가 되었다. 또 다른 미노타우로스가 되었던 셈이다. 하나의 수사만 점차로 화려해졌다. 열 글자로 갇혀 있던 언어가 화려한 만연체로 바뀐 것. 바야흐로 아리아드네의 시대가 온 것이다. 그녀가 풀어낸 실은 하염없이 "길고 또 길어졌다". 무한 증식하는 돼지에게 출구를 가르쳐준 것도 역시 그녀이다.

H의 전화 목소리는 예전과 달랐다. 전화할 사람이 너밖에 없었다면서 H가 울먹였다. 살이 찌면서 목소리도 변했다. "믿기지 않겠지만 엉덩이에 뭔가 돋는 것 같아. 며칠 전부터 계속 근질근질해." H가 공포스럽다는 듯이 외쳤다. "……꼬리가

나려나 봐! 믿어지니?"〔……〕내게 엉덩이를 보여주려 H가
팬티를 내렸다.〔……〕그의 발기하지 않은 성기는 더욱 왜소
해 보였다. 거무죽죽한 음낭을 보는 순간 엄마가 숱한 수돼지
들에게 했듯 불을 까고 싶어졌다.〔……〕엉덩이의 갈라진 틈
새에서 뭔가가 반짝 빛을 냈다. 나는 작은 쇠붙이를 톡톡 건드
렸다. 압정은 단단했다. 대체 H의 엉덩이에는 어떤 메모가 붙
어 있었던 걸까.〔……〕나는 냅다 H의 엉덩이를 걷어찼다.
"왜 이래애?" 살에 눌린 성대에서는 가늘고 쉰 목소리가 났
다. 나는 엉거주춤 선 H를 돼지 몰 듯 떼밀면서 소리 질렀다.
"피둥피둥 살이 쪘으니 이제 출하다, 출하!"

(「돼지는 말할 것도 없고」, pp. 226~28)

어머니는 돼지를 키워 떼돈을 벌 생각에 들떴다. "이제 반
년 뒤면 암돼지가 열 마리의 새끼를 낳을 거야. 고놈들 중에
서 암컷이 다섯 마리라고 쳐. 고것들이 자라 다시 다섯 마리
씩의 암컷을 낳는 거야. 6×5, 30……"(p. 203). 상상 속에
서 돼지는 무한히 증식했다. 그런데 정작 돼지는 아버지가 아
니었을까? "말귀를 알아듣지 못하는 돼지들보다 아버지를 구
슬려 이곳까지 몰고 오는 게 더 힘들었다고 엄마는 30년이 다
된 일을 어제 일처럼 말했다"(p. 204).
　H도 그랬다. 삼겹살을 먹는 온라인 카페 '돈방석'의 카페
지기인 그는 방에 틀어박혀서 살다가 스스로 돼지가 된다.

"나는 새끼 돼지가 단 6개월 만에 200킬로가 넘는 성돈으로 자라는 것을 쭉 보아왔다. H의 체중은 6개월 만에 고작 40킬로그램이 붙었을 뿐이다. 돼지의 세계에서는 그렇게 요란 떨 만한 일도 아니었다"(pp. 221~22). H가 돼지로 변한 것은 그쪽 세계에서는 별거 아닌 일이다. 그러니까 당연하고 자연스러운 일이다. '나'는 H의 엉덩이에 박힌 압정을 빼주고는 외친다. 살을 다 찌웠으니, "이제 출하다, 출하!"(p. 196) 제 삶의 미궁에 갇혀 피둥피둥 살이나 찌운 H는 소ー인간(미노타우로스)에 맞먹는 돼지ー인간임에 분명하다. '나'는 그에게 미궁에서 빠져나올 수 있도록 길을 내준 것이다.

미궁이란 길을 잃기 위해 만들어진 구조물이 아니다. 미궁은 온갖 곳을 거쳐서 결국 미궁의 핵심에 이르게 만든다. 그곳에 우리가 이해할 수 없는 삶의 심연이 있을 터. 아리아드네의 실타래는 두 가지 역할을 한다. 그 심연과 대면하게 하는 것, 그리고 거기서 나올 출구를 가리켜주는 것. 「그 여름의 수사」에서의 한나가 보낸 전보(**'당신이너무보고싶어요'**)가 그러하고, 「돼지는 말할 것도 없고」에서의 출하가 그렇다. 전자 덕분에 아버지는 끝없는 가출의 운명을 벗어나 집으로 돌아왔고, 후자 덕분에 H는 돼지 우리에서 벗어날 힘을 얻었다. 하성란의 소설 속에는 아리아드네의 실타래를 들고 이렇게 중얼거리는 인물들이 있다. 우리는 끝내 그곳에 이르러야 한다, 라고. 이 실타래 덕분에 되돌아 나올 길을 알고 있으니.

6. 꼬인 실패a twisted thread reel: 실패는 '반복되어 야' 한다

시작과 끝이 맞물린 복도를 따라 걷고 있자면 뭐랄까 인생
은 돌고 돈다는 만고의 진리를 새삼스레 실감한다고나 할까.
잠깐 걷다 멈춘 사이에도 사람들이 부지런히 걷고 있어 늘 복
도가 레코드판처럼 돌고 있다는 느낌이었다. 레퍼토리는 똑같
았다. 쾌차해 두 발로 걸어 퇴원하는 사람들이 생각지도 못한
중병 선고를 받고 입원하는 사람들과 엇갈렸다.

(「1968년의 만우절」, p. 271)

실패는 반복되어야 한다. 하나가 실을 감으면 다른 하나는
풀어야 한다. 하나가 전진하면 다른 하나는 물러나야 한다.
아버지가 가출을 결행한다면 어머니(혹은 딸)는 끝내 집을 지
켜 그가 돌아올 '스위트홈'을 만들어야 한다. 여기 담긴 소설
들 속에 등장하는 인물들의 수많은 반복(익명의 반복, 이름의
반복, 행동의 반복)도 이와 같다. 가령 소설 속에서 반복되는
'김' '최' '홍' '그녀' 등의 지시어가 보여주듯이, 이들의 정
체성은 견고한 어떤 것이라 규정할 수 없다. 누군가의 정체성
은 관계에 의해 잠정적으로 규정될 뿐이거나("언제 끊어질지
알 수 없는 팽팽한 실", 「두 여자 이야기」) 구별할 수 없이 증

식하고 있으며("턱선은 사라졌다. 눈과 코가 살에 파묻혔다", 「돼지는 말할 것도 없고」) 형체도 남기지 않고 뭉개지고 사라진다(「여름의 맛」). 그리고 김, 최, 홍, 그녀 등등은 김 '들'과 최 '들', 홍 '들'로 무한 증식한다. 저 익명의 개인들은 각기 다른 성별을 가진 개별자들로 보이면서도, 한편으로는 동일한 인물이 겪는 파란만장 같기도 하다. 때문에 열 편의 소설은 느슨한 연작처럼 모종의 끈을 붙잡고 이어지는 줄다리기 같기도 하면서, 동시에 서로 독립된 낱낱이 어지럽게 얽인 엉성한 털뭉치처럼 여겨지기도 할 것이다(앞서 문자 그대로 중언부언의 서사라고 불렀다).

우리는 앞서 저 반복과 출몰이 꼬이고 풀리는 실패 운동을 한다는 것을 살펴보았다. 상징 너머에서 신체가 건네는 비의(미의 의미)가 있고(보로메오 매듭), 또 다른 나와 대면하는 도플갱어와의 공방전이 있으며(마리오네트의 실타래), 덤불처럼 얽힌 삶을 순식간에 가로지르는 섬광이 있고(고르디우스의 매듭), 그 실타래를 들고 끝내 이르러야 할 곳이 있다(아리아드네의 실타래). 그리고 우리는 이렇게 말해야 한다. 이 모든 것은 다시 반복되어야 한다고.

소설은 인물의 선택과 행동으로 얽혀나가는 장르다. 이 얽힘과 풀림은 진행을 막는 장애물이 아니라 그 자체가 플롯이다. 마찬가지로 이런 관계의 얽힘이 캐릭터이자 정체성이 된다. 하성란 소설의 매혹도 바로 여기에 있는 게 아닐까. 얽힌 것을 풀어내는 탐정의 서사만이 아니라, 그 풀림 너머에는 또 다른 실타래가 있음을 지시하는 역탐정의 서사가 있다. 병을 고쳐 나간 사람의 수만큼 병에 걸린 사람이 들어오는 병원의 회전문처럼, 실패는 반복되어야 한다. 따라서 열 글자로 이루어진 전보문이 만연체의 수사로 바뀌는 것(「그 여름의 수사」)은 미궁의 무한 증식이자 동시에 탈출로의 무한 증식이기도 하다. 모든 매듭과 마디들을 지나오면서, 우리는 어쩌면 저 벽면을 타고 넘는 복잡한 실타래가 푸른빛을 띠고 있다는 것을 알게 될 것이다. 우리 모두가 저마다의 리듬감으로 좌우로 흔들면서twist 함께 참여하는, 초록 별 지구라는 저 푸른 실타래 말이다.

올여름 20일 남짓, W시의 한 대학에서 보냈다. 10여 년 전 처음 가 띄엄띄엄 벌써 세 번째 여름이었다. 앞선 두 번과는 달리 이번에 묵은 방에서는 호수가 한눈에 내려다보였다. 때 때로 창가에 서서 호수를 보았다. 침침하던 눈이 맑아지면서 호수 저 건너편의 양철지붕집이 손에 잡힐 듯 가까워지곤 했 다. 어쩌면 생각보다 먼 곳이 아닐지도 몰랐다. 그곳에 가보 고 싶어졌다.

정시(定時)에 깨고 정시에 식사했다. 해가 기울 무렵이면 캠퍼스를 한 바퀴 돌았다. 10여 년 전의 코스에서 크게 벗어 나지는 않아서 그 끝은 늘 당시 C와 나란히 방을 썼던 기숙사 의 창 아래였다. C와 보낸 여름이 떠올랐다.

시도 때도 없이 비가 내렸다. 순식간에 크고 작은 물웅덩이 가 생기고 거센 물줄기가 소리를 내며 계곡 아래로 흘러 내려 갔지만 다음 날이면 언제 그랬냐는 듯 해가 쨍쨍했다. 그날은 비가 내리지 않을 날씨였다. 소금 주머니 같은 건 없었지만 그동안의 경험으로 미뤄 그랬다. 그런데 난데없이 비를 만났다. 한 방울 두 방울 빗방울이 떨어지더니 삽시간에 빗발이 굵어졌다. 비 피할 곳 하나 없는 산책로 중앙이었다. 간간이 눈에 띄던 학생들도 그날따라 보이지 않았다. 비를 맞고 있는 사람은 나 하나뿐이었다. 천둥이 치고 바로 몇 발짝 앞으로 벼락이 떨어졌다.

비에 흠딱 젖은 채로 기숙사에 도착했을 즈음 비는 멎어 있었다. 시내에라도 나가는지 잘 차려입은 여학생 둘이 곁을 지났다. 그중 한 여학생과 눈이 마주쳤다. 빗방울 하나라도 맞아서는 안 될 듯 드라이어로 공들여 편 머리카락이었다. 짙은 눈썹 아래의 눈빛이 순간 혐오스러운 것을 본 듯 일그러졌다. 비도 아무나 맞는 게 아니라는 질책도 담겨 있었다. 방으로 돌아와 거울에 비친 내 모습을 보았다. 빗물이 흘러 다 씻겨 내려 얼굴은 확실히 민얼굴이었다. 하지만 그 표현으로는 부족한 무언가가 더 있었다. 이미 오래전 수없이 이때를 예상하고 그려보았다. 하지만 약간의 환상이 끼어 있었던 모양이었다. 나는 덤덤히 받아들였다. 여름은 지나갔다.

평소 가지 않던 길로 접어든 것도 그것과 무관하지는 않았을 것이다. 게다가 집으로 돌아갈 날도 며칠 남지 않았다. 학교의 오수 처리장을 지났다. 한동안 아무도 지나지 않은 듯했다. 빗물에 휩쓸려 온 나뭇가지들이 길 중앙에 널려 있었다.

숲 그늘은 어두웠고 풀벌레 소리가 괴괴했다. 얼마나 걸었을
까, 완만히 굽은 호숫가가 드러나고 저 앞으로 내가 묵고 있
는 기숙사 건물이 나타났다. 생각처럼 먼 곳이 아니었다. 그
런데 무엇 때문에 이곳과 저곳의 거리가 그토록 멀게 느껴지
는 걸까, 기숙사 건물은 아득해서 엄지손톱으로도 가려졌다.

　호수를 가로지르는 다리를 건넜다. 목제 난간 곳곳에 '추락
주의'라고 씌어진 테이프가 감겨 있었다. 다리를 다 건넜을 때
쯤 그곳에서 예상치 못한 풍경을 만났다. 수문 아래로 흘러가
는 물, 단순한 시멘트 구조물과 물의 낙차가 교묘히 만들어낸
무늬를 한참 들여다보았다. 오길 정말 잘했다. 오래전 예상했
던 것과는 달리 아직 설렐 일이 많을지도 몰랐다. 오랜만에
설렜다. 그리고 나는 이제 내가 쓰고 싶은 이야기를 써도 될
거라는, 지금까지 이 순간을 기다려왔다는 생각을 했다.

　예정대로라면 이번 소설집 『여름의 맛』은 작년 여름에 나왔
어야 했다. 원래 단편도 여름을 겨냥해 씌어졌다. 이런저런 사
정으로 시간이 미뤄졌다. 편집자인 이정미 씨는 여름이 다 갔
는데도 책의 제목을 '여름의 맛'으로 가자고 했다. 별말 하지
않았지만 우리 둘 다 알고 있었다. 나에겐 지나간 여름에 대한
이야기이고 그녀에겐 아직 남은 여름에 대한 이야기이므로.

　그렇다면 이 책을 펼쳐보는 당신은?

2013년 9월
하성란

수록 작품 발표 지면

두 여자 이야기   『헬로, 미스터 디킨스』(이음, 2012)

여름의 맛   『작가세계』 2009년 여름호

알파의 시간   『문학과사회』 2008년 봄호

오후, 가로지르다   『문학의 문학』 2011년 봄호

카레 온 더 보더   『실천문학』 2013년 여름호

제비꽃, 제비꽃이여   『문학들』 2009년 봄호

돼지는 말할 것도 없고   『창작과비평』 2006년 봄호

그 여름의 수사(修辭)   『한국문학』 2007년 가을호

1968년의 만우절   『서울, 어느 날 소설이 되다』(강, 2009)

순천엔 왜 간 걸까, 그녀는   『문학수첩』 2008년 가을호